T0280171

千ヶ滝中
千光稲荷

MIL PASOS AL INTERIOR DE LA NOCHE

GRANTRAVESÍA

MIL PASOS AL INTERIOR DE LA NOCHE

TRACI CHEE

Traducción de Marcelo Andrés Manuel Bellon

GRANTRAVESÍA

Mil pasos al interior de la noche

Título original: *A Thousand Steps into Night*

Publicado según acuerdo con Clarion Books/HarperCollins
Children's Books, una división de HarperCollins Publishers

Traducción: Marcelo Andrés Manuel Bellon

Ilustración de portada: © 2022, Kotaro Chiba
Diseño de portada: Celeste Knudsen

D.R. © 2023, Editorial Océano de México, S.A. de C.V.
Guillermo Barroso 17-5, Col. Industrial Las Armas
Tlalnepantla de Baz, 54080, Estado de México
www.oceano.mx
www.grantravesia.com

Primera edición: 2023

ISBN: 978-607-557-707-4

IMPRESO EN MÉXICO / *PRINTED IN MEXICO*

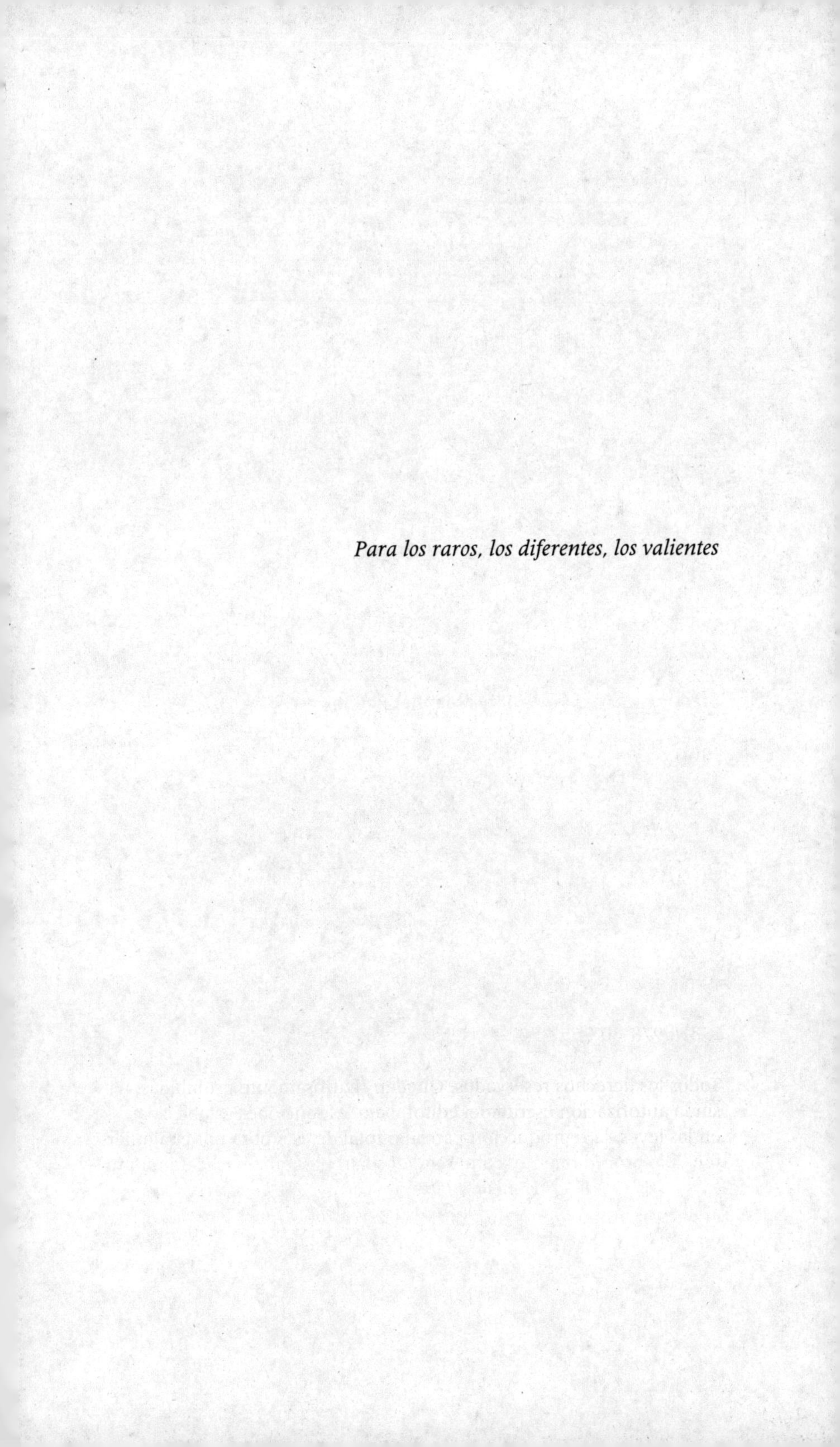

Para los raros, los diferentes, los valientes

PRIMERA PARTE

LA JOVEN, EL AVE Y LA DEMONIO

1

LA ALDEA ABANDONADA DE NIHAOI

Hace mucho tiempo, en el noble reino de Awara, donde la creación entera, desde los picos más altos hasta los insectos más bajos, tenían formas tan humanas como divinas, vivía una chica poco notable de nombre Otori Miuko. Hija del dueño de la única posada en la aldea de Nihaoi,[1] Miuko era alguien promedio según todos los criterios imaginables —belleza, inteligencia, circunferencia de sus caderas—, salvo por uno.

Era extraordinariamente ruidosa.

Una vez, cuando tenía dos años, su madre la metió en una de las bañeras de cedro de la posada y entonces Miuko, que no tenía planes de bañarse ese día, gritó tan violentamente que los

---

[1] ***Niha-oi*** significa, literalmente, "casi allí". Según la tradición de la aldea, muchos siglos atrás, cuando el Antiguo Camino no era más que un simple sendero, un padre y su hijo viajaban hacia la ciudad cercana. El hijo, cada vez más impaciente por la duración del viaje, no paraba de preguntar: "¿Dónde estamos, padre? ¿Dónde estamos?", y el padre, cada vez más impaciente por las incesantes preguntas del hijo, no paraba de responder: *"Nihaoi. Nihaoi"*. Casi allí. Casi allí. Se dice que el hijo, tiempo después, regresó a fundar la aldea como una parada de descanso para los viajeros, y la nombró "Nihaoi" en honor de su padre.

cimientos temblaron, las campanas retumbaron en el templo cercano y un trozo respetable del puente en ruinas que cruzaba el río a casi medio kilómetro de distancia soltó un gemido horrorizado y se deslizó, desfallecido, hacia el agua.

Fue una mera coincidencia. Miuko no había sido, de hecho, la causa de un terremoto (al menos, no en esta ocasión), pero varios de los sacerdotes, al enterarse de las peculiares facultades vocales de la niña, se apresuraron a exorcizarla de cualquier forma. Sin embargo, no importaron los hechizos que entonaron ni el incienso que quemaron, al final se decepcionaron al descubrir que ella no estaba, en realidad, poseída. En lugar de un demonio, lo que sus padres tenían en sus manos era tan sólo una criatura ruidosa. Peor aún, una niña ruidosa.

Entre otras cosas, se esperaba que las niñas de la clase sirviente —y, de hecho, las niñas de todas las clases en Awara—, tuvieran una voz suave y buenos modales, que fueran atractivas, encantadoras, obedientes, elegantes, dóciles, complacientes, serviciales, indefensas y, en todos los aspectos, más débiles física y mentalmente que los hombres. Por desgracia para Miuko, ella contaba con muy pocas de estas cualidades y, como resultado, a los diecisiete años ya había descubierto que no sólo era capaz de aterrorizar a un hombre con el solo poder de su voz, sino que también tenía lamentables inclinaciones a derramar el té sobre sus invitados, a patear y agujerear por accidente los biombos de papel arroz y a decir lo que pensaba, sin importar si se le invitaba o no a hacerlo.

Su padre, Rohiro, tenía la delicadeza de nunca mencionarlo —y su madre los había abandonado a ambos mucho tiempo antes de que esto tuviera importancia—, pero Miuko sabía que era su deber como hija única atraer a un marido, dar a luz a un hijo y asegurar el legado de su padre al pasar la posada familiar a las futuras generaciones. Con los años, ella aprendió a esconder sus opiniones detrás de una sonrisa, y sus expresiones detrás de sus mangas; sin embargo, a pesar de todos sus esfuerzos, no se adaptaba a ser una chica de la clase sirviente. Simplemente, era demasiado visible y, para ser franca, eso la hacía poco atractiva como sirvienta y como mujer.

Con pocas perspectivas, entonces, Miuko dedicó con fervor sus días al mantenimiento de la posada de su padre. Al igual que el resto de Nihaoi, la posada estaba deteriorada. El techo necesitaba cubrirse de paja. Las esteras necesitaban remiendos. Ella y Rohiro reparaban cuanto podían, y si no podían reparar algo, prescindían de eso. En general, era una vida tranquila, y Miuko no se sentía (o eso se decía ella) insatisfecha.

Todo cambió, sin embargo, el día que dejó caer la última taza de té.

Era una tarde a finales de agosto, y no parecía estar pasando nada fuera de lo común. En el templo de la aldea, los sacerdotes meditaban sentados con las piernas cruzadas, con mayor o menor éxito, según el orden del cosmos. En la casa del té, el propietario pesaba jazmines secos con unidades de bronce con forma de mariposas emperador. En la posada, una taza de té resbaló de los dedos de Miuko cuando la estaba guardando y se hizo pedazos en el suelo.

Miuko suspiró. A lo largo de los años, había dañado cada una de las tazas del juego. Estaban las que se le habían caído, las que había desportillado al limpiarlas, las que había hecho galopar sobre las piedras del patio, jugando a que eran ponis (pero de eso ya habían pasado diez años). Al ser de cerámica, las tazas de té eran nerviosas por naturaleza, pero la torpeza de Miuko había aumentado tanto su ansiedad que parecía que lo único que tenía que hacer era mirarlas para que se rompieran.

Dado que las únicas tazas que quedaban estaban desportilladas o ya habían sido reparadas con pegamento, Rohiro determinó que finalmente había llegado el momento de sustituirlas. Lo normal habría sido que él mismo caminara el kilómetro y medio hasta la alfarería, pero como se estaba recuperando de un pie roto, se decidió que se quedaría en la posada para atender al único huésped que habían tenido en toda la semana —un misántropo criador de gusanos de seda con un solo brazo—, en tanto Miuko fue enviada a recoger las tazas de té.

La joven tomó una sombrilla y salió con entusiasmo de la posada. Dado que era una chica, se suponía que la debía acompañar un pariente masculino cada vez que salía, pero, debido a la ausencia de su madre y al estado de deterioro de la posada, su padre era ciertamente permisivo con respecto a esta costumbre, por lo que a Miuko ya antes se le había permitido salir sola para recoger té de la casa de té o huevos de uno de los granjeros que todavía quedaban. Sin embargo, estas encomiendas siempre se habían limitado a la aldea y la perspectiva de aventurarse tan lejos, hasta el horno, mucho más allá de los bordes de Nihaoi, la llenaba de un vértigo que no conseguía reprimir del todo.

Rohiro, un hombre apuesto y de anchos hombros, observó a Miuko desde la puerta. La madre de la chica solía decir que Otori Rohiro era más hermoso de lo que un hombre en una aldea en decadencia tenía derecho, y a menudo lo decía al pasar los dedos por el espeso cabello negro de su esposo o al contar las arrugas que su sonrisa dibujaba en las esquinas de sus ojos.

No es que Miuko lo recordara muy claramente.

—Al alfarero no le va a gustar —murmuró Rohiro, preocupado.

En opinión de Miuko, el habitual murmullo de su padre atenuaba de alguna manera el efecto de su buena apariencia, ya que ella pensaba que lo hacía ver mayor de sus cuarenta y tres años. Él había perdido la mitad de su audición de niño: se encontraba nadando en el río Ozotso cuando un ávido *geriigi*[2] la succionó de su cráneo como si se tratara de la yema de un huevo, lo cual hizo que perdiera la noción de lo alto o bajo de su voz cuando hablaba.

—¿No le va a gustar qué cosa? —preguntó Miuko—. ¿Que no podremos pagarle hasta que el criador de gusanos de seda deje la posada o que llegue una chica sin la compañía de un hombre?

—¡Ambas!

Ella se encogió de hombros.

—Tendrá que lidiar con esto.

—Suenas como tu madre —la sonrisa de su padre se volvió lánguida, como pasaba cada vez que pensaba en su esposa (hermosa, según decían todos, pero completamente incapaz de doblegarse)—. Cada día te pareces más a ella.

---

[2] **Geri-igi** significa, literalmente, "dedo que agarra". Se trata de un demonio de extremidades delgadas que habita bajo el agua. Según los relatos, los *geriigisu* acechan a lo largo de los fondos fangosos de los ríos y en lagos poco profundos, donde se lanzan directo hacia los tobillos de los nadadores incautos y los arrastran a las profundidades para ahogarlos o, como en el caso de Otori Rohiro, robarles la audición.

A pesar de ella misma , Miuko hizo una mueca.

—¡No lo permitan los dioses!

Su padre frunció el ceño, aunque sus ojos eran demasiado suaves para ello. En lugar de verse enojado, como otros padres, su ceño sólo lo hacía ver triste… o, en el mejor de los casos, calladamente decepcionado, lo cual era infinitamente peor, como todos lo saben.

—Podrías convertirte en algo peor que tu madre, ¿sabes? —dijo.

—Ciertamente —las palabras salieron volando de su boca antes de que pudiera detenerlas—. Podría convertirme en una demonio.

Su padre se quedó en silencio, con el rostro contraído por la tristeza.

Miuko maldijo en su interior su lengua recalcitrante. Algunas veces, en contra de las conclusiones de los sacerdotes, estaba segura de que estaba poseída, pues ninguna otra chica que conociera soltaba cada comentario que pasaba por su cabeza.

—Lo siento, padre —hizo una profunda reverencia. Por más ruidosa y obstinada que fuera, no tenía ningún deseo de causar dolor a su padre—. Por favor, perdóname.

Con un suspiro, él se inclinó hacia ella y la besó en la parte superior de su cabeza, de la misma manera en que lo había hecho desde que era una bebé.

—Eres mi única hija. Todo ya está perdonado.

Ella lo miró con ironía.

—Y si tuvieras otra hija, ¿serías más rápido para guardar rencor?

Con una risita, él la empujó hacia el Antiguo Camino.

—¡Fuera de aquí ahora! Y date prisa. Nadie está a salvo a la hora límite.

Al atravesar el jardín delantero, Miuko estuvo cerca de mutilar los arbustos de camelia con la punta de su sombrilla.

—¡Falta más de una hora para que anochezca! —replicó.

—Mejor no tomar riesgos —respondió él—. El primo de mi tío abuelo conoció alguna vez a un guerrero que fue sorprendido afuera al anochecer y regresó a casa con la cabeza hacia atrás.

—*¿Qué?* —dijo ella, riendo.

Rohiro sacudió la cabeza.

—Fue terrible. Primero, su esposa lo dejó, luego se rompió las dos piernas tratando de alcanzarla. Al final, intentó cortarse la garganta, pero no pudo alcanzar el ángulo correcto...

Miuko pensó que la partida de la esposa debería haberle dejado muy claro a su marido que no quería ser perseguida, pero conocía demasiado bien a su padre para saber que le respondería que ése no era el punto.

El *punto*, por supuesto, era éste: era más seguro estar dentro de las fronteras humanas al amanecer y al atardecer, cuando el velo entre Ada y Ana —el mundo de los mortales y el de los espíritus— era más delgado. La madre de Miuko siempre había sido particularmente cautelosa con las horas límite, porque era en esos momentos en que los demonios atacaban a los viajeros por sus untuosos y mantecosos hígados, los guls aparecían en los espejos para robar rostros humanos y los fantasmas se deslizaban desde las puertas para retorcer el cuello de los desprevenidos caminantes que pasaran debajo.

Tan supersticiosa era la madre de Miuko que se negaba a cruzar un umbral durante el amanecer o el atardecer. Mantenía muñecas de espíritu en las vigas, escribía bendiciones para las arañas que tejían sus redes en las bañeras, dejaba cáscaras de huevo trituradas para los *tachanagri*[3] que vivían en las paredes de la posada.

Por otro lado, también había robado un caballo y cabalgado en la oscuridad una tarde, cuando se suponía que iría a buscar agua para la tetera, dejando a Miuko, con nueve años, y a su padre sentados a la mesa, viendo cómo se enfriaba el arroz.

Como su madre había preferido desafiar la hora del crepúsculo antes que pasar un segundo más con su familia, Miuko sospechaba, con cierta amargura, que quizá su madre no había sido tan supersticiosa, después de todo.

—Estaré de regreso antes de la puesta de sol —le aseguró Miuko a su padre.

—¿Con todas las tazas de té intactas?

—¡No prometo nada! —hizo otra reverencia, salió del jardín delantero y se puso en marcha a través de la aldea, rebotando en cada paso. Caminó frente a tiendas vacías y tiendas en ruinas, y observó las puertas que se habían salido de sus marcos y los ratones que se escabullían por las hendiduras de los cimientos como pequeños duendes violeta de la suerte. Para cualquier otra persona, el aspecto de la aldea podría haber sido motivo de alarma, pero para Miuko, que sólo había conocido tal deterioro, era hermoso en su cotidianidad.

El suspiro de las tablas del suelo hundiéndose en la tierra.

El lento arrastre de las enredaderas derribando un muro.

---

[3] ***Tacha-nagri*** significa, literalmente, "duende de los árboles". En Awara, se dice que los *tachanagrisu* son pequeñas criaturas de piel verde que rara vez son vistas, a menos que sus árboles sean derribados y se utilicen como madera, momento en que sus afilados rasgos se vuelven visibles para el ojo perspicaz, entre las finas espirales de la madera.

En el centro de la aldea, Miuko trotó por el maltratado camino de grava conocido como el Antiguo Camino, que en años pasados había servido como ruta principal hacia Udaiwa, la capital de Awara. En la antigüedad, Nihaoi, a sólo media jornada de viaje de la ciudad, había atendido a viajeros de todo tipo: nobles y sus vasallos, monjes libidinosos, mendigos, compañías de circo que presumían de coléricos adivinos y espíritus de mapaches bailarines y, al menos en cuatro ocasiones, mujeres solteras.

Casi trescientos años atrás, en las postrimerías de la Era de las Cinco Espadas, el entonces *yotokai*,[4] el oficial militar de más alto rango en Awara —segundo en autoridad, después del propio emperador, y, a todos los efectos, el verdadero soberano gobernante— había ordenado la construcción de los Grandes Caminos para unificar el reino. En los siglos posteriores, el tránsito por el Antiguo Camino había disminuido, y Nihaoi había entrado en un sostenido periodo de declive: las tabernas cerraron; los dueños de establos, los zapateros y los comerciantes se vieron obligados a abandonar sus negocios; los agricultores dejaron sus campos sin sembrar y se pudrieron; los emisarios de gobierno, que alguna vez habían sido ricos y complacientes en sus finos pabellones, se trasladaron a otros puestos más prometedores.

Desde entonces, nada en Nihaoi se había salvado del toque de la decadencia: ni las tiendas, ni el templo, que albergaba a cuatro lúgubres sacerdotes, y ni siquiera la puerta de los espíritus, que marcaba el límite de la aldea. Generaciones de insectos habían dejado sus túneles a lo largo de los pila-

---

[4] ***Yoto-kai*** significa, literalmente, "comandante" o, en términos más poéticos, "aquel que señala el camino".

res, formando retorcidos laberintos bajo la pintura bermellón descascarillada. Los líquenes se aferraban a las vigas. Los grabados, que debían ser pintados cada año con tinta índigo sagrada para renovar su magia protectora, se habían desvanecido hasta alcanzar un tono tan tenue como ineficaz.

Aunque intentaba no hacerlo, Miuko no pudo evitar pensar en su madre cuando se acercó a la puerta. Había hecho suficiente escándalo para esta diminuta aldea, e incluso los rumores sobre cómo la esposa de Otori Rohiro era, en realidad, una *tskegaira*[5] —una esposa espíritu— que había tomado forma humana para atraer a los mortales al matrimonio. Aun cuando Miuko no creía en tales cosas, *per se*, no podía evitar pensar que, en efecto, había habido algo extraño y salvaje en su madre, algo que ahora corría por sus propias venas como un enérgico torrente o un viento del sur.

A pesar de sí, entonces, no podía evitar preguntarse cómo había lucido su madre trepada en aquel caballo robado, con las crines y la cola fluyendo oscuras como un río en medio de la noche. ¿Su madre habría mirado atrás al menos una única vez, con su ovalado rostro pálido como la luna, antes de salir disparada hacia la triste y salvaje campiña como una guerrera

---

[5] ***Tske-gai-ra*** significa, literalmente, "amor no duradero" o, para decirlo más poéticamente, "ella te amará, pero no por mucho tiempo". En Awara, los *tskegairasu* podían ser cualquier número de espíritus, incluyendo los de los zorros, gorriones, grullas y serpientes, y no siempre eran esposas, ya que hay varios relatos raros en los que se habla también de esposos espíritu. Aunque los relatos varían enormemente, hay dos características que definen a las esposas espíritu: primero, un humano las desposa después de que toman forma humana; segundo, de una forma u otra, siempre se van.

de algún antiguo relato o una reina de la sombra y la luz de las estrellas?

¡Qué melodramática! Enfadada consigo, Miuko pateó una piedra y la mandó repiqueteando hasta que se estrelló con un peñasco cercano con un *¡clac!* que resonó a través de la aldea en ruinas.

No importaba cómo había lucido su madre, si había dudado o no, porque el resultado al final era el mismo: había partido. Miuko y su padre habían sido abandonados, igual que el resto de Nihaoi.

Los límites de la aldea ya se habían estrechado una vez desde que la madre de Miuko se había ido, cuando los negocios se fueron a la quiebra y las familias salieron en busca de circunstancias más prósperas, pero el alfarero se había negado rotundamente a reubicarse, ya que tanto él como su esposa afirmaban que el espíritu de su hijo muerto seguía rondando el horno. Tal vez el niño había roto algún jarrón o urna ceremonial, pero en términos generales, seguía siendo un chico parlanchín y bondadoso, y ninguno de los dos estaba dispuesto a sacrificar su feliz familia por algo tan frívolo como la seguridad.

En general, esta situación tenía pocos inconvenientes, pues a la luz del día una distancia de kilómetro y medio en el Antiguo Camino, que no tenía el tráfico necesario para atraer a tipos desagradables, como bandoleros y monstruos voraces, apenas representaba un peligro. De hecho, Miuko disfrutaba de la oportunidad de estirar las piernas y, dado que aún faltaba una hora para el anochecer, no tenía razón alguna para preocuparse.

Caminó alegremente más allá de la puerta de la aldea, a lo largo del Antiguo Camino, que serpenteaba a través de los campos abandonados. Durante la Era de las Cinco Espadas, estas llanuras habían sido el escenario de una gran batalla, cuando el poderoso Clan Ogawa había cabalgado hacia Udaiwa —fortaleza de sus enemigos, los Omaizi— y fue masacrado en los campos. Cuando era niña, Miuko había anhelado cavar entre los surcos con los chicos de su edad, para desenterrar puntas de flecha oxidadas y trozos de lámina de armadura, pero el decoro se lo había impedido. Y después de escuchar una serie de historias espeluznantes sobre fantasmas guerreros que surgían de la tierra, había decidido que tal vez era mejor quedarse a jugar dentro de casa.

Balanceando su sombrilla, Miuko avanzó a través del destartalado puente que cruzaba el río Ozotso, una serpiente de color esmeralda que siseaba y centelleaba a lo largo de sus empinadas orillas en su zigzagueante paso hacia la capital. En otro tiempo, el puente había sido lo suficientemente ancho para que pasaran cómodamente dos carruajes, pero el terremoto que había acompañado al infame berrinche de Miuko había acabado con eso. Ahora, con sus vigas medio podridas y un enorme agujero del lado del río, el puente apenas era lo suficientemente ancho para un solo caballo.

Mientras cruzaba, una urraca solitaria surcó el cielo con un medallón dorado colgando del pico.

Era un mal presagio, que Miuko no vio.

Entonces, entre la maleza de las descuidadas zanjas, un insecto chirrió once veces y se detuvo.

Un presagio de desgracia, que Miuko no escuchó.

Finalmente, un viento helado sopló sobre los campos vacíos, arrastrando las hojas muertas en el camino de Miuko para puntualizar un mensaje de fatalidad.

Si hubiera prestado más atención a las historias de su madre, tal vez Miuko hubiera sabido que, antes de una terrible calamidad, el mundo a menudo se llena de advertencias y oportunidades para cambiar el destino. Pero a ella no le gustaban las historias y, desde la abrupta partida de su madre, se había esforzado por evitarlas, por lo que no vio las señales; o, si las vio, se dijo a sí misma que no significaban nada. Era una joven sencilla, con la cabeza bien puesta sobre los hombros, demasiado sensible para preocuparse por algo que no fuera el aspecto de las nubes, que parecía como si se fueran a disolver, de cualquier forma.

Si *hubiera* prestado más atención, quizá se podría haber salvado de una gran cantidad de problemas al volver rápidamente por donde había venido, aunque (sin que ella lo supiera) hacerlo habría tenido las mismas posibilidades de provocar un cataclismo tan veloz y absoluto que ni la aldea abandonada de Nihaoi habría escapado.

En cualquier caso, ella siguió caminando.

2

LA HORA LÍMITE

Una vez que el alfarero le entregó las tazas de té, no sin antes comentar tres veces lo impropio que era para una chica hacer estos encargos, Miuko regresó al centro de la aldea, tratando de no sacudir demasiado la caja de tazas, forrada de tela, que llevaba bajo el brazo.

Aquí, cerca de los viejos límites, la aldea se había rendido por completo a la ruina: tejados derrumbados, árboles jóvenes brotando de las tablas de los pisos, pájaros revoloteando a través de grandes huecos en las paredes. Cuando Miuko pasó por ahí, la niebla comenzó a levantarse de los campos cercanos, flotando de forma inquietante sobre las zanjas. En algún lugar de una de las granjas abandonadas, un gato chilló.

Al menos, Miuko esperaba que se tratara de un gato. Según la leyenda, la espesa niebla de las llanuras del río estaba llena de los fantasmas de los soldados Ogawa muertos que surgían de la tierra con la niebla, cargados de sed de sangre. Los aldeanos llamaban a la niebla *naiana*, "vapor de espíritus".

Bajo su brazo, las tazas de té tintinearon con nerviosismo.

Miuko dio una palmadita reconfortante a la caja y aceleró el paso. Tal vez no había prestado mucha atención a las historias de fantasmas de su madre, pero no era tan tonta para quedarse donde pudiera haber espíritus vengativos.

Estaba pasando frente a la vieja mansión del alcalde, con su puerta derrumbada y sus jardines en ruinas, cuando vio a tres niños contoneándose y saltando en el camino, más adelante.

Se oyó un graznido, seguido de una ronda de aclamaciones y aplausos. Los niños habían rodeado a un pájaro: una urraca con cabeza de ébano, cuerpo gris, y alas y cola con puntas azules. Cojeaba, arrastrando su ala derecha mientras uno de los niños daba vueltas alrededor de él y lo pinchaba con un palo. Saltó fuera del camino, aterrizó de lado y se levantó de nuevo cuando un segundo niño lo golpeó con una piedra. El tercero ya se estaba preparando para atacar cuando la voz de Miuko rasgó el aire.

—*¡Basta!* ¡Déjenlo en paz!

Los niños se detuvieron a medio paso, con las miradas fijas en ella, feroces como pequeños zorros.

Uno de ellos le sonrió con los dientes torcidos.

—¡Oblíguenos, señora!

—¡Eso, señora! —dijo otro con los ojos entrecerrados.

Olvidando por el momento que no era una guerrera, sino una sirvienta que nunca había peleado con otros niños —y que, en estricto sentido, no sabía pelear—, Miuko se lanzó al ataque, blandiendo su sombrilla de manera amenazante, o eso esperaba.

Los niños se dispersaron, gritando:

—¡Señora! ¡Señora! ¡Señora!

El que tenía los dientes torcidos la golpeó en los muslos con un palo. Ella trató de darle una patada, pero tropezó. Maldijo su ineptitud, y luego maldijo su tobillo, que se había torcido.

Miuko intentó recuperar el equilibrio, y uno de los niños se dio la vuelta y se bajó los pantalones, para dejar al descubierto su pálido trasero, que ella golpeó con su sombrilla.

El papel se desgarró. El armazón de bambú se rompió.

El trasero se puso rojo.

El chico se apartó de un salto chillando y se frotó el adolorido trasero.

Los otros dos rieron y lo empujaron, y después de un momento de forcejeo entre ellos, al parecer olvidándose de Miuko por completo, se escabulleron entre la niebla y la dejaron sola con un tobillo herido, un paraguas roto y una vajilla de cerámica muy sacudida.

Tras recomponerse, Miuko miró a su alrededor en busca de la urraca, pero lo único que conseguía ver ahora era la puerta derrumbada de la mansión del alcalde y las ramas negras de un pino hendido que se asomaba por encima de los tejados como los haces de un relámpago. La niebla se acercó y se cerró alrededor de ella como una soga.

Miuko se puso de pie y probó el tobillo. No estaba roto, pero tendría que volver cojeando a la aldea con el crepúsculo pisándole los talones. Rápidamente, revisó las tazas de té, tocándolas una a una con el dedo índice: *bien… bien… bien… rotas.*

Los fragmentos de cerámica tintineaban unos contra otros mientras ella rebuscaba en la caja. La mitad del juego estaba dañado, y las otras estaban claramente destrozadas. Miuko maldijo en su interior su propia torpeza, colocó las piezas de regreso en su sitio y alisó el forro de tela como una pequeña mortaja antes de volver a cerrar la caja.

¿No podía hacer nada bien?

Las tazas quedaron en silencio.

Con un suspiro, Miuko comenzó a cojear de regreso a Nihaoi con su sombrilla rota y los fríos fragmentos de las tazas de té rotas deslizándose de un lado a otro entre sus compañeras.

La niebla se hizo más espesa. La oscuridad se cernió sobre el Antiguo Camino. Arriba, una delgada luna creciente, no más gruesa que la aguja de un abeto, apareció entre la niebla. Nerviosa, se preguntó si todavía se dirigía hacia la aldea o si se habría desviado de alguna manera, en algún tortuoso camino hilado por espíritus embaucadores. A través de la niebla, podría haber jurado que vio una forma, enorme y etérea a la vez, revoloteando sobre ella.

¿Había caído el sol? ¿La había sorprendido afuera la hora límite?

Avanzó tambaleante entre la niebla, respirando más rápido a cada paso. Parecía que habían pasado horas desde su encuentro con los niños rabiosos, una era desde que había salido de la posada.

Así que cuando vio emerger los balaustres del puente en ruinas entre la niebla, casi jadeó de alivio. Cojeando, empezó a avanzar, pero antes de llegar al puente, una oleada de frío la golpeó, gélida como el invierno.

El mundo dio vueltas. La caja de tazas de té cayó de sus manos y se estrelló en el suelo. La sombrilla rota se inclinó hacia el camino como un árbol caído.

Vacilante, Miuko miró hacia la niebla, que se arremolinó a través de su visión en vertiginosas espirales, moviéndose y separándose, revelando árboles, ruinas y una figura solitaria a unos seis metros, por el Antiguo Camino.

Una mujer.

No, no era una mujer.

Estaba vestida con la túnica de un sacerdote, pero su piel era de un azul vivo y enigmático, como la más sagrada de las tintas índigo, y sus ojos eran blancos como la nieve, y revoloteaban por el camino como si estuvieran buscando —no, como si tuvieran *hambre* de algo.

O de alguien.

Miuko dio un torpe paso hacia atrás, sobresaltada. Los espíritus podían ser buenos o malvados, embaucadores o guías, pero éste no parecía estar allí para ayudarla. No con esa mirada voraz en sus ojos.

—*Yagra* —susurró Miuko.

Demonio. Un espíritu maligno.

Al ver a Miuko en el camino, la criatura avanzó tambaleante, con los brazos balanceándose a sus costados. Con un alarido espeluznante, se abalanzó hacia ella.

Miuko intentó correr, pero ella era demasiado lenta o el espíritu demasiado rápido. Estaba a seis metros de distancia. Estaba lo suficientemente cerca para tocarla. Estaba parada frente a Miuko, con el cabello cayendo en cascada sobre sus hombros como largas hebras de algas negras. Sus manos se enredaban en la túnica de Miuko, atrayéndola tan cerca que podía sentir el aliento helado de la demonio en su mejilla.

Miuko sabía que debía luchar. Si hubiera sido más valiente, o más aventurera, como su madre, lo habría hecho.

Pero no era su madre, y no era valiente.

La criatura estaba hablando ahora, susurrando. Sus palabras parecían humo sobre el aire helado. Paralizada, Miuko observó cómo los labios de la demonio se separaban, escuchó la voz que era a un tiempo una voz de mujer y una voz no de mujer en absoluto, tan humana como no-de-esta-tierra:

—*Así debe ser.*

Entonces, el espíritu se inclinó hacia delante y, antes de que Miuko pudiera detenerla. presionó su boca con la de ella en un beso perfecto y redondo.

3

DORO YAGRA

El primer pensamiento de Miuko fue que estaba teniendo el primer beso de su vida, y que lo estaba teniendo con una demonio.

La gente en Awara tiene una palabra para esto. *Yazai.*[6] Más intenso que la simple mala suerte, *yazai* era el resultado de todos los malos pensamientos y acciones acumulados que se vuelven contra uno mismo multiplicados por cien. *Yazai* era la razón por la que el guerrero de la historia de Rohiro tenía la cabeza torcida hacia atrás, y la razón por la que su esposa lo dejó, y la razón por la que no pudo morir honorablemente por su propia mano. *Yazai,* o eso se decía, era la razón por la que Nihaoi se estaba desmoronando y regresando poco a poco a la tierra, el resultado de alguna transgresión de uno de los aldeanos contra un poderoso espíritu ocurrida mucho tiempo atrás.

Yazai debía ser la razón de lo que le estaba sucediendo a Miuko, aunque ella no tenía idea de lo que había hecho para merecerlo. Dado que se trataba de una simple joven de la clase sirviente, poco tiempo había dedicado a considerar cosas

---

[6] **Ya-zai** significa, literalmente, "malo otra vez", un poco el equivalente al concepto de mal karma.

como la retribución divina antes, pero, dadas las circunstancias, ciertamente estaba comenzando a considerarla ahora.

Y eso la llevó a su segundo pensamiento, o tal vez al tercero (a estas alturas, no podía molestarse en llevar la cuenta): el beso no se sentía en absoluto como lo había imaginado. Es verdad que no había imaginado mucho sobre cómo sería recibir un beso de una demonio, pero lo que sentía de la *yagra* no era pasión, ni siquiera deseo, ni romántico ni de otro tipo. En cambio, lo que Miuko experimentó fue la curiosa sensación de ser abierta: un árbol cortado por el hacha, una geoda partida a la mitad por el martillo. Era como si el beso la dividiera en dos y, dentro de la cavidad de su pecho, algo estuviera cambiando. Una semilla, echando raíz. La putrefacción, extendiéndose lentamente, alterando la carne de un cadáver.

Excepto que no estaba muerta. O eso esperaba, al menos.

De pronto, el espíritu la empujó hacia atrás. Tropezando, Miuko vislumbró por un instante la luna en forma de hoz, que brillaba débilmente en la niebla.

Se tambaleó hacia el puente, con la única intención de llegar a la puerta de los espíritus, en los límites de la aldea. Si la cansada magia de la puerta se mantenía, la demonio ya no podría perseguirla. Dentro de las fronteras humanas, estaría a salvo.

Pero ya no sentía un aliento helado en la nuca, ni dedos en forma de gancho arañando sus muñecas. Tal vez la demonio la había dejado ir. Tal vez ella había logrado escapar.

Miuko entornó los ojos en el aire gris, aunque sabía que si no podía ver siquiera el enorme agujero en el puente, en algún lugar a uno de los costados, no podía esperar ver a una demonio que se movía más rápido de lo que sus ojos podían seguir.

Avanzó tambaleante, aferrándose a la barandilla.

Y entonces, un tamborileo de cascos.

El sonido provenía detrás de ella: el ritmo constante de los zapatos de hierro sobre la tierra dura. Miuko se giró, preparando un grito de advertencia.

Pero cuando miró atrás, no vio al demonio de piel azul ni a un caballo, sino una luz en la niebla, que rebotaba con rapidez hacia ella, como la pelota abandonada de un niño.

Por un momento, Miuko se preguntó si se trataba de una *baigava,* una luz que llevaban los espíritus de monos para guiar a los viajeros perdidos hasta un lugar seguro.

Estuvo a punto de reír. ¿Cuántos espíritus se iba a encontrar esta noche? ¿Dos? ¿Diecinueve? ¿Los doce mil Ogawa que habían sido masacrados en la llanura del río?

Era *yazai*... tenía que serlo. Diecisiete años de su vida, y nunca se había encontrado un espíritu. Ahora había enfadado a los *nasu,*[7] aunque hubiera sido sin querer, y éste era su castigo.

Pero conforme se acercaba la luz, distinguió en el Antiguo Camino no a un espíritu de mono u otra criatura inhumana, sino a un hombre, uno joven, y aunque nunca lo había visto en persona, reconoció sus rasgos por los anuncios oficiales y los carteles públicos: las curvas de sus mejillas, el alto arco de su frente. Era apuesto y simétrico, a la manera de todos los individuos ricos y poderosos, para quienes el dinero y el prestigio han comprado generaciones de buena educación; no obstante, en opinión de Miuko, el resultado final era un poco falto de carácter.

---

[7] ***na-su*** es el plural de *na,* que significa "espíritu".

Aquí, en el Antiguo Camino, estaba Omaizi Ruhai, el *doro,*[8] único heredero del *yotokai* y futuro gobernante de toda Awara.

Miuko parpadeó, con la boca abierta.

Podría haber lidiado con un espíritu. Se las habría arreglado, de alguna manera.

Pero ¿el único heredero del hombre más poderoso del reino? *Esto* no lo podía comprender.

Se suponía que el *doro* se encontraba veraneando en las prefecturas del sur con los otros jóvenes nobles, como hacía cada año. ¿Qué hacía galopando hacia el pueblo abandonado de Nihaoi sin ningún tipo de séquito?

Aunque sabía que el *doro* era unos cuantos años mayor que ella, lucía más joven de lo que aparecía en sus retratos, y sus dignificados rasgos brillaban como si estuvieran encendidos desde su interior.

Miuko tardó otro segundo en darse cuenta de que *sí* estaba iluminado por dentro, su piel era tan luminosa como una linterna de papel. Más que eso, estaba ardiendo. Observó, atónita, cómo fragmentos de su carne se carbonizaban y desprendían, revelando no músculo y hueso, sino otra cara debajo, una con fosas ardientes donde deberían haber estado sus ojos y cuernos estriados que se retorcían en su frente como

---

[8] ***doro*** es un título de nobleza, similar en importancia a "príncipe". Debo señalar que, técnicamente, el *yotokai* de Awara no es un rey, por lo que su hijo no es, técnicamente, un príncipe. Sin embargo, dado que el *yotokai* es la posición política y militar más poderosa en toda Awara, y la verdadera autoridad detrás de la figura espiritual y ceremonial del emperador, el *doro* ocupa una posición equivalente a un príncipe, por lo que a menudo aquí es traducida como tal.

los de un siervo. A medida que se acercaba, retumbando, el calor parecía irradiar de él, bañándola en una ola tras otra, haciendo que su piel se sintiera resbaladiza y que su agarre se deslizara sobre la balaustrada.

Omaizi Ruhai, el heredero de Awara, había sido poseído por un demonio.

Y estaba a punto de pasar por encima de ella.

No había espacio suficiente en el destartalado puente para los dos, así que Miuko se agarró a la barandilla y se arrastró hacia delante sobre su pierna herida al tiempo que el espíritu se precipitaba por el Antiguo Camino en su enorme corcel negro.

Tal vez el demonio no la vio en la *naiana*. Tal vez tenía demasiada prisa como para reducir la velocidad. Tal vez la vio y no le importó lo suficiente para detenerse.

Cualquiera que fuera el caso, estaría sobre ella en sólo segundos. Miuko fue lanzada contra la balaustrada y cayó hacia atrás cuando el caballo y el jinete se abalanzaron alrededor del gigantesco agujero en el puente. En su caída, miró hacia arriba para ver al *doro* darse la vuelta, con la mirada sin ojos del demonio clavada en ella y los labios entreabiertos en una expresión de gran sorpresa.

Entonces, ella golpeó el agua, y el río Ozotso la succionó, gritando, en sus turbulentas profundidades.

4

EL SACERDOTE LÚGUBRE

Cuando Miuko despertó, a la orilla del río, era de mañana y le faltaba uno de sus zapatos. Mientras el agua lamía sus pies como un perro ansioso, se retiró de la orilla, gimiendo. Nunca había sido lo que se dice una "persona madrugadora", y el hecho de que éste fuera el día siguiente a un encuentro no con uno, sino con dos espíritus no ayudaba mucho.

Sin embargo, lo que la despertó fue el recuerdo del *doro yagra*[9] cabalgando hacia Nihaoi. Miuko subió trastabillante por la ribera, esperando que la desatendida puerta espiritual hubiera sido lo suficientemente fuerte para evitar que el demonio entrara en la aldea, aunque lo dudaba. No sabía con exactitud qué clase de demonio era, pero teniendo en cuenta que había logrado poseer a alguien con tantas protecciones espirituales como seguramente tenía el *doro*, no dudaba de que fuera más poderoso que cualquier magia de protección desvanecida. Imposible saber qué clase de carnicería podría haber causado en su aldea durante la noche.

Miuko subió la pendiente hasta encontrarse a sólo cuatrocientos metros de los límites del pueblo. Con una rápida reverencia y una oración de agradecimiento al espíritu de río por haberla depositado tan cerca de casa, comenzó a cojear sobre la suave hierba hacia Nihaoi.

---

[9] ***doro yagra*** se traduce, más o menos, como "príncipe demonio".

No había llegado muy lejos cuando vio a uno de los lúgubres sacerdotes trotando hacia ella, con su túnica ondeando de una forma cómica sobre su delgada figura, y una ristra de cuentas de madera para rezar rebotando en su cuello.

Miuko no pudo evitar hacer una mueca.

Sólo uno de los sacerdotes era tan alto y tenía un caminar tan cómico, y resultaba ser su segundo menos favorito. Laido, un hombre espigado, tenía una halitosis terrible —su aliento siempre apestaba a podredumbre y a cualquier hierba picante con la que hubiera intentado disimularlo—, pero su aliento no era la razón por la que le caía tan mal.

—¡Miuko! —gritó el sacerdote.

Ella inclinó rápidamente la cabeza para ocultar su expresión. Se sintió culpable, sabía que debería haberse sentido aliviada de que alguien hubiera sobrevivido al *doro yagra*, pues eso significaba que su padre tal vez había escapado también.

Pero ¿tenía que ser Laido?

—Laido-jai[10] —dijo—. ¿Qué ha sucedido? ¿Está mi padre...?

—¡Así que estás viva! —declaró él con voz grave. Su fétido aliento la inundó y ella reclinó otra vez la cabeza para ocultar la forma en que se arrugaba su nariz—. Tu padre ha estado loco de preocupación. ¿Dónde estabas?

Entonces, su padre estaba a salvo. El terrible nudo de preocupación que había estado apretando en su interior comenzó a aflojarse.

—Yo... —comenzó a responder.

---

[10] El sufijo ***-jai*** es un honorífico que se añade al final a nombres y sustantivos para denotar cortesía. Donde los hispanoparlantes podrían utilizar "Señor", "Señora" o "Señore", por ejemplo, los habitantes de Awara usarían, en cambio "*-jai*".

—Nos rogó que te encontráramos, ¿sabes? Hemos estado buscando en el Antiguo Camino durante toda la noche.

El sacerdote tenía una forma de hablar enloquecedora, demasiado explicativa y demasiado insistente a la vez, como si Miuko fuera tanto una niña como una seductora mujer: demasiado ingenua para entender incluso los conceptos más básicos, y demasiado astuta para que se le permitiera hablar.

—Pero ¿qué...?

—Habría venido él mismo, por supuesto, de no haber sido por su pie... —Laido la tomó del brazo, aunque ella no necesitaba su ayuda ni la había pedido—. No creerás quién llegó a la posada anoche. Fue...

—¡El *doro*! Lo sé. Él...

—¿Así que sabes lo importante que era esta visita y, sin embargo, no te molestaste en venir a ayudar a tu pobre padre? Cuando el *doro* se fue esta mañana, él...

—¡Laido-jai! —intervino de nuevo en la conversación, esta vez con toda la fuerza de su voz—. ¡El *doro* fue poseído por un *demonio*!

Laido se detuvo en seco (y la sacudió para detenerla también, cabe señalar), y le lanzó una mirada, con la barbilla metida en el cuello como solía hacer cuando estaba preocupado, lo que le daba la apariencia de una tortuga malhumorada.

—¡Qué disparates estás diciendo! Debes haberte golpeado la cabeza.

Ella se zafó de su agarre cuando él alargó la mano para examinar su frente.

Al ver su resistencia, Laido suspiró.

—Miu-miu —dijo, jalándola otra vez—, si no tienes cuidado, terminarás como tu madre.

"Miu-miu" había sido también el apodo de su madre. Su madre, que había salido cabalgando de Nihaoi con el mismo dramatismo con el que había entrado, que siempre había soñado con lugares lejanos, historias fantásticas y aventuras entre los *nasu*. Durante un tiempo, eso le había hecho ganarse la simpatía de los aldeanos, que se detenían en la posada para escuchar, embelesados, donde ella les obsequiaba con historias que iban más allá de su limitada imaginación, pero entre más tiempo permanecía entre ellos, más se extendían los rumores —era demasiado libre, no actuaba como tendría que hacerlo una mujer, no era parte de ellos, era una *tskegaira*, pobre Rohiro—, y pronto aquello que había sido lo más atractivo de ella se convirtió en el motivo por el que fue más ridiculizada.

—Pero...

—La *naiana* se levantó ayer por la noche, ¿no? —preguntó Laido. Luego siguió, sin esperar respuesta—. Uno nunca puede estar seguro de qué trucos jugarán las nieblas con los ingenuos. No te preocupes, Miu-miu. Un baño, ropa limpia y una buena siesta serán suficientes para recomponerte...

Para entonces, ya habían llegado al templo situado en las afueras de la aldea, con los jardines sembrados de hojas caídas y las tejas de color índigo descascarilladas y rotas por el paso del tiempo. Mientras Miuko y Laido se deslizaban por la puerta de bambú de la parte trasera del recinto, ella no podía negar que los lujos que él describía sonaban celestiales —agua caliente para calmar sus huesos helados, túnicas de cáñamo limpias para reemplazar su ropa enfangada—, pero tampoco podía negar las ganas que sentía de golpearlo en la cara con la palma de la mano.

Como si temiera que ella pudiera decir algo más sobre el *doro yagra*, Laido habló de cómo los aldeanos esperaban que la visita de Omaizi Ruhai lo forzara a reparar el Antiguo Camino y a rejuvenecer la maltrecha economía de la aldea. Miuko cojeaba a su lado, caminando en silencio sobre el musgo que alfombraba las piedras del camino. Entre más se acercaba a su casa, más cansada se sentía.

Le dolía el tobillo lastimado. Sus pensamientos estaban desorientados debido al cansancio. En realidad, lo único que quería era asegurarse de que su padre en verdad hubiera escapado del *doro yagra*, al parecer sin siquiera saberlo. Estaba tan ocupada en sus pensamientos que no debió mirar por dónde iba, porque lo siguiente que supo fue que estaba resbalando sobre un montón de hojas mojadas.

Gritó y se aferró al apoyo más cercano, que por desgracia resultó ser Laido. Él la agarró del brazo y la mantuvo en pie.

—¡Ya está, Miu-miu! —gritó—. Te tengo. Pronto estarás de regreso con tu padre y…

La mirada del sacerdote se desvió hacia el camino que habían atravesado por los jardines del templo y se quedó allí congelado, paralizado. Sorprendida de que nada que no fuera una intervención divina pudiera silenciarlo, Miuko se dio la vuelta.

Detrás de ellos, a intervalos regulares, se veían parches marchitos y ennegrecidos en el musgo. Atravesaban la puerta trasera del templo y recorrían la hierba cubierta de rocío, más allá de los límites de la aldea, como un estrecho sendero de pequeñas piedras negras, cada una colocada precisamente donde el pie desnudo de Miuko había hecho contacto con la tierra.

Laido tomó la pierna de Miuko y se inclinó para examinar la planta de su pie. Ella estuvo a punto de gritar de nuevo, pues su tobillo herido todavía estaba muy sensible, pero se detuvo al ver en su pálida carne expuesta una única mancha, de color azul brillante. Por un momento, Miuko pensó que tal vez habría pisado la tinta sagrada de los sacerdotes, y por costumbre estaba empezando a disculparse por su torpeza cuando Laido la detuvo.

—*Shaoha* —susurró.

La mujer de la muerte.

Y entonces, recordó.

La demonio en el camino. Su piel azul marino. El beso.

La mente de Miuko regresó a ese momento en la hora límite: la sensación de haber sido abierta, de que algo había sido plantado dentro de ella. ¿Era esto?

¿Una marca?

¿Una maldición?

Laido retrocedió, aferrando sus cuentas de oración.

—¡Demonio!

¿Ella?

¿Cómo podía saber algo así el sacerdote? ¿Por una mancha? ¿Una mancha azul? Pero era un color sagrado, ¿cierto? ¿Divino?

Sus pensamientos corrían juntos, revueltos como piedras de río. Su segundo menos favorito de los lúgubres sacerdotes tenía razón. Necesitaba una siesta. Sólo una siesta rápida, y entonces se sentiría como ella misma de nuevo...

Laido se apartó de ella e hizo una señal de protección con los dedos.

—¡Fuera! ¡Tú no puedes estar aquí!

La mente de Miuko finalmente alcanzó a su cuerpo. Laido le estaba gritando. No sólo le gritaba, sino que estaba agarrando una escoba en desuso. Estaba corriendo hacia ella, sin nada de gracia, de la misma manera en que ella había corrido hacia los niños un día antes.

—¡Malvada! —bramó él.

Ella huyó, pero sus gritos la siguieron hasta el frente del templo, donde voló bajó la puerta, tras tropezar con el mendigo acurrucado en una manta para caballo, cerca de uno de los pilares.

Miuko gritó. El mendigo gruñó.

Pero ella no se detuvo. Corrió hacia la posada, pasando por encima de punzantes cáscaras de semillas y trozos de grava que, en su pánico, apenas sentía, y aunque no se atrevió a mirar atrás… sabía que si lo hacía, vería plántulas muertas y mechones de hierba marchitándose bajo sus pisadas.

—*¡Yagra!*

5

UNA BUENA SIESTA

Cuando Miuko llegó a la posada, casi llorando y salpicada de barro, su padre no hizo preguntas. La arrulló a la manera de las palomas y los padres preocupados, dejó caer su bastón y la abrazó en el jardín delantero, entre las camelias.

—Mi pobre hija —murmuró entre sus cabellos enmarañados—. Por favor, perdóname. Habría ido a buscarte yo mismo, pero el *doro*... y además... —dudó, como si no estuviera seguro de cómo continuar.

Miuko, que a esas alturas estaba bastante fuera de sí, no se dio cuenta. Si el *doro yagra* —quien, al parecer, había simplemente aparecido como el *doro* ante su padre y el resto de los aldeanos— se había detenido en la posada, no había sido posible que su padre lo rechazara. Al fin y al cabo, era un hombre de la clase sirviente: su *propósito* era servir. Rechazar a un huésped como Omaizi Ruhai era tan imposible como volar sobre los vientos como un espíritu de nubes.

Que hubiera solicitado a los demás que la buscaran, que estuviera a salvo, que se alegrara de verla: estas cosas eran más que suficientes para Miuko.

—Eres mi único padre —dijo ella—. Todo ya está perdonado.

Él la soltó con una sonrisa cariñosa.

—¡Qué noche debes haber pasado! ¿Qué fue lo que sucedió, cariño?

Miuko abrió la boca para responder, pero descubrió con sorpresa que, por primera vez en su vida, no tenía nada que decir. Tras haber sobrevivido, en las últimas doce horas, a encuentros con demonios, niños y un lúgubre sacerdote, no tenía ni la energía para explicar ni el ingenio para saber por dónde empezar su relato.

—Lamento haberte preocupado, padre —dijo en un susurro.

—Tal parece que los dos tuvimos algo de emoción anoche. Podremos intercambiar historias después de que hayas descansado —recogió su bastón y señaló la parte trasera de la posada, donde estaban las tinas de cedro—. Deja que te caliente el agua. ¿Ya comiste algo? Mientras te bañas, puedo preparar algo para ti. ¿Qué tal...?

A pesar del cansancio que sentía, Miuko caminó de puntillas para sortear los parches de musgo, lo que hizo que su cojera fuera todavía más incómoda.

Su padre hizo una pausa.

—¿Estás herida?

—No mucho —respondió ella con sinceridad, pues la hinchazón parecía estar remitiendo y el dolor no era, en realidad, gran cosa.

Él rio y le ofreció el brazo para que se apoyara.

—¡Vaya pareja hacemos! *Si paisha, si chirei.*[11]

De tal padre, tal hija.

Con delicadeza, la ayudó a subir al porche, donde encendió un fuego bajo la bañera, platicándole acerca del *doro* y

---

[11] En la lengua de Awara, los términos *paisha* y *chirei* son de género neutro, por lo que ***Si paisha, si chirei*** también pudiera significar "de tal madre, tal hija", pero ése es un significado en el que Miuko intentó no pensar.

del sericultor, que habían partido juntos hacia la capital poco después del amanecer.

Escuchando sólo a medias, Miuko se miraba los dedos de sus sucios pies. *Yagra*, la había llamado Laido, y *shaoha*.

Ella no era una demonio, de eso estaba segura. Ser un demonio seguramente se sentiría de alguna manera diferente, como un dolor de estómago o un galope sobre un caballo. Sin embargo, desde esta mañana, cuando había despertado a la orilla del río, lo único que sentía era a sí misma: demasiado ruidosa, demasiado impaciente, fuera de lugar en todas partes a excepción de la posada de su padre.

Pero esa mancha azul...

Quizá no se trataba de la marca de una demonio, sino de la de una diosa. Al fin y al cabo, el añil era el color de Amyunasa,[12] el Dios de Diciembre y el primero de todos los Dioses Lunares en surgir de las aguas primordiales, de las que fueron creadas todas las cosas y a las que finalmente todas las cosas retornan. Tal vez la criatura del camino no había sido una demonio, sino una emisaria enviada por Amyunasa con algún propósito insondable para la débil mente humana de Miuko.

Se escuchó el sonido del agua cayendo en la bañera, seguido del suave *cloc-cloc* de un par de sandalias de madera, al ser colocadas sobre las losas.

Pero Laido había sabido lo que ella era —*shaoha*— y estaba seguro de que era una demonio. Más que eso, Miuko no

---

[12] ***A-muy-na-sa*** significa, literalmente, "formador de espíritus desconocidos". El cuerpo de Amyunasa, el más poderoso y misterioso de los dioses lunares, está compuesto por las aguas primordiales de las que ellos surgieron por vez primera, con un rostro tan blanco y ausente como la luna.

podía negar la malevolencia que había sentido emanar de la criatura en el Antiguo Camino… ese frío siniestro.

Si, de hecho, se trataba de una maldición, tendría que deshacerse de ella de inmediato. Unos cuantos conjuros murmurados, algunas hierbas quemadas, tal vez un remojo —como si fuera un trapo sucio— en algunas aguas benditas, y entonces se vería liberada de demonios. Podría volver a ser Miuko, hija de los Otori, y chica de pocas aventuras.

Extrañamente, este pensamiento no la llenó de alivio.

—Entra cuando el agua esté caliente. Hablaremos después. Tengo mucho que contarte —dijo su padre y la besó en la coronilla. Enseguida hizo una mueca y se limpió la boca—. *Puaj*. Estás asquerosa.

—¡Ja! —con algo de su habitual desparpajo, Miuko le gritó, mientras él cojeaba de regreso a la cocina—. ¡Ahora podré ahuyentar a los pretendientes sin abrir la boca siquiera!

Su padre mostró su desacuerdo con un movimiento de la mano y murmuró algo que ella no alcanzó a escuchar.

Sola en el baño, se sentó con las piernas cruzadas en el suelo para examinar la planta de su pie. La maldición seguía allí, entre la suciedad y los arañazos. Ahora que tenía tiempo para analizarla con atención, pensó que se parecía a un beso.

Con un bostezo, se tumbó sobre las gastadas tablas del suelo para esperar a que el agua se calentara. Le contaría a su padre sobre la maldición en cuanto se hubiera lavado y vestido. Eso no le llevaría mucho tiempo, y no pasaría nada si guardaba el secreto media hora más.

Miuko no recordaba haber cerrado los ojos, pero antes de que se diera cuenta siquiera, el sueño la había alcanzado, rápido como el *doro* en su corcel. Sus sueños, sin embargo, no fueron un respiro, pues se agitaron con imágenes de sacerdotes, antorchas, cánticos, la marea negra del pánico y algo más que no podía nombrar, pero que sentía detrás de los ojos y bajo la piel, algo frío, asesino.

Se sentó y paladeó el humo en el aire, demasiado espeso y sucio para provenir de la pequeña hoguera bajo la bañera.

Algo más, algo grande, algo cercano, estaba ardiendo.

6

ABANDONO DEL PUEBLO DE NIHAOI

La posada estaba en llamas. El humo negro salía de la fachada del edificio, sofocando el aire, el fuego destrozaba las pantallas de papel de arroz.

Miuko salió de la bañera, deslizó los pies en el par de sandalias extra y descubrió con sorpresa que el tobillo ya no le dolía. ¿Un efecto secundario de la maldición? Sin embargo, no se quedó ahí pensando mucho tiempo, porque en su carrera a través del patio interior, unos gritos resonaron por encima del fuego.

Su padre. Le estaba rogando a alguien para que apagara el fuego. Por favor, éste era su hogar. Éste había sido el hogar de su padre y el de su padre, antes de él.

—¡Entréganos a la *yagra*, Otori-jai!

Miuko reconoció esa voz profunda.

Laido. Él y los sacerdotes debían haber venido por ella.

—¡Están locos! —les dijo su padre—. ¡Puede que haya demonios, pero mi hija no es uno de ellos!

Podía verlo a través de las pantallas carbonizadas. Estaba en la puerta principal, donde las llamas empezaban a lamer las vigas con avidez. Una de las muñecas espirituales de su madre se desplomó desde un travesaño, con la boca abierta en una silenciosa mueca de horror, mientras su cuerpo era consumido por el fuego.

—¡Padre! —Miuko intentó acercarse, pero fue repelida por una repentina ráfaga de calor.

Él se giró hacia ella.

—¡Miuko, vete de aquí!

Ella siempre había intentado, con mediano éxito, ser una hija buena y obediente, pero en este caso, no creía que su padre se opusiera a un poco de insubordinación.

Era su *padre*.

Era la única familia que le quedaba.

Ahora, él cojeaba de una habitación a otra, deteniéndose y avanzando conforme nuevas llamas surgían en su camino. En el jardín delantero, los sacerdotes estaban cantando.

Miuko miró a su alrededor. En un rincón del patio había un comedero que pertenecía a los establos y un par de mantas para caballos que debían estar guardadas hasta el otoño. Se preguntó por un instante por qué estaban fuera de su lugar, pero no tuvo tiempo de preguntarse mucho. Ya estaba tomando la manta. Ya la estaba mojando. Ya estaba corriendo de regreso al edificio principal para azotar las llamas.

Sin embargo, antes de que pudiera entrar en el edificio, las vigas se derrumbaron. El fuego rugió. Salió expulsada hacia el patio y aterrizó con fuerza sobre las baldosas.

Sin inmutarse, se levantó de nuevo y corrió a lo largo de la veranda, intentando localizar a su padre en el incendio.

Allí estaba, en el suelo de lo que antes había sido su cocina, medio escondido detrás de un montículo de lo que antes había sido una pared. Tenía la cabeza llena de cabello patéticamente chamuscado, y el cuello y el hombro muy quemados, pero estaba *vivo*.

—¡Padre! —gritó Miuko.

Él miró en su dirección. A través del humo, ella vio que sus ojos se abrían de par en par. Vio cómo su rostro pasaba de la esperanza al horror. El asco destelló en su mirada.

—No... —estaba murmurando de nuevo, pero Miuko pudo ver la palabra en sus labios—. No, no. ¡Tú no eres mi hija! ¡Aléjate de mí!

Miuko se detuvo. Le ardían los ojos. Sin quererlo, se tocó las mejillas, temiendo por un momento que se hubieran vuelto azules como las aguas del mar.

Pero sus manos eran del mismo color de crema de castañas, sus uñas necesitaban un recorte.

¿Qué había cambiado desde la última vez que la había visto?

¿Una siesta? ¿Un cuarteto de sacerdotes melodramáticos? ¿Una amenaza de ruina sobre su legado familiar? ¿Cómo podían estas cosas poner a Otori Rohiro en contra de su propia hija?

¿Su única hija?

—*¡Shaoha!* —gritó él—. ¿Qué hiciste con ella?

Ahí estaba esa palabra de nuevo: mujer de la muerte.

—Padre, soy yo...

Miuko comenzó a avanzar, pero antes de que pudiera llegar a la pared derrumbada de la cocina, los sacerdotes irrumpieron por un costado del edificio. Dos llevaban estandartes entintados con magia. Los otros, varas de bambú.

Al verla, gritaron y corrieron hacia ella, cantando.

Miuko no podía moverse. Esto no podía ser real. Los sacerdotes, sus canciones, el humo que se enroscaba en el cielo como las manos de múltiples dedos de algún dios depravado... no era más que un sueño. Ella seguía en el suelo del baño. Despertaría en cualquier momento. El agua estaría caliente y, en la cocina, su padre estaría formando bolas de arroz con sus manos robustas…

—*¡Desaparece de este lugar!*

Él *estaba* en la cocina, no deambulando por ella, sino atacándola desde las ruinas. Aunque estaba herido, su voz era como una avalancha, tan fuerte que seguramente habría asustado a todos los perros y gatos y a los sensibles *ozomachu*,[13] los espíritus del sueño, en kilómetros a la redonda.

Atónita, Miuko comprendió en ese momento que él no estaba murmurando porque no entendiera cómo regular su volumen. Lo hacía porque, de lo contrario, él también sería inusualmente ruidoso.

Si paisha si chirei.

—*¡Largo!* —resonó—. *¡No eres bienvenida aquí!*

Miuko no pudo evitarlo. Se estaba transformando de nuevo en la buena hija, la hija obediente, la que habría hecho cualquier cosa que su padre le pidiera.

Corrió.

Los sacerdotes, ya no lúgubres, sino inflamados de fervor espiritual, la persiguieron hasta los límites de la aldea, pero ella no dejó de correr. Más allá de los mercados abandonados, los campos desbordados, los gallineros derrumbados, que ya habían sucumbido a la tierra, corrió.

---

[13] ***Ozo-machu*** significa, literalmente, "oso perezoso". Aunque los *ozomachusu* no son técnicamente osos de ningún tipo, los cuentos populares los describen más a menudo como espíritus redondos y peludos que pueden encontrarse durmiendo en los pliegues de las colchas o acurrucados en las almohadas, lo que les confiere un notable parecido con los osos cuando están en hibernación.

Sólo miró atrás una vez.

En las afueras de la aldea, tres de los sacerdotes levantaban estandartes en varas de bambú, con la tinta añil fresca brillando bajo el sol de la mañana. Más allá de ellos, el fuego de la posada se estaba apagando, desapareciendo del edificio como una marea que deja un naufragio en la playa. Junto a las ruinas, su padre estaba de pie con un sacerdote tan alto que sólo podía ser Laido, y quien parecía estar consolándolo.

Su padre estaba vivo, pero esa idea no le sirvió de mucho consuelo a Miuko. Estaba vivo, pero creía que su hija era un demonio.

Y él ya no la quería.

7

TIPOS DESPRECIABLES

Miuko debía estar a medio camino de Udaiwa cuando se desplomó en medio del Kotskisiu-maru —el Bosque Columna de Piedra—, y cayó en un sueño pesado y desconsolado del que no despertó hasta muchas horas después, cuando ya había caído la noche. En la oscuridad, los árboles crujían. De los troncos pulposos brotaban pálidos hongos, medio desintegrados en la penumbra. En lo alto, una sombra descendió desde las estrellas: un murciélago, quizás, o un pájaro nocturno de silenciosas alas.

El Kotskisiu-maru se llamaba así por la longitud de los afloramientos rocosos que se enroscaban en el centro del bosque, como la columna de algún monstruo ancestral, derrotado tiempo atrás y convertido en piedra, y fue aquí donde Miuko levantó para sentarse en una de las rocas caídas y lamentar su situación.

En primer lugar, tenía hambre. En segundo, había pasado demasiadas horas de las últimas veinticuatro huyendo. Estaba segura de que nunca había corrido tanto, y ahora le ardía cada músculo de las piernas y el torso, por no mencionar algunos en sus brazos que ni siquiera sabía que había estado utilizando. Era inconcebible que no se alentara a las chicas a que se ejercitaran más. ¿Cómo, si no, iban a tener la fuerza necesaria para escapar cuando los sacerdotes que las conocían de toda la vida y el padre del que dependían las exiliaran de pronto del único lugar que habían conocido?

Debería haber pensado en sus posibilidades de supervivencia (encontrar agua potable habría sido un buen comienzo), pero en lugar de eso, se quedó allí sentada, quitando con inquietud las espinas que se habían encajado en su túnica y pasando la mano por los nudos de su cabello.

Casi había desenredado la mitad de su cabeza cuando una voz habló desde las sombras.

—Hola, palomita.

Con un grito, Miuko entró en acción, agarrando, a falta de un arma, un mechón enmarañado de su cabello particularmente denso.

De entre los árboles surgieron cuatro figuras de forma humana (de hombre, para ser más exactos), pero con crueles rostros de demonio. Uno de ellos tenía los colmillos de un jabalí. Uno tenía un tercer ojo en el centro de la frente, amarillo como el de una serpiente. Uno tenía una corona de cuernos y cabello negro y lacio que se balanceaba cuando se inclinó hacia delante, para analizar a Miuko como si fuera una flor fresca a la que le faltara poco para perder todos sus pétalos.

El último tenía la cara roja como la sangre y la nariz larga y puntiaguda de un duende.

—¿Qué hace un pájaro tan bonito como tú en un nido como el nuestro? —cuando hablaba, su boca no se movía, las palabras salían de sus dientes cerrados.

Pero ésos, Miuko se dio cuenta con un sobresalto, no eran sus verdaderos dientes. Cuando salió de las sombras, ella vio las correas atadas alrededor de su cabeza. Éstos no eran demonios, sino hombres con máscaras.

Lo cual, tal vez, los volvía más peligrosos.

—No soy un pájaro —dijo Miuko, algo un poco obvio, y retrocedió hacia los árboles.

Tres de ellos la observaban, inmóviles como estatuas, pero el hombre de la corona de cuernos se deslizó detrás de ella, impidiéndole la huida. Se cernió sobre ella tan cerca que pudo percibir su olor: caliente y apestoso a moho. No pudo evitar encogerse cuando él se acercó todavía más. Aunque sabía que debía tener un rostro detrás de su disfraz de cuernos, la oscuridad de sus ojos no indicaba que hubiera algo de humanidad debajo.

—Disculpen —dijo ella—, sólo pasaba por aquí.

Detrás, el hombre de la máscara roja rio con pesar.

—¿Adónde vas, palomita? —se deslizó hacia ella mientras los demás se quedaban congelados, como si sólo uno de ellos pudiera moverse a la vez—. A mí me parece que estás lista para ser desplumada.

Miuko intentó correr, pero el hombre de la máscara con cuernos la agarró por los brazos, riéndose. Ella luchó contra su agarre. Intentó darle una patada. Las sandalias salieron volando de sus pies. Intentó gritar.

El bosque resonó con el sonido de su voz. En los árboles, las hojas temblaron.

Los hombres se detuvieron.

—Es una bonita boca la que tienes —dijo el hombre de la máscara roja—. Me pregunto para qué más servirá.

Con un escalofrío, Miuko sintió que algo le rozaba la espalda, los dedos de alguien, enredándose en su cabello, y entonces…

Hubo una explosión en lo alto. Una luz se encendió en el cielo, tiñendo de blanco todas las ramas del dosel. Los hombres se cubrieron los ojos, gruñendo. El de los cuernos dejó caer a Miuko que, momentáneamente cegada, hundió las manos en el mantillo en busca de un palo, una piedra, cualquier cosa con la que pudiera defenderse.

Por eso, al principio no vio al reptil gigante arremeter entre los árboles, con cuatro brazos y plumas negras, con ojos dorados y encendidos. De sus patas con garras se desprendían relámpagos. A lo largo de su lomo, un enorme conjunto de espinas rastrillaba las nubes.

—MORTALES —declaró con una voz como una ruptura en la cumbre de la montaña—. ¿SE ATREVEN A INFECTAR MIS BOSQUES CON SU VIOLENCIA? ¡POR SU INSOLENCIA, SERÁN CASTIGADOS! ¡QUÉDENSE DONDE ESTÁN Y RECIBAN SU JUICIO CÓSMICO!

Sin embargo, como muchos humanos, y en particular los que no tienen escrúpulos, estos hombres no tenían interés en afrontar las consecuencias de sus fechorías y no se quedaron para descubrir qué castigos les esperaban.

Corrieron, chillando como pequeños cerdos.

Tras recoger sus sandalias, Miuko también corrió, en dirección contraria.

Al atravesar la maleza, oyó que el gigante la llamaba, y que su voz pasaba de ser demoledora a tan sólo grave:

—¡NO, ESPERA! ¡LO LAMENTO! ¡NO QUERÍA asustarte a ti! Por favor, regresa.

No lo hizo.

Por el contrario, corrió tan fuerte y tan rápido que no se dio cuenta de que estaba corriendo directamente hacia otra persona. Se estrelló de cara en su pecho y cayó al suelo como un trozo de arcilla desechado.

Se escuchó una risita y la persona se agachó para ayudarla a levantarse.

—Diría que fue obra del destino encontrarte aquí, pero para ser honesto, yo esperaba encontrarte de nuevo.

Sorprendida, Miuko tomó la mano del hombre. Estaba bien formada, con las uñas cuidadas y la piel impoluta; no era el tipo de mano que alguien esperaría encontrar en medio del Kotskisiu-maru. El brazo al que venía unida estaba revestido de fina seda, bordada con tanta delicadeza con oro que su confección había debido costarle meses de vida a un sastre.

Miuko retrocedió y cayó otra vez al suelo, con un desgarrador golpe. Desde su nueva perspectiva, entre la hojarasca, se dio cuenta de que los zapatos del hombre eran también de gran calidad.

Una ola de calor la golpeó y, con un considerable temor, redirigió su mirada hacia el noble rostro de Omaizi Ruhai.

Era el *doro yagra*.

8

DOS CARAS DE UNA MONEDA

Miuko cayó entre las hojas muertas. El príncipe demonio la observaba como un gato podría observar a un conejo herido que patalea débilmente en el suelo de un granero. La observó hasta que ella retrocedió hacia un tronco caído y se quedó ahí, momento en que él dio un paso más y se detuvo de nuevo. Su rostro todavía brillaba por dentro; mientras la estudiaba, uno de sus ojos se arrugó y se convirtió en ceniza.

—¿Cómo me encontró usted? —jadeó ella.

Él ladeó la cabeza, como si no entendiera la pregunta.

—Puedo sentirte… débilmente, como una fragancia de una habitación lejana. ¿Tú no puedes sentirme?

Ella sacudió la cabeza.

—¿Tienes miedo? —preguntó él. Las llamas titilaban entre sus dientes—. Habla.

Miuko tragó saliva. Sus dedos se aferraron a la tierra.

—Sí.

—¿Me ves? —bajó la mirada a su grandiosa túnica, a sus manos bien formadas—. ¿Me ves como soy?

—Sí.

—¿Qué soy?

Miuko consideró la pregunta. Tenía el cuerpo de Omaizi Ruhai, el heredero del *yotokai,* a quien ella debía su vida y su lealtad. Si le hubiera ordenado que se cortara el cuello, ella se habría visto obligada a obedecer.

Pero debajo de eso, era un *na* —una criatura de Ana—, que llevaba al *doro* como si fuera un vestido de gala.

—*Doro yagra* —dijo ella por fin.

—¿Príncipe demonio? —repitió él, riendo. Tenía una risa sorprendentemente agradable para un demonio, generosa y cálida. Sin embargo, debajo de ella, Miuko escuchó un bajo crepitar: el sonido de las llamas, de la tierra que se endurece, del suelo que se rompe bajo el formidable resplandor del sol—. Me gusta.

—Me alegro... —Miuko dudó. No sabía si debía llamarle "mi señor".

El *doro* inclinó la cabeza, como si escuchara algo que ella no podía oír.

—¿En serio? ¿Te alegras?

Ella no respondió, pues estaba ocupada rezando a todos los dioses y altos espíritus que se le ocurrían.

—Me ves —repitió el *doro yagra*.

Al ser arrancada de sus oraciones, Miuko asintió.

—Tú eres la única que me ve.

Por las reacciones de los aldeanos, que no supieron que tenían un demonio entre ellos, había deducido que la gente de las clases plebeyas no podía ver al *yagra* dentro del cuerpo del *doro*, pero Miuko estaba sorprendida de que la nobleza y los sacerdotes de alto rango con los que el *doro* debía estar en contacto tampoco lo vieran.

—Me parece fascinante... *tú* me pareces fascinante. ¿Cómo te llamas?

Miuko recordó que su madre había dicho una vez que decirle el nombre a un espíritu podía atarlo a uno a la servidumbre eterna y consideró la posibilidad de mentir, pero también le pareció recordar que algunos espíritus despreciaban las falsedades y herían a los mentirosos de esta tierra.

—Miuko —respondió.

—Miuko —el *doro yagra* se lamió los labios, como si estuviera saboreando el nombre. Al parecer satisfecho, pidió más—. ¿Cuál es tu apellido, Miuko?

—Otori —dijo ella—. Otori Miuko.

—Ah, la hija del posadero —su mirada la recorrió, desde su cabello enmarañado, bajando por sus ropas andrajosas, hasta sus pies descalzos y doloridos, y luego hasta el camino que había creado en el mantillo, donde unos cuantos helechos arrugados yacían lacios y negros entre las hojas—. Creo que eres bastante más que eso.

Rápidamente, tanto que la mirada de Miuko apenas logró seguirlo, acortó la distancia entre ellos. Se movía como la demonio de piel azul del camino, pero no la tocó cuando se arrodilló para examinar las plantas de sus pies.

—*Shaoha* —su aliento era caliente contra su tobillo.

La palabra la hizo estremecerse. Mujer de la muerte. Demonio. Así la había llamado Laido. Y su padre también.

Al inclinar la rodilla, Miuko se dio cuenta, con un grito ahogado, de que la mancha azul intenso se había extendido. Ahora cubría sus dos plantas, desde las puntas hasta los arcos, donde había empezado a filtrarse en cada uno de sus talones.

¿Dónde se detendría? ¿En sus tobillos? ¿En las pantorrillas? ¿En los muslos? ¿Se detendría en *algún momento* o acabaría envolviendo todo su cuerpo, desde la punta de los pies hasta la coronilla?

—Creía que eras una leyenda —dijo el *doro*.

A pesar de su horror, Miuko casi rio.

—¿Yo?

Todavía agachado, él giró la cabeza en un ángulo poco natural.

—Tú. Mujer de la Muerte… una variedad de demonio malevolente como el mundo no ha visto en muchos siglos —luego se echó atrás y arrugó la nariz, como si Miuko estuviera emitiendo un olor desagradable—. Sólo que todavía no eres del todo *ella*, ¿cierto? Todavía eres… humana.

Ella saltó ante sus palabras, pues la llenaron de esperanza.

—¿Lo soy?

Si no era un demonio, podría volver a casa. Su padre la aceptaría de regreso con un beso, tras declarar cómo se parecía cada vez más a su madre, y Miuko, al sentirse tan aliviada de estar de vuelta, no protestaría.

—Sí —el *doro yagra* se puso de pie—. Por ahora.

—Espere —tambaleante y con las rodillas débiles, se puso de pie—. ¿Qué quiere decir? ¿Cuánto tiempo pasará antes de…?

Él sonrió. Las chispas escaparon de un agujero carbonizado en una de sus mejillas.

—No mucho, si tienes suerte.

—¡Pero yo no quiero ser un demonio malevolente!

—¿Por qué no?

—Porque…

—Pienso que tú crees que debes ser pequeña —dijo en voz suave, casi como si estuviera meditando—. Creo que te han enseñado que la grandeza no te pertenece y que desearla es perverso. Creo que te has plegado a la forma que los demás esperan de ti, pero esa forma no va contigo, nunca te ha venido bien, y toda tu joven vida has estado muriendo por liberarte de ella.

Miuko parpadeó. Era como si el *doro* hubiera hundido sus dedos dentro de ella y hubiera sacado de su corazón alguna maleza arraigada desde hacía tanto tiempo que había olvidado que estaba allí, ahogando cada respiración.

—¿Te veo? —preguntó el *doro*.

—¿Quién es usted? —susurró ella.

—¿No me reconoces? Soy yo, Ruhai, el hijo más querido del Clan Omaizi —bromeó, haciéndole una reverencia—. A tus órdenes.

—No —dijo ella tontamente. El demonio seguro podría partirla por la mitad como un palillo, pero eso no le impidió preguntar—. ¿Cuál es su verdadero nombre?

El fuego que había en el interior del *doro* se agitó y se atenuó.

—Es una pregunta sencilla con una respuesta complicada —él intentó sonreír, pero la sonrisa escapó de sus labios—. Yo soy... era... puedes llamarme *Tujiyazai*.[14]

Venganza.

No era el nombre más reconfortante.

—¿Por qué está aquí, Tujiyazai-jai? —preguntó.

Ahora él contestó con facilidad, con un descuidado encogimiento de hombros, como si no hubiera nada más simple en el mundo entero.

—Te quiero a ti.

Ella bajó su mirada. A través de sus ropas desgarradas, se veían partes de su ropa interior, secciones de carne expuesta en la pantorrilla, el hombro, el codo.

Como si percibiera la dirección de sus pensamientos, él curvó el labio con disgusto.

---

[14] ***Tuji-yazai*** significa, literalmente, "tu mal karma" o, de forma más elaborada, "tu propio mal que ha vuelto".

—No en ese sentido —luego, como si la idea se le acabara de ocurrir, ladeó la cabeza, considerándolo de la misma manera en que uno podría considerar una elección entre un té verde o uno blanco—. Bueno, podría ser.

Esto no hizo que Miuko se sintiera mejor.

—Es más probable que quiera comerte —Tujiyazai enseñó los dientes blancos y rectos del *doro*—. O tal vez, en todos mis largos años, he sido como una cara de una moneda, sola y sin pareja, buscando su otra mitad para estar completa.

—¿Y cree que yo soy su otra mitad?

—Quizá. Después de todo, ambos somos demonios malevolentes —volvió a sonreír—. Tal vez podríamos gobernar este mundo juntos. ¿No te parece atractivo? Eres una sirvienta, ¿no? Imagina, si te unieras a mí, no tendrías que servir a nadie nunca más. Podrías ser *Shao-kanai*,[15] más poderosa que cualquier simple mortal.

Dama de la Muerte. El título la hizo temblar, aunque (si era sincera consigo misma) no del todo por miedo.

—Y —añadió Tujiyazai— si nos cansamos de las cosas, podemos simplemente destruirlas. Creo que tú has sido hecha para eso.

—¡No! —gritó Miuko. Ella no era una demonio. No era la Dama de la Muerte. No era material de leyendas. Era una chica de Nihaoi. Su vida era pequeña, tal vez, y a veces se sentía inadaptada, pero le pertenecía a *ella* (la aldea en decadencia, la posada, su padre), y se negaba a abandonarla por promesas de poder y protagonismo.

---

[15] ***-kanai*** es el sufijo que se añade a los nombres y sustantivos para denotar un estatus elevado, como en inglés se podrían utilizar los títulos *"Lord"* o *"Lady"*.

Tujiyazai pareció decepcionado, casi herido.

—¿Estás segura?

—¡Sí!

Sólo entonces a Miuko se le ocurrió que, si no se unía a él, bien podría matarla, pero ya era demasiado tarde para anular su respuesta.

Una sonrisa se dibujó en el rostro del *doro*, fugaz como el humo.

—Ya veremos —con una última reverencia, se dio media vuelta y desapareció entre las sombras, con su voz flotando entre los árboles—. Adiós, Ishao, hasta la próxima vez que nos encontremos.

Temblando, Miuko se puso de rodillas. *Ishao*, la había llamado. Pequeña Muerte. Una demonio, o no del todo una demonio, que poseía el poder de reinar sobre Awara o de arrasarla.

No era posible. *No* podía ser posible. Ella era Otori Miuko. Era un miembro de la clase sirviente. Si era lo suficientemente afortunada, se suponía que se convertiría en esposa, madre, cuidadora de su anciano padre y, si su marido partía del mundo de los espíritus antes que ella, viuda al cuidado de su hijo. A diferencia de su madre, que había escapado para perseguir una mejor vida más allá de Nihaoi, Miuko hacía tiempo que se había resignado a pasar la totalidad de sus días en una aldea en decadencia.

Sin embargo, no llevaba mucho tiempo allí sentada cuando oyó otra voz que la llamaba desde el bosque.

—¡Ahí estás!

Frunció el ceño, preguntándose si así sería su vida de ahora en adelante: una cosa tras otra, sin un momento de descanso. Fuera lo que fuera, planeaba darle una paliza a lo siguiente que se le acercara, fuera bueno o malo.

Sin embargo, no se molestó en levantarse para hacerlo, ya que un joven más o menos de su edad avanzó a través de los árboles, esquivando con torpeza las ramas y trepando por los troncos, con el brazo derecho en un cabestrillo azul.

—¡Te he estado buscando por todos lados!

Tenía un aspecto encantadoramente extraño, con rasgos delicados, ojos redondos y labios finos, y a pesar de que le hablaba como si la conociera, ella estaba segura de que no había visto al chico en su vida.

Él hizo una brusca reverencia, como si acabara de recordar sus modales, o como si nunca los hubiera aprendido.

—Lamento haberte asustado. Sólo quería asustar a esos feos *vakaizusu*[16] —la mala palabra la hizo sonrojarse, a pesar de su conmoción—. Hey, ¿qué pasa?

Miuko parpadeó.

—¿Nos conocemos?

El chico rio, sus ojos se arrugaron y unos pliegues profundos marcaron sus mejillas. Tenía una risa como una canción, rápida y aguda.

Miuko esperó pacientemente, más o menos, a que se detuviera.

Él saltó sobre uno de los troncos caídos y se agachó allí, sonriendo.

—Soy la urraca que salvaste de los niños zorro. Me llamo Geiki.

---

[16] ***Vakai-zu*** es una maldición demasiado soez para ser traducida, francamente.

9

CHICO PÁJARO

Miuko no sabía mucho sobre las criaturas de Ana, pero había escuchado los suficientes cuentos para dormir de su madre para saber que los *atskayakinasu*[17] —los espíritus de urracas— eran unos embaucadores, no más fiables que un segundo verano o un viento del sur, así que mientras escuchaba la historia de Geiki frente a una hoguera crepitante y una comida de nueces asadas, que estaba engullendo con un gusto vergonzoso, asimilaba todo lo que decía con *kei-ni-iko-sha*, es decir, con todo el peso de un guijarro en una ola.

Lo que equivale a decir: muy a la ligera.

Él estaba volando de regreso a casa con un medallón de oro que había encontrado alojado entre las esteras de paja desintegradas del pabellón de la alcaldía de Nihaoi, cuando había visto algo que brillaba a través de las vigas de un granero. Dado que necesitaba un descanso, de cualquier forma, pues el medallón era bastante pesado, acababa de detenerse para liberar el nuevo objeto, cuando…

—Pero ya tenías el medallón —lo interrumpió Miuko.

—¿Y?

---

[17] ***Atskayaki-na:*** en el idioma de Awara, la palabra para "urraca" es *atskayaki*, que significa "pájaro ladrón", y la palabra para "espíritu" es *na*. Por lo tanto, *atskayakina*.

—¿Por qué necesitabas algo más si ni siquiera podías llevar lo que ya tenías?

—Porque era *brillante* —dijo él, con la cuidadosa enunciación de un adulto que explica un concepto difícil a un niño.

Naturalmente, su lógica espiritual no tenía ningún sentido para ella.

Como sea, continuó Geiki, acababa de detenerse para jalar esa cosa y liberarla cuando se le echaron encima tres jóvenes espíritus de zorro, que lo agarraron por el ala y lo lanzaron con los dientes hasta que consiguió liberarse. Cuando huyó, ellos lo persiguieron hasta el camino, dando tumbos al tiempo que adoptaban sus formas humanas.

—Ahí es donde entras tú, oh, Temible Portadora de Sombrillas —dijo Geiki con un guiño.

Después de que Miuko ahuyentara a los espíritus de zorro, él empezó a cojear para reunirse con su bandada, pero antes de llegar a sus nidos en el Kotskisiu-maru, la oyó gritar. Aunque nunca había sido un gran luchador, era, según sus propias palabras, un "maestro de la ilusión", así que había conjurado un rápido espejismo para ahuyentarlos y ahora, bueno... aquí estaba.

Miuko lo miró a través del humo, tratando de decidir si estaba siendo sincero o no. Por un lado, Geiki tenía una cara amable e inocente. Por otro, ése parecía justo el tipo de rostro que un embaucador utilizaría para desarmarla.

Sin embargo, había una forma fácil de saberlo.

—Si tú eres el pájaro del camino —dijo—, muéstramelo.

Geiki habló a través de una boca llena de comida:

—No puedo.

—¿Por qué no? —Miuko frunció el ceño, en parte por la reticencia del chico y en parte por la visión de los frutos secos a medio masticar que él tenía en la lengua.

—No puedo hacerlo si tú estás mirando.

—¿Quieres decir que te pones nervioso?

—¡Quiero decir que *no* puedo! ¡Los espíritus sólo pueden cambiar de forma cuando nadie los está mirando! ¿No lo sabes? Las transformaciones, las ilusiones, esas cosas sólo funcionan cuando no hay otros ojos sobre ti. Además —añadió con desdén—, no quiero hacerlo.

Por un momento, Miuko se quedó boquiabierta. Niños zorro, besos malditos, su padre desterrándola de la posada, la posada ardiendo hasta los cimientos, hombres con caras de demonio, un demonio con la piel de un príncipe, y ahora un chico que afirmaba ser un pájaro... era demasiado. Demasiado.

Se echó a reír.

Alarmado, Geiki dio un salto para alejarse del fuego.

—*¡Ack!* ¿Qué está pasando? —agitó su brazo bueno hacia ella como si se hubiera desmayado, cosa que no había sucedido—. ¿Estás contenta o loca? ¿Contenta-loca? ¡Deja de hacer eso!

Miuko se limpió los ojos con su manga rota.

—¿Qué voy a hacer, Geiki?

—¿Qué vas a hacer de qué?

Su historia salió a borbotones, como un arroyo que se precipita por la ladera de un monte, chocando contra las rocas a diestra y siniestra: los sacerdotes, la *shaoha*, su padre, el príncipe demonio...

—¿Conociste a Tujiyazai? —la interrumpió Geiki—. ¡Creía que era sólo una leyenda!

... Y la mancha, que ella le mostró, añil como la tinta a la luz del fuego.

Por un momento, él miró con curiosidad las plantas de sus pies.

—La maldición de una *shaoha*, ¿eh? Nunca he oído hablar de una de ésas. ¿Qué pasa si la toco?

—¡No la toques!

—¡No lo haré! Sólo quiero saber qué pasa si lo hago.

No tenía ganas de demostrarlo, así que le explicó la forma en que la hierba se había marchitado al tocarla, la forma en que el musgo se había ennegrecido, como si toda la vida verde que alguna vez había surgido de ella se hubiera agotado.

—¿Qué pasa si *tú* la tocas? —preguntó él.

Esto no se le había ocurrido. Supuso que era algo que su madre sí habría pensado, pero eso no la consoló.

Miuko alargó la mano y tocó el borde de la marca con la punta del dedo índice.

Nada pasó.

Geiki se volvió a sentar encogiéndose de hombros.

—Lo mejor será poner un calcetín en eso, de cualquier manera.

Una risa, que más bien sonó como hipo, salió de los labios de Miuko.

—Lo haría si tuviera uno.

—Tendremos que conseguirte uno, entonces. ¡Dos, incluso!

Miuko tragó saliva.

—¿Nosotros?

—¿Por qué no? ¿Mi vida a cambio de un par de calcetines? Me parece un intercambio justo —le sonrió, con sus ojos negros brillando.

A Miuko se le ocurrió que debía negociar. Según se contaba, los *nasu* eran negociadores astutos y había innumerables historias en las que un giro nebuloso de la frase dejaba atados a los mortales involuntarios a décadas de infortunio o a vidas de servidumbre en palacios lejanos, donde permanecían siendo jóvenes, mientras sus familias en Ada envejecían y morían sin ellos.

Ante su silencio, Geiki rio.

Miuko se sonrojó. Luego, frunció el ceño.

—Mira, no sé lo que quieres de mí…

—¡Nada! Sé que no tenemos mucho tiempo de conocernos, pero…

—De hecho —intervino ella—, no nos conocemos.

Él sonrió.

—Tienes razón. Pero me parece que si el destino nos ha reunido, tú, necesitando un poco de ayuda y yo, siendo un pájaro sumamente servicial… ¿quién soy yo para interponerme en el camino del destino?

—*¿Destino?*

—¿No lo sientes?

—Para nada.

—Bueno, yo sí. Tengo un buen presentimiento sobre ti, Miuko, con o sin maldición. No todos los días conoces a una humana que luche contra un grupo de espíritus por ti, en especial, cuando es obvio que ni siquiera tiene idea de cómo luchar…

—Gracias.

—De nada. Y de todos modos, ¿qué clase de amigo sería si te dejara ir para que trataras de salir adelante con todo este asunto de la maldición tú sola?

Miuko frunció el ceño.

—No somos amigos.

—*¡Ack!* —Geiki se agarró el pecho—. ¡Me has herido!

—*Acabamos* de conocernos.

—¿Y? He hecho amigos más rápido que esto.

—Tal vez *tú*, pero… —se interrumpió. Lo cierto es que yo nunca había tenido amigos. No había muchos niños en la aldea abandonada de Nihaoi y, entre los que había, ninguno la soportaba por mucho tiempo. Era demasiado aventurera para las chicas, demasiado testaruda para los chicos, siempre inadaptada y fuera de lugar.

Aprovechando su silencio, Geiki continuó.

—Te diré algo. ¿Qué tal si te llevo a Udaiwa? Allí tienen una biblioteca, Keivoweicha-kaedo,[18] y a los humanos les gustan las bibliotecas, ¿cierto? Tal vez ellos puedan decirte cómo eliminar tu maldición.

Miuko nunca había visitado una biblioteca. Sabía leer y escribir, por supuesto, como todos los miembros de la clase sirviente, pero en Awara no se les permitía a las mujeres entrar en esos lugares de aprendizaje, ya que, según la sabiduría de los políticos Omaizi, las mujeres no tenían cabeza para la historia, la política, la doctrina religiosa, la literatura o la ciencia, por lo que resultaría cruel permitirles el acceso.

Ahora, sin embargo, Keivoweicha brillaba en sus pensamientos. Tendría que colarse, por supuesto, pero si lograba localizar algún pergamino o panfleto explicativo que le dijera cómo eliminar su maldición, entonces la transgresión valdría la pena. Siempre había la posibilidad de pedir perdón cuando volviera a casa.

—Geiki... —se permitió una sonrisa—. Eso es brillante.

Él se pavoneó.

—Soy un pájaro muy inteligente.

—Y humilde también.

—Oh, sí, soy más humilde que nadie.

---

[18] ***Kei-vo-weicha-kaedo***, poéticamente, significa "Santuario de la linterna en la oscuridad".

Miuko rio, una risa verdadera esta vez, que rebotó con tanta fuerza en los árboles que un búho, que había estado descansando sobre una rama nudosa, despedazó bruscamente una bolita de huesos y se dejó caer en la oscuridad con sus silenciosas alas. Y aunque sabía que no era apropiado que una chica se riera cuando no sólo estaba maldita, sino exiliada, por primera vez en su vida, quizá, Miuko estaba en compañía de alguien a quien no parecía importarle lo que era apropiado. La aceptaba —e incluso le agradaba— fuera humana o demonio, pura o maldita, grosera o educada. Tal y como era.

—Geiki —dijo—, yo también tengo un buen presentimiento sobre ti.

10

SOBRE LA IMPORTANCIA DE LA TRADICIÓN

A la mañana siguiente, Miuko y Geiki se adentraron en la periferia de la ciudad, más allá del barrio del templo donde los sacerdotes entonaban sus oraciones matutinas, y se dirigieron a las bulliciosas calles del barrio de los comerciantes. Atravesaron tiendas y puestos de mercado, esquivaron carros de agricultores y pasillos de mercancías expuestas sobre mantas: jarrones de porcelana, urnas de latón, sacos de frijoles secos, pinceles de caligrafía de gran tamaño hechos con pelo de caballo.

Entraron en un puesto de ropa y Geiki cambió el medallón de oro por un conjunto sencillo de túnicas de cáñamo y un par de calcetines blancos, además de unas cuantas monedas extra para comida y otros gastos. Miuko se cambió en un callejón trasero, bajo la mirada de un gato atigrado con cicatrices, que descansaba perezosamente en un tejado cercano. El *atskayakina* montó guardia en la entrada.

Cuando salió, anudando sus viejas ropas en un fardo, Geiki la vio con mirada crítica.

—Tienes un aspecto respetable.

—Oh —ruborizada, bajó los ojos, poco acostumbrada a los cumplidos—. Mmm... gracias.

—No lo decía en el buen sentido —añadió él—. ¿Tienes hambre?

Al parecer ajeno a la forma en que Miuko lo fulminó con la mirada, le indicó que se acercara a un puesto de comida, donde compró una brocheta de pescado para cada uno, y le presentó a Miuko la suya con una floritura.

—¿Tú puedes comer esto? —preguntó ella, tomando un bocado lleno de espinas.

—¿A qué te refieres?

—Pensé que las urracas sólo comían insectos.

—Cuando parezco pájaro, como comida para pájaros. Cuando parezco humano, como comida para humanos —se encogió de hombros—. No es tan difícil.

Suficientemente escarmentada, Miuko aceptó su siguiente ofrecimiento: una gruesa rodaja de sandía, sin más comentarios.

Subieron por los sectores de la ciudad hasta llegar al barrio de las Grandes Casas, compuesto por las familias nobles más cercanas al *yotokai*, las fincas amuralladas y oscurecidas, a la sombra del castillo. Miuko, que nunca había soñado con subir tan alto en la ciudad, se quedó sin aliento ante la vista. Toda Udaiwa se presentaba ante ella como un festín: las puertas pintadas, los tejados relucientes, los barcos balanceándose en la bahía, al norte.

Geiki, sin embargo, parecía no inmutarse y, tras un momento en el que se inclinó hacia el viento, dejando que acariciara sus mejillas y que pasara sus dedos invisibles entre su cabello, ya revuelto desde antes, tiró rápidamente de Miuko hacia delante.

Keivoweicha-kaedo era un vasto anexo de almacenes de archivos y de jardines, entrelazados con caminos de grava bien cuidados. En el centro del recinto se encontraba una enorme pagoda de cinco pisos con tejas vidriadas, traídas de Occidente, que adornaban los tejados.

Miuko se quedó ahí parada, asombrada por el espectáculo, y Geiki le dio un codazo con su brazo bueno.

—¿Y bien?

—¿Y bien qué?

—¿Vamos a entrar o qué?

Ella parpadeó.

—¿No tienes un plan?

—Claro. La puerta —señaló hacia la entrada de la pagoda, donde dos guardias con librea ébano y ocre estaban parados, rígidos como muñecos de madera, junto a un amplio conjunto de puertas dobles.

Miuko gimió. Por supuesto, un *atskayakina* no debía estar enterado de que las mujeres tenían prohibida la entrada a la biblioteca.

—¿Qué? —preguntó él.

—No se permite la entrada a las chicas en Keivoweicha.

—*¿Qué?* —retrocedió como si Miuko le hubiera lanzado un golpe—. ¿Por qué no?

—No lo sé —respondió ella con un tono de enfado—. Es la tradición.

Geiki hizo un sonido como si fuera a vomitar.

—Ustedes los humanos y su *tradición*...

En realidad, Miuko estaba de acuerdo con él, pero no iba a permitir que tuviera la satisfacción de saberlo. Hizo un sonido de irritación y se apartó para estudiar la entrada de la biblioteca, preguntándose si podría colarse cuando los guardias cambiaran de turno, pero perdió la concentración cuando Geiki la agarró de la mano y la arrastró.

—Geiki, ¿qué...?

A la sombra de la pagoda, él le sonrió.

—¡Así que no podemos usar las puertas! Bueno, hay otras formas de entrar y salir de un lugar, ¿no?

—¿Cómo cuá...?

Pero él ya se estaba alejando, examinando el exterior de la biblioteca con el ojo experto de un ladrón. Miuko, sospechando que no iban a gustarle las "formas" que él tenía en mente, arrastró los pies siguiéndolo.

Su recelo, como pudo verse después, no era injustificado, ya que él se detuvo de pronto y señaló una ventana abierta en el primer piso. Se puso en cuclillas bajo la ventana y le dio una palmada a la parte superior de su muslo.

—¡Arriba! —le dijo a Miuko.

—¡Geiki! —susurró ella, alarmada y escandalizada a la vez. ¡Alguien los sorprendería! ¡Y él la *tocaría*!

—¿Qué? ¡Apúrate!

Por otra parte, ya estaba rompiendo varias reglas al pasear con un chico que no era ni su pariente ni su marido. Si un pequeño impulso era lo único que se interponía entre ella y la forma de averiguar cómo eliminar la maldición de la *shaoha*, entonces no había razón para no romper también esta regla.

Se subió a la pierna de Geiki y se encaramó a sus hombros con paso inestable, segura de que los dos caerían al suelo. Sin embargo, antes de que los nervios se apoderaran por completo de ella, Geiki se levantó y la lanzó hacia el alféizar de la ventana, al que se agarró, golpeando las sandalias contra el costado del edificio.

—¡Shhhhh! —Geiki le aferró un pie y la empujó a través de la ventana, hacia el interior de la biblioteca, donde Miuko cayó, gruñendo, entre unos estantes polvorientos.

Geiki se lanzó tras ella, pero él se posó en el suelo con una gracia sorprendente. Ella parpadeó.

—¿Cómo...?

Él ajustó su cabestrillo y la miró fijamente, como si ella no debiera preguntar algo así a estas alturas.

—Soy un *pájaro*.

Cuando los ojos de Miuko se adaptaron a la oscuridad, se quitó las sandalias y examinó la biblioteca. La nublada luz del sol se filtraba a través de los biombos de papel de arroz, iluminando los largos estantes de cedro de los distintos espacios en forma de diamante, donde se guardaban miles de pergaminos, insertados en fundas de bambú o anudados con cuerdas de seda. Desde su fundación por el Clan Omaizi, Keivoweicha había permanecido durante cientos de años como un lugar sagrado para los buscadores de conocimiento de todo tipo —por supuesto, siempre y cuando fueran hombres—, y Miuko casi podía sentir la diferencia en el aire. Se sentía pesado, con un silencio tan espeso que podía cortarse como un trozo de tofu.

Su mirada se dirigió a los estudiantes encorvados sobre las mesas de lectura.

—¿Por dónde? —le preguntó en un susurro a Geiki.

—¿Y yo cómo voy a saber? —gorjeó él detrás de ella.

Miuko lo miró, consternada.

—¿No habías estado aquí antes?

—¿Para qué vendría? ¡No sé leer!

La discusión fue interrumpida por un sacerdote que pasó tambaleándose al final de su fila como un malabarista en un acto de circo, agitando tantos pergaminos que parecían cobrar vida en sus brazos, saltando y desplegándose, pasando por encima de sus hombros para besar los dobladillos de su túnica. Miuko se tensó. Aunque apenas se atrevía a moverse, nunca se había sentido más ruidosa, cada inhalación era como un aullido del viento, cada movimiento de su peso como un temblor de tierra.

Cuando el sacerdote se fue, Miuko se puso de puntillas con los pies en calcetines.

—Sígueme tú, entonces… supongo.

Haciéndose callar una al otro, ella y Geiki se escabulleron entre los estantes y evadieron a los eruditos que flotaban por la biblioteca como fantasmas, hasta que Miuko descubrió que al final de cada fila de estantes había papeles colgando que describían el contenido de cada estante. En la primera planta, ella y Geiki se deslizaron entre ASTROLOGÍA, COSMOGONÍA y GEOMORFOLOGÍA FLUVIAL, antes de que subieran por una chirriante escalera hasta CRISTALOGRAFÍA, FILOSOFÍAS DE LOS CIENTO CUARENTA Y CUATRO SABIOS, y MATEMÁTICAS, donde se quedaron desconcertados por un instante, en algún lugar entre TESELACIONES y VIAJES EN EL TIEMPO, pero por fin llegaron a la tercera planta, dedicada por completo al estudio de los espíritus.

Geiki pareció ofenderse.

—¿Esto es todo lo que tenemos?

Desde el hueco más cercano, Miuko sacó un pergamino de su funda de bambú. En su superficie moteada, la antigua caligrafía era apenas legible, tachonada de palabras desconocidas y agujeros dejados por algún piojo partidario del papel.

—¿Estás bromeando? —preguntó Miuko—. ¡Podría llevarme años leer todo esto!

—*¿Años?* —Geiki se agarró dramáticamente a los estantes—. Pero ¿qué vamos a comer?

Miuko miró el pergamino que tenía en la mano con la esperanza de que fuera, por alguna intervención del destino, justo el que le dijera cómo eliminar la maldición de una *shaoha*.

No lo fue. Al menos, por lo que pudo descifrar.

Con un suspiro, volvió a levantar la mirada, con la intención de pedirle a Geiki que empezara a sacar pergaminos, pero, para su sorpresa, se encontró con que él tenía una enorme sonrisa en el rostro.

—Tengo una idea —dijo Geiki.

—¿Sí? —Miuko levantó las cejas—. Espero que sea tan bien razonada como la anterior.

O él no captó su sarcasmo o no le importó, porque se inclinó hacia ella hasta que estuvieron casi nariz con nariz entre los estantes y dijo en un susurro conspirador:

—¿Alguna vez te has preguntado cómo es ser hombre?

11

UNA PERSPECTIVA DESALENTADORA

La verdad era que Miuko sí había imaginado muchas veces cómo sería contar con las libertades de un hombre. Si fuera un hombre, podría viajar sin la compañía de un pariente. ¡Podría estar en el río con el torso desnudo! ¡Podría eructar sin excusarse y ocupar el triple de espacio en los bancos públicos!

Pero después de que aceptó que Geiki la disfrazara con una de sus ilusiones, se encontró preocupada por su nueva voz, más grave, y sus mejillas recién afeitadas; ni siquiera la ropa de hombre que llevaba le sentaba bien —le apretaba demasiado en los brazos y los hombros para que se sintiera cómoda—, porque ella no era, de hecho, un hombre.

Pero ya era tarde para cambiar de opinión porque, sin titubear siquiera, Geiki enderezó los hombros y se dirigió al centro del tercer piso, donde un anciano bibliotecario con túnica color ébano y ocre estaba empujando un carro repleto de pergaminos enrollados.

—¡Saludos, hombre! —declaró el *atskayakina* con un alegre movimiento de su mano a manera de saludo—. ¡Porque yo también soy un hombre!

Detrás de los estantes, Miuko gimió y, una vez más, se sobresaltó al escuchar esas reverberaciones desconocidas en su pecho.

—Tengo muchas posesiones, como un tejado y un bigote, aunque, como puede ver, no los tengo conmigo en este preciso momento —Geiki guiñó un ojo al desconcertado bibliotecario, que lo miraba con los ojos muy abiertos—. También tengo varios gatos, pues no creo que sean los rencorosos engendros demoniacos con garras de aguja que *algunos pájaros* podrían pensar que son. ¡Ay, esos gatitos! ¿Estoy en lo cierto?

Sin esperar respuesta, se volvió hacia Miuko y la señaló.

—¡Oh, mire ahí! Un colega genial y no un extraño que apenas anoche conocí en el bosque. ¡Ven aquí, hombre!

Miuko hizo una mueca y estuvo a punto de tomar su túnica en su camino hacia ellos, pero se detuvo a tiempo y se obligó a bajar las manos. Los hombres no se levantaban los pantalones al correr. ¿Cómo caminaban los hombres? Intentó pavonearse, lo que sólo hizo que el bibliotecario frunciera el ceño.

No era así, entonces.

—Bien, eh... —buscó a tientas las palabras—. Dígame, ¿tiene alguna información sobre maldiciones?

—¿Maldiciones? —el bibliotecario dio un paso atrás, como si a ella y a Geile les fuera a brotar viruela justo frente a sus ojos—. ¿Ustedes están...?

—¡Oh, no! —Miuko intentó reírse con ganas, pero lo que salió parecía más bien un ataque de tos, lo que hizo que el bibliotecario se retirara todavía más, tapándose la boca con la manga—. ¡Nada de eso! Lo que quiero decir es que... ¿usted... eh... usted sabe dónde... eh...?

Geiki le dio un codazo.

—Necesitamos ayuda —dijo ella con brusquedad—. ¿Puede ayudarnos a encontrar algo?

A pesar de la extravagancia de la pareja, el bibliotecario pareció aliviado de que ella no fuera a pedirle que examinara un sarpullido o un forúnculo o algo así, porque dejó escapar un suspiro que bien podría haber estado conteniendo desde que ella había hablado de maldiciones, e hizo una reverencia hacia Miuko.

—Por supuesto.

De manera breve, ella explicó que buscaban información sobre la maldición de la *shaoha*, un infortunio esotérico, añadió, que quizá no se había presenciado en siglos.

—Bien, bien —dijo el bibliotecario con tono ligero y se alejó por uno de los pasillos sombreados de la sala—. Oh, sí, creo que podría tener algo sobre eso. Mmm... déjame ver...

Una vez que el hombre se perdió de vista, Geiki le sonrió a Miuko.

—¡La haces bien de hombre!

Ella le dio un ligero golpe en el hombro bueno.

—¡Tú no! ¿Qué fue todo eso de los gatos?

—Los gatos son cosas horribles y asquerosas, ¡pero los hombres siempre parecen tener tantos alrededor! Sólo estaba *intentando* acercarme.

Pronto, el bibliotecario ya estaba de regreso con varios documentos en sus fundas de bambú. Condujo a Miuko y a Geiki hasta un rincón tranquilo y ahí comenzó a describir el origen, los autores y el contenido de cada uno de los pergaminos.

Al principio, Miuko se sintió eufórica. ¡Toda esta información al alcance de su mano!

Pero enseguida se enfureció.

Si se hubiera visto como ella era, la habrían echado de la biblioteca al instante en que hubiera tratado de poner un pie dentro. Dado que se veía como hombre, sin embargo, ¿lo único que tenía que hacer era decir que quería algo? ¿Y lo conseguía? ¿Las cosas se les daban a ellos sin más, sin ninguna pregunta?

No era justo. No tenía ningún deseo de ser hombre y ni siquiera de seguir llevando el disfraz de Geiki por mucho tiempo más. No, lo que quería era tener los *privilegios* de un hombre, y en ese momento tenía muy claro que ni ella ni nadie más *debería* ser hombre para conseguirlos.

Frunció el ceño al bibliotecario cuando éste abrió el segundo pergamino que, según él, tal vez contendría la información que ella necesitaba.

Él se estremeció ante la fuerza de su mirada.

—¡Gracias, hombre! —gritó Geiki y le dio una palmada en la espalda—. ¡Ahora, puede irse!

El bibliotecario se apartó de la mano de Geiki parpadeando, tal vez perplejo por su extraño comportamiento, y se retiró.

—¡Cámbiame de nuevo! —le dijo Miuko en un susurro en cuanto el hombre se fue.

Aparecieron unos hoyuelos en las mejillas de Geiki.

—¡Ya está!

Miuko se tocó la cara... suave. Se tocó los pechos... ahí estaban. Así, segura de que había vuelto a ser ella, se dejó caer en una silla con un suspiro.

—¿Y ahora qué? —preguntó Geiki.

—Ahora, yo leeré.

—¡Pero eso no es divertido!

—¿Sabes que sería divertido? —Miuko jaló el pergamino abierto hacia ella—. Que usaras esa magia tuya para evitar que alguien nos moleste.

—Ustedes, los humanos, tienen una idea muy extraña de la diversión —refunfuñó, aunque cumplió con el encargo a regañadientes.

Durante horas, Miuko se dedicó a estudiar el mundo de los espíritus, desde lo académico hasta lo apócrifo. Aburrido, Geiki incluso se unió a ella durante un rato y desenrolló un conjunto de ilustraciones que representaban a los sacerdotes del dios de Noviembre, Nakatalao,[19] utilizando hechizos para exorcizar espíritus demoniacos y atarlos a objetos inofensivos como piedras, caparazones vacíos y talismanes tallados en colmillos de cerdos.

—¡Mira! —exclamó—. ¡Qué bonito!

—Ajá... ¿Dice algo sobre maldiciones?

—¿No lo sé?

—Déjamelo a un lado y sigue buscando.

—¡Pero es el único con dibujitos!

No fue sino hasta el final de la tarde —mucho después de que Geiki había empezado a quejarse de que si no se alimentaba pronto, se consumiría hasta no ser más que pico y huesos— cuando Miuko descubrió un largo poema escrito por el monje errante que había recorrido por primera vez el camino que más tarde sería conocido como el Ochiirokai, o "Camino de los Mil Pasos". Éste comenzaba en el sur y recorría Awara por todo lo largo, retorciéndose y girando como un río, y conectando las Doce Casas Celestiales, cada una dedicada al culto de un Dios Lunar diferente.

Geiki miró por encima de su hombro mientras ella leía los pasajes en voz alta. En versos algo rebuscados, el poema

---

[19] ***Na-kata-lao*** significa, literalmente, "espíritu que cierra". Uno de los doce dioses lunares, Nakatalao preside el cambio de estación del otoño al invierno. Como tal, está estrechamente relacionado con los cierres y los finales: la puesta del sol, el encarcelamiento, la firma de contratos, la fracción de segundo entre los estados de vigilia y sueño, etc. Sus animales son el jabalí, el faisán y el oso de la luna.

describía cómo las maldiciones cotidianas, como las infligidas por espíritus de zorros o demonios sin importancia, podían ser eliminadas por sacerdotes comunes, pero sólo los seguidores de Amyunasa, el Dios de Diciembre, podrían eliminar una maldición tan terrible como el beso de una *shaoha*.

Y a ellos sólo se les podía encontrar en la Casa de Diciembre, un remoto templo erigido en los Dientes de Dios, las escarpadas islas de piedra más allá del extremo norte de Awara.

Estupefacta, Miuko se quedó mirando el pergamino, que se estaba desmoronando. Nunca había estado más lejos de medio día de camino de Nihaoi. Incluso ahora, a pesar de haber sido desterrada, le reconfortaba saber que, si así lo deseaba, sólo tardaría unas cuantas horas en volver a los campos encantados y a los edificios abandonados que llamaba hogar.

¿Cómo podría hacer un viaje de dos semanas a través de Awara con tan pocas habilidades, más allá de lavar una sábana, preparar un baño o quitar una mancha especialmente persistente de una estera de paja?

Más aún, ¿cómo podría hacerlo cuando los únicos recursos que poseía eran los bolsillos vacíos y un triste fardo de ropa enlodada?

Geiki le dio un codazo.

—Supongo que lo mejor será que nos pongamos en marcha, ¿cierto?

Miuko levantó la vista, sobresaltada.

—¡Tú no vas a venir conmigo!

Ella no sabía muy bien si era una pregunta o una orden. Y, al parecer, él tampoco, porque inclinó la cabeza hacia ella, con una sonrisa de desconcierto en los labios.

—¿Qué? ¿No te dije ya que nuestros destinos estaban entrelazados?

—¿No extrañarás a tu familia?

Durante unos breves instantes, Miuko pensó en su padre: la forma en que se reía de su insolencia, la forma en que besaba su coronilla... y luego, la forma en que su rostro se había contorsionado cuando la desterró del único lugar al que había llamado hogar.

El *atskayakina* también se había puesto triste.

—Mi familia fue masacrada hace diez años —dijo en voz baja.

—Oh, no. Geiki, lo siento...

—¡Estoy bromeando! —rio—. Están vivos y bien... y ruidosos. A decir verdad, estoy deseando un poco de paz y silencio.

Miuko se levantó frunciendo el ceño. No sabía si sentirse enfadada por su mala broma, aliviada de que se ofreciera a acompañarla, o contenta de que la considerara a *ella*, de entre todas las personas, como una persona callada. Dándose por vencida, decidió sentir las tres cosas al mismo tiempo. Geiki tiró de ella hacia la salida.

—¡Vamos! ¡Tengo hambre! —dijo él.

(Lo que ella ya no sentía, por supuesto, era nostalgia o desánimo ante la perspectiva del viaje, lo que tal vez había sido justo el plan de Geiki desde el principio.)

12

DOCTOR DEMONIO

Después de una rápida parada para comprar bolas de arroz y calmar el hambre de Geiki (y también la de ella, aunque no estuviera dispuesta a admitirlo, después de todas las quejas del chico), Miuko se puso en marcha hacia las afueras de la ciudad, donde planeaba seguir el Gran Camino hasta topar con el Ochiirokai, a cierta distancia hacia el oeste. Iba tan deprisa que estuvo a punto de no darse cuenta de que Geiki había girado bruscamente en el cruce, y que iba en la dirección contraria a la que debían ir.

Con un agudo grito de consternación, Miuko volvió trotando hacia el *atskayakina*.

—¿Qué estás haciendo? —preguntó, señalando hacia el otro lado—. El Ochiirokai está por *allá*.

—Sí, pero no vamos a tomar el Ochiirokai. Al menos, no todavía. Hace un gran desvío hacia el oeste hasta la Casa de Noviembre, antes de empezar a ir al norte, y tenemos poco tiempo.

—¿Y entonces? ¿Vamos a volar?

—¿Cómo te atreves a hablarme de volar, humana sin corazón? —y luego añadió, sonriendo—. Vamos a tomar un barco.

Miuko suspiró y señaló el camino por el que habían venido.

—Bien, pero el puerto está por *allá*.

—Sí —con un encogimiento de hombros, el *atskayakina* siguió caminando de nuevo—. Pero el propietario del barco está por *aquí*.

Ella corrió tras él como pudo con su restrictiva túnica.

—¿Conoces a alguien que tenga un barco?

—Sí —dudó—. Pero está irritada.

—¿Es *mujer*?

En Awara, estaba prohibido que una mujer tuviera propiedades. Podía casarse bien, por supuesto, y se alentaba a que lo hiciera, dado que así podría administrar un hogar de tamaño extravagante. Pero ni siquiera las mujeres más ricas estaban fuera de esta ley. ¿Por qué? Ni la madre del emperador podía reclamar su ropa interior como propia.

—¿Quién es esta mujer?

El *atskayakina* jugueteó con su cabestrillo. Si Miuko no le hubiera visto espantar a los bandidos rapaces y entrar en la biblioteca sin que se le erizara una pluma, podría haber pensado que parecía nervioso.

—Le dicen "la Doctora" —dijo por fin—. Y no es una mujer.

En realidad, como le explicó Geiki, la Doctora tampoco era una doctora, sino una demonio llamada Sidrisine, que estaba profundamente involucrada en las empresas criminales tanto de los humanos como de los espíritus. Al parecer, vivía aquí, en Udaiwa, en el barrio de la clase guerrera, donde Miuko y Geiki pronto se encontraron vagando por tranquilos barrios habitados por viejas familias de servidores, inactivos desde la Era de las Cinco Espadas.

Al ver los cuidados jardines y las mansiones señoriales, Miuko se preguntó en voz alta cómo un demonio podía vivir en paz entre la alta burguesía.

—Ya verás cuando la conozcas —dijo Geiki mientras se deslizaban por un estrecho callejón entre mansiones—. Una vez le robé, ya sabes. Un huevo enjoyado... era tan *brillante*.

—¿Y te saliste con la tuya?

Él se agachó bajo una cortina de enredaderas y abrió una puerta en la parte trasera de uno de los jardines.

—¡Lo devolví! ¡Y además, también le di un trozo de tela que pensé que le gustaría! ¡Sólo quería saber si podía hacerlo!

—¿En serio crees que nos ayudará ahora?

Cruzaron un camino de piedras perfectamente colocadas y llamaron a una puerta en un rincón sombrío de la casa. Geiki jaló un hilo suelto de su cabestrillo.

—Si no está de malas... —dijo.

—¿Y si sí está?

El *atskayakina* le sonrió con timidez.

—¿Te hizo bien caminar, cierto?

Miuko lo fulminó con la mirada, pero corrigió rápidamente su expresión cuando un hombre con una túnica de sirviente abrió la puerta. Los miró fija e inexpresivamente, como si esperara instrucciones. Y luego:

—¿Puedo ayudarles? —tenía una voz extraña, sin inflexión, como si hubiera sido despojada de toda emoción.

—Venimos a ver a la Doctora —dijo Geiki.

El hombre, haciendo una pequeña reverencia, les indicó que entraran.

También había algo en sus movimientos, pensó Miuko al quitarse las sandalias: una flacidez en su mandíbula, un desinterés en su postura. Aunque sus ojos estaban abiertos, no parecían concentrarse en nada en particular mientras los guiaba sin esfuerzo por una serie de pasillos fríos y oscuros.

Al cabo de unos minutos, llegaron, no a un sótano húmedo, algo que Miuko habría imaginado adecuado para un demonio, sino a una sala decorada con elegancia, en algún lugar del corazón de la mansión. Las pantallas corredizas estaban pintadas con imágenes de montañas lejanas que se desvanecían en la niebla. Las alfombras de palma eran tan lisas que brillaban, y olían tan frescas como la hierba recién cortada. Más sirvientes, como el hombre que les había indicado el camino, se encontraban en las esquinas, como estatuas.

Y en el fondo de la sala, sobre un cojín de brocado con borlas, estaba sentada la Doctora.

A primera vista, parecía casi humana, considerando que tenía dos brazos y dos piernas, y que no tenía cuernos ni cola. Si había algo inusual en su aspecto, era simplemente que la parte superior de su cabeza era perfectamente lisa, como una piedra tallada, y que no se sentaba como ninguna mujer que Miuko hubiera conocido.

Las mujeres humanas se sentaban con las piernas recogidas con recato debajo de ellas. A menudo, la posición provocaba un cosquilleo en los pies de Miuko, lo que le hacía sospechar que esa postura era una estratagema para evitar que las mujeres pudieran huir de las conversaciones fastidiosas.

La Doctora, por el contrario, estaba sentada con las piernas abiertas: una rodilla arriba y otra a un lado. Habría sido vulgar si no estuviera vestida con una túnica de gran tamaño y unos pantalones de hombre. Tal y como estaba, a Miuko le pareció que la Doctora tenía una forma casi contorsionada.

Miuko se quedó boquiabierta. No pudo evitarlo. Sidrisine *exhalaba* poder. Ella comandaba toda la habitación con sólo su presencia.

Y era una *mujer*. O un espíritu femenino, en todo caso.

En sus diecisiete años, Miuko nunca había visto nada parecido y, al estar allí, no pudo evitar querer ver más.

Hizo una reverencia. A su lado, Geiki también lo hizo, pero eso sólo la puso más nerviosa, pues hasta ese momento el *atsakayakina* había mostrado poco interés por los modales y, al parecer, incluso se había desvivido por evitarlos.

—Geiki —dijo la Doctora, con una voz suave y resbaladiza como las finas sedas que Miuko había visto ese mismo día en el barrio de los comerciantes—. Tienes mucho valor al presentarte aquí, pajarito. Debería estrangularte donde estás, sólo para darte un escarmiento.

Geiki se levantó de nuevo, tirando de su cabestrillo.

—Yo... mmm... esperaba que eso hubiera quedado atrás, Sidrisine-jai.

—¿Oh? —alcanzando la bandeja dorada que tenía a su lado, la Doctora levantó un huevo de color crema del montón, se lo llevó a la boca y se lo tragó entero—. ¿Y qué esperas que haya ante nosotros?

En unas pocas frases entrecortadas, él explicó su difícil situación.

—¿Una *shaoha*? —con un rápido movimiento, Sidrisine se levantó de su cojín, despojándose de su enorme túnica para presentarse ante ellos sólo con su ropa interior y pantalones, sus largos brazos y sus angulosos hombros al descubierto.

Sonrojada, Miuko bajó la mirada.

Se escuchó un sonido de deslizamiento, y luego un dedo frío se posó en su mejilla.

—Eres una cosita tímida, ¿cierto?

Miuko levantó la mirada de nuevo y se encontró con los ojos de la Doctora. De cerca, la demonio era tan enorme como hermosa, con labios voluptuosos, nariz estrecha y ojos muy abiertos y negros como el azabache.

Un segundo par de párpados se cerró lateralmente sobre aquellos extraños ojos y se retrajo otra vez.

Miuko ahogó un grito.

Sidrisine era un demonio serpiente, un espíritu maligno cuya mirada podía convertir a un hombre en un esclavo descerebrado. En las historias, los demonios serpiente se alimentaban con los guerreros rapaces y los borrachos lascivos, hombres que hacían promesas por deseo y las rompían en cuanto quedaban satisfechos.

¿Así eran los criados? No se habían movido ni una sola vez desde que Geiki y Miuko habían entrado en la habitación. Ella sabía que debía sentir lástima por ellos, pero de alguna manera no se atrevía a hacerlo.

—No te preocupes, pequeña *shaoha* —la Doctora sonrió—. A veces, incluso una víbora debe ocultar su naturaleza, si quiere sobrevivir.

—Pero no quiero ser una víbora —soltó Miuko—. Quiero decir, una *shaoha*.

Sidrisine levantó una ceja.

—Qué aburrida eres.

A pesar de saber que la demonio serpiente era un monstruo cruel y violento y, por lo tanto, un modelo de conducta inapropiada, Miuko no pudo evitar sentir una familiar punzada de vergüenza, un sentimiento que reconocía fácilmente después de todas esas veces que había decepcionado a su padre.

La Doctora volvió a prestarle atención a Geiki.

—Estás de suerte, pajarito. Necesito tu talento. Organizo una partida de cartas todos los meses, y *alguien* ha estado haciendo trampa. Necesito averiguar cuál de mis ilustres invitados se ha estado atreviendo a hacerlo.

—¿Y quiere que lo haga *yo*? —graznó Geiki.

—¿Qué mejor manera de atrapar a un embaucador que con un embaucador? —rebotando sobre un talón, Sidrisine recorrió la habitación hasta su cojín, donde se enroscó en otra forma poco femenina, aunque, Miuko tenía que admitirlo, formidable.

Geiki hizo una reverencia.

—Estoy a su servicio, Sidrisine-jai.

Miuko se mordió el labio con nerviosismo. Él debía saber lo que estaba haciendo, ¿no? Geiki debía haber pensado en las consecuencias de hacer un trato con una demonio serpiente.

Por otra parte, por lo que había visto, el *atskayakina* no pensaba mucho.

Otra sonrisa torció los labios de la Doctora.

—Muy bien. Te voy a apostar. El juego comienza en...

—¿Apostar qué? —interrumpió Miuko.

Tanto Sidrisine como Geiki volvieron sus ojos hacia ella con impaciencia.

—*Favores* —el *atskayakina* suspiró—. ¿Con qué más crees que apuestan los *nasu*?

—Pequeños favores de pequeños espíritus, como tu amigo —añadió la Doctora—. Grandes de espíritus más poderosos.

—Yo tendría que hacer una docena de favores para igualar uno solo de Sidrisine —explicó Geiki—. Ella tendría que poner una docena para igualar sólo uno de un espíritu aún más poderoso. ¿Lo entiendes?

Miuko frunció el ceño. Como todo el mundo en Awara, sabía que los espíritus tenían una jerarquía, al igual que los mortales. Los espíritus comunes, como los *atskayakinasu*, eran menos poderosos que los *nasu* más longevos, cuyos dominios podían ser una roca muy grande o un árbol vetusto. Luego venían los espíritus superiores, como los de los mares y las montañas, y por último, los más grandes en poder e importancia, los Dioses Lunares. (Por supuesto, eso por no hablar de los demonios, que podían, curiosamente, ser poderosos y abyectos al mismo tiempo.) Todo era muy confuso, y Miuko, como la mayoría de los humanos, no comprendía bien los entresijos de tales divisiones.

—Así que se juega por los favores —dijo ella—. ¿Y luego…?

—Cobramos nuestras ganancias cuando queramos —dijo la Doctora—. Aunque no sé qué haría con un favor de un *atskayakina*.

Geiki hinchó el pecho.

—¡Nunca se sabe! ¿Necesita una ilusión? ¿Necesita que algo sea robado? ¡Soy su pájaro!

El labio de Sidrisine se curvó con disgusto.

—Sólo encuentra a mi estafador y tendrás tu paseo en barco por la bahía. Ahora, será mejor que se aseen antes de esta noche. Tú, pequeña víbora, hueles a sirvienta, y eso seguro que levantaría sospechas.

13

MÁS ALLÁ DE LA IMAGINACIÓN HUMANA

La sala de juegos de la Doctora estaba situada en el sótano de uno de los templos más grandes de la ciudad, donde nadie sospecharía que se encuentra la guarida de una demonio, o eso era lo que ella afirmaba. Desde luego, era el sótano más bonito que Miuko hubiera visto nunca: paredes doradas, muebles de madera exótica y docenas de faroles colgantes que proyectaban sus sombras sobre la extraña variedad de invitados de Sidrisine, tanto humanos como espíritus.

En primer lugar, había seis jugadores de cartas: Sidrisine, Geiki, una espíritu de carpe tan alta que sus ramas rozaban el techo; una espíritu de nubes todavía más pequeña que Miuko; un hombre de piel azul pálido y con la costumbre de disolverse en una pequeña ventisca y, por último, un hombre humano vestido por completo de color ciruela.

También había muchos otros espíritus, ya que varios de los jugadores habían llegado con sus séquitos: *baiganasu,*[20] espíritus de mono, con caras rojas y pelaje dorado, duendes,

---

[20] ***Baiga-na:*** en la lengua de Awara, la palabra para "mono" es *baiga,* que significa "cara roja", y la palabra para "espíritu" es *na*. Por lo tanto, es *baigana* o, en plural, *baiganasu*. Según las historias, los *baiganasu* se asocian sobre todo a los viajes y, en ocasiones, se sabe que utilizan *baigavasu,* o "luces de mono", para guiar a los viajeros perdidos a casa, sanos y salvos.

ogros con el torso desnudo, una mujer araña con seis brazos cubiertos de encaje brillante, y muchos otros espíritus que Miuko, en su limitada experiencia, no podía nombrar.

Con una mueca de incomodidad, se retorció en su nueva túnica bordada. Gracias a la generosidad de Sidrisine, Geiki y ella habían recibido un baño, ropa fina y una selección de perfumes que iban del azufre a la cereza dulce, pero todos estos accesorios sólo habían logrado que se sintiera todavía más fuera de lugar, pues no iban con ella. Para colmo de males, su nuevo broche para el cabello —esculpido en el caparazón de un escarabajo verde gigantesco— parecía desdeñar sus esfuerzos por pasar desapercibida, pues se la pasaba escabulléndose furtivamente del nudo que la chica llevaba en la parte superior de la cabeza.

Miuko volvió a colocar la traidora joya en su sitio y analizó a la multitud.

—¿Cuál crees que sea el tramposo? —le preguntó en un susurro a Geiki, quien, para envidia de Miuko, lucía bastante guapo con su túnica negra; la tela resplandecía en tonos azules a la luz de la lámpara.

—Podría ser cualquiera —respondió él, tomando un pastelito de uno de los esclavos de la Doctora, que circulaban entre la multitud con bandejas de bocadillos.

—¿Qué me dices de ella? —Miuko asintió hacia la espíritu de nubes, vestida con una vaporosa túnica blanca, quien se bebió una copa de vino de arroz de un trago antes de pedir la siguiente.

—Beikai es *elle*, no *ella* —dijo Geiki con la boca llena de comida—. Y no. No hay manera.

Miuko inclinó la cabeza, considerando de manera reflexiva al espíritu de nubes. Según la tradición, los espíritus siempre habían tenido varios géneros. En épocas pasadas, los humanos habían sido igual de diversos, pero en los últimos siglos se había visto la reducción de sus géneros a masculino, femenino y *hei*,[21] que significa "ni masculino ni femenino". Antaño, los *heisu* habían tenido posiciones sociales y familias como cualquier otra persona, pero bajo los rígidos estratos culturales de los Omaizi, habían sido perseguidos hasta el punto en que sólo eran aceptados en raros rincones de la sociedad de Awara, como entre los sacerdotes en la Casa de Diciembre. Como resultado, Miuko nunca había conocido a nadie que no fuera hombre o mujer —al menos, que ella supiera—, pero suponía que había mucho más en el mundo de lo que había experimentado en los limitados confines de Nihaoi, y de hecho, incluso más allá de las fronteras de la imaginación humana.

—¿No deberíamos sospechar de todos? —preguntó ella.

—No de *Beikai* —se burló Geiki—. ¡Es uno de los Hijos del Viento del Norte! He oído que incluso tiene un gran santuario al norte de la ensenada de Izajila, en alguna parte. ¿Sabes lo poderose que es elle?

Miuko observó a la diminuta espíritu, cuyas mejillas habían empezado a brillar por la bebida, rojas como soles en medio de la niebla.

—¿Qué tan poderose? —preguntó dubitativa.

—¿Entiendes que yo necesitaría jugarme una docena de favores por uno solo de Sidrisine? —preguntó Geiki—. Pues bien, yo necesitaría *cien* para igualar uno solo de Beikai.

---

[21] Se le llama ***hei*** a un ser no binario, sea mortal o espíritu. En inglés, los pronombres para *hei*, singular, y *heisu*, plural, son *they* y *them*. N. del T.: en este texto, se han traducido al español como "elle".

Miuko se quedó boquiabierta.

—*¿Cien?* —gritó.

—¡Shhhhh! —Geiki se puso delante de ella, tapándole la vista del espíritu de nubes—. ¡No te quedes ahí embobada!

Miuko le hizo una mueca.

—¡Es que no sabía que una semidiosa se dignaría siquiera a dejarse ver con un pájaro como tú!

—¡Hey, tú tampoco eres tan maravillosa, humana!

Como si estuviera de acuerdo, el broche verde de Miuko se deslizó por su cabello en otro intento de huida, pero ella se llevó la mano a un lado de su cabeza y lo empujó de regreso a su sitio.

Geiki la miró molesto.

—¿Por qué te retuerces así? Vas a llamar la atención.

—Nadie aquí me está prestando atención —contestó Miuko, malhumorada.

De hecho, entre Sidrisine, que empezaba a llamar a los jugadores a sus asientos, y los *baiganasu*, que se estaban trepando sobre los esclavos, derramando copas de vino de arroz y de algo más, que tenía un sospechoso aspecto de sangre, no había muchos motivos para que alguien se fijara en una chica humana como Miuko.

Pero tal vez ella podría usar eso a su favor.

—¿Cuál es tu plan para encontrar al tramposo? —le preguntó en un susurro en su camino hacia la mesa de juego.

Geiki se encogió de hombros.

—¿No tienes un plan?

—¿Para qué tomarse la molestia? Siempre salen mal.

—¡Eso no significa que no debas tener uno! —Miuko se dio cuenta de que había alzado la voz y rápidamente volvió a bajarla—. Yo puedo ayudar. Si puedo pasar desapercibida entre la multitud, tal vez pueda descubrir a nuestro embaucador.

—Gran idea —Geiki le sonrió y se dejó caer en uno de los seis cojines bordados dispuestos para los jugadores.

Se le unieron, a sus costados, el hombre que vestía sólo de ciruela y el espíritu que se la pasaba convirtiéndose en tormenta de nieve.

—Un *odoshoya*[22] —le aclaró Geiki en un susurro antes de que Miuko pudiera preguntar—. Un demonio que se aprovecha de los viajeros y los mata de frío.

Miuko miró por encima cómo el demonio se transformaba otra vez en un hombre azul pálido, con una ligera barriga y una mancha gris en el cabello negro.

—¿Cómo es qué él puede cambiar de forma cuando lo estamos mirando?

—El hombre-de-mediana-edad-que-también-es-una-ventisca es una de sus formas. La otra es mucho más fea... He oído que tiene unas garras tan afiladas que podría hacerte trizas con el más ligero roce.

Miuko tragó saliva.

—No dejes que te atrapen —murmuró.

Geiki le guiñó un ojo.

—No lo permitiré.

Una vez que se instalaron los jugadores, Sidrisine se colocó en un extremo de la mesa de juego, majestuosa como cualquier noble. De hecho, se veía tan deslumbrante en su atuendo negro y dorado que con sólo levantar una de sus manos era suficiente para que toda la sala le pusiera atención.

---

[22] ***Odo-sho-ya*** significa, literalmente, "demonio helado perdido".

Cuando comenzó el juego, Miuko rodeó la mesa. Por lo que pudo deducir, las reglas eran bastante sencillas —había algún tipo de apuesta con fichas lacadas, y alardear parecía especialmente importante—, aunque le resultaba difícil seguir las sutilezas del juego. Por su parte, Geiki parecía ser un jugador aceptable, aunque un tanto gregario, algo que los demás jugadores miraban con distintos grados de tolerancia, desde la risita chirriante de la espíritu de carpe hasta la mirada gélida del *odoshoya*.

Moviéndose entre los demás invitados, Miuko escuchaba sus conversaciones, con la esperanza de obtener alguna información útil, pero, para su decepción, no descubrió nada importante. Una de las mujeres humanas que acompañaba al hombre de ciruela estaba aburrida. Los espíritus de monos, casi tan borrachos como Beikai, habían empezado a acosar a el espíritu de nubes por negarse a ayudar a otra tropa de *baiganasu* cerca del santuario de Beikai, en Izajila. Los ogros, como era de esperar, tenían pocas cosas interesantes que decir.

Al cabo de media hora de juego, Miuko no había descubierto nada útil y sintió como su broche intentaba otra vez deslizarse de su sitio. Al salir de la multitud para ajustarlo, accidentalmente le dio un codazo a uno de los esclavos, que estaba pasando a su lado con una bandeja de bebidas. El hombre gruñó. La bandeja salió volando. Una docena de tazas de cerámica cayeron al suelo.

Miuko gimió. Ni siquiera eran las primeras tazas que había roto esta semana.

Los demás invitados se volvieron para mirarla.

Demasiado, para pasar desapercibida.

Miuko sintió que sus mejillas se encendían.

—Lo lamento —dijo, con una rápida reverencia—. Por favor, continúen.

Chillando de risa, uno de los espíritus de mono se inclinó, imitándola. Los duendes soltaron sus estridentes carcajadas, que hicieron que sus largas narices rojas rebotaran.

En voz muy alta, el hombre de ciruela exigió saber quién la había traído. ¿Tan ordinaria *y* torpe? Tendría que ser enviada muy lejos, donde nadie tuviera que soportar verla.

Algunos de los otros también rieron.

En sus diecisiete años, Miuko había deseado muchas veces el don de fundirse en la tierra y, por un momento, tuvo la esperanza de que la maldición de la *shaoha* le hubiera otorgado el poder de escurrirse por las tablas del suelo junto al vino derramado; pero, por desgracia, permaneció tan sólida como era en su lugar.

Entonces oyó la voz de Geiki por encima de las risas.

—¡Inténtalo otra vez!

Miuko levantó la mirada.

El *atskayakina* la miró fijamente, aunque no parecía dirigirse a ella en absoluto.

—¡Vuelve a intentar ese truco, Beikai-jai, y te despojaré de todo lo que tienes! Ahora iré por ti.

Sostuvo la mirada de Miuko un momento más antes de sonreírle al espíritu de nubes y soltar algún chiste que ella no alcanzó a escuchar.

Inténtalo otra vez.

¿Se refería a ella? ¿Intentar *qué*, exactamente? ¿Avergonzarse a sí misma?

¿O interrumpir el juego?

Nadie la estaba mirando ahora, todos habían vuelto a prestar atención a sus cartas. Cuando uno de los duendes pasó a su lado, ella extendió su pie e hizo que se tropezara con el *baiganasu*, que saltó encima de él y le jaló la nariz y las orejas.

Miuko se deslizó rápidamente entre un par de ogros para evitar sospechas, pero nadie pareció darse cuenta.

Miró a Geiki para ver si le había entendido bien, pero él estaba concentrado en la mesa de juego, donde atisbó un destello de luz.

¿Un espejo?

No, una ilusión de un espejo, que aparecía y desaparecía junto a las cartas de la espíritu de carpe cuando se volvía para mirar a los espíritus de monos que se estaban peleando.

Geiki había aprovechado la oportunidad para espiar las manos de los otros jugadores.

Y ella, pensó Miuko sintiendo una oleada de emoción, le estaba ayudando.

Por suerte, Miuko tampoco era la única distracción. Una de las mujeres humanas se desmayó cuando un ogro soltó un pedo especialmente maloliente. Los duendes empezaron a insultar al *odoshoya*, que aguantó sus burlas con una fría reserva, bajando la temperatura del sótano tan precipitadamente que durante un minuto Miuko pudo ver el vapor de su aliento en el aire.

Cada vez que centraban su atención, Geiki conjuraba uno de sus espejitos. Cada vez, Miuko sentía la misma sensación de placer.

Entonces, la espíritu de carpe se quedó sin fichas. Tras agarrar a uno de los esclavos de Sidrisine y sacudirlo como si fuera la sonaja de un bebé, fue escoltada fuera de la sala. Alegremente, los *baiganasu* hicieron cabriolas tras ella; algunos menearon el trasero hacia los invitados restantes, en una especie de vulgar despedida.

Preocupada, Miuko echó un vistazo al montón de fichas de Geiki, que se había reducido a la mitad de su tamaño original. Si no encontraban al tramposo antes de que él también fuera eliminado del juego, perderían la oportunidad de cruzar la bahía.

Algo en el comportamiento de él también había cambiado: estaba menos hablador, más moderado. Ahora, cuando hablaba, su voz había perdido su tono estridente.

Sus reservas bajaron a veinte fichas.

Luego, a diecisiete.

Luego, a cinco.

Para entonces, Geiki ya no hablaba, sólo tragaba saliva al observar sus cartas. Atrajo la mirada de Miuko al otro lado de la mesa, abriendo y cerrando la boca como si fuera un pez. ¿Tenía problemas para hablar? Tenía los ojos desorbitados. Los tendones de su cuello se tensaron.

¿Tenía problemas para respirar?

Nadie más parecía haberse dado cuenta, ni siquiera la Doctora, que charlaba distraídamente con la mujer araña.

Geiki se llevó las manos a la garganta.

—¡Ayuda! —gritó Miuko, y empujó a uno de los duendes fuera de su camino, o al menos lo intentó, ya que en lugar de empujarlo a un lado, tropezó con sus propios pies y cayó directamente sobre el *odoshoya,* que se estrelló contra el suelo debajo de ella.

—¡Oh, no! —jadeó, ruborizándose—. Mis más profundas disculpas…

Pero su voz se entrecortó, pues de la manga de la túnica del *odoshoya* revoloteó un juego extra de cartas, que se posaron en el suelo como las últimas hojas rojas revoloteando sobre la nieve.

Miuko parpadeó.

Lo había conseguido. Había encontrado al tramposo de Sidrisine.

Durante un momento, nadie habló.

Entonces, el hombre de ciruela se levantó de un salto y golpeó la mesa con las manos.

—¡*Vakaiga!*[23] —bramó—. ¡Sabía que nadie podía tener tanta suerte!

---

[23] ***Vakai-ga es*** una maldición, de las grandes, en la lengua de Awara. Al igual que algunas maldiciones en español, *vakai* es una palabra versátil que puede utilizarse en una esplendorosa variedad de insultos, como *vakaizu*, que significa "el que hace *vakai*" y *vakaiga*, que significa "cara de vakai".

14

CARNICERÍA Y RESPETO

Antes de que Miuko pudiera reaccionar, la mujer araña lanzó una red de encaje contra el *odoshoya,* pero, con más agilidad de la que su forma de mediana edad sugeriría, éste rodó a un lado, dejando a Miuko y al duende atrapados en la red tras de sí.

En medio de la batalla, se escuchó un gran sonido ululante, como el de un ventarrón invernal. De la nada, un manto de nieve descendió sobre la sala de juego y oscureció las linternas, luego las cabezas de los ogros y de Sidrisine, que gritaba de frustración y luchaba entre la multitud.

Miuko entrecerró los ojos, pero no podía ver nada en el viento blanco. Desde algún lugar en lo alto, se oyó un chillido. Sobresaltado, alguien —debía tratarse de alguno de los ogros— golpeó con sus puños la mesa y se escuchó un estruendoso *¡crac!* Las fichas lacadas cayeron repiqueteando como granizo alrededor de Miuko.

El duende se retorció y, en su intento de escapar, hiriendo la espalda y los hombros de Miuko con sus largas uñas.

—¡Basta! —ella intentaba desenredarse de la telaraña, pero tenía una mano atascada debajo de ella y la otra había quedado inmovilizada por encima de su cabeza.

Sintiendo la oportunidad, el broche verde se soltó de su cabello por fin. Su victoria duró poco, sin embargo, ya que cayó a un palmo de distancia y chocó limpiamente contra la mano de Miuko.

—¡Ja! —Miuko se apartó el cabello de la cara y tiró del puntiagudo y obstinado broche a través de la red de la mujer araña.

Cuando las hebras brillantes se separaron, el duende se agitó salvajemente, le dio un par de patadas a Miuko en las costillas en su apuro y se escabulló en la nieve sin siquiera una palabra de agradecimiento.

De pie, Miuko metió el broche en su túnica y apartó la telaraña a un lado, buscando el cabello despeinado de Geiki entre el tumulto. A medida que avanzaba por la ventisca, se cruzaba con demonios que escupían y espíritus que gritaban. En algún momento, cuando el viento blanco se disipó por un instante, vio a los esclavos de la Doctora arañando al *odoshoya,* que se había transformado en un monstruo de cuatro brazos de hielo.

Pero el *atskayakina* no aparecía por ningún lado.

Vacilante, Miuko tropezó con la mesa rota. Alguien gimió. ¿Geiki?

No, no era Geiki.

Miuko se arrodilló. Inmovilizade bajo la mesa estaba el espíritu de nubes, todavía en su frágil forma humana; quien la miró con gesto de desprecio.

—¡Beiki-jai! ¿Está heride? —preguntó Miuko.

—Sólo atascade —murmuró el espíritu, tratando de liberar sus brazos—. No puedo cambiar de forma, el *odoshoya* nos ha congelado a todos en nuestras formas actuales. Inteligente de su parte, pero condenadamente molesto.

Miuko tomó el borde de la mesa y le empujó con todas sus fuerzas.

Apenas se movió.

Lo volvió a intentar, con los dientes apretados, decidida a que, cuando regresara a Nihaoi, se esforzaría por ejercitar tanto los brazos como las piernas, para no verse de nuevo atrapada en un caos semejante.

—¿Qué estás haciendo? —Geiki apareció a su lado, con la túnica rasgada y arañazos en la mejilla—. ¡Vámonos de aquí!

—¡Estás bien! —gritó Miuko.

—¡Claro que estoy bien!

—¡Pensé que te estabas ahogando!

—¡No, es que no podía hablar! El *odoshoya* debe haberme descubierto. Puede ahogar los sonidos, ¿sabes? Él sólo tenía que mantenerme callado hasta que saliéramos del salón ¡y entonces nos habría atrapado a los dos! Menos mal que eres tan torpe, o nunca hubiéramos...

—Disculpen —interrumpió Beikai con cierta impaciencia—, pero ya que estás aquí, ¿vas a hacer algo con esta mesa *vakai*?

Sonriendo ampliamente ante el lenguaje soez del elevada espíritu, el *atskayakina* todavía se tomó un momento para hacerle una reverencia.

—Por supuesto, Beikai-jai.

Una bandeja de dulces pasó zumbando junto a su cabeza cuando Geiki agarró la mesa con el brazo bueno. Juntos, él y Miuko comenzaron a levantarla.

Con un gruñido, el espíritu de nubes se escurrió de debajo de la mesa; enseguida, Geiki y Miuko le dejaron caer, con un estrépito.

—¿Podemos irnos ya? —preguntó el *atskayakina*.

Los ojos grises de Beikai se habían vuelto de un blanco resplandeciente.

—Todavía no —con un movimiento de los brazos, inundó la habitación con un viento gélido. La espesa nevada se dispersó como si no fuera más que una nube de mosquitos, para revelar a los invitados atrapados con diversos signos de violencia: brazos rotos, tirones de cabellos, arañazos en ojos y mejillas.

En el otro extremo del salón, el *odoshoya* estaba destrozando a uno de los ogros con sus dedos con garras, rasgando la gruesa piel como si no fuera más que papel de arroz.

Al ver a Beikai en el aire recién despejado, gruñó, mostrando varias filas de relucientes dientes con las puntas como dagas.

Pero Beikai no pareció inmutarse ante la visión. Sonriendo, levantó las manos y aplaudió una vez.

El *odoshoya* se levantó volando con tal fuerza que golpeó el techo y agrietó una de las vigas, para después desplomarse aturdido en el suelo, con forma humana otra vez.

Atónitos, los demás invitados cesaron sus disputas.

Aprovechando la oportunidad, Sidrisine se deslizó por el salón. Rápida como una impresionante víbora, clavó algo en el pecho del *odoshoya*.

Un talismán de papel.

El demonio rugió, salvaje como el viento invernal, pero el talismán parecía haberlo fijado en su forma de hombre de mediana edad; cuando Sidrisine le puso un pie en la garganta, sólo pudo retorcerse.

Los invitados restantes retrocedieron en silencio.

Sidrisine sonrió.

Al otro lado de la habitación, Miuko se estremeció. Aunque ya le había impresionado la autoridad de la Doctora sobre hombres y espíritus, ahora se daba cuenta de que la demonio serpiente ejercía su poder de la misma forma que los humanos —como un instrumento de miedo y subyugación—, y aunque podía admitir que no estaba satisfecha con su posición como sirvienta, tampoco deseaba intercambiar una carnicería a cambio de respeto.

—Vamos —dijo Beikai, jalando a Miuko y a Geiki hacia la salida—. No querrán ver lo que está por suceder.

En silencio, salieron del sótano con el resto de los mortales desaliñados y espíritus heridos, que se dispersaron por las calles del distrito del templo con sesgados pasos desconcertados, tras murmurar sus despedidas.

—Eso debería enseñarme a no degradarme en juegos de cartas con *yagrasu* y humanos —refunfuñó Beikai, sacudiéndose el polvo de su túnica—. Al menos, no por los próximos cien años.

Todavía algo aturdida por la violencia que acababa de presenciar, Miuko no dijo nada, sólo se revolvió el cabello suelto con un gesto ausente.

—Hey —el espíritu de nubes chasqueó los dedos hacia ella—. ¿Qué te pasa, niña?

Geiki le miró y luego se encogió de hombros.

—¡Debe ser el arrebato del éxito!

Beikai resopló.

—Estuviste a una mala mano de deberle a la *odoshoya* favores suficientes para mantenerte ocupado durante el resto de tu vida natural, *atskayakina*. Yo no llamaría éxito a eso.

—¡Sólo si hubiéramos estado intentando ganar a las cartas, Beikai-jai, lo cual no es el caso!

El espíritu de nubes entrecerró los ojos.

—¡Pájaro escurridizo! ¿Te contrató Sidrisine para que descubrieras a un tramposo entre nosotros? Debería haberlo sospechado en cuanto vi a un *atskayakina* en esa mesa.

—¡Hey! —graznó Geiki—. ¡Yo le salvé!

El espíritu de nubes hizo un gesto de desdén con la mano.

—Sí, sí. Y ahora te debo una.

Miuko nunca había visto a nadie pasar tan rápidamente de la indignación al asombro absoluto como Geiki en ese instante. Sus hombros se hundieron. Su mandíbula cayó. Por un segundo, Miuko pensó que se le había olvidado respirar.

Y entonces se dio cuenta de lo que "te debo una" significaba para los *nasu*.

Un favor.

Un favor de un *espíritu elevado*.

En circunstancias normales, Miuko no se habría atrevido a preguntar, pero en ese momento, no pudo evitar imaginarse a sí misma caminando de regreso a través de la puerta de los espíritus de Nihaoi, más allá del templo de los lúgubres sacerdotes y hasta las ruinas de la posada, donde mostraría a su padre, y a cualquier otro que quisiera mirar, sus pies pálidos y sin marcas…

—¿Puede quitarme la maldición?

Beikai la miró de arriba abajo, con los ojos entrecerrados.

—¿Maldición?

Miuko se bajó el calcetín para dejar al descubierto la piel del tobillo, que había adquirido un tono añil brillante desde que se había bañado, aquella misma tarde.

—¿Eso es una maldición de una *shaoha*? —el espíritu de nubes parpadeó—. No.

—¿Y si nos lleva? —preguntó Geiki con amabilidad—. ¿A la Casa de Diciembre?

—¿A ti? Por supuesto. ¿A una mortal? Demasiado peso. Caerían a través de mis nubes.

Miuko se inclinó para tratar de ocultar su decepción.

—Gracias, de cualquier manera.

—Bueno, cuando quieran algo factible (y sólo una cosa, que quede claro), vengan a buscarme a mi santuario de Izajila —dijo Beikai—. Ya tuve suficiente de la gran ciudad al menos por un par de décadas.

Mientras elle hablaba, el aire se espesó. La niebla se extendió por los terrenos del templo, más densa incluso que la *naiana*. Con una sonrisa y un movimiento de despedida con la mano, Beikai dio un paso atrás y fue tragade por la niebla.

Entonces, el banco de nubes se levantó de la tierra, rociando de lluvia a Miuko y Geiki, se alejó hacia el sur y dejó tras de sí sólo las estrellas y la luna creciente.

—¿Un favor? —Geiki se desplomó sobre los escalones del templo y se pasó los dedos por el cabello—. ¡Un favor! Me pregunto qué debería pedir. ¿Algunos seguidores, tal vez? Llámame ahora *atskayakina*-kanai.

Lord Urraca.

Miuko no pudo evitar una risita al sentarse a su lado.

—Pedir seguidores no es un favor. Es codicia.

—¿Y?

—La codicia no es una virtud.

—¡Lo es para un *atskayakina*!

Miuko rio, fuerte esta vez. Ella no habría imaginado que podía reír así, en público, pasada la medianoche y justo después de una violenta pelea. Pero supuso que sus estándares habían cambiado en las tres noches que habían transcurrido desde que se encontró con la *shaoha*. Quizás el hecho de estar maldita ponía las cosas en perspectiva.

Sonriendo, se recogió el cabello suelto en un nudo y lo sujetó con el broche verde que, por primera vez aquella noche, permaneció felizmente en su sitio.

15

UNA SEMILLA QUE ECHA RAÍCES

Cuando Sidrisine salió por fin del sótano del templo, no mencionó al *odoshoya* ni su destino, pero Miuko no pudo evitar fijarse en las medias lunas de sangre bajo las uñas de sus manos, por lo demás inmaculadas. Por su buen trabajo, la Doctora les proporcionó ropa de viaje y provisiones, y les ordenó que siguieran a sus esclavos hasta el puerto, desde donde partirían de inmediato hacia la costa norte de la bahía.

Bostezando, Miuko y Geiki siguieron a trompicones a los esclavos, y en el muelle subieron con torpeza al barco de la Doctora, donde el *atskayakina* se acurrucó en un nido de cuerdas y enseguida se quedó dormido.

Miuko, sin embargo, permaneció despierta, mirando en dirección a Nihaoi, en tanto los esclavos de la Doctora desamarraban el barco y saltaban a bordo.

Realmente se estaba yendo.

Por un instante, Miuko imaginó los campos encantados, el templo, la casa de té, la posada… Otori Rohiro. No pensó en él como el hombre del incendio, con el rostro contorsionado por el miedo, sino como el padre que había conocido toda su vida: de modales suaves, con problemas de oído, tolerante con todos sus defectos como hija y chica de la clase sirviente.

Si todo iba bien, volvería pronto.

Pero si no, nunca volvería a estar tan cerca de casa.

Con ese pensamiento en mente, cerró los ojos y se quedó dormida cuando salieron del puerto, relajada por el balanceo del barco y el sonido del viento en las velas.

Esas sensaciones todavía estaban allí cuando despertó, aunque el cielo había pasado del azul de la noche al gris de la mañana. Delante de ellos —no muy lejos, a juzgar por la rapidez con que se deslizaban sobre el agua— se extendía un puerto protegido con embarcaderos de piedra que se extendían en la bahía como brazos acogedores.

—¡Despertaste! —gritó Geiki desde la proa, donde estaba apoyado—. ¿Sabías que roncas?

Demasiado cansada para sentirse irritada o avergonzada, Miuko se unió a él, frotándose los ojos. El sol todavía no había salido por el este, pero en el horizonte del lado oeste había surgido una fea neblina que se extendía sobre las lejanas montañas como un cadáver hinchado por el agua y arrojado a la orilla.

—¿Qué es eso? —preguntó Miuko, agarrándose a la barandilla para mantener el equilibrio.

—Apareció justo después del amanecer —Geiki se sacudió el rocío de mar del cabello—. ¿Un incendio forestal, tal vez?

—La Casa de Noviembre está en esas montañas —dijo Miuko, frunciendo el ceño—. ¿No crees que…?

—Nah. ¿Quién quemaría un templo? Sea lo que sea, ¡menos mal que no tomamos el Ochiirokai, nos habríamos quedado allí atrapados por días!

Miuko asintió, aunque no podía evitar sentirse preocupada. Más que eso, no podía deshacerse de la extraña sensación de que estaba pasando por alto algo importante; era la misma sensación que tenía cuando olvidaba apagar el fuego de la bañera por la noche o dejaba la tetera hirviendo cuando salía a limpiar los establos para su padre. De hecho, estaba tan preocupada que ni siquiera se dio cuenta de que el barco estaba entrando en el puerto, deslizándose con suavidad hacia un atracadero vacío.

—¿ESTÁS LOCA? —un grito repentino la sacó de su ensueño—. ¡BÁJATE DE AHÍ, NIÑA!

Con un grito, Miuko se soltó de la barandilla. Entonces, al no tener nada de donde sostenerse, perdió el equilibrio y aterrizó de golpe en la cubierta del barco con un sonoro *¡pum!*

—¡Miuko! —gritó Geiki.

—¿QUÉ TE DIJE? —en el muelle, un estibador de piel curtida y manos callosas les hacía señas como si fueran una casa en llamas—. ¡TE VAS A ROMPER EL MALDITO CUELLO!

Geiki se agachó al lado de Miuko.

—¿Estás bien?

Miuko apenas lo oyó. Todo su cuerpo se había enfriado de repente, tanto que ya no sentía los pies ni las pantorrillas. En su mente, se imaginó saltando por encima de la barandilla y arrojando al estibador al muelle, presionando con su pie desnudo la curtida garganta hasta hacerlo jadear horriblemente, en busca de aire.

—¿Qué estás haciendo? —la voz de Geiki interrumpió sus pensamientos.

Sorprendida, Miuko bajó la mirada y descubrió que sostenía su sandalia en una mano y había empezado a quitarse el calcetín con la otra. Bajo el dobladillo de su túnica se veía la mancha azul que ya rozaba sus pantorrillas, como si hubiera entrado en las aguas poco profundas de un mar añil.

Jadeó.

Ella había querido *atacar* a aquel hombre, de la misma manera que Sidrisine había atacado al *odoshoya* en el salón de juego.

¿Lo habría hecho si Geiki no la hubiera hecho reaccionar y volver a sí misma?

¿Habría sido tan malo?, se preguntó una pequeña vocecita en su interior.

Miuko dudó. En sus diecisiete años, había tenido una amplia experiencia con sus propios pensamientos privados (muchos de ellos, sarcásticos), pero esta voz no era la suya. Al menos, no del todo, porque ésta era más grave y áspera, más fría y susurrante.

Sonaba como la *shaoha* del Antiguo Camino.

Atónita, le pidió a la voz que se callara... y se sintió aliviada cuando ésta no respondió.

Sacudió la cabeza y volvió a poner el calcetín en su sitio.

—Nada —le respondió a Geiki en un susurro—. Perdón.

El *atskayakina* la miró extrañado, pero antes de que pudiera decir nada, fue abordado por el estibador, que empezó a regañarlo por no haber vigilado mejor a Miuko.

Normalmente, ella se habría enfadado, pero en aquel momento tenía preocupaciones más acuciantes que un estibador arrogante. Se dio cuenta de que algo había cambiado en cuanto la *shaoha* la besó. Lo había sentido muy dentro de ella: la sensación de una semilla abriéndose, un zarcillo frío arrastrándose hacia fuera. Durante cuatro días, se había permitido creer que sólo su aspecto exterior se había visto afectado, pero con la llegada de la voz-demoniaca, ya no podía ignorarlo. La maldición no sólo había cambiado su piel.

Temió que estuviera cambiando su corazón.

16

EL OCHIIROKAI

Les tomó toda la mañana encontrar el camino al Ochiirokai, que serpenteaba por las fértiles tierras de labranza del norte de la bahía. Aunque el camino de peregrinos no estaba tan transitado como los Grandes Caminos, durante unas horas Miuko y Geiki se encontraron atrapados en un flujo constante de sacerdotes errantes, carros y hombres a caballo. En algún momento, incluso creyó escuchar el lejano sonido del aire, recorriendo los campos, que su madre siempre había dicho que era la señal del alocado paso de un trineo *baiganasu*. Por un instante, Miuko se preguntó si éste pertenecería a los espíritus mono del salón de juego o a otro contingente igual de bullicioso.

A media tarde, sin embargo, el Camino de los Mil Pasos ya se había vaciado. Los insectos gorjeaban somnolientos entre los matorrales. Un pájaro bebió de un charco de agua estancada en la zanja y se marchó volando. Quizá simplemente hacía demasiado calor para viajar, pensó Miuko, porque el aire se sentía húmedo y pesado.

Pero al mirar alrededor, sintió un pinchazo en la nuca. Ya tendrían que haber visto a *alguien*, si no a los monjes que iban a presentar ofrendas a cada una de las Doce Casas Celestiales, a recaderos, vendedores o leñadores con haces de leña a la espalda.

—Algo extraño está pasando —dijo.

—¿A qué te refieres? —preguntó Geiki, aprovechando la ocasión para descansar a la sombra de un haya.

—Somos los únicos aquí. ¿No te parece raro?

—¿No? —luego, al ver su expresión—: ¿Sí? ¿Cómo voy a saber qué es raro para los humanos? Ustedes nacen con un juego extra de dientes, ¡como los tiburones!

—Debería haber más gente por aquí —Miuko se estremeció, aunque estaba lejos de tener frío, y echó otra mirada a su alrededor—. Será mejor que nos demos prisa.

Apresurarse, sin embargo, era casi imposible, pues tras haber caminado la mayor parte del día, el *atskayakina* insistía en detenerse cada cien pasos para descansar.

—Me duelen los pies —se quejaba—. Ojalá pudiéramos volar. Llegaríamos en unos días si mi ala ya se hubiera curado.

Apoyada en una piedra cercana, Miuko imaginó al *atskayakina* elevándose hacia el sofocante cielo azul, dejándola sola en el camino desierto.

—¿Cuándo estará bien?

—Otro par de días, tal vez. Y entonces... ¡la libertad!

—Para ti —refunfuñó Miuko—. Yo *tendré* que seguir caminando.

—¿Qué? ¿Crees que no soy capaz de llevarte? —hinchó su estrecho pecho—. ¡Quiero que sepas que soy un pájaro de buen tamaño!

Aunque Miuko se sintió culpable, pues al parecer había herido su orgullo, se alegró cuando él aceleró el paso.

No vieron otra alma hasta que cruzaron la puerta de los espíritus, en las afueras del siguiente pueblo. Se llamaba Vevaona, y era un pequeño poblado frecuentado sobre todo por los peregrinos. A lo largo del camino había una gran variedad de tiendas que vendían de todo, desde frascos de agua bendita hasta sombreros tejidos de paja; bajo sombrillas de papel, los mercaderes ambulantes exhibían amuletos para ahuyentar a los espíritus depredadores y talismanes de buena fortuna garabateados con tinta índigo sagrada.

Al avanzar, Miuko notó que Geiki se había rezagado otra vez, así que se detuvo junto a una fila de banderines de oración color bermellón, para esperarlo. Fue entonces cuando se dio cuenta de que algo malo le pasaba al *atskayakina*. Su túnica se abultaba en lugares extraños, de forma tan alarmante que por un momento Miuko tuvo la certeza de que lo había pillado justo en plena transformación, con el cuerpo fijo en alguna forma mutilada…

Ella frunció el ceño.

Geiki no se estaba transformando. Según él mismo había admitido, no podía hacerlo si alguien lo estaba observando.

—¿Geiki?

—¿Sí? —sonrió con gesto inocente. Algo tintineó dentro de su túnica.

—¿Qué hiciste?

—¿Qué? —intentó parecer enfadado—. ¡No sabes lo que es ser un cambiaformas! ¡Tal vez ésta sea una de mis formas!

Miuko enarcó una ceja, como había visto hacer a la Doctora.

—¿Lo es?

—No —y luego—: También tengo más de dos formas. A veces soy un pájaro *gigant*…

—¿Qué tomaste?

Él se mordió el labio. Un minuto después, la llevó hacia la sombra de un edificio y deslizó de su brazo herido un brazalete de latón que ella estaba segura de que no se encontraba en su poder apenas esta mañana.

Miuko extendió la mano para tomarlo.

—¿A quién le...?

Una moneda de plata aterrizó en su palma, seguida de otras cinco, una maraña de hilo brillante, un incensario de cobre y algo que parecía una uña decorativa, con filigranas doradas.

—*¡Geiki!*

—¿Qué? ¡Soy una urraca!

—¡Tienes que devolver todo esto de inmediato!

—¿Devolverlo? —Geiki rio como si fuera lo más gracioso que hubiera oído nunca.

La expresión de Miuko, sin embargo, seguía siendo sombría.

El *atskayakina* chasqueó los dientes.

—¿Es una broma?

—No.

—Pero ¿por qué? ¡La Doctora apenas nos dio lo suficiente para un par de noches en una pensión! ¡Con esto podemos pagar por un caballo! ¿No *quieres* llegar a la Casa de Diciembre?

Miuko se quedó mirando el reluciente montón de tesoros.

—Por supuesto que quiero, pero...

—Pero ¿qué?

Ella no podía dejar de pensar en el ataque del estibador. No lo había hecho, pero sí había *querido* hacerlo. Una pequeña parte de ella todavía lo anhelaba: el golpe seco de del cuerpo del hombre contra el muelle, el miedo en sus ojos...

—Pero quiero hacerlo como soy yo... —dijo al fin—. Y yo no haría esto.

—¡Pero yo sí!

Ella le entregó de regreso el revoltijo de objetos robados.

—No puedo, Geiki, lo lamento.

Él se encogió de hombros.

—De acuerdo.

—¿Así de fácil?

—Claro, si es importante para ti. De cualquier forma, la diversión está en tomarlo.

Sin embargo, contra sus afirmaciones, el *atskayakina* pareció obtener un gran placer también en deshacerse de sus ganancias mal habidas: deslizar las monedas en los bolsillos, colgar la campanilla en un escaparate cuando nadie miraba, colocar la uña de oro en la nariz de un ídolo de piedra a la entrada del pueblo.

Se quedó con el hilo, porque lo había encontrado en el suelo, y Miuko insistía en que no tiraran basura.

Así, despojados de sus tesoros robados, entraron en la posada de Vevaona con la conciencia tranquila, o al menos Miuko. (Cuando se trataba de robar, ella no creía que Geiki *tuviera* conciencia siquiera.)

La posada era más grande que la de su padre, observó Miuko con envidia: doce habitaciones y un jardín interior de musgo y piedra. En la veranda, un hombre vestido de blanco estaba sentado con las piernas cruzadas, como en contemplación, con una espada envainada delante y una jícara con agua a su lado.

—¡Bienvenidos a Vevaona! —un anciano con el sencillo atuendo de la clase sirviente se inclinó ante ellos—. Soy el propietario de esta posada. ¿Cuántas habitaciones desean esta noche?

Geiki no dijo nada.

Sonrojada, Miuko lo jaló aparte.

—¡Habla con él!

—¿Por qué? Tú eres la humana.

—¡Porque tú eres un chico!

Él se burló.

—Pero no un chico *humano*.

—A las chicas no se les permite alquilar habitaciones.

Ni hacer casi nada, añadió la vocecilla de su interior con ligero resentimiento.

Miuko sintió ganas de reír, pero alentar a su voz-demoniaca era un asunto peligroso, así que se mordió el labio para no sonreír.

—Bien —el *atskayakina* se sacudió, como alisándose las plumas erizadas, y se acercó al propietario—. Dos habitaciones, por favor.

—Ah. ¿Hermano y hermana, entonces?

—¿Nosotros? No, mmm... —tosió cuando Miuko le dio un codazo—. Quiero decir, *sí*.

—Menos mal que llegaron antes del anochecer —dijo el propietario, haciendo un gesto para que lo siguieran—. Los caminos se vuelven peligrosos a la hora límite.

—¿Más peligrosos que de costumbre? —Miuko no pudo evitar pensar en la *shaoha*: sus ojos blancos, el cabello negro y lacio, la piel como el océano.

El propietario frunció el ceño ante su impertinencia.

—Sí. Últimamente, ha habido varias apariciones por aquí. Dicen que los fantasmas han estado atrayendo a los viajeros del camino. Caen en zanjas y se ahogan en charcos poco profundos —hizo una pausa y se inclinó hacia ellos en un gesto de complicidad, y entonces, en ese susurro perfeccionado por todos los miembros de la clase sirviente, a excepción de Miuko, por supuesto, añadió—: ¿Ven a ese hombre de ahí? Es un *kyakyozuya*.[24]

---

[24] ***Kyakyozu-ya*** significa, literalmente, "cazador del mal".

Un cazador de demonios. Miuko volvió a mirar al hombre de la veranda. Eso explicaba su atuendo, supuso. El blanco, como la luna o el rostro sin rasgos de Amyunasa, era el color de la pureza, no corrompido por los asuntos mortales. Miuko sólo había oído hablar de los *kyakyozuyasu* en los cuentos: guerreros sagrados armados con talismanes y espadas benditas que mataban a los espíritus que se adentraban demasiado en los dominios humanos. Este cazador de demonios era más joven de lo que ella habría esperado —alrededor de veinte años, o algo así—, pero, a juzgar por las cicatrices de batalla en sus brazos y su cuello, sospechó que quizá los *kyakyozuyasu* no vivían mucho tiempo.

Geiki soltó un graznido nervioso al seguir por el pasillo.

—Un cazador de demonios, ¿eh? ¿Cree que también atrapará a otros espíritus traviesos? ¿A los embaucadores, tal vez? ¡Ja! ¡Qué suerte tenemos! ¡Ya me siento más seguro!

Miuko lo fulminó con la mirada, pero él no se calló.

—Sí —añadió Geiki inútilmente—. Muy seguro, de hecho.

—Ha venido a descubrir el origen de los fantasmas —dijo el propietario, abriendo una puerta y haciéndole señas a Miuko para que entrara—. Después de lo ocurrido en la Casa de Noviembre, debemos proteger el Ochiirokai.

Miuko no entró.

—¿Qué sucedió en la Casa de Noviembre? —preguntó en cambio.

Esta vez, el hombre miró a Geiki antes de responder, pero el *atskayakina* se limitó a devolverle la mirada sin comprender.

—Desapareció —explicó el propietario—. Esta mañana ocurrió una terrible calamidad: todos los sacerdotes fueron masacrados y el templo ardió hasta sus cimientos. Algunos dicen que la montaña se ha convertido en un *oyu*.

Una lamentable ruina. Un lugar de muerte. Sucedía, algunas veces, cuando un espíritu abandonaba su hogar; porque Ada, el mundo material, no podía existir sin Ana, el espíritu.

En un *oyu*, las plantas morían. Los animales huían o morían. Nada crecería ni florecería hasta que el espíritu regresara.

Según algunas versiones, eso le estaba ocurriendo a Nihaoi, aunque Otori Rohiro siempre se había negado a creerlo.

—El humo que vimos esta mañana —Miuko sacudió la cabeza, aturdida—. Sabía que algo estaba mal.

Geiki la ayudó a entrar en la habitación, donde ella se derrumbó sobre sus rodillas.

—¿Sabías que era un *oyu*?

—No, pero yo... —ella titubeó, mirando al posadero, quien, al sentir la repentina incomodidad de la situación, hizo una reverencia y los dejó.

¿Cómo podía explicar la persistente sensación de que ella y la Casa de Noviembre estaban conectadas de algún modo?

¿Ella había hecho esto, de alguna manera?

No tenía sentido, por supuesto. Y, como Geiki le aseguró, todavía no era una *shaoha*.

—Además —añadió él por si acaso—, ni siquiera las *shaohasu* son *tan* poderosas.

Por otra parte, no muchas cosas en la vida de Miuko tenían sentido en esos días y, por mucho que lo intentara, no podía sacudirse la sensación de que aquello no era una coincidencia.

17

HIJA DE GRULLA

Esa noche, sola en su habitación, Miuko jadeó al desvestirse para ir a la cama. La maldición se había extendido más allá de sus rodillas, que ahora eran de un azul vívido e impenetrable.

¿Qué había ocurrido? Durante tres días, la maldición había subido lenta y constantemente desde las plantas de sus pies, pero en las últimas dieciséis horas había subido por sus piernas como una repentina inundación.

¿Tenía algo que ver con la matanza de la Casa de Noviembre?

Si era así, *¿cómo?*

Y lo más importante, ¿continuaría a esa velocidad, lo que le dejaba menos de una semana para llegar al templo de Amyunasa?

No conseguiría llegar tan lejos a pie.

Y si no podía hacerlo, nunca lograría regresar a casa con su padre.

Miuko hundió los dedos en su túnica, deseando fervientemente un caballo, o que el ala de Geiki sanara. Pero sabía que los deseos rara vez se hacían realidad para las muchachas comunes y torpes de la clase sirviente.

De pronto, llamaron a la puerta de su patio. Sobre el biombo de papel de arroz se vislumbraba la esbelta silueta de un joven.

—Geiki, ¿qué...? —volvió a ponerse la túnica y deslizó la puerta.

Pero no era el *atskayakina* quien estaba allí parado, sonriéndole.

Era Tujiyazai, el demonio de la venganza. Seguía en el cuerpo del *doro*, vestido con una polvorienta túnica de viaje y un fino pañuelo negro que ondeaba a su alrededor al más mínimo movimiento, como si fuera humo.

—¿Quién es Geiki? —preguntó él—. Estabas sola la última vez que te vi.

—Nadie —respondió Miuko por instinto, pues algo le decía que el *doro yagra* no era de fiar—. Un amigo.

Las llamas danzaron alrededor del rostro de Tujiyazai cuando registró el patio, pero el aire estaba quieto y las luces, apagadas. Ni siquiera las sombras se atrevían a moverse.

—Debe de ser un buen amigo para haberte traído tan lejos —observó el príncipe demonio—. Dime, Ishao, ¿adónde vas?

Como antes, Miuko estaba dividida. Decirle la verdad sin adulterar, pensó, sería como ofrecerle la mano a una bestia salvaje. Sin embargo, ocultarla provocaría la ira de la bestia.

Así que le dijo lo menos que pudo.

—Al norte.

—Ah —exhaló llamas—. ¿A la Casa de Diciembre? ¿Con los sacerdotes de Amyunasa, para rogarles que te hagan ordinaria de nuevo?

—¿Usted lo sabía? —a pesar del miedo que le tenía, Miuko se lanzó hacia delante, alzando la voz—. Si usted sabía que ellos podían ayudarme, ¿por qué no me lo dijo?

Tranquilamente, el príncipe demonio la miró; las chispas centellaron en las cuencas de sus ojos.

—¿Por qué me esforzaría en hacer de ti menos de lo que eres?

El calor —el de él o el de ella, Miuko no lo sabía— le calentó las mejillas y la garganta. Retrocedió y abrió los puños.

—Como sea, ¿qué hace aquí? ¿Cómo pasó por la puerta de los espíritus?

—Tenía que encargarme de algo cerca de aquí —otra sonrisa se dibujó en sus labios—. Y llevo mucho tiempo por aquí, Ishao. Tengo mis maneras de subvertir los hechizos humanos.

Bueno, eso no era nada tranquilizador.

—¿Qué quiere? —preguntó Miuko.

—Quiero que vengas conmigo.

Miuko retrocedió y volvió a cruzar el umbral de su habitación.

—No.

—Ven conmigo —repitió él—, o haré arder esta posada y a todos sus habitantes hasta convertirlos en cenizas, incluido tu amigo Geiki, si está aquí, y no tendrás a nadie a quien culpar más que a ti.

Y entonces, sonrió de oreja a oreja. Su sonrisa lucía horrible: afilada y peligrosa.

—No es gracioso —dijo Miuko.

La expresión del demonio no vaciló.

—No estoy bromeando.

Nerviosa, miró hacia la habitación de Geiki, pero sus pantallas seguían oscuras.

Quizás era mejor así, si Tujiyazai no se enteraba de más cosas sobre el *atskayakina* de las que ella ya había dejado entrever.

—Bien —dijo Miuko finalmente, recuperando sus sandalias—. Pero se lo advierto de una vez, si intenta tocarme, gritaré.

Haciendo una reverencia, Tujiyazai señaló hacia la salida del patio.

—Me gustaría oírlo. Pero quizá no esta noche.

Fuera de la posada, el resto de Vevaona estaba sorprendentemente silencioso. A lo largo de la calle principal, las tiendas habían cerrado sus ventanas y atrancado sus puertas, lo que les daba un aspecto lúgubre y amenazador en las sombras. Ningún gato cazaba por las calles vacías. Ningún pájaro nocturno alborotaba el pesado aire. Incluso la taberna, que a esas horas debería estar irradiando luz y conversaciones, estaba oscura y en silencio.

—¿Dónde está todo el mundo? —se preguntó Miuko en voz alta.

A su lado, Tujiyazai olfateó el aire.

—Están aquí, pero tienen miedo.

El posadero les había contado historias de fantasmas que tentaban a los viajeros en los caminos, pero ella no sabía que la gente del pueblo se estaba tomando esas historias tan en serio... a menos que fueran algo más que historias y hubiera algún peligro real acechando en el Ochiirokai. Ahora que observaba más de cerca, podía notar los talismanes protectores clavados sobre las puertas, cuya tinta húmeda aún brillaba débilmente a la luz de las estrellas.

—¿Cómo puede saberlo? —preguntó Miuko.

—El miedo enciende la ira, y la ira es mi dominio.

Miuko no supo qué contestar, así que no lo hizo. De hecho, pasaron muchos minutos en silencio y, a pesar de la compañía, descubrió que estaba disfrutando. Podía caminar junto al príncipe demonio, o delante de él, pues no parecía importarle, y no había nadie más a su alrededor que pudiera detenerla. Podía saltar por encima del pequeño arroyo que corría por el centro de la aldea y dar vueltas bajo el cielo abierto, con los brazos abiertos. Por supuesto, tropezó al hacerlo, pero Tujiyazai, fiel a su palabra de no tocarla, no se movió para atraparla.

Deambularon hasta las afueras del pueblo, donde Miuko se volvió hacia la puerta de los espíritus.

—Bueno —dijo ella—, eso fue…

Divertido, dijo su vocecita interior.

Frunció el ceño y le pidió que se callara.

Para su horror, la voz soltó una risita, áspera como las ramas de invierno.

El príncipe demonio parecía confundido.

—¿Por qué nos detuvimos?

—No puedo irme.

—¿Por qué no?

Miuko dudó. La verdad era que todos sus años como humana le habían enseñado que no se permitía a las mujeres salir de la aldea después del anochecer, y mucho menos en compañía de un *demonio*, pero sabía que decirlo sonaría tan descabellado para el *doro yagra* como la idea de la lluvia cayendo hacia arriba, y no al revés.

Más allá de la puerta, se extendían los campos abiertos; en la oscuridad, se parecían a las granjas en barbecho de Nihaoi. Cuánto había deseado Miuko pasear por ellos cuando era más pequeña, buscando entre la maleza antiguas reliquias dejadas por los derrotados soldados Ogawa.

El decoro se lo había prohibido. Si la hubieran atrapado, su padre habría sufrido la deshonra; después de la desaparición de su esposa y los rumores sobre que era una *tskegaira*, Miuko había pensado que él ya había sufrido suficiente.

Pero ahora no había nadie cerca a quien deshonrar.

—De acuerdo —dijo ella—. Sólo iré un poco más allá.

Como si ya hubiera sabido que aceptaría, Tujiyazai asintió.

—Iremos tan lejos como desees.

Pasaron por debajo de la puerta de los espíritus, salieron de Vevaona y se adentraron en las granjas que rodeaban al pueblo. Huertos de manzanos se extendían a ambos lados; sus cargadas copas formaban pórticos sobre la escasa hierba. Una brisa recorría el paisaje, llevando la fragancia de la fruta madura, cálida y dulce.

Miuko suspiró.

—Estás contenta —observó el príncipe demonio.

Ella no pudo evitar sonreír.

—Supongo que sí.

—¿Por qué?

Al principio no contestó, pues no tenía palabras para explicar el alivio, la ausencia de miedo (dado que estaba en compañía de un demonio malvado) o la gloriosa sensación de levantarse la túnica para poder estirar las piernas.

La voz del *doro yagra* sonó con suavidad.

—Creo que podrías ser feliz todo el tiempo, si te lo permitieras.

La expresión de Miuko se agrió.

—¿Se refiere a si me dejo convertir en demonio? Si ser demonio es tan genial, ¿por qué está en el cuerpo del *doro*?

En el centro del camino, Tujiyazai examinó sus manos y flexionó sus finos dedos huesudos como si los viera por primera vez.

—Un cuerpo humano tiene sus usos.

Aunque cuando lo miró, vio a través de su rostro humano las fosas oculares de fuego y los cuernos curvados, por primera vez Miuko comprendió que el cuerpo del *doro* no era más que un disfraz para Tujiyazai. Una especie de mascarada.

Sin embargo, no sabía cuál era su propósito.

Tampoco tuvo ocasión de preguntar, pues un grito escalofriante rasgó la noche, doloroso y trémulo de miedo.

Miuko se quedó congelada.

—¿Un fantasma?

Tujiyazai levantó la cara al aire e inhaló profundamente.

—Alguien tiene mucho miedo —luego añadió—: Y alguien está muy enfadado.

—¿Alguno de ellos es un fantasma?

Antes de que él pudiera responder, se oyó otro grito.

—¡Detente, padre! Por favor, ¡déjame ir! ¡Sólo déjame ir!

Camino abajo, una muchacha salió de los huertos chillando, suplicando, retorciéndose, huyendo. Tenía la túnica desgarrada y su cabello negro se agitaba a sus espaldas como una bandera.

La seguía el hombre más grande que Miuko hubiera visto nunca. Era tan alto que su cabeza rozaba las ramas más bajas de los manzanos y rompía las más pequeñas.

Antes de que Miuko pudiera moverse, el hombre alargó la mano y agarró a la chica por el cabello. Ella gritó al ser empujada hacia atrás, cayendo a sus pies, donde lo arañó, luchó y le lanzó un puñado de polvo a la cara.

Él la soltó con un gruñido y se llevó las manos a los ojos.

Entonces, tan rápido como Miuko pudo parpadear, la chica se había convertido en pájaro: una grulla, con largas y frágiles patas y alas que batían salvajemente el aire. Saltó de la tierra, con un movimiento tan grácil que Miuko se quedó sin aliento. Por un momento, Miuko sintió que su corazón se elevaba, como si ella también estuviera a punto de volar.

Pero el hombre agarró a la grulla de uno de sus esbeltos tobillos y la arrojó al suelo. Ella aleteó y luchó, pero él era mucho más fuerte que su forma de pájaro y, mientras Miuko observaba horrorizada, él empezó a arrastrarla hacia los árboles, como si no fuera más que una carga de leña o un cadáver que había reclamado tras una larga cacería.

—Una espíritu de grulla —murmuró Tujiyazai. Su voz sonó tan cerca que Miuko retrocedió sorprendida—. Debería cambiar de forma otra vez. Así, no es rival para él.

—No puede transformarse si su atención está sobre ella —Miuko volvió a levantar su túnica y corrió detrás de la figura del hombre.

—¿Ah, sí? —la voz de Tujiyazai crepitó de curiosidad—. ¿Dónde aprendiste eso, Ishao?

Maldiciendo para sus adentros, Miuko cerró la boca para evitar que se le escapara algo más. Corrieron tras el hombre y su hija en silencio, lo que le dio a Miuko la oportunidad de maravillarse de lo fuertes que se sentían sus piernas, de lo fácil que la llevaban en comparación con unas noches atrás.

Tal vez no quería ser un demonio, pero tenía que admitir que la fuerza demoniaca tenía su utilidad.

Cuando se detuvieron en una pequeña cabaña al borde del huerto, la luz se encendió en las ventanas, aunque el único sonido que rompió la noche fue el golpe seco de un cuerpo, seguido del pesado traqueteo de una cadena.

Miuko se acercó sigilosamente, lo suficiente para oír al hombre murmurar en voz baja y mesurada:

—Tú eres *mi* hija. *Mía.*

No hubo más que un aleteo de plumas como respuesta.

—Tenemos que ayudarla —le dijo Miuko a Tujiyazai en un susurro.

—¿Por qué?

Porque no sabían lo que el hombre le haría.

Porque no estaba bien que un pájaro tan hermoso estuviera enjaulado.

Porque era una chica, igual que Miuko, y si Otori Rohiro no hubiera sido amable y paciente con su hija —una ruidosa fuera de lo común—, Miuko también podría haber sido atrapada y golpeada, y nadie habría hecho nada al respecto; porque de acuerdo con las leyes de la sociedad de los Omaizi, una hija pertenecía a su padre, como un cuadrado de tierra o un saco de granos, para ser utilizado o sembrado en su beneficio.

Miuko llegó a las ventanas de la cabaña y se asomó a través de los postigos. Dentro, el hombre había encadenado a la espíritu de grulla por el tobillo, cerrando con fuerza el grillete alrededor de su delgada pierna negra.

Encajaba tan perfectamente, que no había duda de que ya lo había hecho antes.

—Eres igual que tu madre. Ella nunca pudo averiguar lo que quería tampoco. Quería un marido. Quería un hijo. Quería tantas cosas, pero una vez que las tuvo, ¿qué hizo? —sacudió la cabeza y arrojó una pequeña llave en lo alto de un estante—. Las desechó todas. O lo habría hecho, si yo no se lo hubiera impedido.

La chica grulla arrastró la pierna encadenada por el suelo, intentando meterla debajo de ella.

Su padre suspiró.

—Un día me agradecerás que te mantenga aquí, cuando finalmente entiendas lo que es mejor para ti.

De repente, Miuko sintió frío —el mismo frío que había sentido aquella mañana, cuando se había imaginado arrojando al estibador sobre su espalda y utilizando su garganta como trampolín—, pero esta vez era más profundo, en sus huesos.

Tujiyazai, en cambio, se sentía como si se hubiera convertido en una hoguera. ¿Qué era lo que había dicho sobre el miedo y la ira? Miuko se preguntó si eso lo alimentaba, como un bosque seco alimenta un fuego. Se alejó de él, segura de que su piel se ampollaría si permanecía demasiado cerca.

—Haga algo —siseó Miuko.

Él parpadeó suavemente.

—¿Qué quieres que haga?

—¡Usted es el príncipe!

—Tú eres la que quiere detenerlo.

—Yo soy una *chica*.

—Eres mucho más que eso, Ishao.

Los pensamientos de Miuko daban vueltas. Podía gritar. Atraería la atención del hombre, pero la chica seguiría atrapada, ya que si se transformaba en humana ahora, los apretados grilletes seguramente le romperían el tobillo.

Eso no, entonces.

Podría entrar en la cabaña. Tal vez Tujiyazai, que parecía tener algún interés en ella, se abalanzaría para salvarla.

Pero tal vez no.

—¿Quieres acabar como tu madre? —el hombre arrancó un trozo de leña y lo echó a las brasas del fuego en la cocina.

Los ojos de Miuko se entrecerraron. Ella misma había oído esa pregunta demasiadas veces, utilizada para empujarla de vuelta al lugar que le correspondía, como una cerda en un corral.

Pero no era una cerda. Ni siquiera era ya una chica —o al menos, no era *sólo* una chica—, aunque sabía que tampoco era una demonio, por mucho que Tujiyazai pareciera querer que lo fuera.

Ella era otra cosa. Tenía que ser otra cosa. Algo tortuoso y diferente.

¿Cómo lo detendría Geiki?

Mediante un truco.

Miuko se volvió hacia el *doro yagra*.

—Deme su bufanda.

—¿Por qué?

—Porque necesito una ilusión y no tengo magia que me ayude —se quitó las sandalias, se quitó los calcetines y se subió la túnica hasta las rodillas. En la penumbra, sus piernas y pies parecían brillar con un azul misterioso.

Le arrebató a Tujiyazai la bufanda de la mano extendida y se la echó sobre la cabeza como si fuera un velo. Como había sospechado, la tela era lo suficientemente fina para poder ver a través de ella, aunque su rostro se mantenía oculto.

—¿Qué aspecto tengo? —le preguntó.

—Extraño.

Eso tendría que ser suficiente.

Miuko arqueó la espalda como había visto hacer a la Doctora cuando atacó al *odoshoya*, y abrió de par en par la puerta corrediza.

—LIBERA A LA ESPÍRITU DE GRULLA —entró, revelando sus piernas desnudas.

Con un grito ahogado, el hombre se tambaleó hacia atrás. Se le fue el color de las mejillas.

—¿Yeiwa? —preguntó en un susurro.

Un nombre de mujer. ¿El de su esposa?

Entonces, *estaba* muerta, como Miuko había temido, y ahora él creía que era el fantasma de la espíritu de grulla, que había retornado de las aguas primordiales.

Miuko podía hacer algo con eso. Y si no podía, bueno… acabaría con grilletes, igual que su hija.

Tomó el riesgo.

—PUEDE QUE ME HAYAS MATADO, PERO NO PUEDES MATAR A MI HIJA —Miuko dio otro paso hacia la cabaña, inclinando el paso en lo que esperaba que fuera una imitación aceptable del andar de una grulla.

Ahora el hombre estaba farfullando de miedo, observó satisfecha. Sobre sus rodillas, él apoyó la frente en el suelo, suplicándole. Estaba arrepentido. La chica lo había llevado a esto. Él era un alma buena. Por favor, debía perdonarlo.

Ella no quería perdonarlo, por patético que fuera. Sería tan fácil no hacerlo. Colocar la planta de su pie sobre su calva cabeza. Observar cómo se marchitaba su piel. Observar cómo se le escapaba la vida de la misma manera en que el agua se le escapa a la tierra seca.

Oh, sí, murmuró la voz en su interior. *Sería fácil.*

—Basta con eso —ordenó Miuko, aunque no sabía si se estaba dirigiendo al hombre o a sí misma.

En cualquier caso, él se quedó en silencio.

Al igual que la voz-demoniaca.

Los ojos de Miuko se entrecerraron.

—TE PERDONO, LO HARÉ —declaró—. PERO NO TE DARÉ UN MINUTO MÁS EN ESTE HOGAR QUE HAS PROFANADO. CORRE, AHORA. CORRE HASTA QUE TUS PIERNAS COLAPSEN, HUMANO. CORRE Y NO VUELVAS JAMÁS.

Miuko nunca imaginó que llegaría a imponer la obediencia de un hombre adulto, pero allí iba él, saliendo a toda velocidad por la puerta y desapareciendo entre los árboles, dejándola sola en la cabaña con la espíritu de grulla.

Aspiró con dificultad. Con manos temblorosas, se quitó la bufanda de Tujiyazai y volvió a bajar su túnica para cubrir sus tobillos. Luego, tomó la llave del estante, se arrodilló junto a la grulla y abrió los grilletes, que tiró a un lado. A la luz de la hoguera, el interior de los grilletes brillaba suavemente, desgastado por el uso.

—¿Eres humana? —sonó una voz.

Miuko miró a la espíritu, que había cambiado a su forma de chica, y asintió.

—Más o menos. No tengo magia *atskayakina* ni nada, pero supongo que un buen disfraz también puede servir.

La chica grulla se tambaleó, probando su tobillo.

—No creo que tu padre vuelva por un tiempo —dijo Miuko—. Eres libre.

La espíritu ladeó la cabeza.

—Pero acabará en algún sitio —dijo en voz baja—. Y su próxima hija no tendrá alas, ni a ti, para rescatarla.

—Entonces, espero que no tenga hijas.

—Que no tenga a nadie.

—A nadie —aceptó Miuko, aunque en algún lugar de su interior sabía que eso no sería suficiente. Había muchos hombres como él en Awara, y aunque no los hubiera, aunque todos los hombres del reino fueran tan bondadosos como su propio padre, eso no cambiaba el hecho de que en la sociedad de los Omaizi, una chica sólo era tan libre como la generosidad de sus parientes varones se lo permitieran.

En su camino hacia la puerta abierta, la chica grulla le hizo una reverencia.

—Gracias.

Luego, dando unos pasos, desapareció entre las sombras. Un momento después, Miuko vio la grácil silueta de una grulla contra el cielo, volando alto sobre los huertos.

Miuko la observó partir.

Tujiyazai apareció en la puerta.

—Magia *atskayakina*, ¿eh? —preguntó él—. ¿Qué sabes tú de la magia *atskayakina*, Ishao?

Miuko se mordió la lengua.

Geiki. Ella no había querido revelarlo... y quizá todavía no lo había hecho. Pero no pudo evitar sentirse como si le hubiera dado al príncipe demonio una pista sobre su amigo.

Pasó junto a Tujiyazai, puso de regreso la bufanda en sus manos, y empezó a recoger sus calcetines y sandalias de entre la maleza.

—Debiste haberlo matado —dijo él.

—No soy una asesina.

—Pero podrías serlo. Podrías ser temida y adorada. Podría haber templos erigidos en tu honor y sacrificios a tus pies.

Miuko soltó una carcajada mientras se ponía los calcetines.

—¿Quién haría eso?

—El mundo entero.

—Bueno, yo no quiero eso —se calzó las sandalias y se alejó de la cabaña, sin darse cuenta, sumida en sus pensamientos, de las huellas ennegrecidas que había dejado en la hierba.

—¿Sabes lo que quieres?

Ella frunció el ceño. Era cierto que, durante mucho tiempo, había tenido que reprimir lo que quería, porque todos los espacios donde podría haber guardado sus deseos habían estado ocupados por el deber, la responsabilidad, la obligación. Querer era peligroso. Querer era sedicioso... una traición a los valores de la sociedad de los Omaizi y a todos los que vivían en ella.

Sólo recientemente había empezado a abrir de nuevo esos espacios, y había descubierto deseos tanto antiguos como nuevos.

Caminar sola.

Hablar por ella.

Ver qué había más allá de aquel lejano horizonte.

Lo que *no* quería, a pesar de la voz que la apremiaba en su interior, era convertirse en una demonio asesina.

—No —dijo—. Pero estoy aprendiendo.

18

UNA CONFLUENCIA DE FANTASMAS

A la mañana siguiente, Miuko fue despertada por alguien que la llamaba:

—¡Miuko! ¡Miuko! ¡Levántate, Miuko! —y un repiqueteo en la puerta, que no cesó hasta que Miuko la abrió, tambaleándose.

Geiki estaba allí parado, con los ojos brillantes y completamente vestido.

—¡Nos van a dar un caballo!

Se frotó los ojos.

—¿Qué?

—¡La posada! ¡Nos están regalando un caballo! Cuando me levanté esta mañana, el propietario me dijo: "Hay un caballo esperándolos en los establos", ¡y ahora es *nuestro*! Qué gran pueblo, ¿eh? —echó la cabeza hacia atrás y graznó—. ¡Muchas bendiciones para Vevaona!

Miuko frunció el ceño.

—La gente no regala caballos así nada más.

—¡Esta gente sí! —Geiki le puso un pastel de arroz en la palma de la mano y le hizo señas para que se diera prisa—. ¡Vamos! ¡Hoy montaremos a caballo!

Con un comentario como éste, debería habérsele ocurrido que ni ella ni Geiki habían montado a caballo en su vida. Ciertamente, gracias a sus años en la posada de su padre, sabía cómo cuidarlos, pero *¿montar* uno? No había ninguna ley que prohibiera a una mujer montar a caballo —como había demostrado su madre la noche que se fue— pero, como las mujeres caminando solas, era algo que simplemente no se hacía. El regalo —si el *atskayakina* no se equivocaba, porque bien podría haberse equivocado— quizá no era el inesperado golpe de suerte que había parecido en un principio.

Pero, dado que le había faltado dormir más y que sentía aversión por madrugar, estos pensamientos ni siquiera pasaron por su cabeza hasta que estuvo en los establos, cara a cara con una yegua rucia.

Era un caballo hermoso, Miuko tenía que admitirlo, el tipo de animal que debería tener sus crines trenzadas y sus arreos adornados con plata, el tipo de animal que uno esperaría encontrar en un desfile de nobles... o en posesión de un príncipe.

¿Era un regalo de Tujiyazai? Era la explicación más lógica, pues aunque Geiki parecía convencido de que el dueño de la pensión les había entregado las riendas de un animal magnífico y sano, Miuko sabía que los humanos no eran tan generosos. Pero ¿por qué le daría el *doro yagra* los medios para llegar a la Casa de Diciembre cuando él había despreciado tan claramente la idea?

Miuko frunció los labios.

—¿De dónde vienes tú, niña? —le preguntó.

La yegua olisqueó sus ropas, pero no era un caballo parlante, así que no respondió.

En tanto Geiki pagaba por sus habitaciones, Miuko hurgó en las alforjas en busca de una nota, pero sólo encontró provisiones para el camino y una pequeña bolsa de monedas para complementar lo que la Doctora les había dado.

Si el caballo era de Tujiyazai, ¿no lo habría mencionado él? Había sido claro cuando se separaron: volvería a visitarla esta noche. Seguramente, le habría hablado del caballo, aunque sólo fuera para exigirle su gratitud.

Todavía estaba dándole vueltas a la pregunta cuando el *kyakyozuya* entró en los establos, llamando a su caballo.

La espada curva del cazador de demonios colgaba a su costado, una cantimplora al otro. Alrededor de su cuello, cubriendo sus cicatrices, llevaba un pañuelo color bermellón, entintado con hechizos.

—*Kyakyozuya*-jai, ¿qué pasó? —preguntó el mozo de cuadra, sacando de uno de los establos a un alazán castrado.

—Hubo una desaparición —respondió el cazador de demonios—. Un granjero. También su hija. Alguien encontró signos de actividad demoniaca cerca de su cabaña.

Aferrándose aún al cuerno de montura de la yegua gris, Miuko se quedó quieta. Había estado descalza en la cabaña. Cerró los ojos e imaginó los parches de hierba marchita al sol de la mañana.

¿Cómo había podido ser tan descuidada?

El *kyakyozuya* montó su caballo y salió galopando de los establos; casi atropella a Geiki, que tuvo que apartarse de un salto para evitar ser pisoteado.

—¡Ah! —gritó.

—Debemos irnos —Miuko lo jaló hacia la yegua gris, que los observaba a ambos con límpidos ojos marrones.

—¡Cuidado con el brazo! —protestó Geiki, zafando su cabestrillo del agarre de Miuko—. ¿Por qué tanta prisa?

Miuko podría habérselo dicho. Podría haber admitido que ella y Tujiyazai habían salido a pasear por Vevaona en mitad de la noche; que habían salido de los límites de la ciudad; que habían estado juntos, los dos en la oscuridad, solos... Una parte de ella sabía que no había sido su culpa. Tujiyazai la había amenazado en la posada. Había amenazado a *Geiki*. Ella no había tenido más remedio que ir con él.

Pero ni siquiera una chica de carácter fuerte como Miuko podía resistirse a diecisiete años de adoctrinamiento en una sociedad que la tacharía de libertina y no deseada por ese comportamiento, y la mayor parte de ella estaba avergonzada. Avergonzada por haber ido. Avergonzada por su imprudencia. Avergonzada porque le había gustado.

Así que lo único que dijo fue:

—No quiero perder tiempo.

La yegua tenía la paciencia de un monje, gracias a los dioses, pero Geiki no dejaba de caerse, y Miuko se negaba incluso a intentar montarla hasta que hubieran intercambiado unos pantalones de hombre con algún compañero de viaje. Dejando a un lado el pudor, se negó a arriesgarse a que sus piernas desnudas tocaran el pelaje moteado de la yegua, ya que la maldición había empezado a trepar por sus muslos durante la noche y, vestida de mujer, la posibilidad de que hiriera accidentalmente al caballo era demasiado grande.

Tras numerosos intentos fallidos (por no decir dolorosos), los tres se decidieron finalmente por un acomodo que parecía convenirles: Miuko, vestida de hombre, se aferró desesperadamente a la silla, y Geiki, en forma de urraca, se encaramó a su hombro, con un pequeño cabestrillo azul para sujetar su ala herida.

Miuko, poco acostumbrada a su forma de pájaro, se sobresaltó al ver lo llamativo que era con sus alas azules y el suave plumón gris de su vientre, pero nunca se lo habría dicho, no fuera a ser que su cabeza creciera tanto que su pequeño cuerpo de pájaro ya no pudiera sostenerla.

La yegua, a la que Geiki había decidido llamar "Roroisho" —que significa "nieve sucia"— soportó el arreglo con muy buena disposición, pues había sido bien adiestrada y tenía buen carácter para la gente que no sabía lo que hacía... que, según su experiencia, era la mayoría.

Así acomodados, el trío avanzó a buen ritmo durante la mañana, aunque su ánimo se vio algo mermado por los encuentros con otros viajeros, que reaccionaban con previsible desprecio ante una chica vestida de hombre y montada a caballo.

Los niños se quedaban mirando fijamente. Los hombres gritaban: "¡Qué desfachatez!", "¡Qué vergüenza!" y otras tantas variantes. Una anciana, doblada por el peso de su morral, incluso escupió a los pies de Roroisho.

Aunque Miuko podría haberlos ahogado a todos con unas cuantas maldiciones bien elegidas, se mordió la lengua y mantuvo la mirada fija en el camino. Después de todo, era una chica sola y no podía arriesgarse a que la persiguieran. Además, si una chica montando a caballo era digna de tal ultraje, Miuko odiaba pensar cómo reaccionarían todos al saber que ella era, de hecho, medio demonio.

Tal vez se ofenderían menos, pensó con amargura. Después de todo, en el reino de Awara, los demonios eran más comunes que una chica a caballo.

—Deberíamos haber incluido un sombrero en la negociación, además de la ropa —murmuró—. Así podría haber ocultado mi rostro y hacer esta farsa más convincente.

Aunque no podía hablar en su forma de urraca, Geiki graznó y le jaló el cabello, lo que ella interpretó como que le gustaba tal como era, o que tenía hambre y necesitaba una golosina de las alforjas de Roroisho.

Se detuvieron a comer en un bosque de abedules que ofrecía algo de protección del sol abrasador. En su forma humana, Geiki observaba a la yegua gris pastando delicadamente a la sombra. Los *atskayakinasu* no solían tener mascotas, pensó en voz alta, pero cuando volviera con su bandada, estaba seguro de que harían una excepción con Roroisho.

—No importa que los caballos no vivan en árboles —añadió Miuko, poniendo los ojos en blanco.

—¡No importa! —declaró él, sacando un brillante bloque de oro de su bolsillo—. ¡Los dioses encontrarán una manera!

Como si respondiera, Roroisho asintió con la cabeza, aunque tal vez sólo se estuviera espantando unos cuantos insectos de la cara.

Miuko, sin embargo, ya no le estaba prestando atención.

—¿De dónde sacaste eso? —señaló el cubo dorado, que cabía perfectamente en la palma de su mano, con dibujos geométricos impresos en cada uno de sus lados.

—Lo encontré.

Miuko entrecerró los ojos.

—¿En el *bolsillo* de alguien?

—No, lo *encontré*. Estaba al lado del camino esta mañana.

—¡Eras un pájaro! ¿Cuándo tuviste tiempo de recoger esto?

—¡Cuando te estabas cambiando!

Miuko le tendió la mano.

A regañadientes, el *atskayakina* le pasó el cubo.

—No me obligarás a devolverlo, ¿verdad? Estaba en el suelo, ¡así que eso es tirar basura! Además, creo que hay algo dentro.

El cubo no tenía ni bisagras ni tapa. De hecho, salvo por sus adornos, sus lados eran perfectamente lisos.

—¿Qué te hace pensar que se abre? —preguntó Miuko.

—No pesa lo suficiente para ser sólido.

—Tal vez no es oro de verdad.

Olfateando, le quitó el cubo de las manos.

—Sabrías la diferencia, si fueras una *atskayakina* —dijo él.

Miuko suspiró.

—Bien. Puedes quedártelo. Supongo que podremos venderlo si necesitamos los fondos.

Geiki sonrió.

Una vez que volvieron a ponerse en marcha —pájaro, chica y caballo—, Miuko supo que debía prepararse para los comentarios desagradables, pero, para su sorpresa, el Ochiirokai se vació incluso antes que el día anterior. Pasó una hora en una calma dichosa; otra, en un silencio extraño.

Las olas de calor se elevaban desde el camino de tierra, haciendo que el aire ondulara como si fuera agua.

El sudor goteaba por el cuello de Miuko. Descubrió que echaba de menos la charla de Geiki, pero él dormitaba sobre su hombro y, además, en esta forma, no podía hablar.

Todo parecía tranquilo —los relucientes arrozales, el cielo infinito—, pero Miuko se sentía tan tensa como cuando había otras personas alrededor. Ni siquiera entendía por qué, hasta que fue consciente de un zumbido, como el sonido de un avispero cercano.

Lo más inquietante era que no lograba recordar cuándo había empezado el zumbido. Tenía la sensación de que había estado ahí por horas.

A Miuko se le erizó el vello de la nuca.

—Geiki —susurró—, despierta. Algo está mal.

El *atskayakina* se removió, bostezando.

Delante de ellos, en medio de la carretera, había una perturbación en el aire. A Miuko le pareció el entramado de cortes dejados por el hacha de un leñador, como si algo intentara abrirse paso a través del tejido mismo del mundo material.

—¿Ves eso? —susurró.

Luego desapareció. Donde había estado, el aire permanecía liso e intacto.

Geiki soltó un suave gorjeo. Roroisho agitó la cabeza con ansiedad.

El zumbido se intensificó. En el campo a su derecha apareció otra perturbación —esta vez, con forma humana—, tan cerca que Miuko pudo ver marcas donde deberían haber estado su cara y sus extremidades.

—Fantasmas —susurró ella.

Geiki graznó.

—¡Apúrate, Roroisho! —Miuko pateó con sus talones, como había visto hacer a los jinetes antes, y, no queriendo demorarse más, la yegua rucia salió disparada.

Corrieron por el camino, con los fantasmas zumbando a su alrededor, entrando y saliendo de la visión de Miuko: la cara de una chica, una mano bañada en sangre, alguien chillando, un brazo, un torso desnudo, otra chica.

Tantas chicas, cada una sólo un poco mayor que Miuko.

Roroisho relinchó con lo que debía ser miedo y se lanzó al galope, con Miuko aferrada desesperadamente a su lomo, intentando no caerse de la silla, con Geiki agarrado a su túnica, batiendo su ala buena para mantener el equilibrio.

Fue una suerte para todos que se encontraran a pocos minutos de Koewa, el siguiente pueblo, pues no aminoraron la marcha hasta que pasaron por debajo de la puerta de los espíritus y el zumbido disminuyó. El caballo bajó al trote y luego siguió al paso, con los costados agitados por el esfuerzo y el alivio.

Miuko se deslizó desde su lomo y descubrió, con un grito, que todo su cuerpo se había agarrotado durante el trayecto: los músculos de sus muslos, brazos y abdomen estaban rígidos, con espasmos, en señal de protesta. Geiki saltó de su hombro a su brazo, y se posó en el suelo. Después de sacudirse, la miró con agudeza.

—Oh —dijo ella, apartando los ojos—. Lo siento.

Él gorjeó.

Pero no se transformó. La gente del pueblo se había detenido a mirarlos ahora, no con la mirada ofendida de los viajeros de la carretera (o al menos, no *sólo* eso); también había miedo en sus rostros, y Miuko no tardó en comprender por qué.

Alrededor de ella, murmurando detrás de sus manos, había niños y hombres, ancianas de rostros arrugados y mujeres de mediana edad con nudos matrimoniales en el cabello, suficientes personas para demostrar que Koewa tenía una población bastante numerosa.

Pero aparte de Miuko, no había ninguna joven entre ellos.

19

UNA SERIE DE PRIMERAS IMPRESIONES MUY POBRES

La multitud crecía a cada segundo que pasaba. Los transeúntes se detenían a mirar y cuchichear hacia la chica vestida de hombre. Miuko se sentía como si fuera una criatura en exhibición en el jardín del emperador, con plumas de colores y un collar de plata, algo a lo que señalar y de lo que burlarse por su rareza. Quería huir, enterrar la cara en la almohada y esperar que todos olvidaran que la habían visto.

Pero estaba rodeada. Detrás de ella, Roroisho pataleó con ansiedad.

—¿Qué estás haciendo? —una elegante mujer salió furiosa de entre la multitud reunida. Llevaba la ropa fina que correspondía a una matriarca de una familia local acomodada; nada tan grandioso como la nobleza, pero sin duda de mayor calidad que cualquier cosa de Nihaoi. Con una fuerza que contradecía su delicada complexión, agarró a Miuko por el codo y la sacudió con tanta fuerza que algunos mechones de su fino cabello blanco se soltaron del nudo de viuda que llevaba en la coronilla—. ¡No puedes venir aquí montando un caballo y vestida de hombre!

De cerca, los ojos marrones de la mujer estaban llorosos de… ¿era miedo?

—¡No puedes estar aquí vestida de esa manera! —siseó. Luego, lanzó una mirada sobre su hombro y añadió—: ¡No es seguro!

—¡Lo lamento! —protestó Miuko, retorciéndose en las garras de la mujer. Enloquecida, buscó a Geiki, que rebotaba y saltaba entre las piernas de la gente del pueblo, tratando de alcanzar el borde de la multitud sin ser pisoteado—. ¡No pretendía ofender a nadie!

Miró a la multitud reunida en busca de ayuda, pero nadie se acercó. Se movían incómodos… temerosos, pensó Miuko, y desaprobadores, como si se mereciera la embestida de la mujer.

¿Por qué? La voz-demoniaca dentro de Miuko fluía con desprecio. *¿Por montar a caballo? ¿Por vestir como un hombre?*

De lo más profundo de su ser surgió ese frío nuevo y penetrante, como la cima de una montaña glacial que envía heladas mortales a los valles de abajo.

—¿Dónde está tu marido? —preguntó la mujer.

Los pensamientos de Miuko traqueteaban en su cráneo como piedras sueltas.

—Mmm…

—¿Padre? ¿Hermano? —la mujer volvió a sacudirla—. ¡Vamos! ¿Qué es lo que estás pensando? ¡Tienes que salir de aquí! ¡De inmediato!

La túnica intercambiada se deslizó por el hombro de Miuko, provocando que la multitud jadeara ante lo inapropiado del hecho.

¡Piel!, rio la voz-demoniaca. *Ellos también tienen, pero ¡qué escándalo arman al verla!*

Con un grito, Miuko intentó acomodarse la ropa de nuevo, pero antes de que pudiera hacerlo, alguien gritó:

—¡Madre!

Detrás de la anciana apareció un hombre, quizá quince o veinte años mayor que Miuko. Al igual que su madre, era pequeño de estatura y estaba bien vestido. A diferencia de su madre, tenía unos ojos duros y penetrantes que no parpadeaban ni se apartaban de los de Miuko, aunque no se estaba dirigiendo a ella.

Se escucharon algunos murmullos entre la multitud.

—Laowu-jai.

—Pobre hombre.

—Tener una madre como Aleila.

—Una mujer terrible. Dominante.

—Asfixiante.

—Un monstruo.

Como si fuera ajeno a sus susurros, el hombre siguió mirando fijamente a Miuko. A ella le inquietó que la estudiara de esa manera.

Pero no pudo evitar sentirse agradecida cuando él apartó suavemente a su madre.

—Déjala ir, madre —luego, tras romper el agarre de Aleila, echó un brazo sobre los hombros de Miuko, como si con él marcara su propiedad sobre ella, lo que redujo notablemente su gratitud, y se dirigió a la asamblea con el tono oficioso de un político experimentado o un artista callejero—: ¡Si no, la pobre chica pensará que no somos hospitalarios!

Miuko pensó que eso era quedarse corto, pero los habitantes del pueblo rieron, como si se tratara de una excelente broma que todos compartían.

Aleila se retiró con una reverencia.

—Por supuesto, hijo mío —en un instante, su expresión pasó de dura y aterrorizada a suave y sonriente; su redondo rostro se transformó tanto que por un momento Miuko sospechó que se trataba de una cambiaformas—. Sólo intentaba ayudar.

¿Ayudar a quién?, exigió la voz interior de Miuko y, por primera vez, ella no intentó reprimirla.

Chasqueando los dedos, Laowu señaló a una de las ancianas de la multitud.

—Su chal, por favor.

Rápidamente, ella se lo entregó —estaba estampado con flores de color púrpura pálido, apropiadamente femenino— y él lo colocó alrededor de los hombros de Miuko con un ademán ostentoso, jalándolo de un lado a otro hasta que pareció satisfecho con su aspecto.

La multitud comenzó a dispersarse.

Entrecerrando los ojos, como si ella fuera un pergamino colgando torcido en la pared, le colocó un mechón suelto de cabello detrás de la oreja, y las yemas de sus dedos se detuvieron una fracción de segundo de más en su mejilla.

Aunque él seguía ajustando su aspecto, Miuko tenía la incómoda sensación de que todavía no estaba satisfecho.

—Gracias... —empezó ella, intentando alejarse.

Él apretó la mano en su hombro.

—Una chica de tu edad no tiene por qué viajar sola.

Era la primera vez que se dirigía a ella, se dio cuenta, y sólo ahora reconoció la ira en su voz, fría y apenas contenida.

Ella negó con la cabeza.

—Yo no...

—¡Ahí estás! —Geiki, en forma de chico, salió corriendo de un callejón cercano—. ¡Te he estado buscando por todas partes!

Por un momento, Laowu la miró fijamente, con expresión de disgusto, antes de soltarla.

—¿Es tuya? —le preguntó a Geiki.

El *atskayakina* miró a Miuko, que le devolvió la mirada, deseando que respondiera como lo haría un hombre de Awara.

Él forzó una sonrisa.

—Soy su hermano.

Ella dejó escapar un suspiro de alivio.

Laowu parecía estar a punto de decir algo más cuando su madre lo tomó del brazo y le dio unas palmaditas en la mano.

—¿No íbamos de camino a la casa de té, hijo mío? —le sonrió con dulzura—. Me temo que después de todo este alboroto, me vendría bien una relajante taza de té de flores.

Él parpadeó, como si estuviera saliendo de un trance.

—Por supuesto, madre —luego, se dirigió a Geiki—: Vigílala. Nunca se sabe en qué líos se pueden meter las chicas si se les permite vagar libremente.

Y entonces, él y su madre se marcharon con el resto de la multitud, dejando a Miuko y Geiki solos, con Roroisho.

—¡Lo lamento! —soltó el *atskayakina*, jalando nerviosamente su cabello—. ¡Había tanta gente que no podía transformarme! Nunca había estado en un sitio con menos intimidad, ¡y me crie en una bandada de urracas!

Miuko observó cómo Laowu y su madre se alejaban por la calle. Al doblar la esquina, él se detuvo y miró atrás, hacia ella, con aquellos ojos implacables, antes de que Aleila tirara de él otra vez.

—No me gusta estar aquí —dijo Miuko—. Algo está mal en este lugar.

—¿Deberíamos irnos? No tenemos que quedarnos esta noche. Tal vez nos iría mejor con los fantasmas, ¿eh?

Pero no se marcharon. Miuko se dijo a sí misma —y también a Geiki— que prefería arriesgarse a los peligros del mundo humano que tentar a los *nasu* en el camino. Pero la verdad era que algo *estaba* mal: con Laowu, con su pequeña y despiadada madre, con su pueblo. Ella podía sentirlo emanando de ellos, como la *naiana* que surge de la tierra, derramándose por el suelo hasta correr por las laderas boscosas y las calles empedradas, saturándolo todo —cada tabla del suelo, cada pisada, cada roca y hierba y trozo de tierra—, y sabía exactamente quién podría ayudarla a averiguar por qué.

20

LAS TUMBAS

Dando vueltas alrededor de su ventana en el segundo piso, Miuko esperó casi toda la noche la llegada de Tujiyazai, pero no fue sino hasta una hora antes del amanecer cuando sintió el calor abrasador que le indicaba que estaba cerca. Al abrir la ventana, lo encontró allí abajo, parado sobre las piedras, con las llamas humeantes flotando sobre su frente arrugada.

Sin esperar a que lo invitaran, subió al tejado y se dejó caer al piso, tambaleándose sólo un poco al aterrizar.

—Vino —le dijo Miuko.

—Te dije que lo haría.

—Dijo que puede sentir la ira, ¿cierto?

—Igual que tú.

—Estoy aprendiendo —refunfuñó irritada—. Pero no soy muy buena en eso.

Aún, añadió la vocecita en su interior.

—¿Qué esperas encontrar? —preguntó el príncipe demonio.

—Lo que sea que esté mal en este lugar.

Él hizo una reverencia; las puntas de sus cuernos casi rozaron los hombros de Miuko.

—Muy bien.

Él la guio, aunque tal vez no necesitaba que la guiaran, pues podía sentir una fría malicia que se extendía por la ladera que dominaba el pueblo; por las calles desiertas, sus pasos resonaban en los adoquines desiguales.

—¿Por qué no invitaste a *Geiki* a esta pequeña aventura tuya? —preguntó Tujiyazai al subir por las colinas boscosas, donde varias casas robustas, más finas y grandes que las de abajo, estaban intercaladas entre las arboledas de pino y bambú.

Miuko se tensó.

—¿Qué sabe de Geiki?

—Sé que confías en él.

—Es mi amigo.

El *doro yagra* soltó una risita.

—¿Eso crees? ¿Es la *amistad* razón suficiente para que alguien te lleve a cruzar media Awara?

Ella frunció el ceño. No se le había ocurrido antes, pero ahora que Tujiyazai lo decía en voz alta, la idea de que Geiki llegara tan lejos sólo por la bondad de su corazón le pareció bastante descabellada.

—No sé cómo sea entre los humanos —continuó el príncipe demonio, con tono ligero—, pero en el mundo de los espíritus, algunos tratos se hacen sin que ninguna de las partes tenga que negociar... quizá se concede un deseo por liberar a un espíritu de una maldición, o se debe una vida por una vida salvada...

—¿Qué? —Miuko se detuvo. Creía que Geiki había aceptado acompañarla en este improbable viaje porque ella le agradaba. Porque la aceptaba. ¿Qué había dicho él? *Porque tenía un buen presentimiento sobre ella.* ¿Por qué habría mentido sobre algo así?—. ¿Quiere decir que está en deuda conmigo por haberlo salvado de los zorros...?

Pero se paró en seco al ver una mansión amurallada. Construida en la curva de la colina, tenía tres pisos, con tejados de tejas y vigas grabadas con rostros de ogros para ahuyentar a los maliciosos *nasu*. El frío era más fuerte aquí, espeso como una capa de hielo.

Fuera lo que fuera lo que estaba perturbando a Koewa, éste era su origen.

Tujiyazai se puso de rodillas y le hizo una seña a Miuko, indicándole que escalara el muro, como había hecho Geiki en Keivoweicha.

Esta vez, no dudó. Saltó sobre el muro y aterrizó, un poco tambaleante, entre los arces cuidadosamente podados del otro lado.

Sorprendida de su propia fuerza, se puso una mano en la cadera, como si pudiera sentir la maldición lamiéndole la cintura. Ser un demonio tenía sus ventajas.

Al posarse a su lado, el *doro yagra* señaló hacia la gran mansión. La luz se derramaba por las ventanas abiertas, a través de las cuales se oía un diálogo en voz alta.

—¿De dónde viene? —rugió Laowu. Ahora que ya no estaba en público, parecía que había dado rienda suelta a su ira, que de otro modo estaría fuertemente controlada, y ahora estallaba en la noche, voraz como un incendio—. ¿Cuánto tiempo se va a quedar?

—¿Por qué dejas que te moleste? —preguntó Aleila—. Es sólo una chica.

—¡Una chica montada en un caballo! ¿Para qué otra cosa crees que abre las piernas?

Ahogando un grito, Miuko escondió la cara en sus mangas. Estaban hablando de *ella*.

—¿Por qué me trajiste aquí? —le preguntó a Tujiyazai en voz baja—. Yo podría haberte dicho que estos dos eran terribles, pero creo que hay algo *más* que está mal en este pueblo…

—No es por *ellos* que estamos aquí —levantando un dedo, el *doro yagra* señaló una puerta debajo de la casa.

La puerta era perfectamente cuadrada, demasiado baja para entrar si no era a rastras, sobre manos y rodillas, y apenas lo bastante ancha para que pasara un humano. Debía conducir a un espacio bajo el primer piso, construido para el mantenimiento de los cimientos de la mansión.

Según la madre de Miuko, los entrepisos —como todos los espacios liminales— eran fronteras entre Ada y Ana, que no pertenecían del todo ni al mundo humano ni al espiritual. Allí, los hombres eran criados con espíritus de zorro, y los *imimisu*[25] —diminutos seres no más altos que la longitud de un cuchillo de pelar— cabalgaban a lomos de ratas por ciudades construidas con restos de chatarra.

La parte buena y racional de Miuko que percibía el peligro no quería otra cosa que salir corriendo y gritando del jardín. Cinco días atrás, habría hecho justo eso.

Sin embargo, se quedó allí, como una musaraña hipnotizada por una serpiente. Lo que fuera que estuviera bajo las tablas del suelo, la llamaba, retumbaba en sus huesos con tanta fuerza e insistencia que le dolían los dientes.

Ella y Tujiyazai cruzaron sigilosamente el sombrío patio. Agarrándose a la puerta, él hizo saltar la cerradura sin apenas hacer ruido.

La abertura se extendió de par en par, oscura como las fauces de un monstruo.

---

[25] ***Imi-mi*** significa, literalmente, "ojo de estrella". Según la leyenda, cuando Amyunasa creó el mundo de los espíritus, hizo a los *imimisu* con la luz del universo en sus ojos.

A cuatro patas, Miuko entró en el entrepiso. Estaba fresco, olía a pulimento, a tierra y a algo dulce y pútrido a la vez: el cadáver de un ratón descomponiéndose en la tierra y setas brotando en los listones de luz entre las tablas del suelo.

—¡Puta! —Laowu gritó desde arriba.

Se oyó un estruendo… el sonido de la cerámica al romperse.

Por instinto, Miuko se agachó, pero se sintió un poco tonta cuando sólo el polvo se filtró por el techo del sótano.

—¡Es peligrosa! ¡Ya la viste hoy, con ese aspecto! Las chicas de su edad nunca cumplen con sus…

—Calma tu temperamento, hijo mío —replicó Aleila con voz tranquilizadora—. Recuerda lo que pasó la última vez.

—¡No me digas cómo sentirme! Siempre me dices cómo sentirme.

Mientras Miuko los escuchaba discutir, la sensación en su médula se intensificó.

Y se dio cuenta de lo que era.

Zumbidos.

Uno a uno, los fantasmas aparecieron a lo largo de los bordes del entrepiso: agachados, a cuatro patas, doblados, sin pies ni manos, sangrando a través de sus miembros truncados.

Chicas.

Todas.

Chicas en camisón.

Chicas con vestidos de novia, en andrajos por la descomposición.

Chicas con vestidos de viaje y sombreros para el sol colgando lánguidamente de sus cuellos cercenados.

—Venganza —susurró el príncipe demonio detrás de Miuko.

Sobre sus cabezas, Laowu vociferaba sobre las tablas del suelo.

—¿Quién se cree que es? Necesita que alguien le enseñe el lugar de una mujer. Está *mal,* madre. *Tú* nunca harías algo así. ¿Por qué debería hacerlo ella?

Algo más fue arrojado a través de la habitación.

Un taburete. Un cuenco de madera.

—¡Por favor, hijo mío, es demasiado pronto! La gente sospechará. Después de la última vez… No puedo… pesan tanto. No te imaginas lo que pesan. Y sangran tanto. Incluso después de matarlas, sangran tanto.

En la oscuridad bajo el suelo, Miuko se quedó helada. Aleila lo había ayudado. En vez de denunciarlo, en vez de *detenerlo,* ella se había deshecho de los cadáveres y, al hacerlo, le había permitido seguir matando.

Como si percibieran el estado de ánimo de Miuko, el zumbido de los fantasmas se intensificó. Un par de manos flotantes aplaudieron con entusiasmo. La cabeza de una chica se dio la vuelta, transformando su mueca en una sonrisa grotesca. Miuko se estiró hacia la tierra. Arañó el polvo. Laowu seguía gritando:

—¡No te escondas de esto ahora, madre! ¡No le des la espalda! ¡Mírame! *Tú* hiciste esto. ¡*Tú* me hiciste!

—¡Yo te *protegí*! —Aleila estaba llorando ahora—. ¡Todo lo que he hecho es para protegerte!

—¿Protegerme? Te estás protegiendo a ti. ¿Adónde irás si me atrapan, madre? No tienes otra familia…

Miuko cavó y los fantasmas la observaron, o al menos la esperaron, porque no todas tenían ojos para mirar. Cavó hasta que desenterró un conjunto de huesos, unidos por hilos de tendón sueltos.

Huesos humanos.

Huesos de chicas.

Los fantasmas zumbaron.

Ya sabía que los encontraría, pero esperaba que no fuera así.

¿A cuántas chicas había asesinado este hombre?, se preguntó Miuko. ¿A cuántas había desmembrado y enterrado su madre para encubrir sus crímenes? ¿Cuántos pedazos encontraría Miuko, si continuaba buscando?

Bruscamente, empujó los huesos lejos de ella. Cayeron con estrépito sobre una caja torácica expuesta.

—¿Qué fue eso? —preguntó Aleila.

—No es nada. Estás imaginando cosas, madre.

Al otro lado del espacio, las manos flotantes se convirtieron en puños. La cabeza decapitada miró a Miuko. Como si la instara a actuar, uno de los torsos intentó chocar con ella (aunque, como era un fantasma y ella seguía siendo humana, o casi, sólo la atravesó como un escalofrío).

Pero Miuko era, también, sólo una chica. ¿Qué podía hacer *ella*?

Fácil, susurró la voz-demoniaca. Podía subir corriendo las escaleras con sus veloces piernas de *shaoha*. Podía saltar por la ventana de la mansión, encontrar a Laowu y su madre congelados en sus lugares, con la boca abierta por el miedo…

Sintió la mano de Tujiyazai sobre su hombro, ligera y cálida.

—Hay alguien aquí.

—¿Alguien *más*? —arrastrándose hacia la puerta, Miuko miró afuera.

El jardín estaba quieto. Ni siquiera una hoja se atrevía a moverse.

Pero allí, en la ladera sobre la mansión, había una figura vestida de blanco. Entre los árboles, su túnica parecía brillar como la luz de la luna, iluminando el pañuelo rojo que llevaba sobre la boca y la nariz.

—*Kyakyozuya* —susurró Miuko. El cazador de demonios. Había sido una tonta al pensar que habían escapado de él.

Detrás de ella, sintió que Tujiyazai se encendía. Si hubiera girado, habría visto las chispas volar sobre sus cuernos.

Pero seguía observando al cazador de demonios, que sostenía una vara de bambú flexible de cuyo extremo colgaba una piedra circular con un agujero perforado en el centro: una vara espiritual. Se decía que, bien utilizadas, estas herramientas señalaban los centros de actividad *nasu*.

Estando allí, la piedra empezó a tirar de él hacia la mansión.

¿Estaba señalando a los fantasmas, que ahora se agolpaban alrededor de Miuko como hermanas espiando a un pretendiente?

¿O a ella y a Tujiyazai?

El cazador de demonios saltó de su percha hacia el jardín amurallado.

El *doro yagra* le susurró a Miuko al hombro:

—¿Qué harás ahora, Ishao?

Matarlo. La respuesta llegó, rápida, simple. *Matar a los tres*.

Como si también ellas pudieran oír su voz interior, los fantasmas zumbaron de placer. Casi le pareció oír la risita de una de ellas cuando la cabeza amputada dio una voltereta y su larga cabellera negra cayó sobre su cuello ensangrentado.

El *kyakyozuya* ya no estaba a la vista, al otro lado del muro.

—No puedo —susurró Miuko.

—Eres una *shaoha* —dijo Tujiyazai—. Nada está más allá de ti.

En el rincón más alejado del jardín, donde un ciprés se inclinaba sobre los muros como un borracho, se oyó el ruido de unos zapatos raspando la corteza. Las ramas temblaron.

Miuko flexionó los dedos, probó sus piernas.

—¿Usted quiere que lo mate?

—¿*Tú* qué quieres?

—No soy una asesina —dijo.

—No con esa actitud.

Los fantasmas zumbaban a su alrededor. Un par de manos incorpóreas se movieron como si la estuvieran empujando.

—Pero yo…

Se oyó un fuerte crujido. Una rama cayó del árbol inclinado, llevándose consigo a una agitada figura blanca.

Arriba, Laowu sacó la cabeza por una ventana.

—Hay alguien afuera —luego, se dirigió a su madre—: No te muevas.

Hubo una conmoción repentina dentro de la mansión. Sonido de pisadas.

El zumbido se intensificó.

A lo largo del muro, apareció el *kyakyozuya*, con la espada brillando a su lado.

Y Miuko entró en pánico.

—¡Nos encontrará! ¿Qué hacemos?

Por un momento —demasiado largo, en opinión de Miuko—, el príncipe demonio se limitó a mirarla, como si estuviera esperando algo, aunque por el contexto debería haber quedado claro que era *ella* quien lo esperaba a él.

Finalmente, él suspiró.

—Vete. Yo los alejaré.

Arriba, Laowu estaba en la puerta. El cazador de demonios aterrizó en el jardín.

Tujiyazai se fundió en las sombras.

Los fantasmas se replegaron hacia el interior del entrepiso, y sólo los dientes blancos de la cabeza decapitada brillaron débilmente a la luz.

Miuko corrió.

Se oyó un grito —de quién, no lo sabía, y tampoco le importaba averiguarlo— mientras corría por los senderos de grava del patio. Se abalanzó sobre la puerta, forcejeando con el pestillo. Alguien hizo crujir los guijarros detrás de ella.

Temiendo a cada segundo el contacto de las manos de un hombre en su cabello, una espada en su espalda, empujó la verja y se precipitó por el camino, sobre los adoquines. Corrió a toda velocidad colina abajo, hacia la ciudad, dando tumbos por los retorcidos caminos, entre los árboles.

De pronto, su pie se enganchó. El mundo se inclinó debajo de ella y salió dando tumbos por la calle, a través de una ladera boscosa, con las hojas muertas volando a su alrededor, los codos y las rodillas golpeando el duro suelo, hasta estrellarse con la base de un árbol.

Durante una fracción de segundo, sintió un dolor agudo en la frente, seguido de miedo. *Me van a atrapar.*

Luego, oscuridad.

21

LA PALABRA DE UNA CHICA

Miuko extrañó no despertar con un techo sobre su cabeza.

Y una almohada debajo ella, añadió la voz-demoniaca.

Por una vez, Miuko no pudo sino estar de acuerdo.

Con una mueca de dolor, parpadeó hacia el dosel, a través del cual se colaba la luz del amanecer, suave y gris como una paloma. Al incorporarse, se palpó la frente. La sangre ya se había endurecido, aunque la carne por debajo seguía hinchada y sensible al tacto.

Gimiendo, salió tambaleándose de entre los árboles, dando gracias a los dioses de que aún fuera la hora límite, lo que significaba que nadie iba a ver su ropa desarreglada ni las ramitas en su cabello.

Frotándose las manos contra los muslos, caminó más allá de las casas silenciosas y las tiendas cerradas de la plaza del pueblo. Pequeños trozos de tierra caían de su túnica, dejando manchas de suciedad en las líneas de las palmas de sus manos y en las yemas de sus dedos.

Se detuvo y miró su mano izquierda. Las yemas de sus dedos no estaban *manchadas*.

Eran de color *índigo*.

La maldición ya había alcanzado las puntas de sus dedos, como si su mano hubiera rozado apenas la superficie de un profundo estanque de tinta. A este ritmo, la palma y todos los dedos de su mano izquierda quedarían eclipsados al final del día, y no tardaría en ocurrir lo mismo con la derecha.

Miuko curvó los dedos. Nunca volverían a tocar un ser vivo, nunca sentirían el borde en espiral de un helecho o la suave nariz de la yegua gris, nunca sembrarían brotes en un jardín, nunca tomarían la mano de alguien...

Podría haber perdido la esperanza en ese momento, pues aún le faltaban días para llegar a la Casa de Diciembre. Podría haberse dejado caer allí mismo, en la plaza del pueblo, como había hecho en el Kotskisiu-maru, para lamentar su situación.

Pero ya no era la misma chica que había salido de Nihaoi. Agarrando su túnica con los puños, se dirigió a la posada con renovada velocidad.

Al menos, lo habría hecho, si en ese mismo momento no la hubieran agarrado por detrás.

—Ahí estás —gruñó Laowu.

Luchó. Dio puñetazos, se agitó e intentó gritar, pero Laowu, por pequeño que fuera para ser un hombre, era más fuerte que ella —sin tener en cuenta el hecho de que su herida en la cabeza la hacía sentir mareada y enferma—, le tapó la boca con una mano y la empezó a arrastrar fuera de la plaza.

Tócalo, susurró la vocecita de su interior.

Los dedos de la mano izquierda de Miuko se crisparon.

Alcanza su mejilla.

Ya casi estaban fuera de vista. Si no evitaba que se la llevara, no sabía si sobreviviría.

Detenlo, dijo la voz. *Mátalo. Si es lo último que tocas, habrá valido la pena.*

Y, por un momento, Miuko se sintió tentada. ¿Matar a un hombre que había matado a tantas otras? Si alguna vez había habido un momento para usar sus poderes, sin duda era éste.

Pero no podía hacerlo. No podía quitar una vida.

Ni siquiera la de él.

Mientras Laowu la jalaba hacia un callejón, Miuko apoyó los pies en el costado de un edificio y dio una patada con toda la fuerza de sus piernas demoniacas, lo que los empujó contra la pared opuesta.

Laowu gruñó.

Aflojó el agarre sobre su cara y le dejó espacio suficiente para que ella mordiera la carne entre el pulgar y el índice.

Con un grito, Laowu se sacudió hacia atrás y, en el movimiento, golpeó la cabeza de Miuko.

La visión de ella se nubló.

Pero ahora podía hablar. Podía usar su voz.

Y lo hizo.

Llenó la ciudad de su voz, haciendo que las ventanas repiquetearan y los árboles temblaran. Pidió ayuda. Nombró al asesino. Había cuerpos bajo las tablas de su piso. *Cinco cuerpos. Siete.* Muchas chicas muertas. Debían ayudarla ahora. Debían detenerlo *ahora,* o Koewa nunca se libraría de sus fantasmas.

Las puertas se abrieron de par en par.

Los hombres irrumpieron en las calles. Mujeres y niños se asomaron desde sus casas. En las ventanas aparecieron los rostros de las chicas, despeinadas y pálidas, como si no hubieran visto el sol en semanas, escondidas del monstruo que acechaba su pueblo.

Una multitud empezó a converger hacia Laowu, que seguía agarrando el brazo de Miuko.

—¡Ella está mintiendo! —protestó él.

Pero la gente del pueblo siguió avanzando.

—Todas esas jóvenes esposas que has perdido —dijo un hombre—. Todas esas pobres chicas…

—¡Sentíamos pena por ti!

Laowu apretó con fuerza a Miuko, como si pudiera mantener el control de la situación con sólo controlarla a ella.

—¡Es una forastera! —dijo—. ¡Ustedes me *conocen*!

—¡Creíamos que te conocíamos!

El labio de Laowu se curvó.

—¿Van a tomar la palabra de una chica por encima de la mía?

Al oír esto, la multitud se detuvo y los hombres se miraron entre sí con inquietud.

Miuko quería gritar. ¿Ser una *chica* la hacía sospechosa? ¿Ser una *chica* la hacía indigna de confianza? ¿*Eso* iba a detenerlos? ¿*Eso* iba a impedir que lo detuvieran a *él*?

Pero no podía gritar ahora, porque ya podía predecir lo que ocurriría si lo hacía.

Dirían que era una histérica. Dirían que estaba exagerando. Dirían que tenía un espíritu exaltado y que dejaba volar su fantasía. Era una chica forastera, después de todo, demasiado salvaje. Se vestía como un hombre. Montaba a *caballo*. No sabía cuál era su lugar. Tal vez ella lo había perseguido, y él la había rechazado, así que ahora estaba inventando historias para vengarse.

Como una chica.

Miuko ni siquiera se dio cuenta de que sus malditas yemas lo estaban alcanzando cuando otra voz la detuvo:

—Ella está diciendo la verdad.

Al borde de la multitud se encontraba el cazador de demonios, con su túnica blanca manchada de suciedad, y Aleila, igual de sucia, acobardada a su lado.

—He visto los cadáveres bajo la mansión —dijo él con sobriedad—. Esta mujer ha revelado los crímenes de su hijo, y son muchos.

Aleila se inclinó. Las lágrimas corrían a torrentes por sus mejillas mugrientas.

—Se acabó, hijo mío —dijo con voz temblorosa—. La verdad nos alcanzó.

La gente del pueblo se volvió hacia Laowu, que empujó a Miuko lejos de él como si fuera una prueba de sus crímenes. La multitud se ciñó a su alrededor. Laowu dio un paso hacia su madre.

—¡Mujer estúpida! ¡Si yo muero, tú no tendrás adónde ir! ¡No eres nada sin mí!

Aleila se estremeció.

Era cierto: las viudas sin hijos ni yernos iban a vivir con los hombres de sus familias extendidas, pero si esos hombres no las aceptaban, eran expulsadas para convertirse en mendigas, monjas o mujeres de mala reputación.

E incluso si Aleila tenía una familia a la que acudir, ahora sería imposible que la acogieran.

—¡Miuko! —Geiki corrió hacia ella, tirando de Roroisho detrás de él.

La yegua no parecía contenta de que la arrastraran así; aunque, después de los intentos previos del *atskayakina* en la silla, Miuko supuso que era mejor que tenerlo de jinete.

—¡Estás herida! —gritó—. ¿Qué te pasó? ¿Por qué estás tan sucia?

Ella lo abrazó.

Geiki se tambaleó ante el inesperado peso de ella.

—¡Ack! ¿Qué te pasa? ¿Estás enamorada de mí ahora? ¿Es un hechizo de amor?

Sonriendo, Miuko lo empujó hacia atrás.

—Sólo estoy feliz de verte…

—Como debe ser —la interrumpió.

—Pero tenemos que irnos ahora.

Detrás de ella, Laowu estaba hablando con la multitud. Su voz había cambiado: ya no era estridente, sino suave, la misma voz de político escurridizo que había utilizado con la gente del pueblo el día anterior.

—¡Ustedes han visto a mi madre! —declaró—. ¡Ella llevó a mi padre a la locura! ¡Me llevó a *mí* a la locura! *Ella* me hizo así. ¡Si yo soy un monstruo, es por *su culpa*!

La muchedumbre empezó a murmurar, moviéndose enfadada al llevar su atención hacia Aleila, quien dio un paso atrás, mirando al *kyakyozuya* en busca de ayuda.

Cuando ella estaba distraída, Laowu arremetió.

Contra su propia madre.

La gente del pueblo debería haberlo detenido. Quizás algunos lo intentaron.

Pero el resultado fue el caos: arañazos, agarrones, golpes. Laowu fue derribado al suelo. Su madre lanzó un frágil grito. Él le había arrancado la ropa de los estrechos hombros, dejando al descubierto los brazos arrugados de la mujer.

El cazador de demonios estaba gritando, pero era imposible escucharlo por encima del estruendo de la multitud.

Fue algo horrible de presenciar.

Aleila había ayudado a un asesino. Ella lo había protegido, como se supone que debe hacer una madre. Había descuartizado los cuerpos y los había enterrado bajo la casa de su familia.

Pero ella no había matado a esas chicas.

¿Acaso parir un monstruo era peor que serlo?

Miuko no pudo soportar más. Ignorando un grito de Geiki, se zambulló entre la multitud, apartando a golpe de hombros a los adultos, tratando de alcanzar a Aleila en medio de la cruel asamblea.

La gente del pueblo arañó a Miuko y la arrastró hacia atrás. Sus manos se clavaron en su cabello y en su túnica, jalándola.

La tela de su túnica se rasgó.

Se escuchó el sonido de hilos que se rompían y saltaban uno a uno por el costado de su pierna.

Miuko se quedó helada cuando su túnica se abrió casi hasta la mitad del muslo, dejando expuesto el vivo azul de sus piernas… ante el pueblo… y ante el cazador de demonios, que desenvainó su espada bendita. La hoja centelló bajo el sol naciente.

22

EN LOS BOSQUES SOBRE KOEWA

Al principio, la gente del pueblo no supo muy bien qué pensar de ella. Como nunca se habían encontrado con una *shaoha*, algunos no sabían si era un monstruo o simplemente una más entre los *nasu*. Pero otros retrocedieron, jadeantes.

—*Yagra* —susurró la multitud. Demonio.

Peor aún, *una* demonio.

Miuko sintió que se volvían contra ella incluso más rápido de lo que se habían vuelto contra Laowu y su madre, que ahora yacían —inconscientes y sangrando— entre sus antiguos amigos y vecinos, y no pudo evitar odiarlos por ello. El desprecio la invadió como el frío, quemándole las yemas de los dedos y punzando en sus venas.

Decidió luchar. Les haría daño si intentaban hacérselo a ella, pues no era ni una frágil anciana ni una niña pequeña.

Era una *shaoha*. O la mitad de una, al menos.

Mostró los dientes. Preparó su mano de punta azul.

—¡Atrás! —ordenó el cazador de demonios a la multitud—. Éste no es un demonio ordinario.

Miuko lo fulminó con la mirada.

Pero antes de que ninguno de los dos pudiera moverse, se oyó el chasquido de un trueno y un relámpago destelló en el cielo, como el que había visto en el Kotskisiu-maru la noche que conoció a Geiki.

El *kyakyozuya* se agachó.

—¡Miuko, vámonos!

Girando sobre sí misma, se lanzó a través de la multitud. El *atskayakina* robó un chal y lo arrojó sobre la silla de montar de Roroisho. Él la ayudó a subir al lomo del caballo, y lanzó una patada cuando alguien intentó agarrarlo por detrás.

Agradecida por la rapidez mental de Geiki, Miuko se agachó para subirlo detrás de ella. Incluso con sus piernas expuestas, no lastimaría accidentalmente a Roroisho gracias al chal acomodado entre ellos.

Geiki trepó a sus espaldas y se aferró a su cintura mientras el cazador de demonios recuperaba el juicio y saltaba hacia ellos, con el pañuelo rojo arrastrándose tras él como una bandera.

Pero llegó demasiado tarde. Roroisho lanzó un relincho y salió de la plaza con Miuko y Geiki a horcajadas. Huyeron de Koewa, corriendo por el Ochiirokai antes de que el *kyakyozuya* y la gente del pueblo pudieran perseguirlos.

Sin embargo, no pasaría mucho tiempo antes de que el cazador de demonios se lanzara tras ellos, así que una vez que se alejaron del pueblo, Miuko dirigió a Roroisho fuera del Camino de los Mil Pasos, hacia los estrechos senderos en las colinas boscosas sobre Koewa, con la esperanza de que no los encontraran allí.

En el sendero de la montaña, Miuko y Geiki se deslizaron desde el lomo de la yegua para poner atención a los sonidos de una posible persecución.

No escucharon nada. El silencio sólo era interrumpido por los pájaros en los árboles y el goteo de un arroyo cercano, en una paz tan absoluta que Miuko no pudo evitar fruncir el ceño mientras envolvía un poco de tela alrededor de su mano izquierda maldita. ¿Cómo podía existir tal tranquilidad cuando habían ocurrido tantas cosas terribles a sólo unos kilómetros de distancia? Se sentía como una violación, un defecto en la naturaleza tanto de Ada como de Ana.

Pero había sucedido, como fuera.

En silencio, Geiki tomó las riendas de Roroisho y la guio.

—¿Qué fue lo que pasó allá?

Miuko miraba al suelo al adentrarse en las colinas, con su túnica rota balanceándose sobre sus piernas.

—¿Miuko?

En realidad, ya no recordaba por qué le había ocultado ese secreto. ¿Por vergüenza? ¿Decoro? Después de lo que había visto en Koewa, esas razones parecían vacías.

Así que le contó todo sobre sus encuentros nocturnos con el *doro yagra*. El rescate de la espíritu de grulla. El descubrimiento de las tumbas.

—¿Te has estado reuniendo con Tujiyazai? —Geiki agitó su brazo bueno hacia ella—. *¡Es un* demonio, *Miuko!*

Una parte de ella sabía que no tenía derecho a enfadarse por su reacción, pero, dados los acontecimientos de la larga y difícil mañana, una parte mucho mayor de ella quería enfadarse por *algo* y, bueno, él estaba allí.

—¿Y? —le espetó—. ¡*Tú* eres un embaucador y un ladrón!

—¡Sí, pero no soy un *demonio*! ¡Él podría haberte comido!

Miuko se cruzó de brazos.

—No quiere comerme.

Probablemente, dijo la vocecita en su interior.

Ella le ordenó que se callara, no era momento para comentarios sarcásticos.

—¡Podría haberte obligado a hacer algo terrible! —gritó Geiki—. ¡O hacerte algo terrible!

—Sí, algo *terrible,* como darnos este caballo —dijo ella, aunque en su prisa por encontrar la fuente de los males de

Koewa, había olvidado preguntarle a Tujiyazai si eso era, estrictamente hablando, cierto.

Pero ¿quién más podría haber sido?

—*¿Qué?* —el *atskayakina* se apartó de Roroisho como si le hubieran crecido colmillos en ese momento—. ¿Cómo pudiste? —le preguntó.

Totalmente desconcertada, la yegua siguió caminando.

—¿De dónde creías que había salido? —se burló Miuko—. ¡Yo te lo dije, la gente no le regala caballos a otra gente!

—Deberías haberme dicho lo que estaba pasando —la voz de Geiki se suavizó con un tono de decepción—. Creía que éramos amigos.

Pero ella no deseaba su decepción más de lo que deseaba su indignación, porque en su opinión, él no tenía derecho a ninguna de las dos.

—¿Eh? —levantó una ceja—. Somos *amigos,* ¿cierto?

—¡Por supuesto!

—Entonces, ¿no estás aquí sólo porque te salvé la vida y ahora estás en deuda conmigo hasta que salves la mía? —él se detuvo a mitad de la réplica, con la boca abierta como si quisiera atrapar mosquitos—. Me lo dijo Tujiyazai —añadió Miuko con aires de suficiencia, aunque la petulancia era un tipo de emoción muy sucio, y eso sólo hizo que se sintiera peor.

—Claro que te iba a decir algo así… —refunfuñó Geiki.

—¿Es verdad?

Él desvió la mirada.

—Sí.

—¿Por qué no me lo dijiste?

—¡Era vergonzoso!

—*¿Vergonzoso?* —a Miuko se le quebró la voz—. ¿Tú me mentiste porque estabas *avergonzado*?

—¡Sí! ¡Y no mentí! Te dije que era el destino, ¿no es así?

—¡Supuse que lo decías en sentido metafórico!

—¡Nunca soy metafórico cuando se trata del destino!

—¡No me grites!

—¡Ack! —Geiki se pasó una mano por el cabello—. ¿Cómo te sentirías si hubieras estado a punto de ser asesinada por un montón de bebés? ¿Y si hubieras sido salvada por una humana, de entre todas las cosas?

—¡Creía que te gustaba que fuera humana! —gritó Miuko.

—¡Me gusta! Pero tienes que admitir que también es un poco vergonzoso, ¿cierto? —intentó sonreír—. Vamos, Miuko.

Ella se dio vuelta hacia él, con los ojos secos y desorbitados. Apenas había dormido. Había escapado de sacerdotes, demonios, fantasmas y *hombres*, y en los últimos seis días la habían perseguido, atacado, amenazado y gritado por vestirse de forma incorrecta, por montar a caballo, por ser una mala mujer, por ser mujer en primer lugar, y para ser sincera, estaba cansada.

No conseguiría llegar a la Casa de Diciembre.

De no ser por Geiki y sus descabellados planes, podría haber pasado estos últimos días de su humanidad plácidamente o, por lo menos, no en el desierto con un *atskayakina* ladrón y mentiroso.

¿Era justo de parte de ella?

No.

¿Le importaba?

Tampoco.

—¡Vamos *tú*! —gritó—. ¡Mentiste! No eres mi amigo. ¡Nunca tuviste un "buen presentimiento" sobre mí! ¡Sólo *tienes* que estar aquí por alguna absurda regla de los *nasu*!

—¡Eso no es verdad!

—¿Es necesario que sigas aquí? —las palabras le supieron mal en la lengua, pero no pudo detenerlas, aunque se odiaba a sí misma cada vez más, entre más seguía hablando. Dentro de su mente, la voz-demoniaca estaba riendo—. ¿No pagaste ya tu deuda? ¿Por qué no vuelas de regreso a casa?

Por un momento, Geiki la miró por encima de la cruz de Roroisho, como si fuera a responderle con otro grito.

Una parte de ella quería que lo hiciera. Después de todo, quería luchar contra algo, y si no podía pelear con el cazador de demonios o con los habitantes de Koewa o con los mismos cimientos de la sociedad de los Omaizi, se conformaría con hacerlo con Geiki.

Pero Geiki no gritó. Tomó aliento, sus ojos brillaron con lágrimas que la hicieron sentirse más culpable y furiosa. Luego, se dio la vuelta.

—Deja de mirarme —le dijo a Miuko.

Por un momento, ella quiso seguir mirándolo por pura obstinación, pero, a pesar de las cosas que había dicho, seguía considerándolo un amigo.

Al menos, esperaba que siguiera siendo su amigo, después de esto.

Miuko apartó la mirada.

Cuando volvió a echarle un vistazo, Geiki estaba en su forma de pájaro, posado hoscamente entre las orejas de Roroisho.

Miuko lo fulminó con la mirada. Hubiera preferido una discusión a esta forma de melancolía corvina; puede que se sintiera avergonzada por estar enfadada con él cuando era un chico, pero ahora se sentía avergonzada *y ridícula* por estar enfadada con un pájaro, lo cual sólo hacía que se sintiera más enfadada y ridícula que antes.

Debería haberse disculpado.

Pero no quiso.

Durante la mayor parte del día, Roroisho soportó el mal genio de ambos con gran paciencia, pero al atardecer ya estaba harta y, en algún lugar profundo de los bosques sobre Koewa, se detuvo y se negó a dar un paso más.

Geiki saltó de su cabeza y reapareció del otro lado en forma de chico. Tomó las riendas y jaló a la yegua hacia los árboles; más allá se podía oír el tintineo de un arroyo.

—Quédate aquí —le dijo a Miuko—. Voy a buscar agua.

—Pero... —Miuko tomó su mano para detenerlo. Ahora que había tenido un día para cocer a fuego lento su propia ira, todos sus sentimientos se habían quemado, dejándola apesadumbrada como una olla chamuscada. En la palma de su mano, los dedos de él se sentían ligeros y fuertes, y no le sorprendía que hubiera logrado tantos robos exitosos con ellos—. Geiki, yo...

Él se zafó de su agarre y se ajustó el cabestrillo.

—Enciende un fuego o algo —dijo por encima del hombro—. No lo sé.

Con tristeza, ella observó cómo conducía a la yegua gris hacia el agua, dejándola sola en un nido de helechos, con la única compañía de un tronco caído.

El tronco tampoco le sirvió de consuelo, pues estaba demasiado podrido para servir de leña. Suspiró y comenzó a subir por la colina, en dirección opuesta, buscando algo para hacer una fogata y armando una disculpa lo suficientemente buena, o eso esperaba.

Al recoger las ramas caídas, se dio cuenta de una mancha azul en su muñeca, que asomaba por encima de la tela con la que se había envuelto la mano ese mismo día. De mal humor, se bajó la manga. Tendría que buscarse un guante por la mañana… quizá dos, si su mano derecha también se teñía de color índigo por la noche.

¿Estaría Geiki con ella para entonces?

Eso esperaba.

El sol se ocultó tras la montaña. La hora límite se cerró a su alrededor, pesada y negra entre los árboles.

La pila de leña en sus brazos creció hasta que ya no pudo cargar más, y estaba dando media vuelta hacia el claro de helechos cuando oyó gritos en el bosque.

—¡Vinieron por aquí, *kyakyozuya*!

—¿Ves este pasaje a través de los arbustos?

Miuko se quedó congelada.

El cazador de demonios la había encontrado. Y por lo que parecía, había traído compañía.

¿*Cuántos* lo acompañaban?

¿Y habían encontrado a Geiki?

Arrojó la leña a un lado y corrió montaña abajo, en la dirección en que el *atskayakina* había llevado a Roroisho. Las piedras rodaban bajo sus pasos. Las ramas bajas le arañaban la cara.

A lo lejos, los sonidos de los cazadores se hicieron más fuertes.

El agua le salpicó los tobillos: había llegado al arroyo.

Se giró para seguirla cuesta abajo, pero la detuvo la visión de las antorchas entre los árboles: docenas de pequeñas luces encendiéndose, una tras otra, separándola de Geiki y Roroisho.

—¿Qué es eso? —gritó alguien.

Se oyó un sonido agudo y chillón: un caballo relinchando de miedo.

Miuko entró en pánico. No podía dejar que capturaran a sus amigos. Geiki era un embaucador, un mentiroso y un tonto, seguro, pero no era un *demonio*. ¿Sabrían la diferencia el *kyakyozuya* y sus cazadores?

No podía esperar para averiguarlo.

Así que hizo lo único que podía hacer a esa distancia. Tomó aire… y gritó:

—¡AQUÍ!

Las luces del bosque se detuvieron. Una a una, se giraron y avanzaron hacia ella. Las siluetas de los hombres se volvieron visibles entre los árboles.

—¡Ahí está ella! —gritó alguien.

Así es, dijo la voz-demoniaca, o quizá la de la propia Miuko. Por primera vez, no podía estar segura. *Vengan a buscarme.*

Y, girando hacia la cuesta, echó a correr.

Ahora se le daba bien correr. Con sus piernas de demonio, que la impulsaban rápidamente ladera arriba, era veloz como las sombras y fuerte como la tierra.

Pero la superaban en número. Los cazadores parecían estar por todas partes: detrás de ella, cercándola por la derecha, con sus antorchas titilando entre las hojas; su humo espeso llenaba el aire.

Saltó por encima de un barranco, trepó por las rocas del otro lado y volvió a ponerse en pie. Tenía que seguir corriendo. Tenía que alejarlos de Geiki y Roroisho.

En lo alto de la cresta, miró atrás.

Los cazadores ya estaban en el barranco, trepando por las piedras de abajo. Estaban tan cerca que Miuko creyó reconocer algunas caras de Koewa.

Como si sintiera que ella los estaba observando, uno de los hombres se detuvo y miró fijamente hacia donde Miuko se encontraba, por encima de ellos. A la luz de las antorchas, su túnica blanca era de un amarillo pálido.

El cazador de demonios.

Ella corrió de nuevo.

Pero incluso los demonios se cansan y ya sentía que sus fuerzas flaqueaban. Los cazadores todavía no habían alcanzado la cima de la colina, pero los oía gritar en el barranco, y la luz de sus antorchas iluminaba el dosel a sus espaldas.

La iban a atrapar.

¿Qué harían entonces? ¿La ahogarían en un barril de agua bendita? ¿Le cortarían los miembros malditos de su torso para intentar salvarla? ¿La atravesarían con la espada brillante del *kyakyozuya*?

El ruido de cascos la sacó de sus mórbidos pensamientos.

Por un breve instante, pensó que podría ser Roroisho, con Geiki aferrado torpemente a la silla.

Pero no era la yegua rucia, y no era el *atskayakina*.

Era un gran caballo negro, más alto y ancho que Roroisho, con unos ojos que parecían brillar a la luz de la luna.

Miuko ya había visto ese caballo antes, se dio cuenta, seis noches atrás, en el puente en ruinas a las afueras de Nihaoi.

Era el caballo del *doro* y, sobre su lomo, de rostro apuesto, severo e iracundo, estaba Tujiyazai.

23

DEMONIO MALÉVOLO

—¡Tujiyazai! —jadeó Miuko—. ¡El *kyakyozuya* está aquí! Él…

Desde las sombras bajo los árboles, el *doro yagra* la miró fijamente, con los rasgos envueltos en llamas.

—Lo sé.

Su aparente compostura la hizo avergonzarse de su propio miedo, pero no le impidió balbucear:

—Por favor, tiene que ayudarme. No he visto a Geiki. No sé si…

—Ellos vienen por *ti*, Ishao.

Detrás de ella, el bosque bullía con los sonidos de los hombres: respiraciones agitadas, pisadas pesadas, ramas que crujían como si fueran pequeños dedos, cosas que estaban siendo raspadas, rotas y pisoteadas con irreflexiva facilidad.

Tujiyazai le tendió una mano.

—Puedo llevarte lejos de aquí. Pero debes venir voluntariamente.

Miuko dudó. Las palabras de Geiki resonaban en su mente: *Es un* demonio, *Miuko*. ¿Adónde la llevaría? ¿Qué haría con ella una vez que la tuviera?

Mientras titubeaba, el primero de los cazadores subió desde el barranco. Armado con un bieldo, cargó contra ella, sus rasgos distorsionados por la rabia.

Miuko se quedó helada.

Pero el hombre no había visto a Tujiyazai, encubierto por la oscuridad, hasta que fue demasiado tarde. El príncipe demonio tomó el bieldo, lo arrancó de las manos del hombre y lo arrojó a un lado, como si no pesara más que una cerilla. Con desprecio, se inclinó y agarró al hombre por la barbilla.

Por un momento, pareció que el cazador iba a arremeter contra él, pero la furia desapareció del rostro del hombre ante los ojos de Miuko. Sus puños cayeron a los lados.

¿Qué le estaba haciendo Tujiyazai?

El *doro yagra* le dio un ligero empujón al cazador y lo soltó. El hombre tropezó y cayó de espaldas entre la maleza, donde quedó tendido, mirando a su alrededor con expresión desconcertada.

—¿*Doro*-kanai? —dijo, inseguro—. Mi señor, ¿qué está pasando? ¿Qué está haciendo usted aquí?

Miuko lo miró fijamente. Apenas unos segundos antes, había estado preparado para atacar, pero ahora toda la hostilidad parecía haberlo abandonado, extraída como agua por una esponja.

Su mirada encontró a Tujiyazai, apenas visible en las sombras, salvo por sus rasgos llameantes. Había dicho que la ira era su dominio. ¿Podía controlar la ira de los demás, además de sentirla?

Él le sonrió.

—¿Y bien, Ishao? ¿Qué será?

Ella miró por encima del hombro. El resto de los cazadores estaban trepando por el borde del barranco —brazos y piernas y antorchas humeantes—, y no parecían hombres, sino monstruos de muchos miembros, fusionados por las sombras.

Tomó la mano del príncipe demonio.

Y entonces fue levantada. Fue acomodada en su regazo. Sus brazos la rodearon y Miuko no supo si él estaba intentando protegerla o poseerla, pero sí sabía que mientras Tujiyazai la tuviera, los cazadores no podrían tocarla.

Se preparó para el viaje.

Pero se quedaron bajo los árboles, inmóviles.

Tujiyazai miró al *kyakyozuya* y a sus hombres, sus ojos parpadeaban con chispas que sólo Miuko podía ver. Entonces...

Calor.

Estalló de él como una conflagración, tan rabiosa que Miuko estuvo segura de que incendiaría toda la montaña, incinerando cada aguja de cada árbol, cada espora de musgo, cada insecto chirriando en su nido.

No fue así.

En lugar de eso, observó con creciente horror cómo el hombre en el suelo tomaba su bieldo y se ponía en pie, para lanzarlo de nuevo contra los cazadores que se estaban acercando.

Hubo un grito.

Una fuente de sangre.

Los demás también se estaban volviendo unos contra otros, con los rostros contorsionados, las manos buscando ojos y gargantas; su presa original, escondida en las sombras con Tujiyazai, había quedado por completo en el olvido.

De todos ellos, el *kyakyozuya* era el único que no parecía afectado, protegido, tal vez, por los hechizos grabados en su bufanda. Les gritó a los demás, implorándoles que se detuvieran.

Pero no dudó en defenderse cuando se le echaron encima. Su espada centelleó y atravesó a un hombre por el medio. La sangre salpicó su túnica blanca.

Miuko jadeó.

Así que éste era el verdadero alcance del poder de Tujiyazai sobre los hombres. La capacidad de amplificar su odio y su violencia y volverlos contra ellos mismos.

También sintió que amplificaba su propio poder, pero para ella no se sentía como calor.

La recorrió, frío como el hielo. Con la malevolencia del *doro yagra* complementando la suya, se sintió formidable, como si pudiera succionar la fuerza de los miembros de un hombre y la luz de sus ojos. Se sintió letal y terrible, erizada de ira. Ya no era una chica. No era Otori Miuko, de Nihaoi. Ni siquiera era Ishao.

Por primera vez, se sintió capaz de ser lo que Tujiyazai la había llamado la noche que se conocieron. Un monstruo. Una reina. Una diosa temible a cuyos pies índigo depositaban los hombres sus ofrendas de sangre, grano y oro, con la esperanza de que los salvara de su furia.

Shao-kanai.

Lady Muerte.

Lo odió… y también lo amó, porque ningún hombre se atrevería a amenazar a Shao-kanai. Ningún hombre se atrevería a atraparla, acorralarla o retorcerla como si fuera un trozo de arcilla.

Si fuera un monstruo, por fin, sería libre.

Tujiyazai acicateó al gran caballo negro, que se levantó sobre sus patas traseras y lanzó a Miuko contra el pecho del príncipe demonio.

Ella gritó —sólo Miuko otra vez, la pobre y patética Miuko otra vez— y el caballo se alejó corriendo en la oscuridad, dejando las antorchas de los cazadores ardiendo en el mantillo, atrapando helechos y trepando por los pequeños árboles. Los hombres se despedazaban entre sí al borde del barranco.

24

LA TORRE

Cabalgaron durante mucho tiempo en la noche por los senderos de las montañas y entre las crestas arbóreas, con las estrellas girando en espirales sobre sus cabezas. En otras circunstancias, Miuko podría haber encontrado hermoso todo esto. Sin embargo, tal y como estaban las cosas, no reparó en la serenidad del bosque ni en el esplendor de los cielos, porque no podía dejar de pensar en el *kyakyozuya* y sus hombres al borde del barranco, dándose hachazos unos a otros, y en Tujiyazai observándolos sin pestañear apenas, como si provocar la violencia en ellos fuera algo tan ordinario como matar moscas en una tarde de verano.

En algún momento cerca del amanecer —o eso supuso Miuko, porque todavía estaba oscuro—, llegaron a un castillo situado sobre un precipicio rocoso. Era un lugar impresionante, todo vigas macizas y adornos tallados a mano, que la madre de Miuko habría apreciado por su grandeza.

Miuko estaba demasiado cansada para apreciar casi nada, y cuando los sirvientes del *doro* la escoltaron hasta una habitación de una alta torre, apenas notó los travesaños decorados, un lavabo de porcelana con incrustaciones de diseños de crisantemos y mariposas, y un colchón más blando que cualquier cosa que se hubiera atrevido a imaginar, antes de caer en un largo y exhausto sueño que no abandonó su dominio sobre ella sino hasta la tarde siguiente, cuando el sol se coló por las contraventanas, formando cuadrados dorados sobre las sábanas.

Tras hacer un rápido inventario de la habitación (un rincón con un jarrón de ramas recién cortadas, un espejo de cuerpo entero, el lavabo que recordaba de la noche anterior y una caja de incienso negro con forma de gato dormido), se esforzó por ponerse de pie. No tenía tiempo para entretenerse en el hecho de que hacía días que no se lavaba el cabello ni los dientes. No ser madrugadora era un lujo que ya no se permitía. Atravesó la habitación, tambaleante sobre sus doloridas piernas, e intentó abrir la puerta.

Cerrada.

Él no te lo iba a poner tan fácil, la reprendió la voz-demoniaca.

Entonces, se dirigió a las ventanas. Las contraventanas también estaban cerradas; a través de ellas, pudo ver que el castillo se encontraba sobre un promontorio rocoso que dominaba un valle rodeado por completo de montañas. Cinco pisos por debajo de ella había un patio y un verde jardín, en cuyo centro estaba Tujiyazai, quieto como una piedra.

Desde ese ángulo, no podía ver su cara, pero le pareció que había algo de desolación en la inclinación de sus hombros, en la forma en que su cabeza colgaba. Por primera vez, Miuko se dio cuenta de lo solo que estaba. No tenía amigos, ni familia...

¿Eso era un problema para él?

¿Sería un problema para ella no llegar a la Casa de Diciembre antes de que la maldición la alcanzara por completo?

Volvió a registrar la habitación en busca de medios de escape, pero las ligeras sábanas de verano no serían lo bastante largas para bajarla al suelo, aun si lograba romper las contraventanas... lo cual, supuso, era su primera tarea.

Lo que encontró fue bastante curioso, aunque poco útil. Cuando Miuko abrió la caja de incienso para buscar una llave secreta, o incluso incienso, una nube de humo salió de su interior emitiendo un agudo maullido. Brincó hacia atrás, sobresaltada, cuando el humo rodó por la colcha y tomó la forma de lo que parecía ser un gato muy pequeño y adorable. Ronroneando, se abalanzó juguetón contra sus manos y su cola humeante se coló entre sus dedos.

Ella rio, fascinada, cuando éste se alejó para abalanzarse sobre los rayos de sol y las motas de polvo.

—¿Qué clase de magia eres, gatito? ¿De dónde saliste?

En respuesta, el gato empezó a perseguir su propia cola.

Miuko soltó una risita. Tal vez Geiki tenía razón: los humanos sentían verdadera predilección por los gatos, ¿cierto? Como no veía nada malo en ello, dejó que la criatura jugara y se revolcara mienttras ella examinaba el soporte del lavabo, tratando de determinar si la madera de grano fino sería lo bastante fuerte para hacer palanca contra las cerraduras de las ventanas, y estaba a punto de intentar desmontarlo cuando se dio cuenta de que el gato de humo manoseaba las ventanas. Fuera, otro gato —esta vez, un gato real, con ojos dorados y hermosas manchas calicó— había aparecido en el tejado y maullaba a través de las contraventanas.

Miuko se animó. Si un gato podía subir tan alto, quizás ella también podría bajar. Pero no podía pensar con los dos animales clamando cada vez con más urgencia por compañía, así que volvió a abrir la caja de incienso para atraer de regreso al gatito mágico.

—Lo siento —dijo, y volvió a taparla, luego la guardó en el fondo de su bolsillo—. Te prometo que podrás hacer amigos cuando salgamos de aquí.

Entonces, la puerta se abrió. Miuko giró, tensa por la visión de Tujiyazai, pero no era el *doro yagra*.

Entraron algunos sirvientes y le hicieron una reverencia, sin decir palabra. Luego, se arremolinaron por toda la habitación con la eficiencia de la clase sirviente, cambiando las sábanas, cargando jarras de agua humeante para el lavabo, trayendo una bandeja de comida y una ordenada pila de ropa nueva, incluido un juego de largos guantes que le llegaban más allá de los codos y un par de pantalones estrechos para llevar bajo la túnica.

—Buenos días —graznó Miuko, sintiéndose sólo un poco avergonzada por lo ronco y áspero de su voz.

—Buenos días —respondieron ellos—. Buenos días.

Pero no dijeron más, y si se dieron cuenta de su mano izquierda azul, agarrada al alféizar de la ventana, no dieron ninguna señal de ello.

Luego, tras hacer otra reverencia, se arremolinaron otra vez para salir.

La cerradura hizo *clic*.

Al olfatear la comida que habían dejado, arrugó la nariz ante la soja fermentada, pegajosa como un moco, pero se alegró de encontrar arroz fresco con sedosos cuadrados de tofu y encurtidos agrios, cuyo olor le hizo la boca agua. Nada parecía envenenado y, además, no creía que Tujiyazai quisiera envenenarla, ahora que la tenía. Aun así, al principio sólo tomó un sorbo de té, vacilante, e hizo una pausa para ver si éste le provocaba asfixia o, tal vez, espuma en la boca.

No fue así, y se sirvió el desayuno con impaciencia, ya que no había comido nada desde el almuerzo del día anterior.

Una vez saciada su hambre, se dedicó a su higiene. Al desnudarse ante el espejo, llevó su mano a su vientre. En su reflejo, la maldición ya atravesaba su cintura como una línea costera: arena suave, agua brillante.

Sumergió una toallita en el lavabo y se dio cuenta de que las yemas de los dedos de su mano derecha también se habían vuelto índigo. Presionó cada uno de ellos con suavidad y recordó cómo había tomado la mano de Geiki antes de que él condujera a Roroisho al bosque.

Podría haber sido la última persona a la que había podido tocar, y todavía estaba allá afuera, en alguna parte. Herido, tal vez.

O muerto, dijo su voz-demoniaca con indecorosa alegría.

Miuko ignoró el pensamiento. Sacó la toallita del agua y empezó a quitarse la suciedad y el polvo del cuerpo. Los efectos del té estaban agudizando su ingenio. Eso era bueno. Necesitaría toda su inteligencia, y más, para escapar de la torre.

25

EL ÚLTIMO HIJO DE LOS OGAWA

Miuko había llegado a la decisión de que la única forma de escapar de su habitación era a través de la puerta, que permanecía cerrada, cuando llegó una sirvienta para escoltarla hasta los jardines. Por un momento, Miuko consideró la posibilidad de dominar a la chica, que era diminuta y se comportaba como ratón, pero también iba acompañada de seis guardias bien armados con la librea negra y plateada de los Omaizi, así que Miuko se dejó acompañar a través de los cinco pisos hasta el jardín.

Al avanzar, observó que la distribución de cada piso era la misma: una serie de habitaciones dispuestas alrededor de una escalera central. Si tuviera la oportunidad, podría salir fácilmente del torreón. Desde allí, sólo tendría que encontrar el camino a los niveles inferiores del castillo y, luego, a los caminos de la montaña.

Tujiyazai la esperaba junto al jardín. Sus cuernos y rasgos llameantes le parecieron a Miuko fuera de lugar contra el telón de fondo de hortensias en flor y cielos azules como pétalos, pero supuso que lo único que los demás veían era el apuesto rostro del *doro* y no al demonio que había reclamado su cuerpo.

Al acercarse, él despidió a su séquito con un gesto de la mano. El movimiento se vio tan natural que parecía como si lo hubiera estado haciendo toda la vida.

Quizá lo había hecho. Tal vez el alma de Omaizi Ruhai permanecía dentro de su cuerpo, escondida en algún rincón oscuro. ¿Eran gestos como éste la prueba de que el *doro* aún podía ejercer control sobre sus propios miembros? ¿O suplicar por ayuda?

—Buenas tardes, Ishao —dijo Tujiyazai—. ¿Te gustó mi gato?

Miuko entrecerró los ojos, buscando en sus rasgos una señal de que el espíritu del *doro* estuviera compartiendo el cuerpo con él.

—Sí —dijo—. ¿Qué es?

—Un *tseimi*[26] —sonrió de una manera tan cautivadora que la expresión no iba para nada con él—. Bonito, ¿cierto?

—Inesperado, más bien —dijo ella con reserva—. Como el caballo.

—¿El caballo? —su ceño se arrugó—. Puedes tenerlo, si lo quieres. Pero más adelante. Ahora, quiero que te quites los calcetines y las sandalias.

Ella lanzó una mirada a su alrededor. Estaba cerca el torreón del castillo, que se alzaba sobre ellos con sus cinco pisos de altura y tejados a dos aguas por los que quizá podría bajar, dada su fuerza demoniaca, pero desde el tejado más bajo había otra caída de quince metros hasta las losas del patio, y no sabía cómo saldría caminando después de eso. Desde los muros del castillo, docenas de ventanas los miraban como ojos negros. Podía haber muchos espectadores observándolos.

---

[26] ***Tsei-mi*** significa, literalmente, "ojo de humo". Es un juego de palabras con *tsomi*, que significa "gato" en la lengua de Awara, lo que da como resultado "ojo de luna".

—No te avergüences —el *doro yagra* chasqueó la lengua—. A nadie le importará. ¡Son mis leales súbditos! —su risa, por brillante que fuera, crepitaba de ira.

A regañadientes, Miuko se quitó las sandalías y, ante la insistencia de Tujiyazai, los calcetines. Se sentía expuesta y nerviosa, y se movió incómoda sobre las losas, cálidas bajo sus desnudas plantas azules.

—Ahora —Tujiyazai dio un paso hacia el jardín y la llamó con una seña—, camina conmigo.

Miuko imaginó la exuberante alfombra de hierba marchitándose bajo sus pisadas, las tiernas cabezas de las semillas secándose, las hojas ennegreciéndose y enroscándose, muertas.

—No —dijo.

Las facciones del príncipe demonio se torcieron en un mohín de burla.

—Viniste a mí voluntariamente —advirtió—. No me decepciones ahora.

—Ambos sabemos lo que pasará si camino a través de ese jardín.

—Sí —él sonrió—. Pero quiero verlo con mis propios ojos. Ven.

Miuko no se movió.

Los ojos del *doro* se entrecerraron peligrosamente.

—*Ven*. O me obligarás a hacer a los habitantes de este castillo lo mismo que les hice a esos hombres en el bosque. ¿Quieres su sangre en tus manos, Ishao?

Los rasgos ampollados, calcinados.

El acre aroma del cabello chamuscado.

El suave arco de la espada del *kyakyozuya* atravesando la carne.

No podía permitir que eso volviera a ocurrir.

Miuko apretó la quijada y dio un paso, sintiendo cómo la hierba se volvía crujiente y quebradiza, deshaciéndose en polvo ante su peso.

Fascinado, Tujiyazai recogió sus calcetines y sus sandalias, como si eso fuera lo único caballeroso que se podía hacer, y la tomó del brazo para acompañarla, paso a paso, a través del jardín.

—Éste era el castillo de mi familia —explicó mientras caminaban—. Yo solía trepar por el muro del jardín hasta los tejados que daban a las habitaciones de las mujeres, en las viviendas de los sirvientes.

De algún modo, Miuko no podía imaginarlo sin sus cuernos curvados y sus cuencas oculares inexpresivas, y menos como un muchacho de mejillas regordetas que espiaba a las sirvientas, quienes, de haberlo sabido, seguramente se habrían sentido humilladas. En lugar de intentarlo, dijo:

—¿Era?

—Antes de que se apoderaran de él los Omaizi —dijo, acariciando el capullo muerto de una flor de azalea, todavía aferrado a su tallo—, era un castillo del Clan Ogawa.

Miuko conocía bien esta historia, que había impregnado su infancia: cerca del final de la Era de las Cinco Espadas, los Ogawa y sus criados, enemigos acérrimos de los Omaizi, habían cabalgado sobre Udaiwa. Pero antes de que consiguieran llegar a la ciudad, fueron masacrados en los campos que rodeaban Nihaoi. Una masacre que había dado lugar a la *naiana*, la niebla de los fantasmas.

—Pero todos ellos fueron ejecutados —soltó Miuko.

—Sí. Lo fuimos.

Se detuvieron a la sombra de un arce en pleno crecimiento estival. La luz del sol de la tarde caía en cascada sobre el castillo, resaltando el nivel superior del torreón y sumiendo en la sombra varios niveles de empalizadas, torrecillas y claustros debajo.

—Me preguntaste mi nombre la noche que nos conocimos —dijo Tujiyazai—. Me llamaba Ogawa Saitaivaona, y fui el último de mi linaje en ser ejecutado —ahora hablaba en voz baja, como el hervor de una brasa—. Con mi último aliento, juré que algún día me vengaría de los Omaizi.

—Pero eso fue hace más de trescientos años.

—Toma mucho tiempo convertirse en un demonio malévolo —observó los dedos azules de Miuko con un gesto reflexivo—. Bueno... para la mayoría de nosotros.

Le explicó que durante muchos años no había sido más que un fantasma vengativo, como las chicas enterradas bajo la mansión Koewa, pero que con el paso de los años se había hecho cada vez más poderoso.

—¿Hasta que fue lo suficientemente fuerte para poseer al *doro*? —preguntó Miuko.

—Así es —Tujiyazai extendió los brazos y examinó el dorso de sus manos como un sastre haría con un trozo de tela—. Fue sorprendentemente fácil desalojarlo de su propio cuerpo. Pensaba que se resistiría más, que daría pelea.

Las esperanzas de Miuko se desplomaron como una cometa sin viento.

—¿Qué le pasó a él?

—¿A quién le importa? Ahora yo soy el heredero Omaizi —rio de nuevo, y ahora ella comprendió que estaba riendo de su propia broma cruel, al poseer al hijo más preciado de su viejo enemigo—. Estoy bien posicionado para destruir a su clan y hasta el último vástago de su despreciable imperio.

—¡No puede hacer eso!

Él hizo una pausa y una sonrisa se dibujó en sus labios, como si las protestas de ella le parecieran divertidas.

—¿Por qué no?

—Mucha gente moriría.

—¿No es un precio aceptable? ¿Por la libertad? ¿Por *esto*? —con suavidad, jaló el nudo del cabello de la chica—. ¿No me digas que has sido feliz bajo el pulgar de los Omaizi? ¿No me digas que crees que los sistemas que ellos han construido son justos? Eres una *mujer* y una *sirvienta*, Ishao. No me digas que en Awara, tal y como la conoces ahora, esos sistemas no te *encadenan* a un hombre y a cualquier hogar que se espere que administres para él. No me digas que nunca te han molestado estas restricciones.

Aunque no podía estar de acuerdo en sacrificar al pueblo de Awara por la caída de los Omaizi, tampoco podía estar en desacuerdo con el resto: lo que decía Tujiyazai era cierto.

Estaba encadenada. *Sí* le irritaba.

Los niveles de vida al amparo de los Omaizi no eran justos.

—No me digas que no destrozarías todo si tuvieras la oportunidad —murmuró el *doro yagra*, con los dedos apoyados ligeramente en la clavícula de Miuko—. Yo podría darte esa oportunidad. Sentí el poder surgiendo dentro de ti anoche... y el deseo.

Un monstruo.

Una reina.

Una diosa.

Sí, susurró la voz en su interior.

Miuko se apartó de él.

—Lo único que deseo es mi libertad.

—¿Para qué? —su voz se volvió petulante—. ¿Para correr a suplicarles a los sacerdotes de Amyunasa? ¿Para deshacerte de lo único que hace que valgas *algo*?

Para otra chica, esto podría haber sido un insulto desgarrador. Pero para Miuko, que durante la mayor parte de su vida había creído que no era ni hermosa ni útil, y que apenas una semana atrás había descubierto que poseía una serie de cualidades, como la valentía y la determinación y la resiliencia y la lealtad, todo lo cual estaba infravalorado en las mujeres... no significaba nada. Quizá ya no sabía cómo encajar en el mundo, pues ya no era una simple chica de la clase sirviente, pero sabía su valor.

Miuko se echó a reír. El sonido recorrió los jardines y sobrevoló los niveles inferiores del castillo —los tejados, las copas de los árboles—, antes de unirse al viento de la montaña, libre, aunque la propia Miuko no lo era.

Al principio, Tujiyazai pareció confundido, pero enseguida sonrió.

—Ah. Aunque estamos unidos, nosotros dos, como la oscuridad y la luz de la luna están unidas por toda la eternidad, sigues creyendo que puedes escapar de mí.

—Sí —dijo ella—, y no dejaré de intentarlo, se lo prometo.

—¿Por qué? —su ceño se frunció con perplejidad—. ¿Por Geiki? Nunca volverás a ver al *atskayakina*.

La confianza de Miuko vaciló.

—Eso usted no lo sabe.

—Sé mucho más de lo que crees, Ishao. Él se había ido mucho antes de que nosotros abandonáramos el bosque.

Ella se giró hacia él.

—¿A qué se refiere con que se *había ido*? —por su mente pasaron imágenes de Geiki ensartado en uno de los cuchillos de los cazadores, Geiki bocabajo en el arroyo, Geiki...

No.

Tujiyazai estaba jugando con ella. Tenía que ser eso.

—¿Cómo lo sabe? —le espetó.

El príncipe demonio la miró con ojos ardientes, su calma era tan inquietante que Miuko retrocedió un paso, haciendo que otro trozo de hierba se marchitara bajo sus pies.

—¿Tujiyazai? —la incertidumbre se deslizó en su voz—. Dígame que usted no le hizo algo a Geiki.

En respuesta, él se limitó a sonreír.

26

EL COSTO DE LA VENGANZA

Encerrada en su habitación de la torre durante el resto del día, Miuko decidió que lo mejor que podía hacer era esperar junto a la puerta: cuando entrara la siguiente persona, la golpearía en la cabeza y escaparía al jardín, a través de los tejados y hasta los aposentos de los sirvientes, como había hecho Tujiyazai cuando era humano. Desde allí, podría encontrar la forma de salir del castillo. Para ello, colocó el aguamanil junto al umbral, de modo que pudiera tomarlo en cuanto se presentara la oportunidad.

Sin embargo, la suerte quiso que el siguiente en entrar fuera Tujiyazai.

El aguamanil descendió.

Él lo esquivó limpiamente, haciendo que cayera de las manos de Miuko y se rompiera en pedazos contra el suelo. Ella maldijo.

Con un paquete de papel bajo el brazo, Tujiyazai cerró la puerta tras de sí.

—Es un uso extraño para un jarrón.

Ella retrocedió y lo observó con recelo.

—¿Por qué te escabulles así? —el *doro yagra* soltó una risita—. No eres un cangrejo.

Ella no sonrió.

—Vas a cenar conmigo esta noche.

—No.

Como si no la hubiera oído, él dejó el paquete de papel sobre el colchón.

—Para ti —dijo.

—¿Qué es?

—Un regalo.

—¿Otro?

Él se limitó a sonreírle.

Bajo su mirada expectante, ella desató el cordel y dejó caer el papel. Dentro, había una túnica bordada con flores doradas y faisanes volando por el cielo, con soles entrelazados en las plumas de sus colas. Al levantar el pesado cuello, se preguntó si los hilos serían de oro puro.

Geiki lo hubiera sabido.

Si estuviera aquí.

Si todavía estaba vivo.

—No sé qué decir —dijo Miuko con sinceridad.

—No digas nada. Póntela.

—Ya estoy vestida.

—Puedes desvestirte, ¿no es así? —el príncipe demonio volvió a sonreír—. ¿O tengo que ayudarte?

Sabiendo que, si se negaba, volvería a amenazar a los habitantes del castillo, le dio la espalda y buscó a tientas el nudo de su cinturón. Lentamente, dejó que la túnica cayera de sus hombros, consciente, a cada segundo que pasaba, de la mirada de él sobre su nuca, su cuello y la delgadez de su ropa interior.

Estaba agradecida por los pantalones ajustados y los guantes largos que cubrían sus piernas y sus brazos, pero con el cuello de su camisola que llegaba más abajo de la clavícula y las curvas de sus pechos visibles a través de la tela, se sentía expuesta e indefensa.

—Date la vuelta —dijo él.

Ella obedeció, rechinando los dientes para no gritar.

Él se acercó más, tomó el borde de su ropa interior y lo levantó por encima de la cintura de sus pantalones, hasta que un triángulo de carne añil quedó a la vista, a escasos centímetros de sus nudillos.

—Podría llevar tu piel como una armadura —susurró Tujiyazai, rozándole la garganta con su aliento. Ella reprimió un escalofrío cuando él extendió los dedos y los dejó flotar justo por encima de su carne—. Maravilloso.

Se puso tensa. No creía que él llevara un cuchillo encima —no había visto ninguna funda—, pero bien podría haber escondido un arma en cualquier lugar de su ropa de gala.

Bruscamente, él retiró la mano.

Ella dejó escapar un suspiro cuando él retrocedió unos pasos para examinarla con expresión inquisitiva.

—Me pregunto... —murmuró, más para sí mismo que para ella, como si Miuko no lo estuviera escuchando. Como si ella ni siquiera estuviera allí. Ladeó la cabeza hacia ella, con la mirada perdida.

No hubo advertencia. Ninguna señal.

Pero ella sintió el calor brotar de él como una chispa encendida en una pira.

A Miuko se le heló la sangre. Lo que había sentido en el bosque —cuando él amplificó la malevolencia de los que lo rodeaban— no fue nada comparado con la furia gélida y abrasadora que la inundaba ahora. La desgarraba como una ventisca. Ella podría congelar a un hombre allí donde estuviera. Podría helarle el corazón y arrancarle la carne de los huesos. Era fría, furiosa y terrible de contemplar.

Se sintió poderosa y, deleitándose en ese poder, supo que él había cometido un error.

Tujiyazai la había hecho lo suficientemente fuerte como para detenerlo.

Se arrancó un guante con los dientes y saltó hacia él.

Lucharon. Ella: arañando, desgarrando, feroz y salvaje como una fiera. Él: con calma, con curiosidad, sin prestar atención a la forma en que ella pateaba y arañaba, rasgando su elegante túnica, clavando los dedos malditos en su piel.

Triunfante, ella lo miró a la cara sin ojos, esperando ansiosa que sus rasgos se arrugaran y ennegrecieran, que se marchitaran y murieran.

Pero el *doro yagra* seguía sonriendo, con chispas entre los dientes, mientras su cuerpo empezaba a reblandecerse y a volverse gris, y el rubor de la salud desaparecía de sus apuestos rasgos.

Él rio a carcajadas —estruendosamente—, como si acabara de descubrir el secreto de la inmortalidad o como si hubiera encontrado una taza de té antigua que encajaba con un juego que su abuela había dado por incompleto mucho tiempo atrás.

Para ser sinceros, era un poco insultante.

—*¿Qué?* —gruñó Miuko.

—¿Crees que me estás haciendo daño, Ishao? Estás asesinando el cuerpo de Omaizi Ruhai —sin dejar de reír, el príncipe demonio sacudió la cabeza y, en efecto, los rasgos monstruosos bajo la máscara del rostro del *doro* aparecieron intactos, no tocados por su magia. Su mirada se desvió hacia el brazo de ella, y su sonrisa se ensanchó—. Y estás acelerando tu transformación.

Ella bajó la mirada. La maldición estaba subiendo por su codo hacia el hombro, como agua llenando un balde.

Cuanto más mantuviera esto, más pronto sería una demonio.

Miuko lo soltó.

Poco a poco, la piel del *doro* recuperó su firmeza. El color volvió a sus labios y las sombras bajo sus ojos.

Su propia piel, sin embargo, seguía siendo del azul infinito del océano. La maldición ahora abarcaba todo su brazo izquierdo.

—Estoy deseando conocerte —dijo Tujiyazai con placer—, la *verdadera* tú, un día cercano.

Sin decir nada, Miuko deslizó otra vez el guante sobre sus dedos y lo subió por su brazo. A través de la ropa de Tujiyazai, hecha jirones, pudo ver rastros de viejas heridas: algunas fruncidas, otras brillantes, otras tan tenues que, si las tocara, apenas podría asegurar que estaban ahí.

Al ver que ella lo estaba examinando, el *doro yagra* bajó la mirada.

—Ah —dijo—. Mis viejos objetivos.

—¿Qué?

Él dejó caer la túnica hasta su cintura y quedó con el torso desnudo y un pequeño cilindro de bambú colgando de un cordón en el cuello. Era una pieza de joyería tan simple, mucho más sencilla que las galas que parecía preferir, que Miuko no pudo evitar preguntarse para qué serviría. ¿Era un recuerdo de su época de niño Ogawa, tal vez, o…?

Frunció el ceño. Lo que había creído que eran heridas en la carne del *doro* estaban, en realidad, en la de Tujiyazai. Bajo la piel sin marcas de su anfitrión, podía ver los brazos y el torso del demonio —del mismo modo que podía ver su verdadero rostro—, salpicada de docenas de cicatrices: nombres, tallados y cicatrizados hace mucho tiempo.

—¿Usted grabó los nombres de sus víctimas? —preguntó.

—*Yo* no los grabé. Me los impusieron.

—¿A qué se refiere?

—Fui invocado para deshacerme de ellos, como un vulgar verdugo —mostró los dientes con desagrado—. Para llamar a un demonio malévolo, sólo se necesitan dos elementos primarios: el nombre de un enemigo y el odio suficiente para destruirlo. Piénsalo, Ishao. Para algunos humanos, aniquilar a un enemigo vale el precio de quedar marcado para siempre con su nombre. Cuando un humano está lo bastante desesperado, graba ese nombre en su propia carne, y lo graba en la carne del demonio malévolo más cercano (algunas veces era yo, otras veces, alguien más, y un día no muy lejano podrías ser tú), y entonces somos enviados a repartir venganza.

—¿Los hacen matar gente? —Miuko se estremeció. Si no llegaba a la Casa de Diciembre antes de que la maldición la reclamara, no sólo sería un demonio, sino un instrumento de muerte para ser utilizado por hombres infelices.

—¿Nos hacen? —Tujiyazai rio—. ¿Todavía no lo has entendido? ¿No lo has sentido? Nosotros *queremos* matar. Es nuestra naturaleza. Creo que he escuchado que es posible rechazar una ofrenda de odio. Demonios más viejos que yo han convertido en esclavos a sus invocadores cuando consideraron que su odio no era digno de una muerte. Pero matar es algo para lo que fuimos creados... no lo rechazamos cuando se nos da la oportunidad.

—Entonces, ¿alguien podría invocarlo a usted ahora? —insistió ella—. ¿Y lo sacarían de aquí, así nada más?

—Oh, no. Me gusta un buen asesinato tanto como al siguiente demonio, pero me cansé de servir a los humanos hace mucho tiempo ya. Así que tomé medidas para asegurarme de que no pudiera ser invocado —se volvió de espaldas. Allí, visibles bajo la tersa piel del *doro,* Miuko pudo ver unas palabras tatuadas en la columna vertebral del demonio que llevaba dentro. Aunque no podía leerlas a esta distancia, parecían un hechizo, similar al que la Doctora había utilizado para congelar al *odoshoya* en forma humana, o a los que estaban pintados en la bufanda del cazador de demonios.

Un hechizo para resistir la invocación.

—¿Dónde...?

Él se volvió hacia ella otra vez.

—Resulta que los sacerdotes *sí* son buenos para algo. Además de para comer —sonrió, como si se tratara de una broma que compartieran.

—¿En verdad, usted se come a las personas? —preguntó Miuko.

—¿Por qué? ¿Quieres saber a qué saben?

Ella hizo una mueca.

—Untuosos —dijo él, relamiéndose los labios. Luego, añadió con brusquedad—: Me pregunto a qué sabes *tú*.

Pero antes de que ella pudiera gritar, retroceder o levantar una mano para detenerlo, él ya había cruzado la distancia que los separaba y la había agarrado por la nuca, para apretar su boca contra la de ella.

Ella forcejeó, pero él era más fuerte, y la forzó a abrir la boca con su lengua, húmeda e intrusiva.

Sólo la habían besado una vez antes —también una demonio, como *yazai* habría sido—, y eso había causado que ella perdiera todo lo que hasta entonces había conocido.

Pero *esto* era peor. El beso con la *shaoha* había sido frío, casi superficial, pero Tujiyazai era demandante, controlador, como si tuviera derecho, como si ella le debiera el acceso a sus labios y dientes y garganta, y cualquier otra cosa que él quisiera, cada vez que quisiera.

Ella se tambaleó bajo el peso de él y chocó con el lavabo de porcelana, que chapoteó contra sus estrechos pantalones.

Estaba frío.

Y duro.

Lo suficientemente duro para lastimarla.

No cerró la puerta cuando entró, susurró la vocecita en su interior. *Dale un golpe en la cabeza y corre.*

Tomó el lavabo, que, con la nueva fuerza de sus brazos demoniacos, se sintió más ligero de lo que esperaba, y lo dejó caer sobre la cabeza de Tujiyazai.

La porcelana se hizo añicos.

Él gruñó por el impacto y la soltó.

Así liberada, tomó la túnica que se había quitado, corrió hacia la puerta y huyó.

27

ESCAPE DEL TORREÓN

Los guardias Omaizi estaban en las escaleras. Miuko se metió agachada en una de las habitaciones laterales y maldijo al arquitecto que había diseñado un torreón de cinco pisos con sólo un tramo de escaleras. ¿Y si había un incendio? ¿Y si una voraz familia de insectos se daba un festín con sus escalones y los devoraba bajo los pies de los nobles al momento de subir a sus habitaciones? ¿Y si una muchacha prisionera de un demonio sanguinario necesitara escapar antes de ser utilizada contra su voluntad para sus nefastos fines?

Se puso la túnica y estaba a punto de anudársela a la cintura cuando oyó los gritos del *doro yagra* desde la habitación de la torre.

Al asomarse al vestíbulo, vio a los guardias abandonar sus puestos junto a las escaleras.

Logró bajar dos pisos antes de que su avance fuera interrumpido por los guardias de Tujiyazai, que venían subiendo por las escaleras con sus galas negras y plateadas parpadeando a la luz de los faroles.

Rápidamente, se precipitó a una habitación vacía, donde volcó un biombo pintado, que se estrelló en el suelo, enredándose en sus piernas. Miuko maldijo y le dio una patada. La puerta se abrió.

Allí estaba Tujiyazai, todavía desnudo hasta la cintura. Sonriendo, le hizo una reverencia fingida.

Miuko huyó de nuevo.

Acabó en una gran sala, con una profusa ornamentación a lo largo de su techo; tal vez se había utilizado en algún momento para consejos de guerra o para celebrar juicios, pero ahora estaba vacía. Corrió hacia las ventanas y forcejeó con los postigos, que, para su fortuna, se abrieron con facilidad.

Asomó la cabeza. Sólo había una corta caída hasta el tejado del segundo piso y, por lo que recordaba de los tejados, una distancia similar hasta el tejado más bajo. Pero desde allí, seguía una vertiginosa caída de quince metros hasta el patio.

Se oyeron pasos detrás de ella.

—No hay escapatoria, Ishao, a menos que puedas volar.

Mirando por encima del hombro, vio al príncipe demonio entrar en la habitación. Sus guardias se desplegaron a lo largo de las paredes, bloqueando el acceso a cualquier puerta que pudiera haber utilizado como vía de escape.

Lo cual le dejaba una única opción.

Salió al alféizar de la ventana —el viento de la montaña clavó sus garras en su cabello y su ropa—, y se dejó caer al tejado.

Resbaló y aterrizó con fuerza en las escurridizas baldosas, lo que la mandó deslizándose hacia el alero, sin nada salvo el aire de la montaña más allá.

Tujiyazai llegó a la ventana cuando ella derrapaba por el borde y alcanzó a vislumbrar su cara —sorprendida, pensó ella— antes de caer...

Su mano izquierda atrapó uno de los remates del tejado con una fuerza que no sabía que tenía. Su hombro se sacudió.

Su cuerpo se balanceó y estrelló la cara con el tablón decorativo bajo la línea del tejado. Respiró hondo, con la mejilla escocida por el impacto.

Pero estaba viva.

—¿Adónde crees que vas? —le gritó Tujiyazai—. Mis guardias ya están de camino al patio para recibirte, suponiendo que no caigas antes.

Miuko no contestó.

Las contraventanas se abrieron de golpe. Se oyó el ruido metálico de una armadura cuando un guardia subió al alféizar.

Miuko se dejó caer, esta vez con más cautela, aterrizó en el tejado más bajo con sólo un trastabilleo, y pasó corriendo junto al soldado hasta otra esquina del castillo, donde se detuvo derrapando, balanceándose al ver las losas que había debajo.

Desde esta altura, quizá sobreviviría a la caída, pero no sin unos cuantos huesos rotos y tal vez alguna parálisis, lo cual reduciría drásticamente sus posibilidades de escapar.

En el patio, los guardias Omaizi ya se estaban congregando; sus armaduras brillaban como estrellas. Detrás de ella, los soldados se arrastraban desde la ventana, a través de las baldosas.

Desesperada, buscó otra ruta de escape.

Un techo.

Una empalizada.

Algo.

En la oscuridad, divisó un árbol, alto y negro, que crecía sobre el muro exterior del patio, desde la grada inferior. Debía estar a unos seis metros de la esquina del tejado, demasiado lejos para que cualquier humano pudiera alcanzarlo.

Pero ya no era totalmente humana, ¿cierto?

El árbol se balanceó. Con la brisa, sus ramas se agitaron como niños ansiosos en un desfile.

Y antes de que pudiera disuadirse a sí misma de lo contrario, corrió hacia el borde del tejado y saltó.

28

ESPÍRITU GUARDIÁN

En cuanto sus pies abandonaron el tejado, Miuko supo que no lo lograría. Ahora era fuerte, pero no *tan* fuerte. Se iba a quedar corta.

Ella iba a *caer*.

Entonces, una sombra a su izquierda…

Y un cuerpo bajo el suyo, elevándolos a ambos por encima de las cabezas de los guardias Omaizi. Ella se aferró a sus plumas, luchando por encontrar una forma de sujetarse.

—¡Ack! —dijo el cuerpo—. ¡Me vas a dejar calvo!

—*¿Geiki?*

—¿A quién esperabas? —graznó—. ¿Algún otro *atskayakina* lo suficientemente tonto como para venir por ti?

—¡Estás volando! —gritó Miuko, riendo—. ¡Y eres enorme!

—¡Te dije que tenía más de dos formas! A veces soy un pájaro gigante.

Ella lo abrazó con fuerza, primero, porque no quería caerse y, segundo, porque quería tener la seguridad de que no estaba herido, de que en verdad estaba aquí… su amigo, su chico pájaro. Su *enorme* chico pájaro parlante, con una envergadura dos veces mayor que su cuerpo, que proyectaba sombras sobre las losas, allá abajo. Se elevaron por encima de los terrenos del castillo, por encima del patio y de los sorprendidos soldados Omaizi, por encima del árbol que ella había intentado alcanzar, y que ahora traqueteaba con lo que sonaba como risas en el viento.

Al alejarse, Miuko echó un vistazo por encima del hombro, y vio a Tujiyazai en la ventana del castillo, con los cuernos envueltos en llamas. Incluso a esa distancia, podía sentir su ira, ardiente como una brasa en el aire de la montaña.

Geiki batió sus alas y los llevó todavía más alto; el sonido del viento era una gloriosa cacofonía que hizo gritar de placer a Miuko.

—¿Qué pasó? —preguntó ella cuando se nivelaron de nuevo—. Pensé que el cazador de demonios te había...

—¡No fue el *kyakyozuya*! —gritó, y el viento llevó su voz hasta ella—. ¡Fue esa brillante caja *vakai*!

Había estado jugando con el cubo de oro mientras esperaba a que Roroisho bebiera hasta saciarse en el arroyo, y había descubierto, para su deleite, pero no para su sorpresa, que había tenido razón: *no* era sólido. Si empujaba esta parte y retorcía aquella, el conjunto se transformaba en una especie de caja rompecabezas.

Pero había sido una trampa. Cuando abrió el cubo, no hubo más que un *¡pop!* y un destello. Los sonidos del bosque y de la yegua bebiendo desaparecieron en un instante, sustituidos por nada más que un profundo silencio y una prisión de oro.

—¡Me absorbió hacia su interior! —dijo Geiki.

—¿Magia?

Él movió la cabeza de arriba abajo.

Ésa debía ser la razón por la que el príncipe demonio había creído que el *atskayakina* había desaparecido. *Él* había dejado la caja de oro para Geiki a un lado de la carretera. *Él* le había tendido la trampa.

—Lo lamento —dijo Miuko—. A mí se me escapó decir que eras un *atskayakina*. Tujiyazai debió saber que no podrías resistirte a una caja rompecabezas dorada, y... no me extraña que haya pensado que no volveríamos a vernos.

—¿Que él pensó *qué*? —exclamó Geiki indignado. Luego se echó a reír—. ¿Eso demuestra lo mucho que sabe, bah?

—¿Cómo saliste de ahí?

—¡Apenas voy a llegar a esa parte!

Sonriendo, Miuko enterró su cara entre sus plumas.

Geiki estaba intentando encontrar la forma de abrir el cubo desde dentro cuando se oyó otro *¡pop!* y se vio un destello, y entonces se encontró de nuevo en tamaño natural, con el arroyo hasta los tobillos y cara a cara nada menos que con el cazador de demonios, que sostenía la caja rompecabezas en sus manos.

Su túnica estaba ensangrentada. Su bufanda roja estaba chamuscada. Detrás de él, había fuego en la ladera de la montaña, y en el aire humeante se escuchaba el sonido de alguien gritando.

Allí, en el bosque sobre Koewa, Geiki y el *kyakyozuya* se miraron el uno al otro.

El cazador de demonios fue por su espada.

Pero antes de que pudiera alcanzarla, una soga cayó sobre su cabeza y sus hombros, e inmovilizó sus brazos a los costados. Una chica con el cabello rapado —toda ella formada de ángulos duros, desde los codos hasta las mejillas y la barbilla— salió del bosque y tensó la soga alrededor del hombre. "¿Geiki?", dijo ella.

Miuko jadeó.

—¿Quién era?

—¡No lo sé! Al principio, parecía un poco rara... vacía, ya sabes, ¿como los esclavos de la Doctora? Pero Sidrisine no habría sabido buscarme allí, y ella *definitivamente* no habría sabido lo que la chica dijo a continuación.

—¿Qué cosa?

—"Ve al Castillo de los Ogawa" —dijo Geiki, imitando el tono plano de la chica—. "Miuko necesita tu ayuda".

—*¿Qué?* ¿Cómo podía saber algo así?

—¡No lo sé! ¿Magia?

De vuelta en el bosque, Geiki se movió como si fuera a treparse al lomo de Roroisho, pero fue como si la chica despertara de un largo sueño: ya no se veía apagada y vacía, sino intensa como una tea. Ella le arrebató las riendas de las manos de un tirón.

—Éste es *mi* caballo.

—¿*Su* caballo? —Miuko interrumpió—. ¿Por qué ella…?

—*¡No lo sé!* —contestó Geiki irritado—. ¿Cuántas veces tengo que decírtelo?

La chica tocó con su frente el cuello de Roroisho. "Ya regresé, niña. ¿Estás bien? ¿Te hicieron algún daño?", luego, miró a Geiki con ojos del color gris de las piedras y añadió: "¿Qué estás haciendo aquí todavía? Vete. Vuela".

"Pero mi ala…", comenzó a decir él.

"¡Está bien!", dijo ella. Su mirada se había vuelto más dura, su voz había adquirido un filo cortante. "Vuela *ahora*, o no llegarás a tiempo".

—¿Y entonces dejaste a Roroisho con ella? —interrumpió Miuko.

—Eso es lo raro…

—¿*Eso* es lo raro?

—Roroisho parecía contento de verla —continuó él—. No sé si los humanos pueden sentir estas cosas…

—¿Y tú puedes?

—¡Yo soy un pájaro! Y te digo que Roroisho *conocía* a esa chica.

Tras dejar al *kyakyozuya* atado en el arroyo, ella saltó a la silla de montar y cabalgó con facilidad ladera arriba. Geiki saltó en el aire y se transformó en un pájaro gigante, con el ala curada, tal y como la chica le había dicho.

—Y también tuvo razón en que debía partir en ese momento —dijo Geiki mientras rozaban las cimas de las montañas—. Unos segundos más tarde, y habrías quedado aplastada como un lenguado.

—Gracias por esa imagen —Miuko hizo una pausa, observando las constelaciones en lo alto. Volaban hacia el norte, hacia la punta rocosa de Awara, y a la Casa de Diciembre, más allá—. Es una suerte que hayas llegado a tiempo.

—Sí. Ella quizá sea nuestro espíritu guardián o algo así.

Miuko apoyó la cabeza en su manto y entrelazó los dedos en sus plumas, sintiéndose segura —a pesar de que se encontraba a cientos de metros de altura—, por primera vez en días.

—Tal vez tú eres *mi* espíritu guardián.

—¡Cómo te atreves!

Ella soltó una suave risa y cerró los ojos.

—Gracias, Geiki —susurró.

Él no dijo nada —quizá no la había oído—, pero el rápido batir de sus alas era la única respuesta que Miuko necesitaba.

29

LOS DIENTES DE DIOS

Durante el resto de la noche, Miuko dormitó ligeramente sobre la espalda de Geiki, y sólo ocasionalmente abrió los ojos para contemplar los lagos alpinos o la pálida cinta del Camino de los Mil Pasos, que serpenteaba a lo largo de la ladera de una montaña. Cuando el alba asomó por el horizonte, estaban sobrevolando una vasta extensión de agua, deslumbrante a la luz del sol.

Delante de ellos, una serie de islas se elevaba marcadamente sobre el mar; estaban cubiertas por árboles azotados por el viento y construcciones de templos.

—¿Es eso los Dientes de Dios? —preguntó Miuko.

—¡Más vale que así sea! —graznó Geiki—. ¡Estoy cansado!

Se dirigieron en picada hacia la mayor de las islas, donde, en una caleta protegida, un puñado de barcas se mecían suavemente en sus amarres. Frente a la pedregosa ensenada, un ancho sendero ascendía por el borde del acantilado hacia una puerta de los espíritus color bermellón, que se abría al conjunto del templo: edificios de una sola planta coronados con relucientes tejas añil. Desde su posición ventajosa en el aire, Miuko disfrutaba de una vista panorámica de los jardines del templo, donde los sacerdotes con sombreros de paja estaban ocupados arrancando camotes de la tierra y granos de sus tallos.

Cuando la sombra de Geiki pasó sobre ellos, los sacerdotes levantaron la vista y gritaron, sorprendidos. Miuko los vio soltar sus herramientas y correr por los caminos de piedra hacia el centro del conjunto.

—Bueno —dijo ella con ironía—, ya tenemos su atención, supongo.

Desde el interior de los edificios del templo, una campana comenzó a sonar.

Por cortesía hacia los sacerdotes, Geiki se detuvo en el camino, justo afuera de la puerta de los espíritus. Al aterrizar, levantó una nube de polvo.

Miuko se deslizó desde la espalda de Geiki y acarició una de sus brillantes alas azules.

—Me salvaste la vida —murmuró.

—De nada —respondió él y, luego, añadió graznando—: Ahora, si me permites…

Ella apartó la mirada con cortesía. Cuando volvió a mirar, él estaba de nuevo en su forma humana, sin el cabestrillo, con sus delicados rasgos tan apreciados y familiares.

—¿Eso significa que tu deuda está saldada? —preguntó ella.

—Oh —él se pasó una mano por el rebelde cabello—. Se saldó cuando salimos de Koewa. Arrancarte del aire justo antes de que te convirtieras en una tarta fue sólo por diversión.

Miuko jaló las puntas de sus guantes en un movimiento nervioso.

—Entonces, eres… esto significa que eres libre, ¿cierto?

Él resopló.

—No voy a *abandonarte* con un puñado de sacerdotes, Miuko. No se sabe qué tipo de torturas van a…

—¿Torturas?

—¡Es una broma! ¡Tal vez! No lo sé. Pero no estarás sola —le sonrió—. ¿Qué clase de amigo crees que soy?

Miuko sonrió, pero su expresión titubeó cuando los sacerdotes empezaron a bajar a toda prisa por la colina, hacia la puerta de los espíritus.

—¿Qué sucede? —preguntó Geiki con un toque de irritación—. ¿No estás contenta? Creía que esto era lo que querías.

—Lo es. Yo sólo... ¿Y si son como los sacerdotes de Nihaoi?

Asustados. Enojados. Empuñando hechizos y antorchas.

—Entonces, nos iremos volando —lo dijo con tanta sencillez, como si los sacerdotes, fueran cuales fueran sus intenciones hacia ella, no tuvieran más importancia que hormigas en su camino, y a ella le recordó que no era la Otori Miuko que había abandonado Nihaoi siete días atrás.

No estaba sola.

—Será peligroso —le advirtió a Geiki—, viajar con una *shaoha*.

—Ehhh. Ya ha sido peligroso.

Ahora podía distinguir los rasgos de los sacerdotes más cercanos, las bandas bermellón en sus túnicas de corte sencillo y los pañuelos de tela atados a sus cabezas.

Extendió la mano y tomó la de Geiki en la suya, enguantada.

Al principio, él pareció sorprendido, porque tal vez los *atskayakinasu* no se tomaban de la mano. Pero enseguida le apretó los dedos y, dándose la vuelta, se enfrentaron juntos a los sacerdotes que se acercaban.

30

LA CASA DE DICIEMBRE

Miuko no tenía por qué preocuparse, pues los sacerdotes de Diciembre no se parecían ni un poco a los de Nihaoi. Para empezar, eran todo menos lúgubres. Pronto, se había congregado un pequeño grupo de bienvenida en la puerta de los espíritus, donde saludaron a Miuko y Geiki con amplias sonrisas y profundas reverencias, y cuando oyeron su historia y vieron la mancha azul que se deslizaba por sus brazos, no retrocedieron ni atacaron. En lugar de eso, hicieron sonar sus cuentas de oración, teñidas en una variedad de tonos índigo, y parlotearon unos con otros en un frenesí de excitación antes de volver a sus expresiones más moderadas (aunque no menos cordiales).

Una joven y esbelta sacerdotisa de ojos brillantes y unas cuantas pecas se adelantó y les indicó el camino que conducía al templo.

—Me llamo Meli y soy novicia aquí. A nuestro sacerdote principal, Hikedo, le gustaría mucho conocerlos —dijo—, pero podemos llevarlos a sus habitaciones de invitados si quieren refrescarse primero.

Geiki aplaudió.

—¡Encantados! Mataría por una siesta.

Meli rio, ligera y musical. Los demás rieron entre dientes.

—Por suerte, *atskayakina*-jai, no tendrá que matar a nadie.

Miuko se encontraba aturdida al subir por el sendero. Una luz fresca y limpia atravesaba las copas de los árboles y llegaba hasta sus hombros; una suave brisa le revolvía el cabello y rozaba su cuello y sus mejillas. Era tan apacible que sintió como si debiera respirar profundo, hundiéndose en la quietud como quien se sumerge en un baño caliente.

Pero después del miedo y el caos de los últimos días, le resultaba difícil creer que lo hubieran conseguido.

El templo iba a acogerlos.

Tenían *habitaciones de invitados.*

Estaban a salvo.

¿Por qué no podía relajar los hombros? ¿Por qué no podía abrir los puños?

Si Meli percibió la agitación interior de Miuko, no dijo nada; continuó caminando a su lado y sólo se detuvo para arrancar una flor silvestre amarilla del borde del sendero.

Una vez que llegaron al complejo del templo, dejaron a Geiki en su habitación con otro sacerdote, un *hei* de sonrisa desdentada y una risa sonora que todavía se alcanzaba a escuchar al cruzar los jardines hacia el cuarto de Miuko.

La habitación de Miuko era sencilla, pero bien cuidada, con un colchón de aspecto confortable, un juego de túnicas de sacerdote limpias y una pila de toallas calentadas por el sol junto a un lavabo lleno y un pequeño jarrón de barro.

Miuko se quitó las sandalias, caminó a la veranda y estaba a punto de entrar al cuarto cuando Meli levantó las manos.

—¡Espera! ¡Tengo que añadir el toque final!

La joven sacerdotisa se quitó rápidamente los zapatos y llenó el jarrón de barro con una jarra antes de colocar en él la flor silvestre amarilla. Con el ceño fruncido, giró el tallo de un lado a otro hasta que, al parecer satisfecha, volvió a dejar el jarrón junto al lavabo con un gesto ostentoso.

—¡Listo!

Sin embargo, en lugar de agradecerle, Miuko se sentó con fuerza en la veranda y enterró la cara entre los brazos.

—¡Lo siento! — jadeó Meli—. No quería hacerte llorar.

—No estoy llorando —murmuró Miuko entre sus mangas.

Sintió que la chica se acomodaba a su lado.

—Bueno… entonces, ¿no quería obligarte a sentarte ahí y hacer lo que sea que estés haciendo?

—No sé lo que estoy haciendo.

—Eso está bien. Para eso estamos aquí, ¿cierto? ¿Para ayudarte?

Miuko levantó la mirada. Al sol de la mañana, las pecas de Meli tenían un bonito color dorado, como destellos de luz en el fondo de un arroyo.

La chica sonrió, alentadora.

A pesar de la amabilidad de Meli, Miuko no conseguía relajarse. Encorvó los hombros y metió las manos en sus bolsillos, donde sus dedos se cerraron en torno a un objeto pequeño y duro.

Sorprendida, Miuko sacó el portaincienso del *tseimi*, que brilló bajo el sol matutino. Había estado tan ocupada escapando de Tujiyazai que había olvidado que lo tenía.

—Es precioso —dijo Meli, extendiendo la mano—. ¿Qué es?

Miuko dudó, pero la joven sacerdotisa le sonrió tan cálidamente que no pudo negarse.

—Un *tseimi* —le pasó el recipiente a Meli, que levantó la tapa y dejó que el gatito de humo saliera al suelo de madera pulida, donde empezó a revolcarse en una bola de pelusa color carbón—. Me lo dieron… bueno, fue un regalo, supongo…

Meli la ignoró.

—¡Un bebé! —gritó; el gato ronroneó y frotó su lomo a lo largo de sus dedos extendidos—. ¡Hola, bebé!

Su alegría era tan modesta que, por un segundo, Miuko se sorprendió. Luego, sonrió. Juntas, observaron al *tseimi* brincar por la veranda, galopando tras insectos y hojas perdidas, pero no tardó en aparecer otro gato, atraído por el *tseimi* como lo había estado el calicó del castillo de los Ogawa.

Se trataba de un atigrado naranja a rayas que salió del jardín y saltó silenciosamente a la veranda. Sorprendido, el *tseimi* saltó hacia atrás y luego hacia delante, dando tumbos con las orejas sobre la cola, en su excitación. El nuevo gato se abalanzó sobre él, juguetón, azotando su cola.

—¡Ay, nuevos mejores amigos! —dijo Meli, como en un arrullo.

Los gatos rodaron el uno sobre el otro, se pusieron boca arriba con las patas en el aire y volvieron a levantarse como saltamontes, saltando de un lado a otro por el suelo.

Miuko rio, sintiendo por fin que la tensión de su cuello y hombros se aligeraba. Lo había *conseguido*. Con la ayuda de los sacerdotes, tal vez todo *estaría* bien.

Entonces, Meli se llevó las manos a la boca, ahogando un grito.

En la veranda, el atigrado naranja estaba tumbado de lado, quieto como una piedra.

Miuko se levantó de golpe.

—¿Qué pasó?

—¡No lo sé! —Meli tomó al gato en brazos y comprobó su respiración. Atónita, volvió a levantar la vista—. ¡Está muerto! Un segundo estaban jugando, y al siguiente…

Las dos se volvieron al mismo tiempo hacia el *tseimi*, que, habiendo perdido el interés por el atigrado, se había adentrado en el jardín, donde ahora jugueteaba inocentemente con las ramas de una gardenia cercana.

—¿Sabías que eso iba a pasar? —preguntó Meli.

—¡No! Yo nunca… —pero antes de que Miuko pudiera continuar, otro gato, negro como el ébano, apareció en el jardín y empezó a trotar alegremente hacia el *tseimi*.

Miuko se lanzó por el portaincienso, pero incluso con sus reflejos demoniacos, Meli fue más rápida. La sacerdotisa levantó la tapa y llamó al *tseimi* para que volviera a entrar, y el humo volvió a enroscarse hasta desaparecer del aire.

Por un momento, tanto Miuko como Meli contuvieron la respiración, observando al gato de ébano, en busca de signos de un inminente colapso.

Nada pasó. El gato se detuvo, se dio la vuelta y —como si no se hubiera librado de la muerte por un pelo— se alejó trotando otra vez.

Parpadeando, Meli acunó el cuerpo del atigrado contra su pecho.

—¿Qué… acaba… de suceder?

Miuko se quedó helada, sintiendo que la chica la observaba, como la gente del pueblo de Koewa, como los lúgubres sacerdotes de Nihaoi.

Como su padre.

Humanos, murmuró la voz-demoniaca. *Con qué facilidad cambian. Mejor estrangularla ahora, antes de que alerte a los demás.*

Pero Meli sólo habló con tristeza, con lágrimas en los ojos.

—¿Quién te haría un regalo así?

Miuko, que se disponía a correr —o quizás a atacar, no lo sabía muy bien— titubeó.

—Un demonio —respondió con cautela.

—¿Un demonio? —la sacerdotisa se mordió el labio. Luego, sacudiendo la cabeza—: Supongo que podría haber sido peor, entonces.

Las manos de Miuko cayeron a sus costados.

—¿No me culpas por esto?

Meli se encogió de hombros.

—¿Cómo podría culparte? Dijiste que no lo sabías —le sonrió a Miuko—. Si éste es el tipo de cosas con las que has tenido que lidiar, puedo ver por qué necesitas nuestra ayuda.

Miuko tragó saliva con fuerza. No se había dado cuenta del alivio que supondría que sus congéneres la tomaran en serio, que sintieran compasión en lugar de miedo, que se preocuparan por ella en lugar de rechazarla. A decir verdad, ni siquiera se había atrevido a creer que fuera posible.

¡Pero qué diferente habría sido el viaje si todos la hubieran recibido con tanta comprensión!

Qué mundo tan diferente.

—Gracias, Meli —Miuko tomó el portaincienso—. ¿Tienes papel y cordel para envolver esto? No podemos dejar que se abra por accidente.

Meli asintió, y mientras Miuko se echaba un poco de agua en la cara y se ponía la túnica prestada, la joven sacerdotisa se llevó al atigrado naranja y volvió con las provisiones para empaquetar el recipiente del *tseimi,* que quedó relegado a los confines del bolsillo de Miuko. Un recordatorio de que tal vez había logrado llegar a la Casa de Diciembre, pero Tujiyazai seguía intentando reclamarla... y también su maldición.

Poco después, Meli condujo a Miuko y Geiki hasta una pérgola en la parte norte del templo, donde se reunieron con el sacerdote principal, un *hei* anciano llamado Hikedo, de ojos suaves y mejillas regordetas moteadas por el sol. Tomaron té y pasteles de castañas, en tanto Miuko relataba su historia (con más de una interjección ocasional de Geiki), desde el beso de la *shaoha* en el Antiguo Camino hasta el valiente rescate de Geiki en el castillo de los Ogawa.

—Y ahora —terminó Miuko, golpeando el portaincensario de su bolsillo—. Tujiyazai vendrá de nuevo por nosotros. Lo lamento, pero me temo que hemos traído problemas directo a su puerta.

—Con problemas o sin ellos, nos alegramos de que hayas venido —replicó Hikedo. Luego, tomó un gran bocado de pastel, que regó con un trago igualmente grande de té—: Ahora, podemos erigir los hechizos de protección que impedirán que Tujiyazai entre en el recinto, pero no conocemos la magia que impediría que sus poderes lleguen hasta nosotros, incluso si logramos mantenerlo fuera. ¿Dices que el *kyakyozuya* era inmune, de alguna manera?

—Sí, llevaba un pañuelo bermellón con hechizos escritos en él. ¿Saben dónde lo consiguió?

—Así es —el sacerdote principal buscó otro pastelillo de castañas, pero, para su decepción, encontró el plato vacío.

Miuko fulminó con la mirada a Geiki, quien acababa de meterse el último trozo en la boca y lo tragó con gesto culpable.

Suspirando, Hikedo recogió las migas del plato vacío con su dedo índice.

—Esos pañuelos se hacen en la Casa de Noviembre —dijo, lamiéndose el dedo con gesto reflexivo—, donde se entrena a los cazadores de demonios.

Miuko cerró los ojos, recordando el humo que se había acumulado en el horizonte cuando ella y Geiki navegaban desde Udaiwa.

—Pero ya desapareció —susurró—. Todo el templo fue destruido hace días.

El sacerdote principal asintió.

—Una tragedia. Pero no nos faltan opciones. Enviaré un pájaro mensajero a Keivoweicha-kaedo; tal vez los bibliotecarios tengan algún recurso para nosotros. Mientras tanto, Miuko, mis sacerdotes han estado preparando algunos rituales para ayudarte a deshacer esta maldición. Geiki, ¿aún tienes hambre? Meli puede acompañarte a la coci…

Antes de que pudiera terminar la frase, Geiki ya estaba de pie. Agarró a Meli de la mano y salió corriendo como si supiera dónde estaba la cocina, cosa que, por supuesto, no sabía.

Hikedo soltó una risita. Haciendo un gesto a Miuko, la acompañó a una sala de oración, donde elle y otras once personas formaron un círculo a su alrededor, entonando cánticos y quemando incienso que parecía tener poco efecto, más allá de hacerla estornudar. Al cabo de unas horas, se celebró otro ritual en el que los sacerdotes pintaron hechizos en las plantas de sus pies, las palmas de sus manos y su estómago. Luego, la dejaron sola para que meditara sobre su poder, lo que hizo durante unos cinco minutos antes de que su voz-demoniaca se inmiscuyera en sus contemplaciones, enumerando con espeluznante detalle las muchas formas en que podrían asesinar a los sacerdotes por obligarla a participar en una empresa tan tediosa.

A pesar de estos pensamientos —y de otros, con los que Miuko se entretenía cuando los sacerdotes la enfadaban—, al final del día se encontraba exhausta, pero satisfecha. Tal vez la maldición no había desaparecido bajo los cuidados de los sacerdotes de Amyunasa, pero se había ralentizado de manera significativa, lo que le daba motivos para la esperanza.

Aquella noche, Geiki y ella se sentaron en la veranda con Meli, quien, para deleite del *atskayakina*, había tomado unos cuantos pasteles de castañas más para compartir.

—¡Supongo que no eres tan mala para ser una sacerdotisa! —declaró Geiki, metiéndose uno en la boca.

Sentada cómodamente entre ellos, Meli le dirigió una mirada de reojo.

—Y supongo que tú no eres tan grosero, para ser un *atskayakina*.

Él rio, salpicando migas por su túnica.

—Díselo a Miuko. Ella piensa que soy muy grosero.

Miuko le sonrió con gesto burlón.

—Bueno, ¿y no es así?

Él sonrió.

—Sí.

Meli soltó una risita.

—Como sea, ¿cómo te convertiste en sacerdotisa? —preguntó Geiki.

—Bueno… —Meli se mordió el labio y se volvió hacia la luna, que crecía por el este—. Me escapé de casa.

—¡Miuko también!

—Sí, pero no por la misma razón —en voz baja, ella explicó que sus padres la habían considerado alguna vez como un chico—. Y yo intenté serlo, durante mucho tiempo, para complacerlos.

—Oh —Geiki miró a Miuko, pero ella no sabía muy bien qué decir. Había oído que en épocas pasadas se creía erróneamente que algunas chicas eran hijos, al igual que se creía erróneamente que algunos chicos eran hijas, pero se había equivocado al asumir que esas personas ya no existían.

Sin embargo, la gente no *desaparecía* sin más, ¿cierto? No, en una cultura tan rígida como la de los Omaizi, había tan poca tolerancia para aquellos que no se ajustaban a sus roles socialmente sancionados, lo que significaba que los transgresores se veían obligados a esconderse o a ir a lugares como la Casa de Diciembre, que acogía a todos los géneros, del masculino al femenino al *hei*.

—Pero entonces, ¿dejaste de hacerlo? —preguntó Geiki—. ¿Dejaste de intentar complacerlos?

Meli asintió.

—Una luna llena, cuando tenía trece años, algo me sacó de la cama y me atrajo al estanque que hay detrás de la casa de mi padre. Me quedé allí durante horas, mirando mi reflejo. Me quedé mirando tanto tiempo que estaba segura de que me había congelado en el sitio, y el mundo también estaba congelado: mis padres en sus camas, mi aldea, la hierba, los árboles, la luna misma… todo congelado. Me dolía, eso es lo que más recuerdo. Me *dolía* estar tan estática. Pero entonces, de algún modo, *me moví*, haciendo que el agua se rompiera como si fuera de cristal… y cuando se aclaró de nuevo, pude ver, sin lugar a dudas, que era y siempre había sido una niña —hizo una pausa reflexiva—. Hikedo cree que fue una visión de Amyunasa.

Geiki silbó agradecido, pues tales revelaciones de los Dioses Lunares eran raras y dignas de aprecio.

Miuko se abrazó las rodillas.

—¿Te alegras de haberte ido?

—Es complicado —la chica suspiró, espabilándose, y cuando continuó, estaba sonriendo de nuevo, aunque de una manera un poco triste—. Lo único que puedo decir con seguridad es que me alegro de haber llegado hasta *aquí*, donde soy aceptada por lo que soy.

Miuko se sentó de nuevo y observó fijamente la amplia cara de la luna. Cuando era más pequeña, había odiado la luna, porque siempre le había recordado a su madre: mutable, mágica, totalmente distante. No había querido pensar en cómo su madre había pedido deseos a la luna, ni en cómo la misma luna brillaba sobre ambas, por muy lejos que estuvieran una de la otra.

Ahora, sin embargo, en la Casa de Diciembre, la luna se sentía diferente —menos cambiante, más constante— una presencia, tal vez, que la estaba vigilando incluso ahora, como una vez había vigilado a Meli, en su viaje hacia ella misma.

Miuko se abrazó las rodillas un poco más fuerte, como si estuviera protegiendo una chispa muy pequeña, recién encendida, dentro de su pecho, y mientras escuchaba a Geiki y Meli discutir por el último trozo de pastel, elevó una pequeña plegaria de agradecimiento a Amyunasa, y a la luna, por haberla traído aquí también.

31

UNA DECISIÓN

En el curso de los dos siguientes días, los sacerdotes hicieron todo lo posible para deshacer la maldición de Miuko: oraciones, conjuros, hechizos sagrados. Miuko estuvo sentada, sudando y con las piernas cruzadas, recibiendo baños de humo, meditaciones y el irritante proceso de que le pegaran encantamientos de papel en la columna, como el tatuaje de Tujiyazai, o, aún más molesto, en la frente. Intentaba concentrarse (en serio, lo intentaba), sabía que la eficacia de los tratamientos dependía tanto de su fortaleza mental como de la magia de los sacerdotes, pero no podía evitar soñar despierta en sus aventuras con Geiki —robar verduras de los jardines del templo o volar en su espalda sobre el océano cristalino con las golondrinas de mar y las aves marinas migratorias— y, cuando conseguía concentrarse en la tarea que tenía entre manos, había que lidiar con los constantes quejidos de la voz-demoniaca.

Se aburría.

Tenía hambre.

Todavía quería estrangular a Meli, o a Hikedo, o, para el caso, a cualquiera de los otros sacerdotes que se pusieran a su alcance.

Bajo las cuidadosas atenciones de todos ellos, el progreso de la maldición se ralentizó.

Pero no se detuvo.

Y aunque Miuko intentaba ignorar las miradas preocupadas de los sacerdotes o las conversaciones en voz baja que mantenían cuando pensaban que ella no los podía oír, la amenaza inminente de Tujiyazai nunca estaba lejos de su mente.

Seguía ahí afuera.

Seguía tras ella.

Los sacerdotes seguían colocando estandartes de guardia a lo largo del perímetro del templo, pero no habían recibido instrucciones de los bibliotecarios de Keivoweicha, y Geiki se embarcaba cada día en más vuelos de reconocimiento al continente, en busca de señales de la persecución del príncipe demonio.

Hasta que, al tercer día, regresó con noticias.

Tujiyazai se estaba acercando a la punta del continente, dijo Geiki, acompañado por el *kyakyozuya,* quien —lo mismo que todos, a excepción de Miuko— no debía ser capaz de ver que el *doro* estaba poseído. Según el *atskayakina,* la pareja se movía rápidamente, aunque no podía precisar con exactitud a qué velocidad.

—¡Soy un pájaro! —graznó petulante—. ¿Qué voy a saber de viajes por tierra?

Ante esto, Hikedo suspiró.

—Supongo que tendremos que confiar en los estandartes para mantenerlo lejos.

—¿Será suficiente? —preguntó Miuko.

En respuesta, el sacerdote principal sólo apretó los labios en una sombría línea.

Más tarde, los ruidos de la construcción resonaban en el recinto —se cavaban más agujeros, se clavaban más postes en el suelo—, y Miuko se encontraba sola en su habitación, mirando su reflejo en el espejo. La mancha azul rozaba ahora su clavícula, formando una costura torcida de hombro a hombro, como si estuviera encadenada al fondo del mar al tiempo que la marea subía ineludiblemente a su alrededor.

Pronto podría eclipsarla por completo, y ella sería un demonio: fuerte, poderosa, temida.

Pero ¿seguiría siendo ella misma?

Desde su llegada, la voz-demoniaca en su interior había sido suave, pero nunca silenciosa: remarcaba lo fácil que sería matar a este sacerdote o a aquel, a los tontos que le ordenaban recitar estos mantras, sentarse en esta sala de oración, no hablar con Geiki, ayudar con el lavado de la ropa o en la cocina, como si fuera una mera sirvienta y no un monstruo que podría drenar la vida de todos ellos con un simple toque.

Para su sorpresa, Miuko se había descubierto a menudo riendo entre dientes ante los incesantes comentarios de la voz, o incluso estando de acuerdo con ella, y eso le daba miedo. No siempre se había gustado a sí misma, desde luego —más de una vez había deseado ser menos torpe, menos gritona, menos testaruda—, pero en los últimos once días, esas cualidades la habían salvado, la habían sostenido, le habían brindado el tipo de amistad con el que nunca había soñado, y no deseaba perderlas.

Luego, estaba Tujiyazai. Tal vez los estandartes lograrían impedirle la entrada al templo, pero sin los hechizos para proteger a los sacerdotes de sus poderes, quizá correrían la misma suerte que los cazadores de Koewa.

La cara de Miuko se endureció, entonces, porque supo lo que debía hacer.

Marcharse.

Se escabulliría —en un bote, sí, la noche siguiente— para alejar a Tujiyazai del templo… y eliminar la posibilidad de terminar convertida en *shaoha* con tantos de sus amigos cerca.

No permitiría que un demonio los atrapara… aunque ese demonio fuera ella misma.

Mientras se reafirmaba en su resolución, alguien llamó a su puerta, sacándola de sus pensamientos. Miuko se puso la bata sobre los hombros.

—¿Quién?

—¡Estoy aburrido!

—¡Geiki! —abrió la puerta.

Él ladeó la cabeza hacia Miuko.

—¿Quieres divertirte un poco? —le preguntó.

Ella sonrió. Juntos se escabulleron por los terrenos y corrieron hacia la pérgola, donde Geiki se transformó en un pájaro gigante, bajo las estrellas. Miuko saltó sobre su espalda. Ella reía, mientras sobrevolaban las puntiagudas piedras de los Dientes de Dios, los chirriantes puentes de cuerda, los árboles azotados por el viento.

Desembarcaron en la isla más septentrional, donde descubrieron una antigua puerta de piedra, del doble de la altura de un hombre y hecha de un granito blanco que no habían visto en ninguna otra parte de las islas. Las figuras de la puerta, si es que alguna vez hubiera tenido alguna, se habían alisado con el viento y ahora se erguía como un guardián silencioso al borde de un estanque perfectamente redondo.

En forma de urraca, Geiki saltó desde las piedras planas que rodeaban el agua hasta los bajíos, donde agitó las plumas una o dos veces antes de volar hasta lo alto de la verja. Miuko rodeó las columnas de piedra, trazando su contorno con sus manos enguantadas, y él volvió a transformarse en chico.

—¡Eh! ¡Ven aquí!

Miuko dio un paso atrás.

—¡Quítate de ahí! ¡Éste es un *lugar sagrado*!

—No para mí —se dejó caer y levantó las piernas sobre el borde—. Vamos. Tienes que ver esto.

De mala gana, aunque tal vez pareciendo más renuente de lo que en realidad se sentía, saltó hacia lo alto de la puerta, sus piernas demoniacas la elevaron en el aire y sus manos demoniacas la llevaron con facilidad.

El *atskayakina* palmeó la roca que tenía a su lado.

Miuko puso los ojos en blanco y se sentó. Debajo de ellos, en el tranquilo estanque, el cielo se reflejaba como en un espejo: cada estrella, cada nube, cada meteoro que surcaba el cielo.

La luna también estaba allí, casi llena. Colgaba detrás de ellos como una pálida linterna, haciéndolos aparecer en el estanque reflectante sólo como siluetas, unidas por el hombro en una sola sombra.

—Es hermoso —murmuró Miuko—. Me pregunto para qué era.

—Sacrificios humanos —dijo Geiki.

—*Geiki.*

—¡Es broma!

—Lo sé.

Ella sintió más que oír su risa, jadeante, aunque eso no había sido tan divertido, y rápidamente se instalaron en un patrón de charla familiar, observando las constelaciones en el agua de abajo.

El tiempo pasó.

Un minuto.

Una hora.

Dos.

—Se hace tarde —dijo Geiki al fin—. Los sacerdotes me arrancarán las orejas si mañana te quedas dormida durante la meditación.

—Sólo conviértete en un pájaro. Así no tendrás de qué preocuparte.

—¡Los pájaros también tienen orejas!

—No del tipo que podrías perder —suspirando, Miuko apoyó la barbilla en las rodillas. De cualquier forma, mañana no se quedaría dormida durante la meditación.

Estaría planeando su partida.

Un bote. Algunas provisiones. Un viaje solitario mar adentro.

Al menos así, Geiki y los sacerdotes estarían a salvo.

—Ésta podría ser una de las últimas noches que soy humana —dijo en voz baja.

—Eh —el *atskayakina* se encogió de hombros—. Ser una humana no parece tan genial.

Ella intentó sonreír, aunque con poco entusiasmo.

—No lo es.

—¿Quizá sea mejor ser un demonio?

—Quizás —aceptó, aunque no se atrevía a creerlo.

Geiki rodeó sus hombros con un brazo, como si la atrajera bajo su ala.

—¿Quieres quedarte fuera un rato más? —le preguntó.

Miuko asintió y se inclinó hacia él.

Permanecieron sentados así mucho tiempo, en un inusual silencio.

32

EL DUODÉCIMO DÍA

Miuko no vio a Geiki en el desayuno de la mañana siguiente, así que, después de su habitual sesión de oración con Meli y los demás sacerdotes, salió trotando hacia la habitación del *atskayakina* para encontrarlo.

Cuando ella llegó, él estaba rebuscando en un montón de objetos brillantes que debía haber robado del templo: una cadena de campanillas, una borla de oro, un cucharón, un cuenco de latón, unas tijeras de jardinería. En los días previos, lo habría regañado, pero ahora la visión de los tesoros robados sólo la hizo sonreír.

Con una risita, se apoyó en el marco de la puerta.

—¿Qué haces?

Él se giró, con los ojos desorbitados. En sus manos, aferraba un saco de viaje, que ya estaba lleno de paquetes de provisiones de la cocina.

Sobresaltada, Miuko miró de Geiki a las provisiones y de regreso.

—*¿Qué estás haciendo?*

—Yo… —tragó saliva con fuerza y se dio la vuelta, para seguir metiendo sus tesoros en el saco de viaje a puñados.

—¡Geiki! —ella cruzó la habitación y le dio un golpecito en el hombro.

Él saltó.

—¡Ack! ¡Lo siento! ¿Qué? Oh, hola, Miuko.

—¿Te vas a ir?

El *atskayakina* se mordió el labio.

—Se nos está acabando el tiempo.

Miuko se llevó las manos a la garganta, donde la maldición empezaba a trepar por su cuello.

—¿Crees que no lo sé?

—¡No me refiero a *ti*! ¡Me refiero a que Tujiyazai viene en camino, y no tenemos nada!

—¿Así que nos *abandonas*?

—Hikedo-jai me pidió que fuera a Keivoweicha —explicó—. Quizá pueda ir a la biblioteca y volver antes de que llegue Tujiyazai.

Miuko no pudo evitar la sacudida de ira que la invadió. ¿El sacerdote principal? ¿Traicionándola? ¿Llevándose al mejor amigo que jamás había tenido? Había creído que elle estaba de su lado. Por un segundo, imaginó que le agarraba por el cuello, su viejo cuerpo balanceándose a escasos centímetros del suelo. Pero no era una reacción apropiada.

¿O es la reacción perfecta?, susurró la vocecita en su interior.

Miuko la ignoró y se acercó a Geiki.

—¿No puedes esperar?

Un día más. Era lo único que necesitaba. Un día más, y entonces ella sería la que se fuera. A su propio tiempo. Bajo sus propios términos. Ella no podía ser la que se quedara atrás esta vez.

No, otra vez.

Detenlo entonces, dijo la voz-demoniaca. *Ahora eres más fuerte que él. Córtale las alas.*

Geiki metió las últimas cosas en el saco de viaje.

—Cuanto más esperemos, más cerca estará.

Miuko negó con la cabeza.

—¡Pero tal vez me habré ido antes de que regreses!

—Eres demasiado testaruda para eso —intentó sonreír… fracasó.

Ella lo miró fijamente.

—¿Por eso quisiste que escapáramos anoche? —una última aventura juntos, odiaba no haberse dado cuenta, incluso cuando sintió que se estaban despidiendo.

Pero era demasiado pronto.

Cualquier momento habría sido demasiado pronto.

—Por favor, Miuko, todos morirán si no voy. Sabes que tengo que intentarlo. Es lo que tú harías, si fueras yo.

Era cierto. Al planear irse, para alejar a Tujiyazai del templo, estaba intentando salvar también a los sacerdotes.

Pero ella no quería oírlo. No estaba preparada. Se negaba a estar preparada. Frunció el ceño, se puso de puntillas, con lo que quedaron frente a frente, y, con la voz más fría que pudo reunir, dijo:

—*No te vayas.*

—Lo siento —Geiki agachó la cabeza y le acarició la mejilla. Luego se enderezó—. Debo hacerlo.

Antes de que pudiera impedírselo —y porque, por mucho que quisiera negarlo, sabía en el fondo de su corazón que no estaría bien impedírselo—, él recogió el saco de viaje y se lo echó sobre los hombros.

Sabiendo lo que se avecinaba, Miuko bajó los ojos. Cuando volvió a levantar la mirada, él estaba en la veranda: un pájaro de buen tamaño.

Miró por encima del hombro, con sus grandes ojos negros brillando.

—Sigue aquí cuando regrese, ¿de acuerdo? —y batiendo un par de veces sus enormes alas, se elevó en el aire, surcando el patio del templo hacia el cielo abierto.

33

SHAOHA

El *atskayakina* no había llegado muy lejos cuando Miuko frunció el ceño y hundió los dedos en la túnica que le habían prestado los sacerdotes.

Esto estaba mal.

Ella se había equivocado.

No podía dejar que sus últimas palabras fueran una exigencia. No podía dejar que sus últimos momentos juntos estuvieran impregnados de ira.

Ya había soportado demasiados finales infelices: su madre, cabalgando en la oscuridad; su padre, gritándole en medio del incendio de la posada. No podía dejar que eso ocurriera también con Geiki. No esta vez.

La última vez.

Salió corriendo del templo cuando él ya estaba llegando a las copas de los árboles.

—¡Geiki!

Pero no la oyó, o no quiso oír, porque no se detuvo.

Agitando las alas, pasó por encima del dosel.

—¡Miuko! —Meli salió corriendo de la cocina, todavía con un cuchillo de pelar en una mano—. ¿Por qué estás gritando? ¿Qué pasa?

Miuko no respondió. En el cielo, Geiki había reaparecido de nuevo, pero ganaba distancia sobre ella a cada segundo que pasaba.

Se levantó la túnica y corrió hacia la puerta de los espíritus. Sus piernas demoniacas la llevaban sobre la grava, entre los árboles nudosos, pero no lo bastante rápido. Cuando llegó a los acantilados, con los estandartes de protección ondeando tras ella en la brisa, Geiki ya estaba sobre la ensenada, batiendo sus grandes alas azules. Ella se agarró a la cuerda tejida que bordeaba el camino.

Él se estaba yendo, era verdad.

Pero antes de que pudiera salir de la ensenada, el cuerpo de Geiki se sacudió, como si hubiera sido golpeado por algo. Se oyó un grito.

Ella observó impotente cómo él se dejaba caer y sufría espasmos, intentando volar.

En el agua, navegando hacia la isla, había una barca, y en la barca había dos figuras que Miuko reconoció incluso a esa distancia: el cazador de demonios y el príncipe demonio.

Habían estado mucho más cerca de lo que nadie hubiera imaginado.

El *kyakyozuya* tendió un arco largo. Geiki cayó en picada hacia las olas.

Miuko gruñó.

Él le había *disparado* a Geiki.

El *atskayakina* estaba en el agua. Por algún acto de la divina providencia, parecía estar consciente —y en forma de chico otra vez— agitándose en las olas. ¿Sabían nadar las urracas? Apenas parecía capaz de mantenerse a flote.

Miuko echó a correr a lo largo del acantilado y ladera abajo. En la ensenada, la barca navegó tranquilamente junto a Geiki, y el cazador de demonios arrastró el empapado cuerpo del *atskayakina* hasta la cubierta, donde se formó un fino charco de sangre a su alrededor.

Miuko clavó los talones en la tierra, como si eso fuera a acelerar su aproximación.

Los mataría. Ya se había despojado de sus guantes, sus brazos eran de un poderoso y brillante azul.

Primero, al cazador de demonios, ese pequeño mosquito blanco. Luego, a Tujiyazai. No le importaba si mataba al *doro* en el proceso. Ya era casi una *shaoha* de cualquier manera. Le chuparía la vida, y cuando el demonio malévolo se deslizara de su cadáver, ella lo inmovilizaría por la nuca hasta que se arrugara como el gusano que era.

Llegaron a los muelles cuando Miuko tocó la orilla. En la cubierta de la barca, Tujiyazai levantó la palma de la mano.

—Alto ahí, Ishao —dijo, su tono imperioso se transmitía fácilmente a través de la distancia que los separaba—, o haré que lo maten.

Como si ella necesitara algo más persuasivo, el *kyakyozuya* desenvainó su espada y colocó su hoja contra la garganta de Geiki.

El *atskayakina* tuvo arcadas y escupió agua de mar.

Miuko se detuvo tan rápido que cayó de rodillas sobre el muelle astillado. Sus palmas azules se llenaron de sangre roja.

Ignoró el dolor y miró al *doro yagra* y luego al cazador de demonios.

—¿Qué estás haciendo? ¡Eres un *kyakyozuya*! ¿No ves que ése no es realmente Omaizi Ruhai? ¡Está poseído!

—Silencio, monstruo —el cazador de demonios hizo un corto en la carne de Geiki con su espada.

A esta distancia, no podía ver lo profundo que había sido el corte del *atskayakina*, pero lo vio estremecerse. Oyó su pequeño gorjeo de dolor.

Miuko mostró los dientes con frustración. Estaba demasiado lejos de la barca. Si atacaba ahora, le arrancarían la cabeza a Geiki antes de que pudiera llegar a la mitad del muelle.

Entre la agitación de su mente, escuchó pasos en el camino de grava. Jadeando, Meli apareció a su lado, con el cuchillo aún en la mano.

—Miuko, ¿qué está pasando? —al ver al *doro yagra,* jadeó—. ¿Es él? ¿Tujiyazai?

—¡Vete! Antes de que use sus poderes para...

Tujiyazai la llamó entonces:

—¡No te resistas más, Ishao! Ya casi eres mía.

A su lado, Meli señaló.

—¡Miuko, tu cara!

—¿Qué? —irritada, Miuko tomó el cuchillo de pelar de la chica y lo levantó a la altura de sus ojos. En la brillante hoja, vislumbró su reflejo.

La maldición había cubierto casi toda su cara —las mejillas, la boca, la nariz— y se estaba cerrando alrededor de sus ojos, moviéndose tan rápido que incluso en el imperfecto espejo podía verla extendiéndose por su piel como tinta azul.

—Te propongo un trato —dijo Tujiyazai en su forma más razonable—. Si vienes a mí ahora, antes de que seas Shaokanai, perdonaré al *atskayakina.*

—¿Y los sacerdotes? —Miuko miró de nuevo a Meli, que negó con la cabeza, mientras las lágrimas iluminaban sus ojos.

—Si eso deseas.

Ella tomó aliento, sintiendo cómo los últimos segundos de su humanidad se escurrían como el agua por un colador.

Si éste era el final, tenía que hacerlo valer. Tenía que ir con Tujiyazai para salvar a Geiki, a Meli, a los sacerdotes. Teniendo en cuenta que había vivido una vida casi por completo ordinaria, parecía el mejor final que podía esperar.

Pero ya no era ordinaria, ¿cierto? Se miró los brazos, azules y monstruosos. No necesitaba ser *humana* para salvar a sus amigos.

Apretando los dientes, Miuko apoyó el cuchillo de Meli contra su carne.

Bueno, ésa *es una buena idea,* dijo la voz-demoniaca.

En unos momentos, ella sería una *shaoha*, y las *shaohasu* podían ser invocadas. Lo único que se necesitaba era odio y un nombre, y ahora mismo, Miuko tenía ambos. Sólo tenía que grabar el nombre de Tujiyazai en su propio cuerpo, y sería teletransportada directamente a su objetivo, cruzando la distancia entre ellos en un instante, más rápido de lo que el *kyakyozuya* podría matar a Geiki, más rápido de lo que Tujiyazai podría convertir a Meli en un monstruo iracundo.

Invocadora e invocada. Chica y demonio.

Por un momento, podía ser ambas cosas.

Tenía que ser ambas cosas.

—¿Y bien, Ishao? —Tujiyazai la incitó—. El tiempo no está de tu lado.

Ella lo ignoró, como era su deber. Clavándose el cuchillo en la piel, escribió el nombre con unos cuantos trazos rápidos.

Tujiyazai.

Su objetivo.

—¿Qué estás haciendo? —su voz era tan condescendiente como siempre, pero ahora creyó detectar un temblor de miedo en ella.

Bien.

Que me tema.

Levantó la vista hacia él, sonriendo, aunque ahora no parecía tanto una sonrisa como un gruñido, una expresión feroz, demasiados dientes y un siseo en el fondo de la garganta. Casi podía sentirla conforme la maldición se cerraba sobre sus ojos, podía sentir la agudización de sus sentidos —podía oler la sal en el aire y el hierro en la sangre de Meli, podía oír el rugido del océano y el pulso de Geiki a bordo de la barca—, excepto que también había, desconcertantemente, una cierta neblina en su vista.

¿Era esto lo que se sentía al ser teletransportada hasta su víctima?

Las cosas se estaban poniendo oscuras.

Y frías.

Y brumosas.

Como si el sol se hubiera borrado del cielo.

Una forma, totalmente indistinta pero enorme —podía percibirla—, se movió en el aire por encima de ella. De algún lugar en la oscuridad llegó una voz, profunda y retumbante, sentida en los huesos, más que oída:

—Hola, otra vez.

Miuko se dio la vuelta.

—¿Qué?

No hubo respuesta, el silencio era tan rotundo que no podía estar segura de que la hubiera escuchado.

Algo iba mal. Ya no podía ver al *doro yagra*, ni al cazador de demonios, ni a Geiki. Ni siquiera podía ver a la sacerdotisa a su lado o el muelle bajo sus pies. Era como si todos hubieran desaparecido, como si todas las cosas hubieran desaparecido.

¿Dónde estaba Tujiyazai?

Se tensó y apretó la empuñadura del cuchillo, aunque sabía que no lo necesitaría, pues ella misma era más fuerte, más rápida y más mortífera que cualquier arma humana.

Pero no reapareció en la cubierta de la barca. En cambio, cuando su visión se aclaró, se encontró parada en un parche de maleza, que dio un tirón al dobladillo de su túnica prestada al dar una vuelta para observar su entorno. A su alrededor había una espesa niebla que en el pasado le habría impedido ver más allá de unos pocos metros, pero ahora, con sus ojos de demonio, podía ver en la penumbra casi con la misma claridad que en el día: cada hoja de cada árbol estaba afilada como una cuchilla; incluso la espesa niebla parecía diluirse, como el agua que escurre de una olla de arroz después de varios lavados. A través de ella, un batallón de fantasmas acorazados marchaba hacia el este: algunos en corceles esqueléticos, con alabardas preparadas para el combate; otros a pie, con sus estandartes carcomidos por los gusanos, ondeando en vientos inexistentes.

Y entonces supo dónde estaba.

Allí, un granero quemado. Allí, la mansión abandonada. Allí y allí y allí, los campos en barbecho que formaban las tumbas sin nombre de los Ogawa, el clan de Tujiyazai, fallecido hacía tanto tiempo. Era como siempre habían dicho los aldeanos: la *naiana* estaba llena de espíritus.

Miuko estaba de nuevo en el Antiguo Camino.

De alguna manera, había vuelto a Nihaoi.

SEGUNDA PARTE

EL DESVANECIMIENTO, EL HAMBRE Y LA PÉRDIDA

1

UN DEMONIO, UN HUMANO, UNA TETERA

La invocación no había funcionado. Tujiyazai no estaba aquí, entre los campos abandonados de Nihaoi, sino en algún lugar muy al norte.

Con Geiki.

Dejando caer el cuchillo de Meli, Miuko presionó con la palma de la mano las heridas de su brazo, que, aunque profundas, le dolían menos de lo que esperaba, pero tal vez fuera un afortunado efecto secundario de su condición de demonio.

Se aquietó al pensarlo. No necesitaba comprobar su reflejo para saber que la maldición la cubría por completo, pues lo sabía con la misma certeza con la que sabía que se encontraba en el Antiguo Camino y que, dada la invocación fallida, ya era tan fracasada como demonio así como lo había sido como sirvienta.

¿Qué había salido mal? Se había grabado el nombre de Tujiyazai en la piel. Ella había sido el demonio malévolo más cercano (salvo por el propio Tujiyazai). Debería haber sido transportada directamente al lado del príncipe demonio, no de regreso a Nihaoi.

Miró hacia la oscuridad. ¿Cómo podía ser de noche?

Sin embargo, no tuvo tiempo de especular, porque una voz aguda interrumpió sus pensamientos:

—¿Qué estás haciendo? Muévete, soldado.

Miuko gritó y se dio la vuelta, para encontrarse con un fantasma que la miraba con el ceño fruncido debajo de un casco hendido. Llevaba placas de armadura recubiertas de cuero que colgaban de su forma putrefacta, y guanteletes desintegrados que dejaban ver los huesos de sus dedos y tendones. Debía ser uno de los portaestandartes Ogawa, cuyo cadáver se descomponía en algún lugar bajo los campos cubiertos de maleza.

—¡No es momento para la cobardía! —los dientes del soldado castañetearon al hablar—. El ejército no espera a ninguno de sus hombres.

En otras circunstancias, Miuko podría haberle tenido miedo. Pero ahora era una *shaoha;* no parecía haber mucho que temer. Con gesto despreocupado, se quitó la pálida túnica de sacerdote.

—Menos mal que no soy hombre, entonces.

El fantasma la miró con los ojos entrecerrados, o al menos ella pensó que los tenía entrecerrados… dado que había perdido las dos cejas y la mayor parte de la piel de la cara, era difícil saberlo.

—Entonces, ¿qué eres?

Reflexiva, se examinó las manos, azules como el agua.

—Supongo que soy una demonio.

Él rio, echando la cabeza hacia atrás tanto que Miuko pensó que podría rodar de sus hombros translúcidos.

—¡Tú no eres un demonio!

Por alguna razón, Miuko se sintió ofendida.

—¿Me has visto?

Asintió con la cabeza.

—Puede que tengas un cuerpo de demonio, pero tienes el espíritu de un humano.

—¿Yo *qué*?

—Ven —la empujó hacia el este, hacia Nihaoi, donde podía ver las luces del templo del pueblo brillando a lo lejos—. No podemos atrevernos a demorarnos.

—Claro —ella puso los ojos en blanco—. Sin nosotros, la batalla seguramente estará perdida.

—¡Así es! ¡Adelante!

Ella no se movió.

—¿Dime cómo vuelvo a ser humano?

—¿No puedes sentirlo? ¿Los dos lados de ti misma en desacuerdo?

Incluso como *shaoha,* Miuko no tuvo el valor de decirle que siempre se había sentido en desacuerdo consigo misma, así que sentirlo ahora no era nada nuevo. Se limitó a encogerse de hombros.

—Tal como estás ahora, eres como una tetera… —empezó a decir el hombre.

—¿Una qué?

Por un momento, se sintió como Geiki, graznando de incredulidad.

Por un momento, quiso llorar.

—Una tetera —continuó serenamente el soldado—, a la que le falta la tapa. Para estar completa, debes encontrar tu tapa.

—¿Y cómo hago eso?

—Como hacen los demonios, por supuesto. Una vez que tomes una vida, estarás completa, y no habrá vuelta atrás a la forma que eras.

Miuko parpadeó.

¿Volver?, preguntó una voz en su interior.

Miuko se sobresaltó. La voz no era la ronca voz-demoniaca a la que estaba acostumbrada, sino más suave de lo que esperaba, más aguda.

¿Humana?

Tal vez el soldado fantasma tenía razón. Tal vez la esperanza no estaba perdida después de todo.

—¿Quieres decir que puedo volver a ser humana? —preguntó.

Él la pinchó con el extremo romo de su alabarda, pero no la atravesó, como ella esperaba, como había pasado con las chicas fantasma en Koewa. Si los mortales podían tocar a otros mortales, los espíritus podían tocar a otros espíritus, incluidos los fantasmas, por lo visto. Siendo ahora una demonio (o casi una demonio, al menos), se encogió de hombros para quitarse el arma de encima, haciendo que una nube de moscas espectrales zumbara indignada sobre la borla deshilachada de la alabarda.

Miuko no pudo evitar sonreír. Que los insectos se hubieran encariñado tanto con este soldado de infantería, que incluso se hubieran aferrado a él en la otra vida, le pareció bastante encantador.

—Haces demasiadas preguntas para ser una soldado —le dijo.

—No soy una soldado.

—Haces demasiadas preguntas para ser una chica.

—No soy una…

Él suspiró. Miuko nunca hubiera imaginado que un espíritu sin pulmones funcionales pudiera suspirar, pero supuso que ella provocaba eso en la gente, viva o no.

—¡Sé lo que eres! —declaró el soldado—. Eres una tetera, a la que…

—Lo sé —interrumpió—. A la que le falta la tapa.

Pero ella no quería su tapa. Quería volver a ser humana.

Y hasta que descubriera cómo lograrlo, lo único que tenía que hacer era abstenerse de asesinar a nadie. Parecía bastante sencillo. Ya lo había evitado durante diecisiete años, ¿qué podrían significar unos días más?

¿O semanas?, añadió su voz-humana.

¿O el tiempo que tardara en recuperar su cuerpo humano?

Se volvió hacia el portaestandarte Ogawa.

—¿Cómo me convierto en hu…?

Pero el soldado parecía haberla olvidado, pues había emprendido la marcha hacia Udaiwa sin ella, con la apolillada borla de su alabarda balanceándose lánguidamente.

Zumbando, la nube de moscas fantasma lo siguió.

Ella se encogió de hombros. Tenía cosas más importantes que hacer que perseguirlo.

Como averiguar lo que había pasado. Y volver a la Casa de Diciembre para estrangular a Tujiyazai hasta que soltara a su amigo.

Miró a su alrededor. En lo alto, una brizna de luna yacía como una espina de pescado sobre una pizarra oscura. La visión de la luna la inquietó, pero antes de que pudiera averiguar por qué, unos cascos sonaron detrás de ella, y no eran fantasmales.

Alguien más estaba en el camino.

¿El alfarero? ¿Los sacerdotes lúgubres?

¿Padre?, susurró la voz en su interior.

Olvidando por un momento que ya no se parecía a Otori Miuko, sino a una demonio hambrienta de vida, giró sobre la grava, observando el camino anhelante, a la espera de que el caballo y su jinete aparecieran tras la curva.

Lo que vio, sin embargo, no fue a su padre, ni a los lúgubres sacerdotes, ni al alfarero.

Era Tujiyazai. Galopaba velozmente hacia ella en su gran caballo negro, con el rostro encendido como un faro en la niebla.

Los pensamientos de Miuko giraron en el interior de su mente como hojas muertas.

Se *suponía* que el *doro yagra* debía estar en un muelle en la Casa de Diciembre. Se *suponía* que tenía a Geiki como rehén. ¿Cómo podía estar aquí, en el Antiguo Camino?

¿Y por la noche?, susurró su voz-humana.

Miuko volvió a mirar la luna. La que había estado llena sólo unas horas antes, cuando ella y Geiki exploraban los Dientes de Dios, ahora no era más que una delgada media luna, no más gruesa que una uña.

La última vez que había visto una luna así, estaba en el Antiguo Camino.

Doce días atrás.

Jadeó. La invocación *sí* había funcionado. *Sí* la había teletransportado hasta su víctima.

Por desgracia, también la había teletransportado casi dos semanas al pasado, a la primera noche que vio a Tujiyazai.

Un capricho repentino y mortal se desplegó en su interior.

Ella podría matarlo ahora. Lo único que tenía que hacer era bajarlo del caballo. (También podría matar a su caballo, pensándolo bien.) Entonces succionaría la vida del hermoso cuerpo joven del *doro*, forzando a Tujiyazai a salir de él y caer en sus manos.

Él moriría. Sus amigos se salvarían, porque nunca estarían en peligro en primer lugar.

Los dedos de Miuko se crisparon.

El príncipe demonio ya casi estaba sobre ella. Podía sentir su poder llamándola, creciendo en su interior como un frente frío. Era su oportunidad.

Cuando el caballo pasó junto a ella a través de la niebla, se abalanzó.

2

EL BESO

Ella falló.

La cola del caballo le azotó los dedos al caer en picada sobre la grava; sus vestiduras se rasgaron y la piel azul de sus rodillas se raspó.

Convertirse en demonio tal vez le había otorgado velocidad, fuerza y la capacidad de ver en la oscuridad, pero, al parecer, no la había librado de su torpeza.

En el camino, Tujiyazai no se detuvo. Miuko creía que ni siquiera se había dado cuenta de que ella estaba allí.

Pero se daría cuenta. Ella se puso en pie, dispuesta a correr tras él.

Su voz-humana la detuvo.

—¡Se supone que no podemos matar a nadie! No queremos ser una tetera ¿recuerdas?

Miuko hizo una mueca. Lo recordaba… al menos, lo recordaba ahora que el hambre de sangre no bombeaba en su interior.

Abstenerse de asesinar parecía más difícil de lo que había previsto.

Frustrada, apretó la túnica con los puños. Con su fuerza demoniaca al límite, la basta tela se rasgó, dejando los estrechos pantalones que le había robado a Tujiyazai expuestos al aire nocturno.

Miuko maldijo. Tal vez los sacerdotes podrían haber sido adeptos a la oración o lo que fuera, pero su ropa...

Su ropa.

Se detuvo y se miró las manos azules. Era una *shaoha*. Vestía la túnica de un sacerdote.

Una *shaoha* vestida de sacerdotisa la había maldecido en este mismo camino, esta misma noche.

Miuko se sintió desfallecer.

¿Era *ella* la demonio del Antiguo Camino? ¿Se había maldecido a *sí misma*? Se asomó a la oscuridad. Desde aquí, la carretera serpenteaba hacia el norte, rodeando el derruido pabellón de la alcaldía antes de curvarse hacia el río Ozotso. Si atravesaba las ruinas, podría llegar al deteriorado puente antes de que Tujiyazai atropellara a su yo del pasado sobre la barandilla.

Pero si ella no se encontraba en el puente, nunca estaría maldita, y si no lo estaba, el *doro yagra* nunca sentiría su poder al pasar. Después de un buen chapuzón en el río —nada que una buena siesta y un baño relajante no pudieran curar—, regresaría a Nihaoi... a su padre... y a la posada, donde permanecería el resto de sus días, sin aventurarse nunca más lejos de casa que el mercado de Udaiwa, y sólo en compañía de un pariente varón.

Nunca conocería a Geiki. Nunca pondría un pie en un salón de juego (ni para humanos ni para *nasu*). Nunca navegaría en un barco. Nunca montaría a caballo ni salvaría a una espíritu de grulla de su violento padre. Nunca detendría a un hombre que había asesinado a siete chicas. Nunca vería los Dientes de Dios ni viviría ninguna otra aventura.

Y si nunca lo hacía, nunca descubriría que todas las peculiaridades que la habían convertido en un fracaso como chica y como sirvienta podían ser en realidad bendiciones.

¿Podría condenar a su yo del pasado a una vida sin eso?

Su cuerpo supo la respuesta antes que su mente. Veloz como el viento, corrió hacia el puente —escapando por la puerta derruida de la mansión del alcalde, volando a través de los jardines llenos de maleza, pasando junto a un pino hendido que se alzaba hacia el cielo, torcido como un relámpago—, más fuerte y más rápida de lo que jamás había sido en su vida.

Al llegar de nuevo al Antiguo Camino, se paró en seco. Allí estaba su yo del pasado, con los ojos saltones y los pies torpes, dando tumbos hacia el puente, asustada y aferrándose desesperadamente a la idea de que, una vez que regresara a casa, todo volvería a la normalidad.

—*Yagra* —oyó susurrar a su yo del pasado.

Demonio.

Miuko dio un paso adelante y se golpeó el dedo del pie en uno de los antiguos surcos, lo que la hizo gritar de frustración y, tal vez, también un poco de dolor.

Pero un tropiezo no le impidió moverse. En el tiempo que tardó en pestañear, cruzó la calle llena de hoyos. Extendió la mano y enhebró sus dedos azules en su vieja túnica de sirvienta, acercando a su yo del pasado.

Ya podía sentir el deseo de matar hormigueando en sus dedos. Lo único que tenía que hacer era poner sus manos sobre sus suaves mejillas, y entonces...

El marchitamiento. La transformación de un cuerpo vivo en un cadáver, esponjoso y negro de podredumbre. No sabía que podía desear algo tanto, con un hambre que sentía en los huesos.

¡Ésa soy yo!, gritó la vocecita en su interior. *Somos nosotras. ¡No puedes* matarnos*!*

—Cierto —murmuró—. Cierto, cierto... Ya hice esto antes. *Así debe ser*.

Se inclinó y encontró sus propios labios en la oscuridad, donde sembró la maldición que consumiría a su yo del pasado en el transcurso de los doce días siguientes, alejándola de su pueblo, de su padre, en compañía de espíritus y demonios, en aventuras que estaba segura de que ni siquiera su madre se había atrevido a soñar, aventuras que ahora no cambiaría por nada tan trivial como la *normalidad*.

3

BUENAS INTENCIONES

Miuko se dio cuenta de que no besaba bien. Tenía los labios demasiado fríos. Su boca estaba demasiado seca.

Avergonzada, y más que un poco nerviosa, se alejó de su yo del pasado.

Por un momento, la debilidad se apoderó de ella, como el mareo que sobreviene cuando alguien se levanta demasiado deprisa o aguanta la respiración demasiado tiempo. Se salió del camino y dio tumbos entre la maleza, mientras su yo del pasado se alejaba tambaleándose, agarrándose a los balaustres de piedra del puente en medio de la niebla.

Segundos después, Tujiyazai volvió a pasar en su caballo.

Arrastrándose desde la zanja, Miuko vio a su yo del pasado tropezar de espaldas contra la barandilla del puente en ruinas, vio al *doro yagra* girar sobre su montura, hipnotizado por la pequeña y maldita humana que caía de cabeza al río.

Hubo un chapoteo.

El caballo continuó por el puente.

Agotada, Miuko volvió a desplomarse en la zanja. En lo alto, brillaban las estrellas. En los campos, los fantasmas Ogawa corrían hacia la capital.

Estaba hecho. Su yo del pasado estaba maldito. Se despertaría en la orilla del río por la mañana y regresaría a la posada.

Luego, el fuego.

Miuko se sentó entre la maleza, con el ceño fruncido.

¿Tenía que haber un incendio? Si sabía lo que iba a pasar, entonces debería poder detenerlo. Podría advertir a su padre. Podría salvar la posada.

Quizás entonces, sin el caos del fuego, él vería que seguía siendo su hija y que no merecía ser desterrada.

Miuko se levantó, tambaleante. Algo le pasaba. Se sentía insustancial, como una sombra, fuerte y oscura, pero nada más que la imagen reflejada de otra cosa. Tal vez el maldecirse a sí misma había agotado sus energías y necesitaba tiempo para recuperarse.

Con cautela, se abrió paso por el puente en ruinas, acompañada por los fantasmas que avanzaban con paso firme sobre los agujeros y los tablones podridos con la misma facilidad que si se tratara de tierra firme.

El avance de Miuko se interrumpió varias veces al ver a los aldeanos del Antiguo Camino: el propietario de la casa de té, un par de granjeros, los lúgubres sacerdotes, que la llamaban por su nombre en medio de la niebla. Al ver a Laido entre ellos, sintió la tentación de agarrarlo por la túnica y azotarlo como a un tallo de arroz en época de trilla, pero su voz-humana la convenció de lo contrario.

Por fin, llegó a los hechizos desteñidos y la madera carcomida por las termitas de la puerta de Nihaoi. Más allá se encontraban el templo, la casa de té, algunas tiendas y la posada. Al deambular por las calles, la aldea dormida le parecía tan familiar y tan pequeña a la vez. El viejo mercado, la mayor estructura de lo que quedaba de Nihaoi, podría haber cabido en un rincón del castillo familiar de Tujiyazai. Los campos cubiertos de maleza, que antes le parecían extensos y agrestes, eran como parches de musgo comparados con las montañas que había visto desde el manto de Geiki.

Pero cuando por fin llegó a la posada, era exactamente como la recordaba: el arenoso jardín delantero con sus camelias crecidas, los establos a la izquierda, los caparazones de abulón atados al tejado como talismanes contra el fuego.

En una de las habitaciones había una luz fija. Tal vez el príncipe demonio seguía despierto, pensando en la muchacha del puente, obsesionado por sus sencillos atuendos y sus simples ropajes, y por la forma en que ella lo había mirado —lo había mirado de verdad—, como si pudiera ver lo monstruoso que había debajo de su bello y noble rostro.

Era extraño que no pudiera sentirla ahora, cuando estaba ante la posada. ¿Era porque ella no era de este tiempo? ¿O había otra…?

Miuko sintió una fría punzada de vértigo en el pecho. Si él no podía sentirla llegar, ella tendría la ventaja de la sorpresa; no podía haber mejor momento que ahora para matarlo.

Estás aquí para avisar a nuestro padre, le recordó su voz-humana con severidad. *Y no debes asesinar a nadie.*

Refunfuñando, se adelantó y llamó a la puerta de la posada. Se oyó un ruido de arrastre en el interior.

Y entonces Otori Rohiro, su padre, apareció en la puerta. Una linterna proyectaba un cálido resplandor sobre sus anchos hombros y su cabello canoso, resaltando las bolsas bajo sus ojos cansados.

Miuko se iluminó al verlo.

—Pad…

Él le cerró la puerta en su cara.

Bueno, al menos lo intentó. Con sus nuevos reflejos demoniacos, Miuko atrapó la puerta y la abrió de nuevo con un fuerte crujido. Las paredes traquetearon.

—¡Padre, espera! —susurró—. Tengo que decirte…

Dentro, Otori Rohiro metió la mano por detrás del relicario del *tachanagri*, que estaba junto al umbral, y sacó un talismán de papel entintado con hechizos.

—¡Fuera, *shaoha*! —con una fuerza casi cómica, agitó el pequeño pergamino hacia ella, blandiéndolo como si fuera una espada bendita y no un trozo de papel amarillento.

—Padre, soy yo… —Miuko dio un paso adelante, pero fue empujada hacia atrás como por una mano invisible. Tropezó, retrocediendo sobre el umbral y en el aire de la noche en tanto su padre avanzaba hacia ella, agitando el talismán—. ¡Espera! La posada está en…

—¡Fuera! —inclinándose hacia el exterior, colgó la tira de papel de un clavo sobre el umbral antes de volver a cerrar la puerta de un portazo—. ¡No eres bienvenida aquí!

Eso fue lo que dijiste la última vez que nos vimos.

Miuko miró el talismán con el ceño fruncido, aunque no se atrevió a tocarlo. Sus palabras eran tan añiles como el océano, tan añiles como Myudo,[27] las aguas de donde todo procede y a las que todo vuelve. Era el color de Amyunasa, un color sagrado, y por eso lo usaban los sacerdotes, claro.

Pero también era el color de Miuko, el color de una *shaoha*. Ser expulsada con él le parecía una traición muy personal.

Apretando la cara contra la rendija de la puerta, siseó:

—¡Escucha, la posada está en peligro! Tienes que creerme.

La luz interior se apagó.

Con un gruñido que sonó aterrador y sobrenatural incluso para sus propios oídos, se dirigió a los establos. Puede que su padre le impidiera entrar en la posada, pero no podía

---

[27] ***Myu-do*** significa, literalmente, "lugar incognoscible", el antes y el después de la vida.

evitar que ella los salvara a él y a su maldito legado familiar de su propia tozudez.

Arrastró los abrevaderos fuera de los establos y los llenó de agua. Junto a ellos, colocó montones de mantas para caballos que había sacado del almacén. *Ya está*. Alisó la manta superior con las palmas de las manos. Ahora, aunque no pudiera impedir que los sacerdotes encendieran el fuego, al menos alguien podría…

Hizo una pausa, tocando la gruesa lana.

Había tomado esta misma manta la primera vez que ardió la posada. La había sumergido en este mismo abrevadero antes de intentar alcanzar a su padre en la conflagración. Incluso recordaba haber pensado en lo extraño que era que el abrevadero y las mantas estuvieran en el patio.

Ya lo había hecho.

Y no había funcionado.

Pero Miuko no estaba dispuesta a rendirse. Tomó una escoba y utilizó uno de sus extremos para garabatear un mensaje en la suciedad junto a los baños, una advertencia para su padre. Luego, envolviéndose en otra de las mantas para caballos, ya que no podía deambular con su rostro demoniaco al descubierto, huyó de la posada.

Si hubiera estado un poco menos preocupada, podría haberse tomado un momento para revisar lo que había escrito antes de salir del patio. Si lo hubiera hecho, habría reconsiderado su redacción, ya que lo que creía que era una nota de advertencia bienintencionada también podía interpretarse como una amenaza: *Tu ifeizikoi*.

Te quemarás.

Al fin y al cabo, era una demonio. Era natural que incluso sus mejores intenciones salieran mal.

Por desgracia, no releyó el mensaje. En su lugar, huyó al templo del pueblo, donde fue repelida una y otra vez por el mismo tipo de magia que su padre había utilizado en la posada. Pronto se encontró agotada y sin ideas, y se acurrucó en la manta para caballo junto a las puertas del templo, donde cayó en un sueño profundo y sin sueños.

4

EL INCENDIO DE LA POSADA

Miuko despertó sobresaltada al oír a alguien gritar:
—¡Fuera! ¡Tú no puedes estar aquí!

Los guijarros del camino se enfocaron mientras parpadeaba y se frotaba los ojos. Ya había amanecido; el sol hacía que la hierba que crecía en el Antiguo Camino brillara por el rocío.

—¡Malvada! —gritó alguien.

Levantó la vista a tiempo para ver a una chica salir corriendo por las puertas del templo, envuelta en un alboroto de ropas húmedas y el olor sedoso del agua del río. En la puerta, tropezó con los pies extendidos de Miuko, haciéndola gruñir de sorpresa, antes de huir en dirección a la posada.

—*¡Yagra!* —gritó alguien tras ella.

Mirando la hierba marchitarse tras los pasos de la chica, Miuko gimió. Recordaba esto, recordaba haber tropezado con el mendigo envuelto en la manta para caballo.

Esa chica éramos nosotras, dijo su voz-humana. Somos *nosotras.*

Los sacerdotes y sus antorchas no tardarían en seguirlas.

Levantándose de su posición en el suelo, Miuko flexionó las manos, estudiándolas a la luz de la mañana. No sabía por qué, pero sus dedos le parecían extraños, como si los pálidos rayos del sol penetraran ahora más en su piel, como la luz en las aguas profundas.

Sacudiendo la cabeza, volvió a ponerse los guantes. Cuando los lúgubres sacerdotes salieran por fin, probablemente habría un enfrentamiento, y ella no quería hacerles daño.

Bueno, no mucho.

Gracias a la conveniencia del fervor religioso, Miuko no tuvo que esperar mucho. Los lúgubres sacerdotes salieron de su templo con sus mejores ropajes ceremoniales (un poco raídos, pero por lo demás aceptables), portando antorchas y estandartes con la tinta tan mojada que aún goteaban cuando dejaron atrás las puertas.

—¡Esperen! ¡Alto! —Miuko se puso en marcha, apretándose la manta sobre la cabeza a modo de capucha, pero su voz, aunque más ronca, seguía siendo la de una chica, por lo que los sacerdotes le prestaron poca atención.

Frustrada, Miuko los alcanzó, con la intención de golpear al último sacerdote en el hombro —o tal vez agarrarle la manga, o el brazo, o la nuca—, pero antes de que pudiera cerrar los dedos en torno a su carne pálida y fácil de dañar, se oyó un sonido como el del viento hinchando la vela de un barco.

¡Cuidado con los hechizos de protección!, gritó la vocecita.

En un instante, Miuko salió despedida hacia atrás, como le había ocurrido con el talismán de su padre, salvo que esta vez no tropezó: voló por los aires y se estrelló con la valla del templo.

La podrida celosía de bambú se resquebrajó bajo su peso y se esparció sobre el suelo.

Aturdida y gimiendo, Miuko permaneció tumbada mientras los indiferentes sacerdotes avanzaban cantando.

Los estandartes. Debería haber sabido que si un pequeño trozo de papel podía repelerla de la posada, los hechizos de protección de mayor tamaño serían todavía más poderosos.

Parpadeó. ¿Por qué el cielo no dejaba de dar vueltas? ¿Por qué la tierra no se quedaba quieta? No sabía si aquella inestabilidad era un efecto de los hechizos de los sacerdotes o parte del malestar general que la aquejaba desde que había sido transportada al Antiguo Camino, pero el tiempo que estuvo sobre su espalda le dio la oportunidad de admitir que aún le quedaba mucho por aprender sobre ser una demonio. Al menos, esta lección la había entendido alto y claro.

Los hechizos de protección podían detenerla.

Era bueno saberlo.

Cuando por fin el mundo volvió a enderezarse, se puso en pie y olfateó el aire. El humo, nocivo y marrón, se esparcía en la brisa. Envolviéndose en la manta para caballo como si fuera una capucha, Miuko corrió hacia la posada.

Los lúgubres sacerdotes ya estaban en formación, entonando mantras; los aldeanos se congregaron, amontonados, detrás de ellos, susurrando nerviosos al observar cómo las llamas devoraban la posada.

Desde los baños del fondo, se oyó un grito:

—*¡Padre!*

Su yo del pasado.

Miuko sintió como si le hubieran dado un puñetazo en el pecho, recordando el calor de la conflagración en sus mejillas, la visión de su padre de pie entre las llamas.

Sobre la puerta principal, el talismán de papel se ennegreció y se encogió en el fuego, disipando el encantamiento protector que hasta entonces le había impedido entrar en la posada.

Entonces, tal y como había ocurrido once días antes, llegó la voz de su padre:

—¡Miuko, vete de aquí!

En algún lugar del interior, Otori Rohiro cojeaba por las habitaciones, rodeado por las llamas.

Miuko apretó la mandíbula. No había escuchado a su padre entonces, y no lo haría ahora.

Se cubrió la cabeza y los hombros con la manta para caballo, y se adentró en la posada en llamas.

Dentro, todo era luz, calor y dolor. El fuego arañaba las paredes y se extendía por el techo, rugiendo. Cubriéndose la boca con la túnica, Miuko entrecerró los ojos en medio del humo.

—¿Padre?

La cocina, le recordó su voz-humana. Allí lo encontraría, con quemaduras en el cuello y acurrucado tras las ruinas del muro exterior.

Corrió por la posada, a través de habitaciones vacías donde las esteras de paja se disolvían rápidamente en chispas, más allá de pergaminos ardientes y arreglos florales en llamas.

Se oyó un estruendo: las vigas cayeron.

Entre el humo, alguien gruñó.

¿Su padre?

Saltando sobre las vigas caídas, Miuko se dirigió a la cocina. Las ollas estaban volcadas. Las pilas de agua estaban destrozadas. Una pared se había derrumbado, a través de la cual podía ver el jardín trasero y el tejado de los baños.

Y en un rincón, acobardado por el calor de las llamas, estaba su padre, con el cuello y el hombro ampollados, y sangrando abundantemente.

A lo lejos, oyó a su yo del pasado gritar desde el patio:

—¡Padre! —Miuko se agachó a su lado, extendiendo su mano enguantada—. ¿Padre? Ven conmigo. Tenemos que salir de aquí.

—¿Miuko? —él se volvió hacia ella—. Creí haberte dicho que…

Sin embargo, al verla, sus ojos se abrieron de par en par con horror. Retrocedió, escarbando en la tierra como si pudiera enterrarse en la pared para alejarse de ella.

—No —murmuró—. No, no. ¡Tú no eres mi hija! ¡Aléjate de mí!

Miuko retrocedió, aguijoneada. Quizás en ese momento tenía la piel azul y los ojos blancos, pero el resto de sus rasgos seguían siendo los mismos.

—¡*Shaoha*! —gritó él.

Ella miró hacia la parte trasera de la posada, donde recordaba haber estado once días atrás, observando cómo el rostro de Otori Rohiro se retorcía de miedo y pavor.

—¿Qué hiciste con ella?

Desde este ángulo, su yo del pasado no podía verla detrás del muro derrumbado. Su yo del pasado no sabía que su padre se dirigía a *ella,* a la *shaoha*. Todo había sido un malentendido.

Un error.

Quizá si no hubiera huido entonces, su padre la habría abrazado entre las ruinas humeantes de la posada. Tal vez habría convencido a los sacerdotes de que no era una demonio. Tal vez la habrían ayudado. Tal vez incluso la habrían llevado ellos mismos a la Casa de Diciembre.

Sus ojos se entrecerraron.

Pero ahora no podía ser un malentendido. Estaba arrodillada junto a él. Estaba *justo allí,* hablándole. Así de cerca, él debería haberla reconocido, sin importar su apariencia. Seguía siendo su *hija*.

—*¡Desaparece de este lugar!* —rugió.

Miuko apretó los puños.

—*¡Largo! ¡No eres bienvenida aquí!*

Ella había querido volver a ser humana… ¿para esto? ¿Para ser vilipendiada por la persona que más quería en el mundo? ¿Para ser traicionada? ¿Ser expulsada? ¿Para *esto*?

No sabía cuándo se había quitado los guantes de las manos, no sabía cuándo había cruzado la distancia que los separaba, no sabía cuándo ella había enredado sus dedos en la túnica de él, haciéndolo gritar de dolor.

Pero lo supo cuando la yema de su dedo rozó su barbilla barbuda. Lo supo cuando lo oyó jadear. Lo supo cuando sintió la vida brotando de él como el agua de un manantial, fluyendo hacia ella, dándole nuevas fuerzas, nueva vida. Lo supo y lo saboreó mientras le apretaba la mandíbula entre los dedos, hambrienta de más.

5

ESPERANZA Y DESESPERACIÓN

Miuko iba a matar a su padre.

No.

Ella amaba a su padre. Tal vez él había cometido un error, pero eso no significaba que mereciera morir por ello.

Y no somos una asesina, añadió la voz en su interior.

Rápidamente, agarró a su padre, esta vez por debajo de los brazos, y lo sacó de detrás de los escombros, al patio, donde él se zafó de sus garras.

—Lo siento, padre… —empezó a decir Miuko.

Pero se había olvidado de que, para entonces, los sacerdotes también estaban en el patio.

Corrieron hacia ella, agitando sus estandartes.

Rohiro se apartó de ella de un tirón.

—Yo no soy tu padre.

—Eres mi *único* padre —dijo ella en voz baja—. Pero no sé si podré perdonarte por esto.

Él parpadeó, como si la viera —la viera de verdad, como demonio y como hija— por primera vez. Pero era demasiado tarde, Miuko no podía demorarse. Sorteó a los lúgubres sacerdotes y sus hechizos malditos y, sin mirar atrás, huyó de la aldea por segunda vez aquel día.

Miuko corrió todo lo que pudo, pero en realidad no fue mucho, porque el dolor de su corazón era demasiado intenso para soportarlo. Jadeando, se desplomó sobre el borde del Kotskisiu-maru, con la cabeza entre las manos.

De algún modo, el rechazo de su padre dolió más la segunda vez. Antes, había habido dolor, sí, pero más que eso, confusión... y la esperanza de que algún día podría volver.

Pero ¿para qué regresaría ahora?

¿Toda una vida de intentar encajar y fracasar? ¿Para ser callada, obediente, femenina? Tal vez su padre había sido indulgente con su ocasional rebeldía (los aldeanos, en cambio, apenas la habían tolerado), pero ninguno de ellos la había aceptado de verdad.

O a ella.

Tal vez eso había sido suficiente para ella, alguna vez, pero ahora que había experimentado las alternativas —libertad, aventura, aceptación—, sabía que aunque recuperara su humanidad, tal vez nunca podría volver a casa.

Por primera vez desde que habían comenzado sus desventuras, se permitió llorar. Las lágrimas brotaron calientes y rápidas, se derramaron por sus mejillas y cayeron sobre sus manos expuestas.

Seguía llorando cuando una voz, pequeña y sibilante, llegó hasta ella desde algún lugar del suelo del bosque:

—¿Qué lágrimasss? ¿Por qué llorasssss?

Sorprendida, Miuko se enderezó y se secó los ojos.

A su lado, había un espíritu no mayor que la longitud de su brazo. La pequeña criatura tenía cara de mujer y cuerpo de serpiente, blanco nacarado a la sombra, con delicadas crestas azules junto a las orejas y un par de patas delanteras inútiles, cada una de ellas con una sola garra en la punta.

Miuko resopló.

—¿Quién eres tú? —preguntó.

Encogiéndose de hombros, el espíritu arrancó la hojarasca y se pasó la lengua entre los labios.

—Nadie importante. ¿Qué problemassss, *shaoha*-jai?

Aunque todas las historias de su madre le decían que no se podía confiar en ningún espíritu que dijera ser "nadie", Miuko estaba demasiado sorprendida por la audacia del pequeño espíritu para ser precavida. Además, era una *shaoha*.

—¿No me tienes miedo? —preguntó.

—¿Qué razzzón para tener miedo?

Miuko levantó una ceja.

—¿Qué tal que podría matarte?

—Uhula no essss fuerte. Muchos pueden matarme —la cabeza del espíritu se balanceó meditativamente—. Pero ninguno lo ha conssssseguido.

Sonaba razonable.

—¿Por qué llorassss? —repitió Uhula.

Tal vez el dolor y el cansancio habían desgastado las defensas de Miuko, porque en aquel momento no quería más que permitir que todas sus insuficiencias y decepciones se derramaran sobre ella: antiestética, irregular, dañada, deficiente, cada una de ellas prueba de lo fracasada que era en realidad.

Las desveló todas al espíritu: cómo no pudo salvar a Geiki en el muelle; cómo no pudo detener a Tujiyazai cuando lo tuvo al alcance de la mano; cómo no pudo salvar la posada de su padre; y, a pesar de todo su poder y previsión, cómo no pudo cambiar nada de los acontecimientos del pasado.

Uhula escuchó con paciencia y empatía, asintiendo tan rítmicamente como un monje que se queda dormido rezando.

—Desssesperanzzzador —murmuró.

Sí. Tal vez *era* desesperanzador. Quizá los próximos once días estaban condenados a repetirse exactamente igual que la primera vez: la posada siempre ardería. Geiki siempre sería capturado. Miuko siempre acabaría siendo una *shaoha*.

—¿Por qué seguir intentándolo? —gimió Miuko, apoyando la cabeza en sus brazos. Sería mucho más fácil detenerse aquí, dejar que las cosas pasaran tal como estaban destinadas.

—Esss inútil —asintió la pequeña serpiente, tirando de algo que había en el fondo del bolsillo de Miuko. El portaincienso del *tseimi*. Había olvidado que lo tenía—. Todo essstá dispuessste.

No, susurró la voz en su interior. No podía dejar a Geiki en manos de Tujiyazai. Era su amigo. Necesitaba que ella fuera a rescatarlo de la misma forma en que él la había salvado en el cielo del castillo, fuerte y veloz como el Viento del Norte.

Temblando por el esfuerzo, Miuko levantó la cabeza y apartó débilmente a Uhula lejos de su túnica.

Las sombras habían cambiado de posición en el suelo del bosque. ¿Cuánto tiempo llevaba aquí sentada? ¿Cuánto tiempo había perdido?

—No puedo —dijo débilmente—. Debo detener a Tujiyazai…

—Esss inútil —el espíritu se había acercado aún más, Miuko se dio cuenta de que ahora flotaba por encima de su hombro—. Quédate.

Miuko quería obedecer. Sería tan fácil quedarse aquí, hundiéndose lentamente en el mantillo mientras la noche se cerraba a su alrededor, dejando que las hojas que caían la cubrieran como una manta de invierno… Ella no podía matar al *doro yagra* sin arriesgar su espíritu humano, y si no podía matarlo, entonces no podía detenerlo, así que ¿por qué…?

A menos que hubiera otra manera.

Parpadeó, luchando por aclarar sus pensamientos. Tenía que haber otra manera. De algún modo lo sabía, ya había encontrado la respuesta en algún rincón polvoriento de su memoria...

Algo está mal, dijo su voz-humana. *Levántate.*

Como en respuesta, la pequeña serpiente siseó.

—Quédate. Todo esss decepción. Todo esss catássstrofe.

LEVÁNTATE.

Gruñendo, Miuko se apartó de Uhula, que retrocedió mostrando sus pequeños colmillos. De repente, Miuko se dio cuenta de que la serpiente no era un espíritu solitario, sino un espíritu de desesperación. Sus numerosas cabezas flotaban alrededor de Miuko, arañándole el cabello y la ropa con sus pequeñas garras, canturreando con sus voces suaves y razonables que se rindiera, que se quedara donde estaba, que se quedara con ellas. Era un fracaso como hija, como monstruo y como amiga, así que ¿por qué seguir intentando demostrar que no lo era? ¿No estaría bien no volver a defraudar a nadie? Lo único que tenía que hacer era quedarse aquí sentada, justo aquí, justo así, para siempre...

—¡Aléjate de mí! —se abalanzó salvajemente sobre la cabeza más cercana, con los dedos buscando una de las muchas gargantas de Uhula.

El espíritu siseó —sus crestas azules se agitaron alarmados— y huyó, zafándose del agarre de Miuko y rozando el suelo, dejando a su paso un revuelo de hojas muertas y un olor nauseabundo a ciénaga.

Miuko volvió a desplomarse, exhausta. A su alrededor, la luz se estaba atenuando, convirtiendo los troncos retorcidos y los matorrales enmarañados del Kotskisiu-maru en sombras que gruñían, erizadas de oscuridad. Gimió. Había perdido casi un día entero a manos del espíritu de desesperanza.

Pero ahora que Uhula se había ido, la cabeza de Miuko ya se estaba despejando, y corría veloz cómo un arroyo de montaña.

No se rendiría. No abandonaría a Geiki. Tal vez no podría matar a Tujiyazai, pero si había aprendido algo en su limitado tiempo como espíritu, era que había más de una manera de detener a un demonio.

Talismanes. Estandartes. Hechizos garabateados con tinta sagrada.

Y sabía exactamente dónde encontrar los que necesitaba, pues había aprendido sobre ellos en los polvorientos recintos de Keivoweicha hacía once días, en un pergamino ilustrado. *¡El único con dibujitos!*, había dicho Geiki.

La Casa de Noviembre, donde se entrenaba a los cazadores de demonios.

Si conseguía llegar a su templo de la montaña boscosa, los sacerdotes de Nakatalao seguramente sabrían cómo detener a Tujiyazai sin dañar el cuerpo del *doro*. Pero tenía que darse prisa, pensó, recordando la visión del humo en el oeste. El templo no seguiría en pie mucho tiempo más; en dos días, cuando Geiki y su yo del pasado navegaran por la bahía, la Casa de Noviembre sería destruida por alguna calamidad desconocida.

¿Podría llegar a tiempo? No lo sabía, pero sabía que debía intentarlo. Se levantó con dificultad y sacudió las hojas muertas de su túnica.

6

ESPÍRITUS SALVAJES

Miuko tenía menos de cuarenta y ocho horas para llegar a la Casa de Noviembre antes de que tanto ésta como la montaña sobre la que se erigía se convirtieran en un *oyu*, una lamentable ruina, desprovista de toda vida, tanto mortal como espiritual.

Recordaba haber visto el humo elevarse desde las cimas de las montañas cuando ella y Geiki estaban cruzando la bahía, recordaba esa sensación de temor, por ilógica que pareciera en aquel momento, de que ella estaba de algún modo relacionada con la destrucción. Ahora, aquí estaba, rumbo al templo, y no podía evitar sentir que había tenido razón.

Estaba caminando directo a una trampa.

Pero ¿quién la tendió?, se preguntaba la vocecita en su interior. *¿Y con qué propósito?*

Por muy fuerte que fuera, corriendo por el campo sobre sus piernas de demonio, no tenía el poder de arrasar una montaña entera; ni, como le había enseñado su experiencia con los hechizos de los lúgubres sacerdotes, podía entrar en un templo protegido para masacrar a sus habitantes, sin importar si eso quería o no.

No, había otros elementos en juego, formidables e invisibles.

Robó de la cabaña de un granjero una calabaza de agua y comida para su sustento, pero los pepinos frescos y los puñados de moras de verano poco aportaron para reponer su energía y, a medida que pasaban las horas, su ritmo se ralentizaba. Se sentía diluida, delgada y difusa como la tinta en el agua.

Al amanecer, ya no podía caminar. Tras salir a trompicones del Ochiirokai, se acurrucó en el tronco hueco de un árbol, donde se sumió en el sueño y no volvió a despertarse hasta que los brillantes rayos del sol del mediodía le dieron en la cara.

Se removió, se frotó los ojos… y gritó.

El sonido resonó por todo el bosque, molestando a varios gorriones en sus nidos y haciendo que una ardilla cayera de su rama, para aterrizar con un chillido en el mantillo.

En el tronco del árbol, Miuko miraba fijamente sus manos enguantadas. Casi podía ver a través de ellas las sombras del suelo del bosque, como si su cuerpo no fuera más que un velo de seda o una pantalla de papel de arroz. Frotó con frenesí las palmas de sus manos en sus muslos, como si eso fuera a volverlas opacas.

No fue así.

Además, se dio cuenta de que no sólo se estaba volviendo transparente. Sus propias manos parecían hundirse parcialmente en sus piernas, como si su cuerpo estuviera perdiendo no sólo su visibilidad, sino su propia sustancia.

¿Era así como funcionaba la maldición? Doce días de transformación, seguidos de un par de días como demonio, y luego… ¿nada?

—Tienes problemas, *shaoha* —crujió una voz desde arriba.

Entre las copas de los árboles, apareció la cabeza de un anciano, sentado sobre un cuerpo bulboso y seis piernas enjutas, todo ello vestido con lo que parecía un andrajoso ropaje de hojas.

Por costumbre, Miuko volvió a gritar.

Haciendo una mueca, el anciano se tapó los oídos con dos dedos enjutos.

—Deja eso. Ya me despertaste, ¿eh? No puedes volver a hacerlo.

Miuko, sintiéndose culpable, hizo una reverencia.

—Lo lamento. Yo sólo… ¿quién es usted?

Él le sonrió a través de su barba de líquenes, mostrando los tocones rotos que tenía como dientes.

—¿En qué bosque crees que estás, *shaoha*?

Miuko lo miró boquiabierta. Se suponía que los *Daiganasu*, los espíritus del bosque eran nobles, señoriales, más parecidos a el espíritu de nubes, Beikai, y menos a… lo que fuera esta criatura.

Salvaje, dijo la vocecita en su interior. Como si él pudiera engullirla si le dieran la oportunidad.

Su madre siempre había dicho que los espíritus sobrevivían gracias a la fe. Si se les dejaba solos demasiado tiempo, sin oraciones ni ofrendas, podían volverse salvajes y les crecerían cuernos y colmillos. Tal vez eso le había ocurrido al espíritu del bosque de Nogadishao,[28] que bordeaba este tramo del Camino de los Mil Pasos.

Aun así, Miuko hizo una nueva reverencia, pues incluso un espíritu salvaje merecía su respeto.

—Una disculpa por despertarlo, *daigana*-jai. ¿A qué se refiere con que tengo problemas?

---

[28] ***No-ga-dishao*** significa, literalmente, "donde-enfrentarse-a-la-espada" o, si nos ponemos poéticos, "El lugar donde uno va a enfrentarse a la muerte por la espada". En la lengua de Awara, el nombre completo del bosque es Nogadishao-daiga, "*daiga*" significa "bosque".

El espíritu se acercó, trepando de una rama a otra como un insecto. A medida que se aproximaba, Miuko se dio cuenta de que era mucho más grande de lo que parecía desde lejos. Su tremendo peso hacía que los árboles se inclinaran y balancearan.

—Sólo mírate —dijo él.

Miuko miró su cuerpo desvanecido.

—¿Usted sabe qué me está pasando?

—Te estás muriendo. Raro, ¿eh?

—¿Muriendo? No creía que los espíritus pudieran...

—Oh, sí, morimos. No a menudo, pero morimos... solos, solos, siempre solos. Nuestros árboles arden. Nuestro santuario se desmorona. Nos encontramos abandonados, olvidados, cada vez más débiles, hasta que al final nuestros dominios perecen y desaparecemos del mundo como sombras... solos... —Nogadishao se encogió de hombros, haciendo que grandes terrones de tierra cayeran de sus articulaciones—. Pero tú no estás sola, ¿verdad? Yo estoy aquí, ¿eh?

—¿Y por qué está pasando esto?

El *daigana* se acarició la barba y la estudió con sus ojos de pequeñas setas blancas.

—Por casualidad, no serás una redundancia, ¿o sí? ¿Una copia? ¿Otra tú? ¿Una... *otra* tú?

Miuko se quedó boquiabierta.

—¿Cómo...?

—¡Bah! No eres tan especial. Ya ha pasado antes, ¿eh? A veces hay dos del mismo espíritu donde sólo debería existir uno. ¡Eres una intrusa aquí, *shaoha*! Una sombra.

—¿Y qué pasa con la sombra, si no pertenece? —preguntó ella.

—Es... mmm... *borrada*.

—¿Qué?

—¡Borrada! —agitó los brazos como si dispersara una nube de humo—. ¡Ja, ja!

Miuko examinó sus dedos desvanecidos. Su cuerpo estaba perdiendo sustancia mucho más rápido de lo que la maldición la había reclamado. A juzgar por la opacidad de sus miembros, calculó que un cuarto de ella ya era transparente. Si recuperaba los hechizos de la Casa de Noviembre a la mañana siguiente, podría alcanzar a Tujiyazai en Vevaona esa noche, quizá después de que su yo del pasado salvara a la chica grulla. Mucho más tiempo después de eso, sin embargo, ella tal vez sería demasiado transparente y demasiado débil para detenerlo.

Pero no podía permitirse pensar en eso.

—Por supuesto —continuó Nogadishao—, si tan sólo comieras algo, quizá se estancaría el proceso. Pareces famélica, ¿eh?

Como en respuesta, el estómago de Miuko gruñó.

—Comí algunas verduras... —comenzó.

—¡Bah! Verduras. Quiero decir, ¿has *comido* algo?

La forma en que lo dijo hizo que sus dedos se curvaran. Por un momento, se imaginó poniendo la palma de la mano en la mejilla de alguien, soñando con la dulce y fría sensación de su vida drenándose de su carne...

—¿Te refieres a que si he matado a alguien? —preguntó Miuko y jadeó.

—Eso es lo que haces tú, ¿eh? Eso es lo que te sostiene.

¡No! protestó su voz-humana. Pero no podía decirlo... En todo caso, no sinceramente. De algún modo, sabía que quitar una vida la rejuvenecería y le daría más tiempo para detener al *doro yagra,* del mismo modo que sabía que sin eso sería demasiado lenta para llegar a la Casa de Noviembre.

De nuevo, sintió que el hambre crecía en su interior. El espíritu del bosque estaba ahora a su alcance, mirándola con curiosidad desde debajo de sus grandes cejas. Lo único que debía hacer era matarlo, y tendría la fuerza que necesitaba para llegar a los sacerdotes de Nakatalao antes de la masacre.

Pero incluso cuando se imaginaba abalanzándose sobre él, podía vislumbrar otro camino desplegándose ante ella, retorcido como una enredadera. Como *shaoha* solitaria, tendría pocas esperanzas de convencer a los sacerdotes de sus buenas intenciones (por muy buenas que fueran en su cerebro endemoniado), pero si convencía al espíritu del bosque para que la llevara hasta las puertas del templo, no sólo llegaría a tiempo a la Casa de Noviembre, sino que además contaría con la legitimidad de la compañía del *daigana* para animarlos a ayudarla.

Si un espíritu salvaje como él podía considerarse legítimo, claro.

Eso es mejor que comérnoslo y perder nuestra humanidad para siempre, dijo su voz-humana, y, por mucho que no quisiera admitirlo, Miuko tuvo que estar de acuerdo.

¿Cómo convencerlo, entonces? No tenía nada más que ofrecer que una calabaza de agua vacía y un gato mágico que mataba a otros gatos, nada de lo cual sería útil para un espíritu del bosque.

Pero él estaba desesperado, salvaje y solo, y ella podía sacar provecho de eso. Sin un santuario, sin devotos que le rezaran o le dejaran ofrendas, no estaba tan lejos de convertirse él mismo en una sombra.

Bruscamente, se arrojó al suelo y se postró ante el *daigana,* que retrocedió.

—Nogadishao-kanai —dijo, apoyando la frente en la tierra—. Me alegro de haberlo encontrado.

—No, no, no, no. Yo te encontré a *ti*, ¿eh? Te descubrí en mi bosque chillando como una *baigana*.

—Al contrario —mintió ella—, me han enviado aquí a buscarlo, pues es el único que puede ayudarme.

—¿Ayudar a una *shaoha*? —cacareó—. ¡Prefiero comerme la barba!

—Sólo soy en parte *shaoha*, y ésa fue la razón por la que fui elegida. Ya ha observado, oh, Sabio, que no pertenezco a este tiempo, ¡y es cierto! Soy una emisaria enviada desde el futuro, encargada de evitar una terrible calamidad, y para ello necesito su ayuda.

Hubo una pausa y Miuko cerró los ojos, rezando para que no se diera cuenta de sus falsedades.

Desde arriba, el *daigana* refunfuñó.

—Levántate. Esto es peor que tus gritos, ¿eh? No puedo oír nada de lo que dices cuando murmuras en el suelo de esa manera.

Miuko se arregló la ropa rota y se sentó sobre sus talones.

El espíritu del bosque apoyó la barbilla en uno de sus nudosos puños y sus ojos blancos se movieron con lo que ella supuso que era curiosidad.

—Así que eres una *emisaria*, ¿eh?

Ya tenía su atención. Eso era un comienzo.

Miuko se aclaró la garganta.

—En efecto. ¿Puede ver que llevo las ropas de un sacerdote? Eso es porque he sido consagrada por los discípulos de Amyunasa para llevar a cabo una misión de suma importancia —señaló sus ropas, muy consciente de cada rasgadura, mancha y marca de quemadura. Cualquier otra persona habría sospechado inmediatamente de su aspecto andrajoso, pero el *daigana* parecía lo suficientemente excéntrico para pasarlo por alto—. Ningún humano podría haber sobrevivido fuera de su tiempo lo suficiente como para tener éxito, por eso yo era la única opción.

—¿Y qué terrible calamidad se supone que vas a prevenir, eh?

Ella tomó una inhalación profunda, lo que afinó sus facciones.

—Mañana al amanecer, la Casa de Noviembre sufrirá una grave tragedia. Los sacerdotes morirán, el templo arderá y la montaña sobre la que se alza se convertirá en un *oyu*. Sólo yo puedo evitar que esto ocurra, y sólo usted puede ayudarme, ya que, sin usted, oh, Dechado de Rapidez, no podré llegar al templo a tiempo.

Nogadishao se acercó. Olía a savia, a jabalí y a podredumbre.

—¿Tú necesitas mi ayuda? —preguntó en voz baja.

—Sí.

—Tú… —dio vueltas a las palabras entre sus dientes podridos, como si no las hubiera saboreado en siglos— necesitas *mi* ayuda.

—Sí —repitió ella—, y si usted me ayuda, su nombre jamás será olvidado. Se construirán santuarios en su honor. Los adoradores acudirán en grandes grupos hasta su bosque. Nunca más se descuidará su bosque, porque será Nogadishao-kanai, Salvador de la Casa de Noviembre.

Sus declaraciones resonaron entre los árboles con el tipo de grandiosidad reservada a timadores y falsos profetas. Por un momento, Miuko se sintió culpable por haberle mentido.

Por otra parte, razonó, no podía estar segura de si sus palabras eran falsas o no. Aún cabía la posibilidad de que impidieran la ruina. Aún cabía la posibilidad de que los sacerdotes se salvaran. ¿Quién podía saberlo? El *daigana* podría conseguir la adulación que tanto deseaba, y Miuko podría no ser una mentirosa después de todo.

Por su parte, Nogadishao pareció por un momento estupefacto. Luego, su sonrisa descompuesta se ensanchó. Sus ojos en forma de seta se hincharon. Todo su cuerpo pareció cobrar vida: los helechos de sus piernas se desenrollaron, las polillas revolotearon entre sus orejas. Se dejó caer en el suelo del bosque y le hizo señas con la mano, radiante como un niño ansioso a la puerta de una tienda de golosinas.

—¿Qué estás esperando, eh? Sube.

7

DEMONIO A LAS PUERTAS

Miuko se aferró al espíritu del bosque mientras éste trepaba por las copas de los árboles y ella le explicaba sus próximos movimientos. Primero, debían convencer a los sacerdotes de Nakatalao de que la ayudaran a detener a Tujiyazai sin recurrir al asesinato. Luego, tendrían que persuadirlos para que evacuaran la Casa de Noviembre. Hecho esto, Miuko continuaría sola hasta Vevaona, donde Tujiyazai pronto rastrearía a su yo del pasado hasta la posada.

Finalmente se durmió y, poco antes del amanecer, despertó y descubrió que ella y el *daigana* habían llegado a la entrada trasera del templo. Una puerta bermellón se alzaba ante ellos, con sus hechizos protectores tan profundos y poderosos que, incluso a una distancia de veinte metros, Miuko podía sentir la magia protectora pulsando entre sus ojos.

—Pare aquí —dijo, deslizándose por una de las piernas de Nogadishao.

Más allá de la puerta se extendía el complejo del templo, oculto en su mayor parte por una espesa pantalla de árboles. Aquí y allá, los techos de tejas inclinadas parecían brotar directamente de las copas de los árboles, como si el bosque hubiera brotado alrededor de los edificios, haciéndolos tan parte de él como cualquier ciprés centenario o pino imponente. De hecho, la única estructura que no se integraba perfectamente en la ladera de la montaña era una pagoda de cinco pisos que se erguía en una elevación cercana.

Miuko miró al cielo, pálido a la luz del amanecer.

—Tenemos que llamar su atención.

—¡No digas más, *shaoha*! —hinchando el pecho, el espíritu del bosque se irguió hasta alcanzar su altura máxima, llegando a triplicar su tamaño, y bramó tan fuerte que las copas de los árboles más cercanos temblaron con su fuerza—. ¡SALGAN, SACERDOTES! ¡TENEMOS UNA MISIÓN URGENTE DEL FUTURO!

Miuko hizo una mueca y se tapó las orejas con las manos.

—¡Agh! Adviérteme la próxima vez, ¿quieres?

Nogadishao soltó una carcajada.

—Eres demasiado delicada para ser una demonio, ¿eh?

Alertados así, los sacerdotes se reunieron rápidamente al otro lado de la puerta, donde se equiparon con magníficos estandartes pintados que casi chispeaban su magia.

—¿Qué clase de espíritu es *ése*? —preguntó alguien.

—Es un *daigana* —respondió otro.

—¡No ése! ¡La otra!

Con una amplia sonrisa, Nogadishao levantó los brazos.

—¡La *shaoha* y yo hemos venido a solicitar la ayuda de los sacerdotes de Nakatalao!

Hubo una pausa. Luego:

—¿Estás con una *shaoha*?

Alguien señaló.

—¿Eso es una *shaoha*?

—¡Creí que sólo se trataba de una leyenda!

Refunfuñando, Miuko hizo pedazos una ramita bajo su talón.

—¿Quiere darse prisa?

El espíritu del bosque levantó sus musgosas cejas.

—Son sacerdotes, *shaoha*. Necesitan un poco de pomposidad, ¿eh? —luego, volvió a dirigirse a la asamblea—: ¿Dónde está su sacerdote principal?

Uno de los hombres, ancho como una roca y de constitución sólida, atravesó las puertas. A diferencia de los demás, llevaba una faja de color llameante que recordaba al pañuelo encantado del cazador de demonios. Con la firme confianza de un viejo guerrero, la colocó en su sitio y observaron cómo él y sus portaestandartes se acercaban.

El palpitar entre las sienes de Miuko aumentó.

—Soy el sacerdote principal de Nakatalao —dijo el hombre, deteniéndose a diez pasos de ella—. ¿Qué petición harían una demonio y un *daigana* a la Casa de Noviembre?

De cerca, no parecía tan viejo como Miuko esperaba que fuera un sacerdote principal. Las arrugas apenas asomaban en las comisuras de sus ojos, no podía ser mucho mayor que su padre.

Abrió la boca para replicar, pero Nogadishao volvió a abrir los brazos y estuvo a punto de darle un manotazo en la cara.

—Una petición de suma importancia —declaró.

Sonriendo, explicó en términos extravagantes cómo Miuko no era una simple demonio, sino una gran heroína enviada desde el futuro para detener al demonio Tujiyazai y evitar que una terrible tragedia se abatiera sobre la Casa de Noviembre.

Miuko se encogió. Con su barba rebelde y su piel de corteza descamada, y las criaturas del bosque correteando por sus articulaciones, se veía ridículo, balbuceando sobre viajes en el tiempo y serios objetivos. ¿Cómo iban a creer los sacerdotes una historia así?

¿Cómo pudo pensar que este plan funcionaría?

—¿Cuál es la naturaleza de esta tragedia? —preguntó el sacerdote principal.

—No lo sé —Miuko se estremeció en una repentina oleada de frío—. Pero todos morirán, y ocurrirá pronto, apenas un poco después del amanecer, así que deben evacuar antes de que suceda.

A su alrededor, los demás sacerdotes empezaron a murmurar.

El sacerdote principal les hizo callar con un gesto de la mano. Se volvió hacia Nogadishao e hizo una reverencia.

—Es un inusual honor, *daigana*-jai. Cuando tomé mis votos, hacía décadas que nadie de nuestra orden hablaba con un espíritu, así que debo suponer que las circunstancias de su visita son bastante serias. Dígame, ¿deberíamos hacer lo que pide la *shaoha*? ¿Es digna de nuestra confianza?

A su lado, Nogadishao se rascó la barriga y desalojó a una comadreja iracunda de una de sus axilas. Ésta cayó al suelo, chirriando furiosamente, y volvió a trepar por su pierna, donde se escondió entre unos helechos.

—Tal vez se trata de una demonio, sí, pero no es una demonio *mala*, ¿eh? Ella cree en mí, y nadie había creído en mí en muchos años —uno de sus ojos de hongo se volvió hacia ella, pensativo—. Sí, harían bien en escucharla y largarse de aquí en cuanto puedan.

—Más pronto que eso —frotándose los brazos, pues la piel de gallina había aparecido en su carne azul, Miuko miró las nubes, que se tornaban sonrosadas por la luz—. Casi no nos queda tiempo.

El sacerdote principal suspiró.

—Te haremos dos hechizos, *shaoha*, para exorcizar a este demonio y atarlo en un objeto, de manera que no pueda dañar a nadie más. Reza para que *yazai* no nos encuentre por ayudar a una demonio —volviéndose, hizo un gesto a los demás sacerdotes, dando órdenes de evacuar el templo mientras él preparaba los hechizos.

En cuanto se fueron, Nogadishao levantó los brazos y estampó los dos pies delanteros, lo que hizo temblar la maleza de sus espinillas.

—¡Victoria! —cacareó—. ¿No soy convincente, *shaoha*? ¿No soy impresionante? ¡Ja, ja! Hoy no ocurrirá ninguna calamidad aquí.

Miuko quería celebrarlo con él, pero parecía no poder escapar del inquietante escalofrío que sentía en los huesos. Se filtraba a través de ella, y la hacía sentirse tensa e impaciente.

Se tranquilizó, por tanto, cuando el sacerdote principal volvió a salir, por fin, de los terrenos del templo. Flanqueado de nuevo por sus portaestandartes, entregó a Miuko dos cilindros de bambú ensartados en una simple cuerda.

—Estos hechizos fueron escritos para que los uses tú sola —dijo, levantando uno de los cilindros. Era pequeño, no más largo que su pulgar, con un tapón y un trozo de papel dentro—. Uno para exorcizar un espíritu y otro para atarlo.

Ella los tomó, con el ceño fruncido. Los cilindros le resultaban familiares, estaba segura de haberlos visto antes.

—¿Qué ocurre? —murmuró Nogadishao.

El sacerdote principal frunció el ceño.

—¿Estás disgustada? —preguntó él.

—No, yo sólo… —su voz se desvaneció.

Ya había visto antes un cilindro como éste. El recuerdo pasó por su mente: el torreón de un castillo, un beso forzado, una pelea…

Lo había visto en el cuello del príncipe demonio.

¿Qué le había dicho él cuando la encontró en Vevaona, la noche después de la matanza en la Casa de Noviembre?

Tenía que encargarme de algo cerca de aquí.

Su mente se tambaleó cuando un resplandor rojo tocó la ladera de la montaña y se extendió por el dosel del bosque y los tejados hasta llegar a Miuko y el *daigana,* en la puerta trasera.

Las campanas sonaron, anunciando el amanecer.

Y todo encajó: el escalofrío en su corazón, la crudeza de sus nervios, el hambre que le quemaba las manos. Ella tendría que haberlo reconocido antes, en los bosques de Koewa, sólo que... no esperaba encontrarlo aquí.

Pero debería haberlo sabido. La respuesta había estado justo delante de ella.

¿Quién tenía el poder de incitar la clase de masacre que había ocurrido aquí? ¿Qué ocurriría, *ahora,* si Miuko no lo impedía?

Sólo Tujiyazai.

8

ESE TEMIDO AMANECER

Miuko buscó en la arboleda el rostro llameante del príncipe demonio, sus cuernos retorcidos. Tras su primer encuentro en el Kotskisiu-maru, Tujiyazai debió darse cuenta de que su disfraz era imperfecto. *¿Me ves?*, preguntó, sorprendido. *¿Como soy?* Si Miuko había sabido que no era el *doro*, hijo preciado del clan gobernante Omaizi, sino un demonio… eso significaba que, con la magia adecuada, podría derrocarlo. Como medida preventiva, él debía haber cabalgado al encuentro de los sacerdotes de Nakatalao, los únicos con el poder de atarlo al cuerpo del *doro*.

Y los únicos con el poder para exorcizarlo de éste.

¿Había conseguido ya su hechizo vinculante? ¿Cuánto tiempo le quedaba a Miuko antes de que él obligara a los sacerdotes a masacrarse unos a otros, como había hecho con los cazadores de Koewa?

Al escudriñar el bosque en busca de señales de Tujiyazai, una oleada de frío la recorrió. Alguien dentro del complejo del templo gritó.

Los portaestandartes de los sacerdotes retrocedieron cuando los sonidos de la violencia surgieron de la Casa de Noviembre. A través de los árboles, Miuko vislumbró cómo los sacerdotes se atacaban unos a otros frente a la pagoda, empuñando cualquier arma que tuvieran a mano: urnas ceremoniales, cuerdas, vasijas de aceite ardiendo, que volaban por el aire, enganchándose en árboles y claustros de madera.

—¡Es Tujiyazai! —le gritó al sacerdote principal—. ¡Ya está aquí! ¡Todos tienen que correr!

A su lado, Nogadishao flexionó sus manos nudosas y rechinó los dientes rotos.

—¿Es esto, *shaoha*? ¿Es ésta la calamidad que se nos ha ordenado detener?

—¡No! —Miuko trató de empujarlo hacia el bosque, lejos del templo, pero su gran mole no cedió. Si Tujiyazai podía convertir a los sacerdotes en asesinos, ¿qué podría hacerle a un *daigana*?

No podía soportar averiguarlo.

—¡Tiene que salir de aquí! —volvió a empujarlo, esta vez lo bastante fuerte como para hacerle retroceder alarmado—. Por favor, Nogadishao, está en peligro…

—¡JA! ¡*YO SOY* PELIGROSO! —rugió.

Miuko quiso discutir con él, pero su atención fue atraída por el sacerdote principal y sus ayudantes que cargaban hacia la puerta de los espíritus.

—¡No! —gritó—. ¡Deténganse!

Pero nadie la escuchaba. Nadie la escuchaba nunca.

Mostrando los dientes, Miuko se arrancó uno de los guantes, corrió hacia Nogadishao y lo golpeó con la palma de la mano. Por un segundo, su fuerza vital fluyó dentro de ella, brillante como la savia e igual de dulce, antes de que retrocediera de nuevo.

—¡CORRE! —gritó.

Aullando, el espíritu del bosque se escabulló de su alcance como un perro pateado.

—Pero, *shaoha*, fue para esto que me trajiste aquí, ¿eh? Se supone que nosotros…

Ella no lo dejó terminar. Llena de energía renovada, se lanzó otra vez contra él, con los dedos curvados en fríos garfios asesinos.

—*¡TE DIJE QUE CORRIERAS!*

Tras lanzarle una última mirada confundida a Miuko, Nogadishao se alejó al galope del templo y desapareció en el bosque con un aullido angustiado.

Miuko no tenía tiempo para asegurarse de que hubiera escapado. Se colocó los hechizos de los sacerdotes como un collar, volvió a ponerse el guante y corrió hacia el templo. La puerta bermellón se había incendiado, y sus hechizos protectores se desvanecían: la tinta añil burbujeaba y se evaporaba en la conflagración. Sin vacilar, saltó entre las llamas y se precipitó por el camino. Los sacerdotes luchaban a su alrededor, forcejeando y arañando con las manos desnudas; el fuego devoraba los árboles y los claustros de madera.

Encontró al sacerdote principal luchando contra sus propios discípulos frente a un altísimo ídolo de Nakatalao. Los estandartes se habían convertido en garrotes. Las pértigas se habían convertido en picas. De entre todos, sólo el sacerdote principal parecía no haber sido afectado, tan inmune a los poderes de Tujiyazai como lo había sido el *kyakyozuya*.

Miuko corrió a través del tumulto y lo arrastró lejos de sus ayudantes, que se volvieron unos contra otros en cuanto perdieron de vista al sacerdote principal.

—¡Es demasiado tarde! —gritó Miuko cuando él se zafó de su agarre—. Tienen que huir de aquí. Si al menos uno de ustedes consigue escapar, aún podrían reconstruir…

Pero un rugido del bosque hizo que las palabras se convirtieran en ceniza en su lengua.

¿Nogadishao? Su corazón se hundió. ¿Había fracasado en salvarlo después de todo?

Pero no era el *daigana*.

Desde lo alto de las copas de los árboles, se alzó la inmensa forma de un espíritu, un gigante con piel de piedra, tan grande que sumió todo el templo en su sombra. Las llamas ardían en las fosas de sus ojos y a lo largo de sus hombros inclinados; incendió el bosque al precipitarse hacia la Casa de Noviembre.

La tierra tembló, sacudiendo los árboles y haciendo que los edificios del templo se balancearan sobre sus cimientos.

El sacerdote principal inhaló bruscamente.

—Es el espíritu de nuestra montaña —dijo—. Sólo que ahora es un *yasa*.[29]

Horrorizada, Miuko vio cómo la criatura demolía un pórtico pintado con un solo golpe de sus enormes patas delanteras.

Así que esto era lo que los poderes de Tujiyazai hacían a los espíritus. Los convertía en demonios.

—Debe haber sentido un disturbio aquí y vino a detenerlo —el sacerdote volvió sus ojos inyectados en sangre hacia Miuko—. ¿Qué mal trajiste sobre nosotros?

Ella lo golpeó en la cara con la mano enguantada, y se sobresaltó por la violencia de su acto. ¿Había querido pegarle?

No tenía tiempo para preguntárselo.

—Tienes mejores cosas que hacer ahora que regañarme, sacerdote —gruñó—. La montaña entera se va a convertir en un *oyu* si no te espabilas. Ahora, escúchame. *¿Puedes atar al* yasa *de la montaña?*

---

[29] ***Ya-sa*** (yah-sah): literalmente, "forma maligna".

Él debería haberle tenido miedo —y tal vez así era—, pero la bofetada parecía haber despertado al espíritu guerrero que Miuko había visto antes en el sacerdote, porque asintió.

—Puedo hacerlo. ¿Qué harás tú, *shaoha*?

Miuko agarró los hechizos que colgaban de su cuello.

—Voy a encontrar a Tujiyazai y ponerle fin a esto.

Enseguida, corrió montaña arriba hacia la pagoda. No podía sentir al príncipe demonio más allá del frío sobrenatural que invadía el terreno, pero desde la cima de la cresta sería capaz de divisarlo, dondequiera que estuviera entre la devastación.

Al llegar a la escalinata de la pagoda, otro temblor sacudió el templo. Al girarse, vio cómo el *yasa* de la montaña demolía el ídolo de Nakatalao, agitando sus brazos en llamas, mientras los sacerdotes se clavaban en sus pies de piedra como decenas de hormigas.

Entonces, por el rabillo del ojo: un destello bermellón. El sacerdote principal, con su faja brillante, corría hacia la estatua caída, donde sus discípulos estaban luchando y muriendo. Corrió hasta los pies del *yasa* y pegó un pedazo de papel al tobillo del gigante.

Un hechizo.

Desde su posición ventajosa en la pagoda, Miuko observó cómo el sacerdote principal levantaba algo con las palmas de las manos —un cuenco de arroz, supuso ella, un simple cuenco de arroz— y con un rugido, el *yasa* de la montaña se empezó a desvanecer, succionado hacia abajo como por un desagüe. Su gran forma se encogió hasta no ser más alta que un árbol, un tejado, un poste de valla, una jarra de agua, una toronja...

La tierra se aquietó.

Por el rabillo del ojo, Miuko divisó una figura familiar, alta y elegante, que paseaba serenamente por el patio en el centro del templo.

¿Tujiyazai?

Pero antes de que ella pudiera mirar con más atención, hubo más movimiento cerca de la estatua rota de Nakatalao. Cuando el sacerdote principal se llevó el cuenco de arroz al pecho, uno de sus discípulos, con un ojo morado y vestido con ropas ensangrentadas, salió cojeando de entre los escombros. Gritando, se abalanzó sobre el sacerdote principal y lo atravesó con un cuchillo de cocina.

Dentro y fuera, dentro y fuera... la hoja centelleaba a la luz de la mañana.

En la ladera, Miuko gritó.

En el patio, Tujiyazai se detuvo, mirando a su alrededor como si la buscara.

Una vez, en el castillo de los Ogawa, Miuko había pensado en él como una persona solitaria; pero ahora, al verlo rodeado de una destrucción tan impenitente, comprendió que él nunca podría sentirse solo, porque no deseaba compañía.

No, lo que deseaba era el sometimiento, y eso significaba que siempre estaría solo, por encima de todos los demás.

A menos que ella lo detuviera.

Junto a la estatua caída, el sacerdote principal se derrumbó sobre el suelo, y el cuenco de arroz que contenía el espíritu de la montaña cayó de sus manos sin vida. Con un grito de dolor, su asesino dejó caer el cuchillo y se alejó cojeando del lugar.

A Miuko se le helaron los huesos al bajar corriendo los escalones de la pagoda: Tujiyazai debía estar retirando su poder. En los jardines y entre los árboles, desparramados por los umbrales y colgando de las ventanas, los sacerdotes de Nakatalao yacían muertos o moribundos.

Ella podría haberse detenido por ellos. Una parte de ella quería hacerlo.

Pero ya era demasiado tarde.

Sin embargo, aún estaba a tiempo de salvar a los sacerdotes de la Casa de Diciembre.

Al llegar al ídolo caído de Nakatalao, arrancó la banda bermellón del cuerpo del sacerdote principal. Si podía hacer llegar los hechizos a los sacerdotes de Amyunasa antes de que terminara la semana, ellos sabrían cómo protegerse de Tujiyazai cuando llegara a los Dientes de Dios.

Se envolvió en su túnica y dio media vuelta hacia el patio, donde había visto por última vez al príncipe demonio. Todo estaba en calma ahora, salvo por las llamas, que devoraban con avidez los edificios del templo, derribando paredes, tejados e incluso la pagoda en su colina.

Miuko se arrastró por las ruinas, con los sentidos agudizados por la emoción de la cacería, hasta que lo divisó a través de una sala de oración en llamas. Deambulaba por uno de los senderos, observando el fuego crepitar a su alrededor como si se tratara de una ópera —conmovedora, magnífica— y él, su único mecenas.

Desenrollando el hechizo de exorcismo de su cilindro, Miuko lo acechó a través del humo.

Y luego: un movimiento a lo largo de la pasarela.

El discípulo que había asesinado al sacerdote principal había sobrevivido. Aturdido, cojeó hacia el príncipe demonio.

—*Doro*-kanai, ¿qué está haciendo? ¿Sabe lo que ha pasado aquí? Tuve las visiones más terribles… Creo… —un sollozo burbujeó en su garganta—. Creo que he hecho cosas terribles... —incapaz de seguir caminando, cayó de bruces a los pies de Tujiyazai.

El *doro yagra* se arrodilló y sonrió casi con benevolencia. Con un movimiento fluido, atravesó la garganta del sacerdote con un cuchillo. Con una especie de insípida curiosidad, observó cómo la sangre manaba de la herida y se derramaba sobre la grava.

Está distraído, susurró la vocecita en el interior de Miuko.

Era su oportunidad.

Miuko saltó de entre las sombras, sin preocuparse de que la oyeran. Chocaba con la maleza a su alrededor en su carrera hacia la figura agazapada de Tujiyazai. Ya casi había llegado. Sólo tenía que alcanzarlo antes de que él...

Un dolor repentino la hizo tropezar. Unas palabras estaban apareciendo en la carne de su brazo, talladas allí como por una mano invisible.

No, murmuró su voz-humana. *No son palabras.*

Un nombre.

Miuko estaba siendo invocada.

¡No! Ahora no. ¡No cuando estamos tan cerca!

Ella se lanzó hacia delante, decidida a atraparlo. Lo único que tenía que hacer era aguantar lo suficiente...

Tujiyazai estaba de pie ahora. Tal vez la había oído a sus espaldas. Estaba empezando a girarse.

Pero ella era demasiado rápida para él, aún rebosante de la energía que había extraído de Nogadishao.

Un segundo más y lo tendría.

Miuko levantó el hechizo de exorcismo, el fino papel se desenrolló alrededor de sus dedos, su palma, su muñeca...

Y entonces se fue, dejando al *doro yagra* solo en el sendero y la Casa de Noviembre ardiendo a su alrededor.

9

UN GIRO DEL DESTINO

Miuko llegó gritando y no se detuvo.

Atrás había quedado el olor de los edificios en llamas. Atrás había quedado el crepitar de los árboles. Habían sido sustituidos por estrechas habitaciones y los sofocantes olores de la medicina y el incienso: hierbas colgando de las vigas, botes de ungüentos amontonados en los estantes.

La casa de un médico.

—¡Eres una mujer terrible! —gritó alguien—. ¿Cómo te atreves a entrometerte…?

Gruñendo, Miuko giró sobre un hombre barrigón sentado frente a su desayuno. Aunque no hacía mucho que había amanecido, apestaba a vino, como si se filtrara por sus poros en lugar de sudor.

Ella no sabía cómo había sabido que se trataba del hombre cuyo nombre había sido grabado en su brazo, pero lo sabía con tanta certeza como el hambre que sentía en las yemas de los dedos y la fuerza de sus miembros. Al verlo, un instinto profundamente arraigado surgió en su interior como una ráfaga de frío, hambrienta de muerte.

No importaba quién fuera él.

No importaba qué hubiera hecho.

Ella era una demonio malévola, y había sido invocada para acabar con él.

¡No!, gritó la vocecita en su interior. *Se supone que no debemos...*

Miuko arremetió.

Chillando, el doctor se puso en pie de un salto —con las prisas, se golpeó la cabeza con la parte inferior de uno de sus estantes— y, antes de que Miuko pudiera alcanzarlo, cayó desplomado al piso.

Por fortuna, quedar inconsciente probablemente le salvó la vida, ya que la sorpresa fue suficiente para detener a Miuko en seco.

Su voz-humana tenía razón. Ella no quería matar a este hombre.

Quería a Tujiyazai.

Debía ser la demonio malévola más cercana cuando había sido invocada, lo que significaba que no podía estar lejos de la Casa de Noviembre. Aún podía estar a tiempo de atrapar al príncipe demonio antes de que él llegara con su yo del pasado en Vevaona.

Tras enrollar de nuevo el hechizo de exorcismo en su cilindro de bambú, salió corriendo de la casa del doctor, esperando encontrarse en algún lugar del Camino de los Mil Pasos, tal vez en los bosques de Nogadishao.

Pero la visión de su entorno la detuvo en seco.

No estaba en el Ochiirokai. Ni siquiera estaba en un bosque.

Se encontraba en un ancho sendero entre campos de melones, que descendía desde la casa del médico hasta una playa de arena blanca, una ensenada desconocida.

No.

Girando, buscó en el horizonte el fuego del templo.

Allí estaba, tan al norte que el humo ondulante parecía, a esa distancia, poco más que una tenue bruma, como la de un fuego de cocina o una varilla de incienso.

Miuko soltó otro grito. Había estado tan cerca —unos segundos más y Tujiyazai habría sido suyo— y la pérdida de todos esos sacerdotes, el *yasa* de la montaña, y Nogadishao, también, lo que sea que le hubiera pasado a él, habría valido la pena.

¿Sí?, preguntó su voz-humana.

Miuko la ignoró y arremetió contra las ventanas enrejadas de la casa del médico, que se rompieron como astillas bajo sus puños.

Mucho más que un día de viaje la separaba ahora de Vevaona. Incluso con la energía que había drenado de Nogadishao, nunca sería capaz de atrapar a Tujiyazai antes de volverse demasiado débil para detenerlo.

Gritó otra vez —iracunda, impotente, desconsolada— y se desgarró la ropa. Había fracasado. Se desvanecería del mundo como un mal sueño, dejando a Geiki y a los sacerdotes a merced del príncipe demonio.

—¿Lo hiciste? —gritó alguien.

Una chica delgada, tan afilada de pómulos como de rodillas, se acercó montada en un caballo gris. Se apeó delante de Miuko y se apartó el cabello de la cara.

—¿Lo mataste?

Miuko la miró fijamente: el brazo de la chica, al igual que el de Miuko, sangraba por una serie de cortes profundos.

La invocadora.

—¡Tú! —Miuko saltó hacia ella. *¿Ésta* era la persona que la había arrancado del templo? *¿Ésta* era la persona que la había alejado del príncipe demonio?—. *¿Tú* hiciste esto?

Aullando, la chica trató de huir, pero Miuko la tomó por detrás de la túnica y la tiró al suelo.

—¿Cómo pudiste? —Miuko saltó sobre ella y comenzó a rasgar su ropa—. ¿Cómo te atreves?

—¡Él mató a mi padre! —debajo de ella, la chica se agitaba y luchaba con una fuerza enérgica y rabiosa que desmentía su esbeltez—. ¡Estaba demasiado borracho para darse cuenta de que había mezclado el medicamento de mi padre y lo mató! Se *suponía* que tú debías matarlo a él —se agitó y estuvo a punto de derribar a Miuko.

Miuko la empujó hacia abajo. Quitándose un guante con los dientes, alcanzó la barbilla puntiaguda de la chica.

¡DETENTE!, gritó su voz-humana.

De nuevo, Miuko la ignoró. Quería esto. Necesitaba esto.

Castigar a alguien. Matar algo. Llevarlo a su conclusión rápida y fatal.

Pero la voz no se acalló. *¡No puedes! ¿Una chica delgada con el cabello corto? ¿Una chica en un caballo gris? ¡Levanta la mirada, Miuko! ¿No lo ves? Es…*

Miuko parpadeó y miró a la yegua gris de la chica, de cuya silla colgaban varias vueltas de cuerda.

—¿Roroisho? —susurró.

La yegua asintió, aunque no era un caballo pensante, por lo que quizás estuviera asintiendo por otros motivos, tal vez relacionados con la mosca que le zumbaba en la oreja izquierda o con un persistente espasmo en el cuello.

Pero *era* Roroisho, Miuko la habría reconocido en cualquier parte a esas alturas. El mismo caballo que ella y Geiki habían montado inexpertamente para salir de Vevaona; el mismo caballo que, según los apresurados cálculos de Miuko, estaría allí mañana por la mañana, cuando el *atskayakina* llamara a la puerta de su yo del pasado, para declarar jubiloso que el posadero les había regalado un caballo…

Con un grito, la chica se quitó de encima a Miuko de una patada.

—¡Si hubiera sabido que intentarías matarme a *mí,* me habría lanzado yo misma a Izajila y nos habría ahorrado a las dos la molestia de invocarte!

¿Esto es Izajila?, murmuró la vocecilla mientras Miuko miraba hacia la ensenada. *Eso significa…*

Miuko estaba cerca del santuario de Beikai, le Hije del Viento del Norte que le debía un favor.

Una lenta sonrisa se dibujó en los labios de Miuko. Quizá la invocación no había interferido en sus planes, después de todo. Tal vez, de hecho, había sido un instrumento para su éxito.

Si la chica cabalgaba hasta Vevaona ahora (podría conseguirlo a caballo, si lo hacía con la rapidez suficiente), podría dejar a Roroisho al cuidado temporal del yo del pasado de Miuko. Luego podría seguir a pie hasta los bosques de Koewa, para rescatar a Geiki del cazador de demonios, decirle que volara al castillo de los Ogawa y recuperar su caballo. Mientras tanto, Miuko podría cobrar el favor que Beikai le debía. El espíritu de nubes había dicho que no podía transportar humanos, pero Miuko ya no era estrictamente humana, así que Beikai debería ser capaz de transportarla directamente hasta Tujiyazai, dondequiera que se encontrara en el Camino de los Mil Pasos, y allí, con los hechizos que había recabado de los sacerdotes de Nakatalao, Miuko podría detenerlo de una vez por todas.

Era tan perfecto que casi parecía obra del destino.

El único problema era que la chica estaba por marcharse. Ya estaba en pie, sacudiéndose el polvo de la túnica, mientras se tambaleaba hacia su caballo.

—¡Espera! —Miuko corrió tras ella—. ¡Por favor, necesito tu ayuda!

La chica ni siquiera miró atrás.

—¡Tú eras quien debía ayudarme a mí! ¡Vete!

—Por favor, sólo necesito que lleves tu caballo a Vevaona y se lo des a una chica llamada Otori Miuko...

La chica soltó una carcajada cortante al agarrar el cuerno de la silla de montar de Roroisho.

—¿Estás bromeando? De ninguna manera.

El pánico se apoderó entonces de Miuko. La chica no la ayudaría.

Sin Roroisho, Geiki y el yo del pasado de Miuko serían capturados por los fantasmas en el Ochiirokai o acosados en Koewa. Geiki sería capturado por el cazador de demonios, y Miuko acabaría muerta sobre las losas del castillo de los Ogawa.

No tendrían la más mínima posibilidad.

Agarró a la chica por el hombro.

—¡Por favor, espera! Si me dejas explicarte...

Con un gruñido, la chica se zafó de su agarre.

Por un segundo, Miuko pudo sentir cómo su futuro se desintegraba a su alrededor, rápido como la arena deslizándose entre sus dedos.

¿Todo este poder? ¿Toda esta oportunidad?

No podían ser en vano.

No dejaría que fueran *en vano*.

De las profundidades de su memoria, las palabras de Tujiyazai surgieron como humo: *Demonios más viejos que yo han convertido en esclavos a sus invocadores cuando consideraron que su odio no era digno de una muerte.*

Miuko no había matado al médico (aunque eso había sido por accidente más que por designio), y eso significaba que no tenía que *pedir* la ayuda de la chica.

Podría tomarla.

No, le susurró su voz-humana.

Miuko frunció el ceño. La chica no le estaba dando opción, ¿verdad? *Debía* hacer esto. Debía salvar a Geiki. Y a los sacerdotes.

Y a ella.

El mismo instinto que le había dicho que debía matar al médico le decía ahora cómo tomar a una esclava. Casi inconscientemente, levantó la mano expuesta hacia el esternón de la chica, sobre su corazón.

A la chica se le cortó la respiración. Sus pupilas se dilataron.

Entre los dedos de Miuko, se oyó un chisporroteo, como hielo bailando sobre una estufa. La chica gritó, tropezando hacia atrás y agarrándose el pecho.

Y estaba hecho.

La chica se enderezó. Sus ojos grises estaban tan apagados como los de cualquiera de los esclavos de Sidrisine. A pesar de que sus rasgos afilados y esbeltos no habían cambiado, Miuko pensó que ya ni siquiera parecía la misma chica, sino una muñeca, a la que había que vestir y hacer posar como su dueña creyera conveniente.

¿Qué hemos hecho?, susurró la vocecita en su interior.

Miuko tragó saliva, tratando de ignorar la culpa que se acumulaba en su vientre. En voz baja, le explicó a la chica lo que debía hacer a continuación: cabalgar hasta Vevaona, dejar el caballo en la posada para Otori Miuko, rescatar a un chico en los bosques sobre Koewa y decirle que volara de inmediato al castillo de los Ogawa. Después de eso, sería liberada de su esclavitud y podría hacer lo que quisiera.

Como era de esperar, la chica se trepó al lomo de Roroisho.

—Sólo serán unos días —dijo Miuko, más para tranquilizarse a sí misma que a la chica, que no había mostrado reacción alguna a sus órdenes—, y luego serás libre otra vez.

¿Otra vez?, susurró su voz-humana.

Lo que había hecho la golpeó entonces, como no lo había hecho antes, haciéndola sentir náuseas. Le había quitado la *libertad* a la chica. La había despojado de sus opciones, del mismo modo que Miuko había sido despojada de sus opciones todos los días de su vida.

Hablar como quisiera. Ir adonde quisiera. *Ser* lo que quisiera.

Desaparecidas.

Miuko había sido una chica de Awara durante diecisiete años, y sólo había necesitado tres días como demonio para doblegar a otra persona a su voluntad. Ni siquiera había sido tan difícil: el poder estaba ahí y ella tan sólo lo había utilizado.

Lo único que tenía que hacer era no cuestionarse a sí misma.

En silencio, la chica giró a Roroisho hacia el norte, hacia Vevaona.

—¡Espera! —gritó Miuko.

A su orden, la chica se detuvo.

Miuko intentó traerla de regreso. Apretó los dedos contra el pecho de la chica, tratando de que su libre albedrío volviera a su cuerpo como el agua que brota de un manantial. Empujó con más fuerza, ordenándose a sí misma que lo hiciera.

Nada pasó.

Miuko había tomado algo de ella, algo vital y precioso, y aunque se lo devolvería en cuestión de días, nunca tendría que habérselo quitado. Había cometido un error, y algunos errores no podían deshacerse.

De algunas decisiones no se puede volver nunca.

Derrotada, Miuko dejó caer la mano a su lado.

—¿Cómo te llamas? —preguntó en voz baja.

La voz de la chica sonó apagada, desprovista de la chispa que le había infundido momentos antes:

—Kanayi.

—Lo siento mucho, Kanayi.

Pero Kanayi no respondió y, al cabo de un momento, se separaron en silencio.

10

EL FAVOR

Una vez disipada la energía que Miuko había drenado de Nogadishao, Miuko se sintió más débil que nunca. En el camino hacia el norte, hacia el santuario de Beikai, la debilidad de sus miembros la obligó a detenerse varias veces junto al camino, donde sentía cómo se iba filtrando lentamente en el musgo, como sangre derramada.

A ese ritmo, no llegó al santuario sino hasta el atardecer, y subió a trompicones los escalones hasta el ídolo de piedra de Beikai, donde se desplomó y tiró accidentalmente varias ofrendas del altar. A falta de fuerzas (o de voluntad) para volverlas a acomodar, tocó con la frente el frío suelo del santuario.

—Beikai-jai, soy yo, Otori Miuko —suplicó—. Me debe un favor. He venido a cobrarlo.

El ídolo no respondió.

El sol desapareció en el agua.

Allí, entre los regalos de vino, monedas y papel, Miuko cayó en un sueño exhausto del que no despertó hasta mucho más tarde, cuando una ráfaga de viento helado le subió la túnica hasta los muslos.

Se incorporó con un grito y acomodó su ropa hecha jirones en su sitio.

El cielo nocturno estaba encapotado y, bajo las nubes, Beikai, el Niñe del Viento del Norte, estaba parade ante el santuario, radiante con sus vaporosas túnicas blancas.

—Te ves diferente —dijo elle, ladeando la cabeza hacia Miuko—. ¿Esa faja es nueva?

Miuko bajó la mirada y recordó la envoltura bermellón que le había robado al sacerdote principal de Nakatalao. Casi lo había olvidado: tenía que llevársela a los sacerdotes de la Casa de Diciembre antes de que Tujiyazai fuera por ellos.

Le espíritu frunció los labios.

—No, no es eso. Has sido transportada de tu verdadero lugar en el tiempo, ¿verdad?

¿Cómo es que todo el mundo sigue adivinando eso?, se preguntó su voz-humana.

Beikai chasqueó los dedos para llamar la atención de Miuko.

—Bueno, ¿qué quieres? Soy un espíritu ocupade, ya sabes. No tengo tiempo para perder el tiempo con *shaohasu*.

No quería irritar al espíritu de nubes todavía más. Miuko explicó su petición a toda prisa:

—Necesito transporte a la Casa de Diciembre, para poder decirles a los sacerdotes que hagan fajas como éstas, y luego con Tujiyazai…

—¿Tujiyazai? —interrumpió el espíritu de nubes—. Creía que era una leyenda.

—Es muy real, y muy peligroso, y necesito detenerlo.

—Pero ¿puedes? —Beikai entrecerró los ojos—. ¿Detenerlo?

Miuko apretó los dos cilindros de bambú en su puño.

—Tengo que hacerlo. Los sacerdotes hicieron estos hechizos especialmente para mí. Soy la única que puede usarlos.

El espíritu de nubes chasqueó los dedos ante el cuerpo de Miuko, casi transparente a la tenue luz.

—Estarás medio muerta por la mañana, *shaoha*. Así como estás, no tienes lo necesario para derrotar a un demonio tan poderoso como Tujiyazai.

—Por eso debemos irnos *ya*. Cuanto más espere, más débil estaré.

—Entonces, no esperes. Salta hacia donde perteneces. Serás lo suficientemente fuerte en tu propio tiempo para destruir a quien te plazca.

No queremos destruir..., empezó la vocecilla, pero antes de que pudiera continuar, Miuko se abalanzó ansiosa sobre Beikai, a punto de agarrar las manos suavemente brillantes de el espíritu de nubes.

—¿Puede hacerlo? ¿Llevarme hacia adelante en el tiempo?

—Para nada.

—Entonces, ¿cómo?

—Necesitas a Afaina, el Dios de las Estrellas. Es el único que puede ayudarte ahora.

—¿Puede llevarme con *él*, entonces?

Beikai se cruzó de brazos.

—Podría, pero sólo te debo un favor, *shaoha*. Puedo tomar tu faja y avisar a tus sacerdotes, o puedo llevarte con Afaina, pero no haré las dos cosas.

Miuko le enseñó los dientes al espíritu.

—¡Pero eso no es justo!

—¿Justo? —elle se irguió y, por un segundo, pareció mucho más alte de lo que su vieja forma arrugada sugeriría—. Soy un *espíritu de nubes*. Tú eres un *demonio*. Yo decido lo que es justo, y *tú* lidias con eso.

Por un instante, Miuko sintió el repentino impulso de rodear con sus manos el cuello arrugado de Beikai, pero el desvanecimiento de sus miembros espectrales le dijo que tal asalto sería desaconsejable. Si estaba demasiado débil para luchar contra Tujiyazai, no le iría nada bien contra un semidiós. En lugar de atacarle, se conformó con una buena mirada fulminante, pero eso no era ni una amenaza efectiva ni un argumento persuasivo, así que nada pasó.

Miuko se mordió el labio.

La decisión parecía obvia. Disponía de un puñado de horas, como mucho, antes de convertirse en poco más que un fantasma, con la mitad de sus fuerzas y desvaneciéndose a cada segundo. Pocos días después, sería casi completamente translúcida, varada en el tiempo equivocado y demasiado débil para llegar a los Dientes de Dios antes de disolverse en la nada.

Debía pedirle al espíritu de nubes que la llevara hasta Afaina, quien la transportaría hasta el muelle ocho días después. Entonces utilizaría los hechizos para exorcizar a Tujiyazai del cuerpo del *doro* y atarlo dentro de uno de los pilotes carcomidos por la sal… o un flotador de pesca… o un gusano. El demonio sería derrotado, Geiki y los sacerdotes se salvarían, y no necesitarían las fajas bermellón.

Excepto… su voz-humana comenzó. *Aunque Beikai nos lleve con Afaina, no hay garantía de que él vaya a ayudarnos.* Ella podría pasar sus últimos días abandonada en algún rincón lejano de Ana sin ninguna forma de volver para ayudar a sus amigos, ahora o en el futuro.

Geiki.

Meli.

Hikedo.

No, debía protegerlos ahora, mientras pudiera.

Con una seguridad que no acababa de sentir, Miuko retiró el envoltorio rojo y se lo tendió a Beikai.

—Por favor, avise a los sacerdotes de la Casa de Diciembre que necesitarán más de éstos dentro de ocho días, cuando Tujiyazai llegue a sus costas.

—¿Eh? —dijo el espíritu—. Me sorprendes, *shaoha.* A mi edad, eso no es fácil de hacer —tomando la faja, Beikai extendió los brazos.

La niebla se elevó desde la ensenada, bordeando sobre el acantilado y a través del suelo del santuario, donde se arremolinó sobre su forma humana y le oscureció por completo.

Miuko hizo una reverencia.

—Gracias.

La niebla se agitó a su alrededor, como si estuviera molesta, antes de ascender hacia el cielo, llevándose consigo a Beikai. Las gotas de lluvia salpicaron el rostro de Miuko, que había vuelto hacia arriba para observar al espíritu navegar hacia el norte.

Sorprendida, se tocó las mejillas; las yemas de sus dedos enguantados se humedecieron. La última vez que había estado en el Camino de los Mil Pasos, el cielo estaba perfectamente despejado, sin la más mínima posibilidad de lluvia.

Ahora que Beikai se dirigía hacia el norte, se pronosticaban lluvias.

Miuko se permitió una pequeña sonrisa. No sabía cómo localizaría a Afaina antes de que se le acabara el tiempo. No sabía si conseguiría volver al futuro. Pero en ese momento, no podía evitar preguntarse si el espíritu de desesperanza se había equivocado después de todo. Quizás ella sí podría cambiar las cosas.

Lo único que necesitaba era el favor de un semidiós.

11

BAIGANASU

Miuko suspiró y examinó sus manos enguantadas, tan transparentes ahora que casi podía leer las inscripciones del altar de Beikai a través de las palmas. El espíritu de nubes tenía razón: no estaba en condiciones de derrotar a Tujiyazai. Dado el estado de su cuerpo fantasma, ni siquiera se creía lo bastante fuerte para el viaje de vuelta al Ochiirokai, lo que le dejaba una única opción: tenía que encontrar a Afaina.

El único problema era que no tenía la menor idea de cómo hacerlo. Con un gemido, se desplomó contra la espalda del ídolo de Beikai y se deslizó hasta el suelo con la cabeza entre las manos, como si eso la hiciera pensar con más claridad.

Por desgracia, un alboroto a la entrada del santuario le impidió formar un solo pensamiento coherente. Al asomarse tras la estatua, vio con la boca abierta cómo una tropa de monos salía de entre los árboles. Vestidos con cortas túnicas rojas, subieron los escalones del santuario, donde de inmediato se apoderaron de los regalos dejados en el altar del espíritu de nubes.

—¡Mira, mira! —gritó una, poniéndose una cadena de papel como si fuera una corona. Luego, se metió una bola de arroz rancio en la boca y añadió—: ¡El viejo Gruñón nos deja un festín esta vez!

Miuko jadeó. Eran *baiganasu*, espíritus de mono, como los que había visto en el salón de juego de Sidrisine. Habían dicho que había otro grupo cerca de Izajila, ¿no? Quizá fuera éste. Ululando, rebuscaban entre las ofrendas de Beikai, probaban las monedas con los dientes y sorbían los duraznos medio podridos, para escupir enseguida los huesos al suelo.

Su madre le había advertido sobre los *baiganasu*. Aunque a menudo se decía que los espíritus de monos llevaban a los viajeros perdidos hasta un lugar seguro, al igual que los *atskayakinasu*, también eran embaucadores, y Miuko podía recordar varias historias en las que hombres perdidos en los campos habían seguido las *baigavasu* —o "luces de mono"— fuera de los acantilados o hacia las guaridas de osos hibernantes. Para evitar que tales percances ocurrieran con demasiada frecuencia, los humanos solían dejar regalos para los *baiganasu* en los bordes de los bosques o en los altares de los caminos, donde los espíritus de monos podían recogerlos al pasar a toda velocidad en su trineo mágico, rozando el paisaje con una ráfaga de viento.

Cuando estaba sumida en sus pensamientos, un pequeño *baigana*, con la nariz y la cola no más largas que el antebrazo de Miuko, se asomó por encima de la estatua. Sus ojillos se abrieron de par en par al lanzar su chillido:

—¡Ah, ah!

De inmediato, la *baigana* de la corona de papel ya estaba a su lado. Lo acercó a su pecho y señaló a Miuko.

—¡Tú no eres el Viejo Gruñón!

—¿Viejo Gruñón? —Miuko se puso en pie—. ¿Te refieres a Beikai?

—No, yo…

Una naranja mohosa la golpeó, seguida de una ráfaga de cenizas de incienso, que flotaron a su alrededor como la nieve.

—¡Hey!

—¡Eres una *shaoha*! —gritando, la espíritu de mono arrojó una botella de vino en dirección a Miuko—. ¡Dama Demonio! ¡Dama Demonio!

Miuko la atrapó gracias a sus reflejos demoniacos y la estrelló contra el altar. El vino y los cristales salpicaron todo.

—¡Mi *nombre* es Miuko!

La *baigana* enseñó los dientes en lo que bien podía ser una amenaza de violencia o una sonrisa burlona.

—¡Mi *nombre* es Miuko! —la imitó. Luego, tomando otra botella, la estrelló contra los escalones.

Chillando, un segundo *baigana* sacó una espada corta de una vaina que llevaba al cinto.

—¡Mi *nombre* es Miuko! —gritó él.

—¡Dejen de imitarme! —espetó Miuko, algo que por supuesto provocó un fuerte coro de "¡Dejen de imitarme! Dejen de imitarme!".

Los *baiganasu* bailaban a su alrededor, meneando el trasero.

Miuko apretó los dientes, luchando contra el impulso de agarrarlos por el cuello y apretarlos hasta que se les salieran los ojos del cráneo.

Pero no podía hacerlo.

No después de Nogadishao. No después de Kanayi.

Al ver que se negaba a luchar y que, por lo tanto, tenía poco valor como entretenimiento, los espíritus de monos se calmaron. Algunos de ellos murmuraron, con lo que Miuko sospechó que era decepción.

—¿Por qué no luchas contra nosotros? —preguntó la de la corona de papel.

—¿*Quieren* que luche con ustedes?

—No, no. La verdad es que no.

—Genial.

La *baigana* pareció pensárselo y se jaló el pelo de la barbilla.

—¿A qué has venido entonces?

—Estoy atrapada —Miuko se encogió de hombros, sintiendo el desvanecimiento de su forma fantasmal—. Hace unos días, terminé en el pasado, pero necesito volver a mi propio tiempo para detener a un demonio y salvar a mis amigos, excepto que necesito a Afaina para eso, y Beikai no me llevará con él.

—¡Viejo Gruñón! —el *baigana* con la espada la envainó con un clac.

Miuko logró esbozar una sonrisa.

—Sí, supongo que elle es un gruñón, ¿cierto?

—¡Viejo Gruñón!

Los otros espíritus de mono abuchearon.

—¡Viejo Gruñón!

La de la corona de papel asintió.

—Sí, sí. Cuando nuestro trineo se atasca bajo el árbol, decimos: "¿Puedes ayudarnos, Viejo Gruñón?". Pero elle dice: "No, no, yo no puedo ser *molestade* por los ordinarios *baiganasu*". Ahora hurgamos en las sobras del Viejo Gruñón, o no tenemos ofrendas, y así morimos —entrecerrando los ojos, miró a Miuko con aprecio—. Pero ¿quizá tú nos puedes ayudar, Dama Demonio? ¿Y luego te ayudamos?

Miuko suspiró.

—Me encantaría ayudar, pero no veo cómo…

—Necesitas ir a algún sitio, ¿sí? Neinei —la espíritu de mono se señaló a sí misma— y sus *baiganasu* tienen trineo. Tú liberas el trineo, y nosotros te llevamos adonde quieras ir.

Un aleteo de esperanza se sintió en el pecho de Miuko.

—¿Pueden llevarme con Afaina?

—¿Afaina? —rio Neinei—. No, no. ¿Quién sabe dónde vive el Dios de las Estrellas? Los *baiganasu* no. En su lugar, te llevaremos al Palacio Kuludrava,[30] ¿sí?

Miuko frunció el ceño. El Palacio Kuludrava era una corte de hielo, hogar de Naisholao,[31] la Diosa de Enero. Según todos los indicios, se encontraba en algún lugar profundo del corazón septentrional de Ana, donde las montañas se alzaban negras y dentadas como una serie de puntas de lanza.

—¿Por qué me llevarían allí?

—¿Qué? ¿No sabes?

—¿No?

—Grandes problemas llegan a la Casa de Noviembre, ¿sí? Hace un *oyu,* ¿sí? Es muy triste. Nakatalao escapa y nadie puede encontrarlo.

Miuko soltó un suspiro. ¿El Dios de Noviembre había desaparecido? Era inaudito. Ella ni siquiera sabía que algo así era posible.

Por otra parte, tampoco había sabido que era posible entablar amistad con un espíritu de urraca o invocarse a sí misma

---

[30] ***Kulu-drava*** significa, literalmente, "cristal danzante".

[31] ***Na-isho-lao*** significa, literalmente, "espíritu-asistente de la nieve". Tras la creación de Rayudana, el Rey del Verano, se dice que Amyunasa formó a partir de las aguas primordiales los Cinco Misterios Divinos, deidades de los meses fríos; los primeros de ellos fueron Naisholao y Nakatalao, gemelos de enero y noviembre, que fueron traídos a la existencia al mismo tiempo, una de la mano izquierda de Amyunasa y el otro, de la derecha. Se cree que son los más cercanos entre todos los dioses lunares y que comparten una conexión especial, lo que explica por qué la desaparición de Nakatalao puede haber sido especialmente preocupante para su hermana Naisholao.

al pasado o cualquier otro suceso hasta ahora inimaginable, pero que sin duda había ocurrido, así que quizá los conceptos de "posible" e "imposible" eran más difusos de lo que ella había supuesto.

—¿No sabes? —repitió Neinei.

—No —murmuró Miuko—. No lo sabía.

—Todo el mundo sabe. Naisholao convoca un consejo de emergencia. Muchos dioses van al palacio para ver qué se puede hacer.

—¿Incluyendo a Afaina?

—No, no, Afaina está lejos, ¿de acuerdo? No le gusta nadie. No ve a nadie. *Otros* dioses van al Palacio Kuludrava, y les pides a *ellos* que te lleven con Afaina, ¿sí?

Miuko parpadeó.

—¡Oh, sí! Por favor. Sólo... —flexionó sus manos espectrales—. ¿Dijiste que su trineo estaba atascado bajo un árbol? No sé si soy lo suficientemente fuerte para...

—Sí, sí —interrumpió Neinei—. Eres muy débil. Lo sabemos.

—Sí, gracias, y la única forma de hacerme más fuerte es si vuelvo a mi propio tiempo, y eso no ocurrirá sin Afaina.

—No, no, no es la *única* manera —dijo solemnemente, muy solemnemente, de hecho. Miuko, que ya se había acostumbrado a los animados gestos de los *baiganasu*, se sintió más que un poco desconcertada. Neinei extendió su pata delantera, con unos dedos que parecían casi humanos en la escasa luz y añadió—: Necesitas comer, ¿sí?

12

PASEO EN TRINEO

—¿Qué? —Miuko chocó de espaldas contra la estatua de Beikai y se golpeó la cabeza contra la dura piedra—. ¡No puedo comerte!

—No, no, no toda yo —Neinei chasqueó los dedos con desagrado—. Sólo un poco de mí. Comes un poco, te vuelves más fuerte, ¿sí? Liberas el trineo, y todos somos felices.

—¡Tú también comes a Yoibaba! —declaró el de la espada corta.

—¡Sí, sí! —el *baigana* más pequeño dio una voltereta—. ¡A mí también!

Neinei lo apartó de un manotazo.

—No, no, tú no.

Ansiosos, los otros espíritus de mono empezaron a brincar alrededor de Miuko, ofreciéndole sus manos peludas como si fueran niños pidiendo caramelos.

Miuko se relamió los labios, sintiendo que se le hacía la boca agua al pensar que sus pequeñas vidas maduras se drenaban en ella, sólo un sorbo de cada uno de ellos, como una muestra de diferentes tés.

Con cuidado, Neinei tomó una de las manos enguantadas de Miuko.

—Queremos esto, ¿sí? Conocemos el riesgo. Aun así, lo elegimos.

—No quiero hacerles daño —susurró Miuko.

—No es daño, si es regalo. Nosotros te ayudamos, tú nos ayudas. Así es como funciona, ¿sí? Todo el mundo necesita a todo el mundo, y nadie consigue lo que quiere solo.

Miuko sintió cómo los otros *baiganasu* jugueteaban a su alrededor, rozándola con sus pequeños cuerpos peludos y llenando sus sentidos con sus penetrantes olores peludos, y no pudo evitar sonreír ante sus bufonadas.

—De acuerdo —dijo.

Animados, salieron del santuario, dejando que Miuko los siguiera.

—¡Mantén el ritmo, Dama Demonio! —la regañó Neinei.

—¡Lo estoy intentando!

Se metieron entre la maleza y Miuko los siguió hacia el bosque. Tras las recientes lluvias de Beikai, el aire olía a tierra y el suelo se sentía esponjoso bajo los pies. En la oscuridad, algunos de los espíritus de monos conjuraron *baigavasu* para iluminar su camino; los orbes brillantes se mecían inquietantemente entre los árboles.

Poco a poco, se adentraron en el bosque, donde los árboles se alzaban sobre ellos, algunos más gruesos en circunferencia que todo el grupo alineado nariz-con-cola. Al verlos, a Miuko se le retorció el estómago.

—No sé si podré hacerlo —le dijo a Neinei, que caminaba a su lado con el *baigana* más pequeño dormitando a su espalda.

—¿Y? —respondió la espíritu—. ¿Quién tiene que saber? Tú no. Sólo tienes que hacer.

Miuko no sabía cómo rebatir esa lógica, por lo que permaneció en silencio.

Sin embargo, sus recelos resurgieron al ver el trineo atrapado. Construido con madera cálida y tenuemente brillante, estaba clavado junto a una gran roca que, por accidente o a propósito, había evitado que se hiciera pedazos cuando un árbol le cayó encima. Por desgracia, aunque el árbol no era el más grande del bosque, tenía la suficiente envergadura para que Miuko se imaginara varias formas —todas carentes de gracia— de morir aplastada por él.

—Bueno, bueno —dijo Neinei, señalando—. Hora de trabajar, Dama Demonio.

Tragándose su nerviosismo, Miuko se quitó uno de los guantes. Uno a uno, todos menos el bebé *baigana* pasaron junto a ella, y tocaron con sus dedos su palma desnuda. Su energía fluyó hacia ella, tan brillante y ácida que la hizo llorar. Se mordió el labio, luchando contra el impulso de agarrar a los espíritus, de chuparles la vida como haría con una fanega de naranjas enanas.

Finalmente, el último de los *baiganasu* se apartó de ella, con la cara gris. Miuko bajó su mirada: sus manos eran ahora más opacas, más sólidas. Las flexionó, sintiendo cómo la energía volvía a correr por sus venas.

Neinei, que parecía un poco pálida, empujó a Miuko hacia la roca.

—¡Deprisa, deprisa!

Obediente, Miuko volvió a tirar de su guante y saltó sobre la piedra al tiempo que Neinei organizaba a la fatigada tropa en varias posiciones alrededor del trineo, donde estarían listos para empujarlo y liberarlo una vez que el árbol fuera levantado.

Miuko se agachó junto al tronco y hundió las manos en su áspera corteza.

—¿Listos? —gritó.

Los espíritus de monos apretaron con fuerza el trineo.

—*¡Levanta!* —Neinei gritó.

Gruñendo, Miuko se aferró al árbol, forzó sus piernas, tensó su espalda y empujó sus brazos. Las ramas temblaron. Trozos de musgo seco se desmoronaban bajo sus dedos.

—¡Levanta! ¡Levanta! ¡Levanta! ¡Levanta! —corearon los *baiganasu*.

Una grieta de luz apareció bajo el tronco.

—¡Ahora! —gritó Miuko.

Chillando, los espíritus de monos sacaron el trineo de debajo del árbol una fracción de segundo antes de que a Miuko le fallaran los brazos. El enorme tronco se deslizó de sus manos y golpeó la roca con un estruendo que sacudió todo el bosque.

Los *baiganasu* vitorearon mientras ella se desplomaba contra el árbol caído, con los miembros doloridos por el esfuerzo.

—¡Dama Demonio! ¡Dama Demonio!

Neinei se metió en el trineo y retiró el respaldo del asiento, que había quedado atascado por el peso del árbol, y sacó un silbato liso, blanco como el hueso; rápidamente comprobó que no estuviera dañado.

—Sí, sí —rio entre dientes—. Bien, bien.

Aullando, el *baigana* más pequeño se tapó los oídos.

Los demás no tardaron en hacer lo mismo.

Tardíamente, Miuko estaba a punto de hacer lo mismo cuando Neinei se llevó el silbato a los labios y sopló.

El sonido que emergía de él era enorme. No, era *gargantuesco*. Reverberó por el bosque en un rugido feo y gutural, lo que hizo que las agujas secas de los pinos cayeran del dosel en una lluvia repentina y ligeramente dolorosa.

Miuko gritó, llevándose las manos a los lados de la cabeza, pero demasiado tarde. El bramido del silbato ya se estaba desvaneciendo.

Por un momento, todo quedó en calma.

—¿Qué fue eso? —Miuko saltó de la roca y aterrizó al lado del trineo—. Una pequeña advertencia habría sido…

—Dama Demonio —la interrumpió el bebé *baigana*—. Cuidado con los jabalíes.

—¿Los jabalíes?

—¡Los jabalíes! —aplaudió alegremente y señaló hacia el bosque detrás de ella, donde un par de jabalíes gigantes y brillantes, con tintineantes arreos, arremetían a toda velocidad fuera del bosque.

Miuko gritó y saltó a un lado justo a tiempo para evitar ser pisoteada.

Los colosales cerdos, casi tan altos como la propia Miuko, patinaron hasta detenerse frente a Neinei, que acarició con cariño sus bigotudos hocicos.

—¿Para qué tienes jabalíes? —preguntó Miuko.

La *baigana* chasqueó la lengua, como si la respuesta fuera obvia.

—¿Quién crees que tira del trineo?

—¡Pensé que era un trineo mágico!

—Sí, sí, tirado por jabalíes mágicos —señaló al resto de su grupo, que rápidamente unió los animales al trineo—. Al Palacio Kuludrava ahora, ¿sí?

Todavía un poco desconcertada, Miuko rio.

—¡Sí!

Subió a la parte trasera del trineo, donde los espíritus de monos se agolparon a su alrededor, abrazando sus piernas y aferrándose a sus brazos.

Con un chillido, Neinei sacudió las riendas.

Los jabalíes se lanzaron hacia delante. El trineo se sacudió con tanta fuerza que Miuko salió despedida hacia atrás y chocó con los espíritus de monos, que chillaron de placer y la empujaron de nuevo a su asiento.

Neinei y Yoibaba tiraban de las riendas; el resto de los *baiganasu* resbalaba de un lado a otro del trineo en cada curva y cada vuelta.

Miuko reía. Cuando estaba con Geiki, sobrevolaban las montañas. Habían tocado las nubes y respirado la luz de las estrellas. Pero, al final, se habían alejado de Ada y de su naturaleza desenfrenada y revoltosa. Ahora, sin embargo, se sentía por completo parte del mundo —igual de desenfrenada, igual de revoltosa—, mientras el trineo se estrellaba con las colinas, rozaba las rocas y las crestas, chapoteaba en los arroyos y ganaba velocidad a cada kilómetro. Zigzagueaban salvajemente por el paisaje, aullaban al pasar junto a montañas, ciudades, costas, un sorprendido pescador de cormoranes, un rebaño de búfalos de agua, un centenar de rollos de tela teñida secándose con la brisa.

Antes de que Miuko se diera cuenta, llegó el amanecer, luego la noche y, cuando volvió a salir el sol, el mundo había cambiado. Atravesaron bosques que se movían como ejércitos, montañas con espíritus tamborileando en sus cumbres, mares claros como el cristal y palacios que centelleaban bajo las olas.

De pronto, se precipitaron hacia abajo y se sumergieron en una profunda caverna estrellada con luminiscencias, donde Miuko cruzó temporalmente miradas con una alta reina demonio, con el cabello oscuro corto sobre la frente, antes de que el trineo volviera a llevar a Miuko hacia arriba.

Agarrada a la barandilla, se unió a los chillidos de placer de los *baiganasu*. Ana no se parecía a nada que hubiera visto antes. Es más, no se parecía a nada que se hubiera atrevido a soñar. No podía evitar pensar en su madre y en lo mucho que le habría encantado, en cómo habría devorado cada visión, cada sonido, cada aroma fantasmagórico que surgía de las fisuras volcánicas y de las praderas de flores embriagadoras y chirriantes.

Poco a poco, los jabalíes redujeron la velocidad al trote y remolcaron el trineo a través de un vasto campo de hielo que llenaba un valle que, según los cálculos de Miuko, debía medir al menos ochenta kilómetros de ancho. En lo alto de las crestas, negros espolones de piedra sobresalían hacia un cielo cubierto de luz, ondulante y oscilante en cortinas de todos los colores imaginables: pétalo y coral y anémona marina, helecho y polvo y amanecer.

Neinei señaló. Tras su paseo en trineo a través de Ada y Ana, la *baigana* parecía haber recuperado parte de su vigor; sus mejillas se veían de un saludable color rojo.

—¡Kuludrava! —gritó.

Construida en la cima del glaciar, la corte de la Diosa de Enero era un castillo de hielo festoneado tan claro y azul que parecía de cristal. Las paredes de color aguamarina se alzaban como cristal astillado, con cascadas de agua helada que caían de saliente en saliente, formando alcobas con cortinas entre las torres y los tejados.

Cuando los jabalíes se detuvieron frente al palacio, el trineo patinó sobre el hielo y se estrelló contra el muro. Aplaudiendo, los *baiganasu* cayeron al suelo del glaciar, donde se inclinaron como magos tras un truco especialmente impresionante.

Miuko aplaudió, lo que hizo que hicieran nuevas reverencias, esta vez con movimientos todavía más ostentosos.

—¡Gracias! —dijo ella al bajar del trineo.

Desde que habían salido del santuario de Beikai, más de la mitad de su cuerpo se había vuelto transparente, lo que la hacía ver como un fantasma en el borde del campo de nieve.

Unos días más y desaparecería por completo. Tomó aire profundamente y miró las resbaladizas paredes.

No te preocupes, Geiki, susurró su voz-humana. *Vamos por ti.*

13

EL PALACIO KULUDRAVA

Más allá de las puertas, había un enorme patio con jardines, salpicado de rocas y árboles de hielo, entre los que ya se encontraban reunidos varios espíritus: espíritus de zorro, espíritus de flor (que se marchitaban lastimosamente por el frío), espíritus del pantano, pequeños espíritus del fogón, con cuerpos de carbón incandescente. Por lo que podía ver, ella era la única demonio presente.

Y la única mortal, intervino su voz-humana.

Rápidamente analizó el castillo, que se alzaba sobre ella en siete niveles de hielo azul empolvado, tallado con exquisitas fachadas —balcones, columnas, bajantes con cara de dragón—, con luces plateadas que brillaban desde los aleros como cientos de estrellas capturadas. La altura hizo que a Miuko le diera vueltas la cabeza.

—¿Qué estás esperando, Dama Demonio? —preguntó Neinei, tirando de su túnica—. Encuentras transporte a Afaina ahora, ¿sí?

—¡Sí, sí! —los otros *baiganasu* se arremolinaron a su alrededor, saltando arriba y abajo—. ¡Dama Demonio! ¡Dama Demonio!

—¡Shh! —siseó Miuko, mirando nerviosa a los otros espíritus. No sabía cómo reaccionarían ante una demonio entre ellos, pero estaba segura de que no quería averiguarlo—. ¿Tienen que llamarme así?

Ellos rieron. El espíritu de mono más pequeño se encaramó a su hombro y le tocó el cabello.

—Dama Demonio —susurró.

Ella le acarició la cabeza con cariño.

—No parece que ninguno de estos espíritus sea lo bastante poderoso para saber dónde vive Afaina —observó—. ¿Dónde están los espíritus superiores?

—Arriba, arriba, arriba, arriba —farfulló Yoibaba, señalando hacia unas escaleras flanqueadas por un par de espíritus cangrejo, vestidos con armaduras rojas y espinosas.

Miuko fulminó a Neinei con la mirada.

—¡No me dijiste que habría guardias!

La *baigana* se encogió de hombros.

—¿Tú qué crees? ¿Que dejarían que cualquiera viera a los dioses?

—¿Cómo se supone que voy a pasar por delante de ellos? No puedo pasar desapercibida aquí.

Yoibaba soltó una carcajada.

—¡Nosotros tampoco! —y él y un par de espíritus se escabulleron entre la multitud.

Momentos después, al otro lado del patio, se oyó un grito que hizo que varios espíritus se agitaran consternados.

Los guardias de la escalinata fueron a investigar.

—¡Bien, bien, vamos! —declaró Neinei.

Miuko no necesitó que se lo dijeran dos veces. Bajó la barbilla, se colocó el cabello sobre la cara y se adentró entre la multitud, intentando no pisar ningún pie ni raíz al acercarse rápidamente a la escalera. A su alrededor, oía a los demás espíritus cuchichear sobre el *oyu* de la Casa de Noviembre y la desaparición de Nakatalao. Decían que Naisholao y los demás dioses estaban reunidos en el piso superior, consultando cómo localizar a su hermano desaparecido.

Pero a Miuko nunca se le había dado bien pasar desapercibida, y a medida que avanzaba por el jardín, los *nasu* empezaron a fijarse en ella. Algunos se limitaron a mirarla con curiosidad, como si no la hubieran visto antes, pero otros debieron reconocerla, porque estaban claramente asustados. Un espíritu de ratón chilló y huyó a un rincón. Los espíritus de zorro castañetearon y chasquearon. Un *tachanagri* de piel verde intenso crujió y se transformó en árbol, petrificado salvo por el temblor de sus hojas.

—*Yagra* —murmuró alguien.

—¿Qué está haciendo *ella* aquí?

Con la cara ardiendo, Miuko agachó la cabeza. En ese momento, no pudo evitar extrañar a Geiki. El *atskayakina* habría estado parloteando sobre la nariz roja de ese espíritu del dolor o el hedor de ese espíritu del pantano, cualquier cosa para aliviar su mente.

Pero ella lo había dejado atrás, y su único camino de regreso a él era hacia delante.

Y hacia arriba.

Con los guardias cangrejo aún ocupados en el otro extremo del jardín, subió el resbaladizo tramo de escaleras; varios de los *baiganasu* brincaban a su alrededor, chillando (tan silenciosamente como podían) con un deleite sin igual.

El segundo piso estaba lleno de espíritus más poderosos: espíritus del fuego, espíritus de la pradera, espíritus de icebergs con cristales formándose y derritiéndose continuamente en sus blancas mejillas. Todos reaccionaron con desagrado cuando los espíritus de mono saltaron entre ellos, volcando mesas y sillas.

—Ah —dijo Miuko—, así que cada piso tiene espíritus cada vez más poderosos, con los dioses en lo más alto, ¿es así?

Neinei asintió.

—Ahora lo entiendes.

Miuko levantó su túnica y se apresuró a atravesar la multitud, ignorando las quejas siseantes y las señales de advertencia que hacían los espíritus a su paso. Aferrado al cabello de Muiko, el *baigana* más pequeño les hacía muecas, les enseñaba los dientes y movía la lengua hacia ellos.

Miuko había llegado al centro de ese piso cuando la detuvo una voz grave y burbujeante:

—Eh… *shaoha*-jai, perdone, pero no puede estar aquí.

Irritada, se dio la vuelta y se encontró con un escurridizo espíritu de rana verde parado junto a su codo. Iba vestido con ropas de sirviente, con el nudo de un sirviente principal en la cintura. Detrás de él, los demás espíritus se agruparon cerca, observando como mercaderes ansiosos por un escándalo público.

—Me temo que sus compañeros *baiganasu* deben regresar al primer piso —continuó disculpándose—, y usted, por desgracia, debe abandonar el recinto, pues los demonios no están permitidos en la corte de Naisholao.

Ignorándolo, Miuko miró hacia la escalera y consideró la posibilidad de salir corriendo. Pero con la multitud acercándose a ella, dudó que consiguiera llegar tan lejos.

—¡Sólo deshazte de ella de una vez! —espetó uno de los espíritus de fuego.

—Así que… mmm… —la garganta del espíritu de rana se abultó con inquietud—. Sí… Lamento informarle, *shaoha*-jai, que debe partir de aquí de inmediato.

Miuko lo consideró por un momento. Era una criaturita estirada, de la mitad de su tamaño. Incluso en su estado más débil, podría haber sido capaz de enfrentarse a él, sobre todo si le hubiera quitado algo de fuerza vital primero.

Por fortuna, no tuvo que hacerlo, pues Yoibaba apareció de nuevo a su lado. Con un grito agudo, desenvainó su espada y golpeó al espíritu de rana en sus estrechas espinillas verdes.

—¡YAH! ¡Vamos, Dama Demonio! ¡Vete!

Aprovechando la oportunidad, pasó junto al espíritu de rana con los *baiganasu* pisándole los talones.

—¡Guardias! —croó el espíritu de rana detrás de ella—. ¡Guardias!

Mientras Miuko y los demás espíritus se dirigían a las escaleras, más soldados cangrejo con armaduras espinosas llegaron corriendo hacia ella, con lanzas como garras bifurcadas. Aullando, los espíritus de mono se treparon sobre ellos, pellizcaron sus largos bigotes y tiraron de sus antenas.

Miuko, jadeante, corrió entre los espíritus en dirección al tercer piso, seguida por un intrépido espíritu de nieve y el *tachanagri* al que había asustado en el jardín. Juntos, salieron del hueco de la escalera en una masa de espíritus del viento, dragones con bigotes y espíritus del lago con túnicas de agua ondulante, e iban corriendo hacia el siguiente tramo de las escaleras cuando una voz como el crujido de un antiguo bosque resonó en el palacio:

—*¡SHAOHA!*

Miuko se detuvo en el suelo helado. Conocía esa voz.

Miró a su alrededor, buscando ansiosamente al espíritu del bosque que creía haber perdido en la Casa de Noviembre, y lo encontró galopando entre la multitud como una araña, con la barba volando cómicamente alrededor de su cara.

Corrió hacia él, riendo, aliviada.

—¡Nogadishao! Me alegro tanto de ver…

Pero él no sonrió ni aminoró la marcha. Antes de que ella se diera cuenta de lo que estaba ocurriendo, él ya se había alzado sobre ella, rugiendo, y arremetió contra ella con tres de sus duras manos de piel descarnada.

14

IRA DEL BOSQUE

El *baigana* más pequeño chilló cuando Miuko se giró hacia un lado, para protegerlo de las garras de Nogadishao. Los dedos espinosos del espíritu del bosque le rasgaron el brazo, o al menos lo habrían hecho si no la hubieran atravesado como si fuera poco más que una sombra. Por primera vez desde que empezó a desvanecerse del mundo, Miuko se consideró afortunada por ello.

—¿Qué estás haciendo? —gritó, levantando el espíritu de mono bebé de su hombro y depositándolo en los brazos de Neinei—. ¡Soy yo!

—¡*Tú* los mataste! —se lamentó Nogadishao.

Con un sobresalto, Miuko se dio cuenta de que él estaba llorando: grandes gotas de savia fluían por sus escarpadas facciones y se coagulaban en su barba.

—¡Asesina! ¡Escoria! Sucia *vakaizu* de corazón de piedra… —continuó el espíritu del bosque.

Miuko se echó a un lado cuando él corrió hacia ella, agitando los brazos.

—¿De qué estás hablando? ¡Intenté detenerlo! Intenté pararlo a *él*, ¿lo recuerdas? Tujiya…

—¡MENTIROSA! —el *daigana* la tomó por el pecho y la arrojó contra la multitud de *nasu*, que la dejaron caer sin miramientos.

Al golpear el suelo helado, los guardias se acercaron con sus lanzas bifurcadas y la pincharon como cangrejos luchando por un pez muerto. Miuko rodó fuera de su alcance y se puso en pie de nuevo, en busca de una salida.

Pero un contingente de guardianes cangrejo ya había bloqueado las escaleras, y otros más marchaban hacia ella a través de la multitud.

No había salida.

Nogadishao volvió a cargar contra ella, ignorando a los *baiganasu,* que le jalaban la barba y las cejas. Desde lo alto de su cabeza, Yoibaba hizo un gesto con su espada corta.

—¡Por la ventana, Dama Demonio!

Miuko reaccionó sin pensar. Corrió —los espíritus se dispersaron a su alrededor como pececillos que huyen ante una garza— y, al llegar a la ventana, se deslizó por los tejados.

Fuera, el viento la azotó, su cabello, su ropa; ella se aferró al alféizar de la ventana. Aunque las paredes eran empinadas y de hielo, también estaban repletas de ventanas y miradores, galerías, arcos y tejados inclinados.

Podría lograrlo.

Si su cuerpo espectral no le fallaba.

Sin embargo, no tuvo tiempo de vacilar, porque un instante después Nogadishao —con algunos de los espíritus de mono aún aferrados a él— atravesó la pared junto a ella, rompiendo el hielo en pedazos que cayeron al suelo del glaciar en grandes montones deformes.

—¡Me dijiste que eras una emisaria del futuro! —gritó el *daigana,* con un manotazo—. ¡Dijiste que necesitabas mi ayuda!

—¡La necesitaba! —Miuko saltó fuera de su camino, se agarró de un balcón del cuarto piso y se trepó a él—. ¡Pensé que no me ayudarías si te decía la verdad!

—¿Cuál es la verdad? ¿Viste a un viejo *daigana* salvaje y pensaste en aprovecharte de él? ¿Le prometiste importancia? ¿Le prometiste grandeza? Sabías que haría cualquier cosa por eso, ¿eh?

Miuko quiso detenerse entonces, porque sabía que él tenía razón. Ella le había mentido. Lo había manipulado. Se había aprovechado de sus debilidades de la misma forma que Tujiyazai se había aprovechado de las suyas. En aquel momento le había parecido algo inofensivo, nada más que un pequeño truco, como algo que podría haber hecho Geiki, pero al oírlo ahora, comprendió que no había sido inofensivo en absoluto.

Abandonando su ineficaz asalto a Nogadishao, los *baiganasu* treparon a su alrededor, señalando asideros, salientes, fisuras en el hielo.

—¡Vamos, vamos! —gritaban—. ¡Vamos!

—¡Lo lamento, Nogadishao! —gritó—. ¡Lo siento mucho!

Con el espíritu del bosque pisándole los talones, empezó a escalar los muros del palacio: pasó el cuarto piso y se columpió por una ventana hasta el quinto, donde se deslizó entre espíritus de la montaña, espíritus del mar, e incluso un espíritu de estrella, bajado de su lugar en los cielos, y volvió a salir por un balcón cubierto, donde trepó por una cornisa decorativa y empezó a escalar de nuevo.

Pero se estaba debilitando. Cuanto más subía, más rápido sentía que las fuerzas se agotaban en sus miembros fantasmales, lo que la hacía tambalearse.

Detrás de ella, reinaba el caos. Se oyeron gritos de alarma entre los espíritus superiores cuando Nogadishao se lanzó tras ella, gritando:

—¡Te escuché, *shaoha*! ¡Creí en ti! ¡*Respondí* por ti! ¡Y me traicionaste!

Miuko se estremeció cuando cada palabra la cortó, tan certera como cualquier espada. A tientas, con las fuerzas mermadas, dio la vuelta a una esquina y se aferró con fuerza a la pared; el viento desgarró su desvanecido cuerpo.

Yoibaba, el único *baigana* que seguía su ritmo, clavó su espada corta hacia arriba.

—¡No te detengas, Dama Demonio! Ya casi estamos ahí.

Ella le sonrió débilmente y siguió subiendo.

A través de las ventanas, vio a los otros espíritus de mono causando estragos mientras rebotaban de la barandilla al techo, de las cabezas de los *nasu* más poderosos y de nuevo afuera, siguiendo la estela del *daigana*. Además, otros espíritus ascendían ahora por el palacio: el duende arbóreo que Miuko había asustado en el primer piso, el espíritu de nieve que había subido corriendo las escaleras desde el segundo piso, un espíritu de fuego con chispas en el cabello, e incluso un dragón, iridiscente bajo el cielo de aurora.

Estaba casi en el séptimo piso cuando Nogadishao arrancó un trozo de pared y se lo lanzó; el trozo cayó muy cerca de un costado de su cabeza.

—¡Mentirosa! ¡Traidora! —gritó él—. ¡Escoria!

Miuko jadeó cuando un fragmento de hielo le cortó la mejilla. Sus débiles dedos resbalaron.

—¡Usa esto, Dama Demonio! —encaramado a un saliente, Yoibaba clavó su espada en el hielo.

Ella se aferró a la empuñadura, gruñendo. Nogadishao saltó hacia ella desde abajo. Con un grito, Yoibaba se lanzó a la ventana de un sexto piso y apenas consiguió evitar ser derribado por el *daigana*.

Con un último impulso de energía, Miuko se levantó temblorosa y cayó de cabeza en la terraza del último piso, donde fue empujada por el espíritu del bosque, que emergió del aire nocturno rugiendo.

Ella apenas tuvo tiempo de observar lo que la rodeaba —una sala abovedada, varias figuras dispuestas en tronos de obsidiana— antes de que dos rayos de luz, cada uno de ellos brillante como el cielo invernal, atravesaran la cámara: uno para ella y otro para Nogadishao.

¡No!, gritó su voz-humana.

¿Era lo bastante fuerte para soportarlo? ¿Era lo bastante sólida?

No lo sabía, pero sabía que no podía permitir que volvieran a herir a Nogadishao, no por su culpa. Se lanzó frente a él y recibió el ataque de lleno en el pecho. La atravesó, con un frío glacial, y volvió a caer al suelo, con las mejillas cubiertas de lágrimas.

Cuando estaba allí tendida, aturdida, alguien pasó a su lado vestido con una gruesa túnica blanca que podría haber sido la piel más fina o la nieve más profunda. La figura echó un vistazo al balcón y se giró hacia Miuko y Nogadishao. Los miró con ojos tan pequeños y rojos como bayas de invierno.

—¿Qué le han hecho a mi palacio?

Miuko gimió, esperando haberse desvanecido lo suficiente como para desaparecer en el suelo, porque de pie sobre ella estaba Naisholao, la Diosa de Enero y Reina del Palacio Kuludrava.

15

OH, DIOSES

Si Miuko no se hubiera quedado atónita al ver a la Diosa de Enero, seguramente se habría desmayado al ver el resto de la sala. Ahí estaba Naisholao, por supuesto, pero también estaban Tskadakrikana,[32] la Diosa de Febrero, un alto espíritu femenino con plumas carmesí por pestañas; Cheiyuchura,[33] el Dios de Abril, cuya piel expuesta estaba cubierta de flores en perpetuos ciclos de florecimiento y muerte, de glorias de la mañana, crisantemos, lotos, azaleas, madreselva, y otras más, que Miuko no podía nombrar; y, por último, Satskevaidakanai,[34] el Dios de Septiembre, cuya forma de anciano no era más que agua y nubes de trueno, con relámpagos parpadeando en su cabello y barba retorcidos. Había más tronos de obsidiana —quizá los demás dioses aún no habían llegado al consejo de Naisholao—, pero la presencia de cuatro dioses lunares era más que suficiente para la pobre mente aturdida de Miuko.

Mientras tanto, su voz-humana estaba, con razón, en pánico. *¿Qué estamos haciendo? ¡Eso es un dios! ¡Ésos son dioses! Oh,*

---

[32] ***Tskada-krika-na*** significa, literalmente, "espíritu de despertar del deshielo".

[33] ***Chei-yu-chu-ra*** significa, literalmente, "amor joven vida de té".

[34] ***Satske-vai-da-kanai*** significa, literalmente, "señor físico cielo destructivo", o simplemente, "Señor Tifón".

dioses. ¡Deberíamos estar inclinándonos! ¿Arrastrándonos? No, inclinándonos. ¡No te quedes ahí, Miuko! ¡Tenemos que hacer algo!

—Cállate —murmuró.

Por encima de ella, las mejillas regordetas de Naisholao se encendieron de un rosa enfurecido.

—¿Perdona?

—¡Lo lamento! —gimió Miuko, dándose la vuelta hasta quedar postrada en el suelo. A través de sus extremidades fantasmales, podía ver, dentro del hielo, bandas arremolinadas de hollín y sedimentos de alguna edad antigua, congelados allí durante eones como un tumulto de mirlos en pleno vuelo—. ¡No me refería a usted, Naisholao-kanai! Yo sólo...

Estaba hablando sola, la vocecita terminó por ella.

—¡Shh!

—Demonio loca —refunfuñó Satskevaidakanai con una voz como el retumbar de un trueno.

—No estoy loca, mi señor —protestó Miuko—. Mi nombre es Otori Miuko, y he venido a...

Sin embargo, antes de que pudiera pedirles ayuda, Nogadishao se abalanzó sobre ella y agarró la mullida túnica de Naisholao con sus nudosos dedos.

—¡No confíen en ella, mis señores! Está mintiendo.

Miuko hizo una mueca que se alegró de que nadie pudiera ver. *Loca. Poco confiable.* ¿Qué iban a decirle ahora? *¿Demasiado emocional?* Parecía que ser una demonio en el mundo espiritual era similar a ser una mujer en Awara.

Los dioses retrocedieron ante el espíritu del bosque cuando saltó hacia ellos, con escamas de corteza mudando en su pecho y sus manos con garras.

—¡Ella dijo que los salvaríamos! —gritó él—. ¡Dijo que lo detendríamos! ¡Lo *prometió*! Deben castigar...

Pero no se le permitió terminar la frase. Satskevaidakanai chasqueó los dedos y lanzó un trueno a través de la sala abovedada, y el *daigana* se redujo al tamaño de una moneda. Chirriando de sorpresa, cayó en picada al suelo, donde saltó una o dos veces, dejando de ser un imponente espíritu de seis patas para convertirse en un diminuto grillo barbudo.

Tskadakrikana soltó una carcajada como el crujido de un témpano de hielo. Naisholao se frotó las sienes.

—No puedo molestarme con esto ahora.

Levantando un brazo, invocó desde el fondo de la sala a un gigante con armadura, hecho por completo del mismo hielo que brillaba tenuemente en el resto del palacio. Emergió de la pared, sus articulaciones crujieron y chasquearon, y cruzó el suelo con grandes pasos torpes, para levantar a Miuko con una mano y tomar al *daigana* —que todavía tenía su forma de grillo— con la otra.

—Deshazte de ellos —dijo Naisholao, frunciendo sus pequeños labios rojos en una mueca de desagrado—. Tenemos asuntos más urgentes que atender.

—¿Qué? Espere, ¡no! —débilmente, Miuko forcejeó conforme el gigante se acercaba tambaleante al balcón por el que ella y Nogadishao habían entrado, pero los dedos helados se limitaron a apretarle la cintura, lo que la hizo jadear.

Desde el interior del otro puño del gigante, pudo oír los chillidos del espíritu del bosque:

—¡Pero ella estaba allí, mis señorías! Estaba allí cuando ardió la Casa de Noviembre. ¿Quieren saber quién es la responsable de la desaparición de Nakatalao? Es *ella*.

Miuko se quedó helada.

El *daigana* estaba convencido de que ella era la culpable de la masacre, pero él no había estado allí, no en realidad. Ella lo había obligado a escapar antes de que llegara el espíritu de la montaña, antes de que éste se convirtiera en *yasa*, antes de que el sacerdote principal lo atara para evitar que destruyera más partes del templo.

—¡Tiene razón! —gritó ella, haciendo fuerza contra la fría extremidad del gigante—. Yo estuve allí. Soy la única que sabe lo que ocurrió realmente cuando ardió el templo. No puede echarme de aquí o nunca descubrirá cómo recuperar a Nakatalao.

La Diosa de Enero levantó una mano, deteniendo al gigante de hielo antes de que lanzara tanto a Miuko como a Nogadishao al aire nocturno.

—Explícate, demonio.

Envalentonada, Miuko se inclinó lo mejor que pudo, atrapada entre los enormes dedos del gigante, o sea, no muy bien.

—Tengo información que creo que será valiosa para usted, Naisholao-kanai —dijo sin aliento—, y a cambio de ella, lo único que pido es su ayuda.

Un relámpago atravesó la figura de Satskevaidakanai.

—¿Te atreves a exigirnos un favor?

Miuko tragó saliva.

—Yo no exijo, mi señor, pero debo pedirlo, pues la vida de mi amigo depende de ello.

—¿Amigo? —los ojos saltones de Naisholao parpadearon en una mezcla de diversión y confusión—. ¿Desde cuándo tienen amigos las *shaohasu*?

—No soy sólo una *shaoha* —replicó Miuko—, y puedo explicar por qué, pero no cuento con mucho tiempo. Puede darse cuenta de que estoy fuera de lugar: vengo de un futuro dentro de seis días, pero me desvanezco demasiado rápido para volver allí. Si le digo lo que sé, ¿me concederá una audiencia con Afaina, para que pueda devolverme al lugar y al tiempo a los que pertenezco?

—¡No! —crujió el *daigana* desde dentro del otro puño del gigante—. ¡Mentirosa! ¡Asesina!

Naisholao lo ignoró y miró a sus compañeros dioses, algunos de los cuales asintieron. Satskevaidakanai refunfuñó, bajo y peligroso, como un trueno.

Por fin, la Diosa de Enero devolvió su atención a Miuko.

—Dinos lo que sabes —con un movimiento de muñeca, señaló al gigante de hielo, que liberó a Miuko y Nogadishao—. Y nosotros decidiremos si tus conocimientos merecen esta recompensa.

Miuko se balanceó un poco sobre sus pies y asintió con la cabeza, pues no podía esperar mejor resultado. Sin embargo, el grillo-*daigana* debía tener otras ideas, porque salió disparado de la palma de la mano del gigante, chirriando con furia. Sin embargo, a una mirada de Satskevaidakanai, se conformó con agitarse furioso en el suelo.

Miuko se estremeció al comprobar si sus costillas estaban dañadas, aunque se sintió aliviada al comprobar que, aunque estaba más transparente que nunca, no parecía haber sufrido nada peor que una fuerte contusión. Tras una inhalación profunda y un poco agónica, contó a los dioses lo del beso en el Antiguo Camino, lo de Tujiyazai en el cuerpo del *doro*, el viaje al norte con Geiki, el enfrentamiento en el muelle, la malograda invocación, la decisión de maldecirse a sí misma, los hechizos que había adquirido en la Casa de Noviembre, la repentina aparición de Tujiyazai, el sacerdote principal atando al enfurecido espíritu de la montaña en un cuenco de arroz junto a la estatua en ruinas del Dios de Noviembre.

—Si liberan al espíritu —terminó—, podrán devolverle su forma original. La montaña volverá a tener vida. El *oyu* desaparecerá. El templo se podrá reconstruir y habrá nuevos sacerdotes. Quizás entonces regrese Nakatalao.

Por un momento, los dioses guardaron silencio. Los ojos emplumados de Tskadakrikana se abrieron de par en par, haciéndola parecer más sorprendida que nunca. Todas las flores de la piel de Cheiyuchura florecieron a la vez, oscureciendo sus rasgos en un alboroto de flores multicolores. Satskevaidakanai rumiaba como una tormenta lejana.

Entonces, Naisholao corrió hacia Miuko, que chilló y se preparó para huir, pero a pesar de su pesada túnica, la Diosa de Enero era rápida. Se abalanzó sobre Miuko y estuvo a punto de hacerla caer.

Nogadishao aplaudió.

Pero, en lo más profundo de los pliegues de la ropa de Naisholao, Miuko no estaba del todo segura de estar siendo atacada realmente. Se agitó y balbuceó, más confundida que otra cosa, y en ese momento no pudo evitar pensar en Geiki, sentado frente a una hoguera en el Kotskisiu-maru, agitando su brazo bueno hacia ella.

Miuko soltó una carcajada.

—¿Está contenta o loca? —gritó—. ¿Contenta-loca?

Ante sus palabras, Naisholao se echó hacia atrás, sonriendo.

—Gracias, demonio.

Aunque estaba tan débil que apenas podía mantenerse en pie, la esperanza se encendió en el pecho de Miuko. Agarró las manos de la Diosa de Enero, que eran sorprendentemente cálidas, como la vida durmiendo cómodamente bajo un banco de nieve.

—¿Eso significa que me ayudará? —preguntó.

Pero antes de que Naisholao pudiera responder, un dolor repentino atravesó el brazo de Miuko. Se dobló, agarrándose la muñeca.

La sangre corría por sus dedos enguantados y manchó la tela de rojo.

Sorprendida, Naisholao retiró la manga de Miuko para examinar los cortes. Se estaban formando sílabas.

Otro nombre.

—Estás siendo invocada —dijo.

Miuko asintió, sintiendo que desaparecía de la misma forma en que había desaparecido en la Casa de Noviembre.

—Por favor —suplicó—, tenemos que darnos prisa. ¿Me llevará con Afaina, Naisholao-kanai?

Nogadishao castañeteó enfadada desde el suelo.

—¡No! ¡Tienes que pagar! Tienes que ser castigada.

Miuko hizo un gesto de dolor. Otra incisión. Otra sílaba. No podía haber muchas más antes de que el trabajo del invocador estuviera completo.

En sus manos, la Diosa de Enero puso una campana de plata brillante.

—Llama a mi emisario, Otori Miuko. Él te llevará adonde quieras ir.

El grillo-*daigana* chillaba ahora. Se lanzó sobre Miuko, con las mandíbulas chasqueando.

El dolor atravesó el brazo por última vez y Miuko se inclinó ante los dioses, preguntándose adónde iría a parar: ¿Udaiwa, el Ochiirokai, algún rincón lejano de Awara del que nunca había oído hablar? Agradecida, apretó la campana contra su pecho. No importaba. Dondequiera que se encontrara, estaría un paso más cerca de volver al muelle… con Geiki.

Con ese pensamiento, desapareció, dejando sólo unas gotas de sangre roja tras ella.

16

EL AMANTE DESESPERADO

Dondequiera que fuera ese lugar donde Miuko había reaparecido, hacía un calor insoportable y varias personas gritaban a la vez. La más ruidosa era una hermosa chica de dieciséis o diecisiete años, medio desnuda, chillando ininteligiblemente, y encogida detrás de un chico robusto (aunque de aspecto poco inspirado), también a medio vestir. Él le estaba gritando a una segunda chica, cuyo revuelto cabello negro no dejaba de flotar sobre su cara al tiempo que blandía un cuchillo hacia él. El chico le gritaba una y otra vez: "¡CÁLMATE, SENARA!" y "¡YA DEJA DE EXAGERAR!".

Senara, sin embargo, no parecía tener intención de hacer nada parecido, pues seguía empuñando la hoja en su dirección; la sangre todavía goteaba de los cortes de su brazo sobre su amplia túnica rosa pétalo.

—¿Y me dices que estoy *exagerando*? ¡Tú dijiste que me amabas! Dijiste que te casarías conmigo. Me prometiste hijos, ¿lo recuerdas? ¡Gordos y sanos! Me entregué a ti, me *arruiné* por ti, ¿y ahora te casas *con ella*? ¿Le estás dando a *ella* los hijos que me prometiste a mí?

Gesticulando salvajemente, apuntó con el cuchillo a la otra chica, que aprovechó para chillar aún más fuerte que antes.

—¡NO, HAWI! ¿Qué otra cosa puedo hacer?

Las rodillas espectrales de Miuko se doblaron, y cayó al suelo. A través de los débiles contornos de sus muslos, pudo ver motas de paja en la tierra. ¿Estaba en un granero? Al levantar la mirada, vio ropa abandonada entre los sacos de grano. Tal vez Hawi y la chica ruidosa estaban teniendo algún tipo de cita a medianoche cuando Senara los interrumpió.

—¡No se supone que intentes *asesinarme*! —bramó Hawi. Entonces, al ver a Miuko—: ¡AH! ¿Qué es *eso*?

Tambaleante, Miuko lo miró desde su posición en el suelo. Puede que estuviera agotada por su ascenso al Palacio Kuludrava y un poco desconcertada tras la invocación, pero tenía claro que si Senara se había acostado con ese chico antes de casarse —sin importar las promesas que él le hubiera hecho—, según las costumbres de la sociedad de Awara, ya era *mercancía* dañada; siendo mercancía dañada, ahora tenía pocas oportunidades de casarse y tener hijos gordos, algo que tanto anhelaba. Si el resto de su comunidad descubría que se había acostado con Hawi, lo mejor que podía esperar era un futuro como carga para su familia, hasta que muriera o no hubiera más parientes varones dispuestos a mantenerla. Dado que sus opciones ahora eran vivir en desgracia mientras él se casaba con otra chica o invocar a un demonio malévolo para matarlo, a Miuko no le sorprendió que Senara hubiera optado por el demonio malévolo.

Girando, Senara vio a Miuko en el suelo.

—¡Vamos! —gritó—. ¡Es él! ¡Es él! ¡Mátalo!

Una parte de Miuko no quería nada más, pues el mismo instinto demoniaco que la había impulsado ante el médico borracho de Kanayi la impulsaba ahora. Podía oír la sangre de Hawi latiendo en su yugular. Podía saborear su sudor en el aire. Olía suculento, como el brote rollizo de un durazno, dulce y lujurioso.

Pero ahora estaba demasiado débil para atacarlo y, además, había jurado no volver a usar sus poderes de esa manera.

Cuando Miuko no se movió, Senara se arrojó a los pies de Miuko en un torrente de tela rosa y perfume floral.

—¡Por favor! —suplicó.

Tomando a la ruidosa muchacha del brazo, Hawi recogió la ropa que estaba en el suelo.

—Vamos —dijo—, salgamos de aquí.

La chica moqueó, señalando a Senara.

—¿Y qué hay de ella?

Él se encogió de hombros.

—¿Qué hay de ella? —respondió.

Al oír sus palabras, Senara pareció marchitarse y replegarse sobre sí misma como una flor quemada por el sol. Incluso su salvaje cabellera pareció hundirse un poco.

Al llegar a la puerta, Hawi jaló a la ruidosa chica hacia la noche, donde desaparecieron rápidamente por un ancho camino de tierra, dejando a Miuko y Senara solas en el granero.

—Lo siento —susurró Miuko, sacudiendo la cabeza—. Simplemente, no pude hacerlo.

—Está bien —Senara dejó caer el cuchillo de sus dedos—. Ni siquiera sé si en verdad lo deseaba. Yo sólo... no quería que se saliera con la suya, ¿sabes?

Miuko asintió. Tomando la campana de Naisholao, que parecía más pesada ahora que minutos antes, se puso en pie, tambaleante.

—¿Adónde vas? —preguntó Senara.

—A detener a un demonio y salvar a un amigo.

—No sabía que los demonios malévolos tuvieran amigos.

Animándose de nuevo, Senara se arrebujó en su túnica y siguió a Miuko hasta un patio con vallas que daba a un valle gris azulado por las sombras. En el pueblo de abajo, las luces se acumulaban a lo largo de la carretera, y se escucharon voces angustiadas en el aire quieto.

—¿Ésos fueron gritos?

—¡Creo que venían del granero!

Con gran esfuerzo, Miuko agitó la campana de Naisholao, cuyo sonido recorrió el valle, fresco como la luz de las estrellas en un mar helado.

Con una mirada de asombro, Senara se giró a un lado y a otro, como si pudiera rastrear los ecos que resonaban en las montañas.

—¿Qué fue eso?

—Transporte… esperemos.

En lo alto, una media luna brillaba sobre ellas, marcando la sexta noche desde que Miuko se había besado a sí misma en el Viejo Camino. En algún lugar, el *kyakyozuya* estaba cazando a su yo del pasado en los bosques de Koewa. En algún lugar, Tujiyazai cabalgaba hacia ella en su gran corcel negro. En algún lugar, Geiki se había quedado atrapado en la caja del rompecabezas.

¿Estaba Kanayi buscándolo ahora, cada vez más cerca de recuperar su libertad?

Eso esperaba Miuko.

Al escudriñar el cielo, otra campanada resonó en el firmamento. De entre las nubes, una comadreja blanca gigante, alta como un caballo y tres veces más larga, saltó hacia la tierra. Con una gracia de otro mundo, bajó al patio y se detuvo ante Miuko y Senara sin apenas hacer ruido.

Jadeando, Senara se arrojó sobre sus manos y rodillas; su túnica ondeó suavemente a su alrededor.

Miuko ignoró a Senara y se inclinó ante la comadreja.

—¿Te envió Naisholao?

En el suelo, Senara volvió a sentarse y se apartó el cabello de la cara.

—¿Qué quieres decir con *Naisholao*? Como sea, ¿qué clase de demonio eres?

Miuko, sin embargo, no respondió, y tampoco lo hizo la comadreja, dado que no era una comadreja parlante. En lugar de eso, tomó la campana de Miuko con sus patas delanteras y la ató a una cinta de seda que llevaba al cuello. Se agachó y chirrió hacia ella de manera alentadora, como si la instara a subirse a su lomo.

Miuko dudó. No sabía lo que había estado esperando —algo instantáneo, quizá, como el teletransporte—, pero con su cuerpo fantasma más que medio transparente ahora, no sabía si sería lo bastante fuerte para llegar con Afaina montada a lomos de una comadreja gigante… aunque él fuera mágico.

Volviéndose hacia Senara, estudió la sencilla y vaporosa túnica de la muchacha y el cinturón anudado de la clase campesina a su cintura. La hija de un granjero. Al igual que Miuko, las opciones de Senara siempre habían sido limitadas —casarse, llevar una casa, tener y criar hijos—, pero su romance ilícito con Hawi había reducido aún más sus oportunidades.

Las luces del camino se acercaban; las voces eran más fuertes. Los aldeanos llegarían pronto al granero.

—Senara —dijo Miuko en voz baja—, ¿quieres venir conmigo?

Sorprendida, la chica se puso en pie de un salto.

—¿Dejar el pueblo? No puedo hacerlo. Mi familia está aquí, todos mis amigos…

—Invocaste a una demonio para matar a tu amante. ¿Qué crees que pasará cuando se enteren?

Senara gimió y escondió la cara entre su cabello.

—Por favor… Me vendría bien tu ayuda —dijo Miuko.

—¿Para qué necesita una demonio *mi* ayuda?

En respuesta, Miuko levantó sus manos enguantadas, apenas visibles en la tenue luz.

—Me estoy debilitando —dijo—. No sé cuánto durará este viaje, pero si es más de un día, no sé si podré aguantar.

—¿Adónde vas?

—¿Acaso importa?

Senara se mordió el labio y miró hacia la aldea.

Una figura coronó la subida. A la luz de su linterna, se le podía ver entrecerrando los ojos en el patio.

—¿Senara? ¿Eres tú?

—¡Es una demonio! —gritó otro, uniéndose a él.

—¡Y una *comadreja gigante*! —dijo uno más.

Como si quisiera decir que era mucho más que una comadreja gigante, gracias, el emisario de Naisholao chilló indignado.

Gruñendo, Miuko se subió a su lomo, desde donde se volvió hacia Senara y le extendió la mano.

—Vamos. Hay mucho más allá afuera que esto.

A la chica le brillaron los ojos… de lágrimas, o quizá de emoción.

—¿Para una chica?

—Para cualquiera lo suficientemente valiente como para mirar.

Los aldeanos ya estaban saltando la valla, gritando y agitando sus linternas, pero Miuko no titubeó.

Una sonrisa inundó el rostro de Senara. Tomó la mano de Miuko y se colocó detrás de ella. Los aldeanos corrían por la hierba.

—Tengo miedo —susurró.

Miuko le devolvió la sonrisa.

—Da miedo estar afuera... pero también es maravilloso.

Con un gran salto, la comadreja blanca se lanzó al cielo, y Miuko y Senara partieron, dejando atrás a los aldeanos, el granero, el valle, saltando de una nube a otra, hacia nuevas vidas, nuevas aventuras, nuevos sueños... y, sí, también peligro y muerte, tal vez.

Pero eso era un riesgo en cualquier sitio.

17

UNA ESTRELLA DISTANTE

Conforme avanzaba la noche, Miuko se sentía cada vez más débil, tan delgada como el rastro de humo que sale de una vela apagada. Entraba y salía de la conciencia, vislumbrando un surco de montañas por aquí, una franja de costa por allá, pero aunque el panorama se movía y cambiaba, la sensación de los brazos de Senara alrededor de su cintura nunca vaciló.

Amaneció, luego anocheció. Miuko se percató de la puesta de sol, que cruzó el cielo y tiñó el pelaje de la comadreja de un dorado brillante y celestial, y del grito ahogado de Senara.

Luego, nada.

Dormir, tal vez. O un atisbo del olvido que le esperaba si fracasaba.

Pero fue sólo un atisbo. Cuando despertó de nuevo, era de noche —la sexta noche desde el beso en el Antiguo Camino— y abajo, el océano era negro y sin fisuras, como un espejo que reflejaba cada estrella en los cielos, con la comadreja blanca danzando como un copo de nieve en la oscuridad.

—¡Estás despierta! —gritó Senara.

Miuko puso mala cara.

—¡Por ahora!

—¿Cuánto falta?

—¿Cómo voy a saberlo? —luego, porque las palabras le recordaron a cierto *atskayakina* tonto—: ¡Soy una *shaoha*!

Senara apoyó la barbilla en el hombro de Miuko, con el cabello alborotado azotándose sobre ambas.

—¡Eso no significa nada para mí!

A pesar de su malhumor, Miuko rio.

Pero su risa falló en sus labios. Se sintió agotada, de repente, como si no pudiera respirar nada, como si no pudiera aferrarse a nada, porque se estaba desvaneciendo en la nada.

Jadeando, se aferró al pelaje de la comadreja. Las manos de Senara la rodeaban con fuerza, pero Miuko se deslizó por el abrazo de la muchacha como si fuera poco más que niebla. Con un débil grito, se inclinó a un lado y resbaló desde la espalda de la comadreja.

—¡Miuko! —gritó Senara.

Pero ya estaba cayendo en picada hacia las olas. El aire silbaba entre su cabello y sus mangas, haciéndolas ondear a su alrededor como si fueran alas, pero no eran alas y no podían llevarla.

Algo salió volando de su bolsillo, chillando:

—¡Eeehh! Mira en qué lío me has metido ahora, *shaoha*.

Con sus rápidos reflejos demoniacos, Miuko atrapó la cosa del aire, y la acunó cuidadosamente entre sus dedos enguantados.

Un pequeño grillo barbudo.

—¿Nogadishao? —gritó—. ¿Qué estás haciendo en mi bolsillo?

Sus antenas se agitaron con rabia.

—¡Esperando mi oportunidad para derribarte, pero parece que la gravedad va a hacerlo por mí!

Miuko miró hacia abajo. El océano se precipitaba hacia ella como una pizarra negra, como un patio de losas.

¿Podría sobrevivir a la fractura de todos los huesos de su cuerpo? ¿Podrían sus órganos?

¿O tan sólo se deslizaría por la superficie como la criatura espectral en la que se había convertido, para disiparse en las corrientes como tinta derramada?

Por fortuna, no tuvo que averiguarlo, pues de los cielos salió el emisario de Naisholao, chillando con frenesí en medio de su carrera hacia ella.

Miuko se metió sin miramientos al grillo-*daigana* en el bolsillo, junto al portaincienso del *tseimi* (que en todas sus aventuras de otro mundo había conseguido conservar de algún modo); Senara extendió la mano desde el lomo de la comadreja y atrapó la de Miuko entre las suyas.

Por un instante, Miuko estuvo segura de que se deslizaría entre los dedos de Senara.

Por un instante, saboreó el rocío del mar.

Ambas gritaron cuando el emisario de Naisholao volvió a girar hacia arriba, alejándose de las olas, mientras Miuko forcejeaba sobre su espalda.

—¿Por qué hiciste eso? —jadeó.

Senara se apartó el cabello de la cara, con las mejillas sonrojadas por la emoción.

—¿Te refieres a salvar tu vida?

—Sí. Soy una demonio, ¿lo recuerdas?

—¡Una demonio mentirosa y asesina! —exclamó Nogadishao desde su bolsillo.

La chica soltó una carcajada sorprendida.

—¿Quién es *ése*?

—Un polizón —refunfuñó Miuko.

El pequeño espíritu del bosque mordisqueó ferozmente el forro de su bolsillo.

—¡Soy un *daigana*!

Senara lo pinchó un poco.

—¿De qué? ¿De un mechón de hierba?

Miuko soltó una risita.

—¡Deberías haberla dejado caer! —regañó Nogadishao a la chica—. Todo el mundo habría estado mejor, tú incluida, ¿eh?

Senara negó con la cabeza.

—Oh, no lo creo. La verdad es que me lo estoy pasando en grande. Además, ¡tú también habrías muerto!

—¡Habría valido la pena! —luego, siseando, se metió en el bolsillo de Miuko para hacer pucheros.

Senara apretó con suavidad a Miuko.

—¿Qué pasó? ¿Por qué caíste tan de repente? ¿Por qué hay un *daigana* contigo? ¿Y por qué es un grillo?

Miuko cerró los ojos. Esta noche era la noche en que Tujiyazai había acorralado a su yo del pasado en su castillo y había usado sus poderes para inflamar los suyos. Había sido la primera vez que usaba intencionadamente su tacto para drenar a otro ser vivo.

¿Ella y su yo del pasado estaban conectadas?

¿Por eso, el día de la masacre, su yo del pasado había descubierto la maldición que le subía por las piernas? ¿Porque su yo demoniaco había usado sus poderes contra Nogadishao y Kanayi?

—Es una larga historia —dijo al fin.

Senara rio y volvió a apoyar la barbilla en el hombro de Miuko.

—Lo único que nosotras tenemos es tiempo.

Miuko no tuvo nada que replicar, así que le contó su historia a la chica y, al hacerlo, recordó quién era y quién había sido: una chica, sólo una chica, que quería volver a ser humana.

Casi lo había olvidado. Había estado tan absorta en detener a Tujiyazai, y luego en regresar al muelle, que se había acostumbrado a ser una demonio —o *casi una demonio*, como le recordó su voz-humana— y recuperar su humanidad se había convertido en una especie de sueño inalcanzable, como una estrella lejana o una forma fugaz en la *naiana*.

Pero ahora *vivía* sueños, ¿no?

Había viajado a Ana. Había negociado con dioses.

Nada estaba fuera de su alcance.

Arrastrándose hasta el borde de su bolsillo, Nogadishao permaneció en silencio, sus patas delanteras hurgaron reflexivamente en su túnica, en tanto ella relataba el fallido hechizo de invocación en los muelles, la misteriosa voz que había oído saludándola *—Hola, otra vez—*, antes de llegar a los campos abandonados, sus intentos fallidos de cambiar el pasado, la tragedia en la Casa de Noviembre.

¿Él le creía ahora?

Eso esperaba.

Su historia alcanzó el presente cuando el sol se elevó sobre las aguas, y se encontraron rodeando una pequeña isla redondeada, donde el emisario de Naisholao dejó escapar un silbido grave y gutural. Bajaron más y más, hasta que las patas de la comadreja tocaron el suelo.

El emisario se arrodilló para permitir que Senara y Miuko desmontaran. El grillo-*daigana* saltó del bolsillo de Miuko hasta su codo, y luego hasta su hombro, donde se posó y observó a su alrededor con curiosidad.

La isla, rocosa y estéril, era del tamaño de la posada de Nihaoi, y sólo había algunas hondonadas y montículos en su suave pendiente.

—¿Viene Afaina para acá? —preguntó Miuko, volviéndose hacia el emisario de Naisholao.

Pero él se limitó a silbar de nuevo, y antes de que ella pudiera atrapar su níveo pelaje, ya se había alejado en un resplandor de luz blanca, dejándolos a los tres en medio del océano infinito.

Miuko se quedó boquiabierta.

¿Naisholao nos engañó?, susurró la vocecita en su interior.

No.

No.

Afaina no estaba aquí. Nunca había estado aquí. La Diosa de Enero le había mentido. Ella y su comadreja *vakai* habían abandonado a Miuko en esta isla, donde no podría provocar más problemas antes de desvanecerse del mundo.

Y no tardaría mucho, porque era casi transparente, poco más que un resplandor a la luz del sol.

Aulló, buscando algo que lanzar, aunque por supuesto no encontró nada. Entonces intentó patear la piedra, pero incluso eso la dejó exhausta, y se hundió de rodillas, observando los guijarros a través de su cuerpo que desaparecía.

Nogadishao saltó de su hombro, chillando alarmado.

—¿Dónde está, eh? ¿Dónde está ese dios que se supone que vamos a conocer?

Miuko intentó tocar el suelo, pero sus dedos se deslizaron por él como si nada.

—Pensé que estaba tan cerca —murmuró—. Sólo un favor más, y habría estado en casa. Habría podido… Y ahora, estoy atrapada aquí, y tú estás atrapado conmigo. Lo siento mucho.

Tomándola entre sus brazos, Senara miró a su alrededor; era claro que estaba intentando no llorar.

—Está bien… .

—No, no está bien —respondieron a la vez Miuko y Nogadishao.

Hubo un largo e incómodo silencio.

Entonces, las olas se agitaron. Alrededor de ellos, enormes burbujas subieron a la superficie, agitando el mar. La isla tembló y Senara cayó de rodillas en un charco de tela rosa.

—¿Qué está pasando? —gritó.

—¿Cómo vamos a saberlo? —gritó el grillo-*daigana*.

Pero la respuesta no tardaría en hacerse evidente, porque algo —algo enorme, más grande que Nogadishao en su verdadera forma, más grande que el espíritu de la montaña que Miuko había visto en la Casa de Noviembre— estaba surgiendo del agua.

18

EL DIOS DE LOS MIL OJOS

Petrificadas, Miuko y Senara se aferraron la una a la otra, intentando no caer de las costas inclinadas de la isla cuando Afaina apareció sobre ellos, de tamaño gargantuesco. Tenía la forma de un hombre joven, de cabello largo y desnudo hasta el pecho (y también por debajo de él, aunque esa parte permanecía sumergida). Sobre su cabeza llevaba una corona de estrellas que giraban con lentitud en deslumbrantes elipses siempre cambiantes.

Se frotó los ojos sorprendentemente azules, como si acabara de despertar.

—Hola, otra vez —dijo con voz grave y retumbante.

Senara se soltó del agarre de Miuko, como si hubiera sufrido una descarga estática.

—¿Qué pasa? —siseó Miuko.

—Nada. Yo sólo… —la chica se mordió el labio—. Juraría que ya había oído esas palabras en alguna parte recientemente.

Por encima de ellas, el Dios de las Estrellas carraspeó. En el centro de su frente se abrió otro ojo, éste del turquesa claro de una laguna.

—Hola —dijo—. Me ha parecido sentir un cosquilleo en la rodilla.

—Oh, dioses —Senara miró horrorizada hacia la orilla, que tenía la misma textura áspera que la piel desnuda de Afaina—. Estamos parados sobre él.

Chirriando consternado, Nogadishao saltó por encima de la ondeante túnica de Senara y se subió a su hombro.

Miuko se inclinó, esperando no haber causado ninguna ofensa.

—Saludos, Afaina-kanai. Me llamo Otori Miuko y, como puede ver, no pertenezco a este tiempo. Antes de desaparecer de este mundo, he venido a pedir su ayuda para devolverme al lugar que me corresponde en los muelles de la Casa de Diciembre, dentro de cuatro días.

—O no podrías, ¿eh? —dijo el grillo-*daigana*—. ¡Dejar que sea borrada, digo yo!

Afaina parpadeó. De hecho, varios de sus ojos parpadearon, abriéndose y cerrándose a lo largo de su garganta y su pecho.

—¿No estás ya ahí? —preguntó.

—¿Qué? Estoy aquí, frente a usted.

Más ojos, en tonos que iban desde el azul cristalino del Palacio Kuludrava hasta el casi negro del fondo del océano, aparecieron a lo largo de sus brazos.

—Por el contrario, nunca te fuiste. Sigues ahí de pie, con el filo de la sacerdotisa en la mano.

Ella bajó la mirada, medio esperando ver el cuchillo de Meli en su palma, pero sus dedos enguantados permanecían vacíos y translúcidos.

—No lo entiendo.

—Quizás esté diciendo que estás soñando, ¿eh? —dijo Nogadishao—. ¡Quizá todo esto no ha sido más que un sueño!

Senara le dio un codazo con la punta del dedo.

—Deja de hacer eso. No somos sueños.

Él le jaló el cabello.

—Habla por ti. Si soy un sueño, entonces no soy realmente un grillo, ¿eh? Y tú sigues en tu pueblo, muy a gusto con cómo sea que se llame. ¿No sería bonito?

Los ojos de la chica brillaron, y por un segundo Miuko pensó que podría echarse a llorar, pero se limitó a apartar las lágrimas de sus pestañas y a levantar la barbilla.

—Sería una mentira.

Tras una pausa, en la que Afaina parecía estar mirando a lo lejos, o a unas motas casi imperceptibles que flotaban en el aire, ladeó la cabeza con curiosidad.

—Esto no es un sueño —luego, se dirigió a Miuko—: Tú tampoco estuviste nunca en el muelle. Sigues cautiva del que llamas *doro yagra*.

—Pero ¿cómo puede ser eso?

Alrededor de la cabeza de Afaina, la corona de estrellas giraba, las constelaciones parpadeaban a la luz del sol.

—El tiempo es un río con muchos afluentes, Otori Miuko. En uno de ellos, ya eres una demonio, pues te has dado un festín con tu propio padre mientras su posada ardía hasta los cimientos. Por otro, sigues siendo humana, ya que, presintiendo la desgracia que te esperaba, regresaste por el Antiguo Camino hace ocho días, y Tujiyazai, sin haberte visto nunca, cabalgó hacia Udaiwa, donde procedió a arrasar Awara. En esa línea temporal, ni siquiera Nihaoi se salvó —el dios inhaló profundamente, haciendo que otro par de ojos se abrieran a lo largo de sus costillas—. Puedo oler el humo desde aquí.

Miuko dio un pisotón que, aunque hubiera sido más fuerte, habría tenido poco efecto sobre la dura superficie de su rótula.

—Pero esas cosas no ocurrieron en *este* tiempo. En *este* tiempo, mi amigo me está esperando, y morirá si no puedo volver con él.

Sobre el cuerpo de Afaina aparecían ahora cientos de ojos, todos ellos abriéndose y cerrándose, contemplando variaciones temporales que sólo el Dios de las Estrellas podía ver.

—Muchos morirán si regresas. Muchos morirán si no lo haces. Cuando ves la existencia como yo, la muerte no tiene sentido. Yo estoy vivo, o tú, en tu frustración, me has matado. Tu amigo escapa, o su garganta es cortada. No hay diferencia.

—¡La hay para mí! Vamos, debe haber algo que usted quiera, ¿algo que yo pueda darle?

El dios bostezó, como si su atención ya se estuviera desviando.

—No puedes negociar conmigo, Otori Miuko, porque no tienes nada que yo necesite.

Desesperada, Miuko miró a Senara (que volvía a morderse el labio, al parecer tan perdida en sus pensamientos como el propio Afaina) y luego, con menos esperanza, a Nogadishao, que se encogió de hombros.

El Dios de las Estrellas volvió a bostezar.

—Todo existe en otro lugar, en otro tiempo —lánguidamente, comenzó a hundirse de nuevo en las aguas, cada uno de sus ojos se cerró al volver a otras líneas temporales, otras posibilidades.

Miuko se dio cuenta con decepción de que en realidad él no estaba aquí. Nunca lo había estado. En este preciso momento, él estaba en una docena de otros mundos, tal vez uno en el que el Clan Omaizi no había derrotado a los Ogawa junto a Nihaoi; tal vez otro en el que la madre de Miuko no había cabalgado en la hora límite aquella noche, sino que se había quedado con su familia otro día, otra semana, otro año.

Tal vez, a los ojos de Afaina, ella nunca se había ido.

Para el Dios de las Estrellas, todo era posible y, como todo era posible, nada importaba. Él flotaba en el tiempo como una balsa en un océano infinito, por completo desconectado de su entorno.

Pero Miuko no estaba inmovilizada, y para ella, todo importaba.

Cada momento que tenía.

Cada elección que hacía.

Cada persona que amaba.

A diferencia de Afaina, no estaba desconectada del mundo, porque no estaba sola.

—¡Espere! —gritó, levantando sus manos transparentes para captar su atención—. Tengo algo para usted, Afaina-kanai, algo que no creo que tenga en ninguno de sus numerosos tributarios.

Él hizo una pausa, sus ojos se enfocaron y desenfocaron, las olas lamían su colosal barbilla.

Al cabo de un rato, levantó una ceja.

—¿Ah, sí?

Rebuscando en su bolsillo, Miuko sacó el portaincienso. Con dedos temblorosos, desató el cordel y desenvolvió el papel. Levantó la tapa.

—Un amigo —dijo.

En un instante, el gato de humo salió disparado y cayó sobre la rodilla de Afaina en una tenue bola de humo.

—¡El *tseimi*! —Senara se arrodilló para acariciarlo, feliz. Luego, mirando acusadoramente a Miuko, la reprendió—: ¡No me dijiste que era *tan* lindo!

—No es sólo lindo —explicó Miuko, mientras el gato de humo rodaba sobre su lomo, dando zarpazos al aire—. También es inmortal. Me temo que era demasiado peligroso para dejarlo suelto en Awara, pero aquí no supone ningún peligro.

Cada uno de los ojos de Afaina estaba abierto ahora, miles de ellos, incluso sobre su rótula, donde Miuko y Senara tuvieron que apartarse para no pisar sus globos oculares, y cada uno de ellos estaba dirigido hacia el *tseimi*. Desde el océano, él levantó una mano enorme, goteando agua de mar, y apoyó los dedos con suavidad contra el borde de la isla.

—Uh —dijo.

El gato de humo trotó hacia él y saltó por las húmedas crestas de las yemas de sus dedos, donde de inmediato empezó a golpear una hebra suelta de alga, para enseguida perseguirla por los nudillos de Afaina.

—Un gato —el dios rio, enviando ondas a través del agua—. En ninguna otra línea temporal tengo esto.

Ronroneando, el *tseimi* saltó de nuevo a la isla y se acurrucó entre tres de los ojos de Afaina, que miraba con adoración a la esponjosa criatura.

Miuko se inclinó de nuevo, extendiendo el portaincienso en sus palmas.

—Te lo ofrezco —dijo—, si me devuelves al tiempo y lugar donde debo estar.

Con una ternura que ella no creía posible en un ser de semejante tamaño, él levantó la mano, con cuidado de no molestar al gatito adormilado, y le arrancó el portaincienso, envolviéndolo en algún lugar de su poblada barba.

—Otori Miuko —dijo, la diversión todavía retumbaba en su voz—. Acepto…

—Espera —Senara puso una mano en el brazo de Miuko.

Miuko, sintiendo que ya había esperado bastante, frunció el ceño, pero permaneció en silencio.

Una sonrisa ladina y cómplice se dibujó en los labios de la chica.

—Hay algo más que tiene que hacer, Afaina-kanai, porque creo que ya lo ha hecho.

Varios de los ojos del dios se volvieron hacia ella, aunque otros permanecieron fijos en el *tseimi* dormido.

—¿Oh?

—¡*Usted* fue quien la sacó del muelle, para empezar!— declaró Senara—. "¡Hola, otra vez!". ¿Por qué diría eso si no la hubiera conocido antes? Quiero decir, era la primera vez para Miuko, pero no para usted, ¡porque ya la conoce!

—Eh, ¿qué? Espera. Usted... —Miuko tropezó con sus propios pensamientos, recordando el momento en que había sido transportada desde los Dientes de Dios. Había una figura cerca, algo inmenso, oscureciendo todo el cielo, y una voz, profunda como los abismos más profundos del mar: *Hola, otra vez.*

Su invocación no había salido mal. Sólo había sido interrumpida.

—¿Fue *usted*? —gritó Miuko.

Durante un rato, el Dios de las Estrellas pareció reflexionar sobre ello, con sus numerosos ojos parpadeando y guiñando en fascinantes patrones. Al final, todos sus ojos, excepto los dos principales, se cerraron, y miró a Miuko y a Senara pensativo.

—Supongo que sí —dijo divertido—. Tienes razón, pequeña humana.

Sonrojada, la chica hizo una reverencia.

Miuko, sin embargo, estaba furiosa.

—¿Por qué hizo eso? ¡Podría haberlo detenido en el muelle! Podría haber...

—Lo hice porque me diste un gato —interrumpió Afaina—, y porque la pequeña humana me lo pidió, y porque en cuatro segundos estarás de acuerdo en que fue lo mejor.

Gruñendo, Miuko preparó una réplica, pero en lugar de eso, su mano cayó sobre el collar de hechizos que el sacerdote principal le había dado.

Si Afaina no la hubiera llevado al pasado, ante todo, se habría visto obligada a matar al *doro*, Omaizi Ruhai, para desalojar a Tujiyazai de su cuerpo. Al quitar esa vida, habría perdido su humanidad para siempre.

Debido a este momento, aquí mismo, todavía tenía una oportunidad de derrotarlo sin destruirse a sí misma.

—Oh —dijo ella.

—¡Ja, ja! —chilló Nogadishao—. ¡Cuatro segundos exactos!

Afaina extendió la palma de la mano.

—¿Estás preparada, Otori Miuko?

¡Sí!, la vocecita de su interior se alegró.

Pero ella no respondió. Mirando a Senara, que aún parecía bastante satisfecha de sí misma, y al grillo-*daigana*, que chirriaba en el hombro de la chica, Miuko negó con la cabeza.

—¿Y mis amigos?

El dios zumbó en lo más profundo de su pecho y, durante un segundo, todos sus ojos revolotearon —se abrían y cerraban, se abrían y cerraban— como miles de alas.

—Hay mucha agitación por delante —dijo largamente—. Los colocaré donde más se necesiten.

Miuko se volvió hacia Senara, que se lanzó a sus brazos en un alboroto de suave túnica y ondulado cabello negro, casi desalojando a Nogadishao de su percha.

—Gracias —le susurró Miuko—. Espero que algún día nos volvamos a ver.

La chica la apretó con fuerza.

—Sé que así será.

—¿Y yo qué, eh? —chirrió irritado Nogadishao.

Soltando a Senara, Miuko se inclinó ante él.

—También a ti te doy las gracias, *daigana*-kanai —luego, subiendo a la mano de Afaina—: Y a ti también, Dios de las Estrellas. No lo olvidaré.

—Nadie más lo hará tampoco —retumbó, cerrando el puño en torno a ella, suave como un abrazo—, si el mundo sobrevive.

Luego se elevó hacia el cielo, despidiéndose de Senara y del grillo-*daigana*, abajo.

—¡Adiós! ¡Adiós! —gritaron ellos y luego, su tamaño se redujo hasta que no fueron más que una mancha rosa sobre la dura piedra de la rótula de Afaina—. ¡Hasta pronto, *shaoha*!

—¡Adiós! —gritó ella mientras el aire se nublaba y se arremolinaba a su alrededor como niebla, hasta que sus rostros se perdieron de vista.

Agarrando el pulgar de Afaina, entrecerró los ojos en las sombras. Sí. Allí estaba la otra mano del dios, tendida hacia una figura en la oscuridad. Vio brevemente la túnica de una sacerdotisa ondeando en el aire.

Somos nosotras, susurró su voz-humana.

El Dios de las Estrellas rio entre dientes.

—Hola, otra vez.

De pronto, sintió tablones de madera bajo sus pies. Sobre ella, la mano de Afaina se retiró y, en el centro de su palma, vio otro ojo, tan azul como su propia carne.

Éste guiñó.

Y entonces desapareció, sustituido por el golpeteo de las olas, el olor a sangre y una inconfundible ráfaga de calor cuando llegó a ella la voz de Tujiyazai:

—¿Y bien, Ishao? El tiempo no está de tu lado.

Miuko sonrió, sacando el hechizo de exorcismo de su cuello.

Eso es lo que tú crees.

19

UNA VISIÓN DE SHAO-KANAI

Todo estaba como Miuko lo había dejado: el sol abrasador, las olas centelleantes, las gaviotas revoloteando ruidosamente sobre sus cabezas. En la cubierta de la barca, Geiki yacía inmóvil en la punta de la espada del *kyakyozuya*. Tujiyazai estaba de pie en el muelle. Su voz triunfante se debilitó con incertidumbre cuando el yo del pasado de Miuko desapareció de la vista.

La única diferencia era que Miuko no reapareció en su antigua posición junto a Meli, frente al *doro yagra*, a una distancia de veinte pasos.

En cambio, se materializó directamente detrás de él, tan cerca que podía sentir el calor deslizándose de sus hombros como un manto.

Alrededor de su cuello, él todavía llevaba el sencillo collar engarzado con el hechizo vinculante que había tomado de la Casa de Noviembre.

—¡*Doro*-kanai! —gritó el cazador de demonios.

Tujiyazai se giró y, con una sola mirada abrasadora, contempló la figura transparente de Miuko, que recuperaba rápidamente la sustancia ahora que había vuelto al lugar que le correspondía en el tiempo.

—¿Cómo hiciste eso? —dijo Geiki, pero se arañó accidentalmente con la hoja del *kyakyozuya* y volvió a encogerse—. ¿Por qué eres *transparente*?

A lo lejos, se oían gritos procedentes del templo.

El príncipe demonio la miró pensativo.

—¿Dónde has estado, Ishao?

—No me llamo así.

Antes de que él pudiera reaccionar, ella le arrancó el cordón del cuello y golpeó el hechizo de exorcismo en el pecho con tal fuerza que se tambaleó hacia atrás y tropezó con los tablones desiguales.

Por un momento, el trozo de papel brilló con intensidad, la tinta añil parpadeó como sombras arrastrándose sobre un trozo de carbón.

Miuko buscó el segundo hechizo, el que lo ataría. Pero Tujiyazai no salió del cuerpo del *doro*. Recuperando el equilibrio, él se levantó y ladeó la cabeza hacia ella, como si estuviera desconcertado. En el pecho, el hechizo se desvaneció, humeando como una vela apagada.

Él se echó a reír.

Miuko retrocedió. El hechizo de exorcismo debería haberlo expulsado del cuerpo del *doro*. Debería haberlo hecho supurar en el muelle, como pus de una llaga.

En lugar de eso, el príncipe demonio se arrancó el hechizo del pecho y lo desmenuzó en docenas de diminutos pedazos con sus elegantes dedos.

—Después de tu rabieta en el castillo, pensé que reaccionarías con alguna tontería. Aún no sé exactamente cómo lo lograste, pero parece que tenía razón —abriéndose la túnica, descubrió su pecho.

Allí, sobre el corazón del *doro*, había un tatuaje, recién grabado.

Miuko miró el cilindro de bambú que ella le había quitado. Vacío.

Tujiyazai se había impreso en sí mismo el hechizo vinculante.

Por supuesto, gimió la vocecita de su interior.

Ella tendría que haberlo esperado. Ya había usado un tatuaje para evitar ser invocado. ¿Por qué no usar uno para atarlo al cuerpo de Omaizi Ruhai para siempre?

Ahora Tujiyazai no podía ser exorcizado, y si no podía ser exorcizado, no podía ser detenido.

Detrás de ella, escuchó al *kyakyozuya* cambiar de postura.

—El *doro* no necesitaría un hechizo para atarse a su propio cuerpo. ¿Quién eres, monstruo? ¿Por cuánto tiempo lo has poseído?

Tujiyazai rio.

—El suficiente.

Con un rugido, el cazador de demonios saltó hacia el *doro yagra,* con su espada bendita centelleando al sol.

Viendo su oportunidad, Miuko se agachó debajo de él y sacó a Geiki del barco.

—¡Ay! —gritó él, con una mano en su costado herido.

—¡Deprisa! —mientras Tujiyazai y el *kyakyozuya* se enfrentaban, medio arrastró, medio cargó al *atskayakina* hacia la orilla.

Meli salió corriendo a su encuentro, con su alta figura cubierta por una faja bermellón; Miuko estaba segura de que no la llevaba cuando había corrido hacia los muelles la primera vez.

—¿Cuándo conseguiste esa faja? —gritó Miuko.

La sacerdotisa jaló el brazo de Geiki por encima de su hombro.

—Un espíritu de nubes nos entregó una hace una semana, diciéndonos que reprodujéramos tantas como pudiéramos.

Beikai.

Miuko sonrió. Su favor había sido redimido.

Juntas, ella y Meli ayudaron a Geiki a llegar a la orilla; los sonidos de la batalla resonaban tras ellas. Dejando al *atskayakina* en brazos de la sacerdotisa, Miuko se apresuró a ayudar al cazador de demonios.

Él se movía con rapidez, dando tajos, apuñalando, con su espada parpadeando adentro y afuera, abajo y a los lados, pero ninguno de sus golpes acertaba. Tujiyazai era demasiado rápido, demasiado fuerte; ni siquiera necesitaba una espada para desviar los ataques del *kyakyozuya*, que evadía con una rapidez antinatural.

El *doro yagra* suspiró, como si todo aquel ejercicio le resultara agotador, y la siguiente vez que el cazador de demonios se abalanzó sobre él, agarró la muñeca del hombre, se la rompió limpiamente, y lo estampó de bruces contra uno de los pilotes. La sangre brotó de la nariz y la boca del *kyakyozuya*. Su cuerpo quedó inerte, desplomado sobre el muelle, donde Tujiyazai pisoteó su pecho varias veces, al parecer, sólo por rabia.

—¡Basta! —gritó Miuko.

El príncipe demonio se sacudió el polvo de las manos y la miró con las llamas bailando en las cuencas de sus ojos.

—Resistirse es una pérdida tanto de mi tiempo como del tuyo. Al final, vendrás conmigo, Ishao —apuntó con un dedo a Geiki, la única persona del muelle sin hechizos que lo protegieran del poder de Tujiyazai—. ¿Quizá lo harás para evitarle a tu amigo el castigo de mi ira?

Miuko lo fulminó con la mirada, pero él no había terminado.

—O quizá lo harás porque finalmente aceptas la verdad: eres una *demonio*. Estás destinada a destruir. Vendrás conmigo porque la devastación es tu *naturaleza,* Shao-kanai. De una forma u otra, es inevitable.

Shao-kanai. Asesina. Aniquiladora.

Dama de la Muerte.

Por fin, Miuko comprendió lo que quería Tujiyazai.

Todo. Con el príncipe demonio alimentando sus poderes, sería capaz de arrasar tanto a Ada como a Ana en cuestión de días, desde los picos más altos hasta los escarabajos más insignificantes, pasando por los mismísimos dioses lunares, hasta convertir todo en polvo. Ella sería una herramienta de venganza, desatada sobre el mundo.

Y si alguna vez llegaba a perder su humanidad, lo haría con gusto, pues entonces ansiaría esa desolación tanto como Tujiyazai.

En ese momento, llegó hasta ella el sonido de los cánticos. Los sacerdotes de Amyunasa estaban llegando la orilla, cada uno de ellos ataviado con una faja bermellón como la de Meli.

—¿De dónde sacaron eso? —gruñó Tujiyazai.

Miuko le enseñó los dientes con una sonrisa feroz.

—¿En verdad te gustaría saberlo?

Él retrocedió cuando los sacerdotes avanzaron con sus estandartes de protección, abriendo un espacio para Miuko, que podía sentir la magia zumbando entre sus dientes, antes de volver a cerrar filas. El *doro yagra* miró más allá de sus ondulantes hechizos. El fuego ardía a lo largo de sus cuernos.

—¿Es esto, entonces? —preguntó—. ¿Los eliges a ellos antes que a mí?

Miuko se irguió y lo miró.

—Yo *nunca* te elegiré a ti.

Detrás de ella, Geiki vitoreó.

Meli lo hizo callar.

—Que así sea —Tujiyazai saltó a la barca y se alejó del muelle, con todo su cuerpo en llamas, brillante como un faro en el mar matutino—. ¡Pero si yo no puedo tenerte a *ti*, entonces nadie puede tener *nada*! Te arrepentirás de esta elección, Ishao. Me aseguraré de ello.

20

LA VIEJA BRUJA

La primera reacción de Geiki, tras haber escuchado la totalidad del extraño y sobrenatural relato de Miuko, fue señalar con un dedo en su dirección y declarar con una carcajada triunfal:

—¡Eres vieja!

Sentada en el borde del colchón, frunció el ceño.

—No, no lo soy.

—Eres siete días y medio mayor de lo que eras esta mañana. ¡Eres vieja! Eres una vieja bruja —bajando la cabeza, juntó las palmas de las manos en un gesto de fingido respeto—. Me inclino ante ti, oh, Venerable Anciana.

Ella le dio un manotazo.

—No puedo creer que te haya extrañado.

—¡Claro que me has extrañado! —se pavoneó Geiki—. Soy un encanto.

A pesar de sí misma, sonrió. Si el *atskayakina* se encontraba lo bastante bien para sentarse en la enfermería del templo y bromear con ella, era una buena señal.

Sin embargo, no podía decir lo mismo del *kyakyozuya*, que permanecía inconsciente en la cama junto a la ventana, donde la luz del sol de la tarde se colaba entre los árboles, ensombreciendo su cuerpo magullado y vendado.

Geiki sacudió la cabeza.

—¿Sabes qué es lo peor? —preguntó.

—¿Qué cosa?

—Usaste nuestro único favor con Beikai en *accesorios de moda.*

Miuko se burló.

—¡Esos "accesorios de moda" salvaron a todos de ser convertidos en asesinos violentos!

—Sí, pero piensa en *mí* por un segundo, ¿quieres? ¡Podría haber tenido riquezas incomparables!

—Tú no quieres riquezas incomparables —ella le dio un codazo en el costado ileso, en parte para molestarlo y en parte para asegurarse de que era sólida otra vez—. Lo que tú quieres es la oportunidad de robar riquezas incomparables.

—¿No es eso lo que dije?

Miuko rio.

A medida que pasaban las horas, los ángulos de luz cambiaron, arrastrándose por los suelos de paja. En los patios del templo, los sacerdotes se preparaban para partir hacia el continente, reuniendo estandartes y entintando fajas bermellón. Nadie sabía exactamente lo que Tujiyazai había planeado para Awara, pero todos comprendían que el príncipe demonio no profería amenazas vacías.

Junto a la cama de Geiki, Miuko jugueteaba con el hechizo de atadura —el único que le quedaba—, enrollando el cordón alrededor de la punta de su enguantado meñique.

—¿Qué? —preguntó el *atskayakina*—. ¿Qué te pasa?

—¿Qué vamos a hacer, Geiki?

—Dormir, lo más probable. Ya deberías haberlo hecho. Te lo has ganado.

—No me he ganado nada. Tujiyazai sigue ahí afuera.

El *atskayakina* se encogió de hombros.

—Pues yo sí me lo he ganado.

—¿Cómo?

—¡Recibí un disparo!

—Geiki…

—¡Es broma! —sonrió—. Bueno, casi…

—Él va a hacer algo terrible —dijo Miuko, dejando caer el collar contra su pecho—. Lo sé.

—Los sacerdotes irán al continente mañana por la mañana. Tendremos suficientes hechizos para proteger a la gente para entonces.

—A *algunas* personas, tal vez, pero no a todos. La única forma de proteger a todos es deteniéndolo.

El *atskayakina* se revolvió entre sus sábanas.

—Sí, pero ¿cómo? No podemos atraparlo si sigue dentro del cuerpo del *doro*.

Desde su cama junto a la ventana, el cazador de demonios se removió y gimió.

—Oblíguenlo a salir —graznó.

—*¡Kyakyozuya!* —gritó Geiki, agitando las manos hacia el herido como si quisiera alejarlo de la enfermería—. No se te ocurra tasajear a nadie ahora. Puede que Miuko sea una demonio, pero no es como los demás. Es una demonio *buena*.

El cazador de demonios gimió.

—Puedo verlo.

El *atskayakina* abrió la boca para responder, pero Miuko le puso una mano en el hombro.

—Ve a buscar a Meli.

Él la miró boquiabierto.

—¡Pero si a mí me dispararon!

—Todavía puedes caminar, ¿cierto?

—¡Con mucho dolor! —lloriqueando, salió cojeando dramáticamente de la enfermería, aunque ninguna de sus piernas había resultado herida.

Miuko se puso en pie y se acercó a la cama del cazador de demonios como quien se acerca a un buey herido: tal vez estaba incapacitado, pero seguía siendo peligroso.

No tenía por qué ser tan cautelosa. El rostro del *kyakyozuya* estaba hinchado y morado, con la nariz rota y el labio partido. Tenía vendadas la muñeca y las costillas, y parecía tener problemas para respirar.

La miró a través de uno de sus ojos inyectados en sangre.

—No eres del todo un demonio, ¿verdad?

Nop, dijo alegremente su voz-humana.

Miuko negó con la cabeza.

—Todavía tengo mi alma humana. La tendré hasta que tome mi primera vida... o hasta que descubra cómo deshacerme de esta maldición para siempre.

—Esto es nuevo para mí.

—Sí —Miuko puso los ojos en blanco—. Para mí también.

Una de las comisuras de la boca ensangrentada del *kyakyozuya* se crispó, como si luchara contra una sonrisa.

—Entonces... ¿qué clase de demonio está poseyendo al *doro*? —preguntó.

—Un demonio malévolo llamado Tujiyazai.

—¿Tujiyazai? Es una leyenda.

—Sí —dijo Geiki, reapareciendo en la puerta con Meli—. Un legendario *vakaizu*.

Para sorpresa de Miuko, el *kyakyozuya* se rio. Sobresaltada, dio un salto hacia atrás, preparándose para luchar, pero él se limitó a llevarse una mano al pecho vendado, pues la risa parecía dolerle.

Meli chasqueó la lengua, apartando con suavidad a Geiki al pasar para acercarse al cazador de demonios.

—Si estás tan bien como para molestar a nuestro otro paciente, quizás estés lo bastante bien para que te trasladen fuera de la enfermería.

—¡Oh, no! —dijo el *atskayakina*, arrojándose de nuevo sobre su colchón, donde se subió las sábanas hasta la barbilla—. Mi recuperación puede haber retrocedido días o incluso meses, sólo porque Miuko no quiso ir a buscarte. ¡Debo quedarme aquí!

La sacerdotisa soltó una risita.

—Esa flecha apenas te arañó. Eres demasiado rápido como para que algo así lograra herirte de gravedad.

Él se asomó por el borde de las sábanas y sonrió.

Miuko suspiró profundamente y se volvió hacia el *kyakyozuya*.

—De todos modos, no podemos obligar a Tujiyazai a salir del *doro*. Intenté con el único hechizo de exorcismo que tenía, y ya viste cómo funcionó.

—¡Eh! —el cazador de demonios se encogió cuando Meli inspeccionó sus heridas—. ¿Crees que un *kyakyozuya* sólo conoce una manera de exorcizar a un demonio?

Olvidando que una vez la había intentado cazar, y que sólo unas horas antes había amenazado con matar a Geiki, Miuko aferró los brazos de él con impaciencia.

—*¿Qué?*

Él gimió, pues ella también había olvidado que estaba gravemente herido.

—¡Miuko! —tomándola con firmeza por los hombros, Meli la obligó a retroceder.

—¡Lo siento! —Miuko le dio unas palmaditas en el brazo con torpeza, e incluso retrocedió otro paso para darle tranquilidad—. ¿Decías?

Él hizo una mueca mientras la sacerdotisa seguía revisando sus heridas.

—Todos los hombres tienen dos formas, una de Ada y otra de Ana.

—Cuerpo y espíritu —dijo Meli. Luego, ella apretó una de sus vendas con un poco más de fuerza de la necesaria—: Todas las personas los tienen, en realidad, sean hombres o no.

El cazador de demonios hizo una mueca de dolor.

—Sí, claro, y en todas las personas, el cuerpo y el espíritu van juntos. Es la ley de la naturaleza.

Miuko se cruzó de brazos.

—¿Y...?

—Y, entonces, necesitas el alma original del anfitrión. No importa lo poderoso que sea el espíritu poseedor, el alma original del anfitrión siempre lo derrocará.

—¿Omaizi Ruhai? —en su emoción, volvió a estirarse hacia el *kyakyozuya*, pero esta vez se abstuvo de tocarlo—. ¿Necesitamos el alma de Omaizi Ruhai?

El cazador de demonios asintió.

—El problema es encontrarla. Puede que ya no esté en su cuerpo, pero técnicamente está vivo, así que no estará en Myudo, lo que significa que podría estar en cualquier parte de Ada o Ana.

Recordando las extensas ciudades nautiliformes y las amplias glorietas que había visto en su paseo con los *baiganasu*, Miuko gimió. Las tierras de Ana eran simplemente demasiado vastas para buscar, y el tiempo que tenían era simplemente demasiado corto.

—Mmmm... —Meli colocó el último vendaje del cazador de demonios en su sitio—. Creo que conozco una manera

—dijo en tono reflexivo—. Es un viejo ritual del sacerdocio rara vez utilizado, pero si funciona como creo, entonces deberíamos ser capaces de localizar el alma del *doro* esta noche.

21

LA PUERTA DE LA LUNA

El ritual, como se vio después, tenía que ver con el estanque reflectante que Miuko y Geiki habían descubierto la noche anterior (u ocho noches antes, según la perspectiva con que se mire).

—Se llama la puerta de la luna —explicó Meli, y en generaciones pasadas, los sacerdotes de Diciembre la habían utilizado para localizar almas humanas perdidas, separadas de sus cuerpos y a la deriva en las tierras salvajes de Ana.

En la noche de luna llena, los sacerdotes podían enviar el alma de un voluntario a través del estanque y al mundo de los espíritus, donde, si sus intenciones eran ciertas, podrían discernir la ubicación del alma perdida. Cuando obtenían la información que buscaban, el espíritu del voluntario regresaba a su cuerpo y podía comenzar el viaje físico para recuperar al alma perdida.

Sin embargo, había un problema.

—La magia es más fuerte cuando el voluntario conoce al alma perdida —dijo Meli—, y no sé tú, pero *yo* nunca he conocido al *doro*.

—¿Tal vez Hikedo-jai? —sugirió Miuko con esperanza.

Por desgracia, como descubrieron cuando propusieron su plan al sacerdote principal, ninguno de los discípulos de Amyunasa había conocido jamás al verdadero Omaizi Ruhai, pues los hombres de la nobleza no solían relacionarse con sacerdotes aislados.

—O los *atskayakinasu* —añadió Geiki.

Al haber viajado con Tujiyazai desde tierra firme, el *kyakyozuya* había pasado al menos la mayor parte del tiempo con el cuerpo del *doro*, por lo que insistía en que eso lo convertía en el mejor candidato para el ritual, pero Meli protestó diciendo que sus heridas eran demasiado graves.

—¡No voy a dejar que te ahogues mientras estés bajo mi supervisión! —declaró con tal firmeza que el cazador de demonios volvió a hundirse dócilmente en su colchón.

—Tengo que ser yo, entonces —dijo Miuko—. Yo lo haré.

El *kyakyozuya* negó con la cabeza.

—Eres una demonio.

—Tengo un alma humana. Es lo único que necesito, ¿cierto?

Meli frunció el ceño, su expresión habitualmente serena era de preocupación.

—Deberás tener cuidado. No sé exactamente cómo será al otro lado de la puerta de la luna, pero he oído hablar de voluntarios que se pierden en el mundo de los espíritus y nunca vuelven a encontrar el camino de regreso a sus cuerpos. Será peligroso.

—¿Peligro? ¡Ja! —Geiki hinchó el pecho—. Lo conozco bien.

—*Tú* no eres el voluntario —señaló Miuko.

—Sí, pero estaré muy cerca de la voluntaria, ¿no es así?

—Oh, ¿así que vienes con nosotras? —fingió sorpresa—. Pensé que no querías retrasar tu recuperación.

El *atskayakina* frunció el ceño.

—Ya me perdí una aventura. Si crees que voy a quedarme fuera de ésta sólo por unas pequeñas heridas superficiales, valientemente ganadas, es que todavía no me conoces en absoluto.

El *kyakyozuya* se quedó en el templo, para seguir con su recuperación, y Miuko, Geiki y los sacerdotes partieron cerca de la medianoche. Las olas golpeaban con suavidad contra sus barcos. Al sur, un macabro resplandor carmesí cubría el horizonte donde se encontraba la tierra de Awara. Los sacerdotes murmuraban inquietos al tomar los remos.

—Eso es cosa de Tujiyazai —dijo Miuko, también intentando remar, aunque, en estricto sentido, no sabía cómo—. Tiene que serlo.

—Menos mal que vamos a detenerlo, entonces —Geiki palmeó su mochila, que había sido cargada con provisiones y una muda de ropa para cada uno, pues él y Miuko planeaban comenzar la búsqueda del alma del *doro* en cuanto supieran por dónde empezar a buscar.

Al cruzar el estrecho, los sacerdotes atracaron en la isla rocosa, donde, a la luz de sus linternas, escalaron el estrecho sendero hasta la puerta de la luna. Allí se dispusieron alrededor del estanque, sentados con las piernas cruzadas sobre las piedras planas que lo bordeaban.

Bajo la dirección de Meli, Miuko se metió en el agua. En la sociedad de los Omaizi, se desaconsejaba nadar a las chicas de la clase sirviente, pero por suerte Miuko al menos había aprendido a flotar practicando en las bañeras de cedro de la posada, con su madre acunándola bajo la superficie.

Hacía años que no lo hacía, desde que los baños le habían quedado pequeños y su madre había desaparecido de su vida, pero el recuerdo la invadía ahora, tumbada boca arriba, con el agua golpeando sus mejillas y el cabello flotando a su alrededor como una nube. Inhaló profundamente, cerró los ojos y sintió las manos de Meli —tan suaves como lo habían sido las de su madre— guiándola hacia el centro del lago.

—En cuanto yo salga del agua, empezaremos a cantar —le susurró la joven sacerdotisa—, y comenzará el ritual.

—Y lo único que tengo que hacer es mantenerme concentrada en el alma de un chico que nunca he conocido —dijo Miuko—. Fácil.

Meli le apretó el hombro y le dedicó una cálida sonrisa.

—No te preocupes. Has hecho cosas más extrañas que ésta —la joven sacerdotisa se alejó de ella, nadando con largas y suaves brazadas hacia el arco de granito al borde del agua, donde Hikedo la ayudó a subirse a una de las piedras planas.

Detrás de ellos, Geiki, una silueta danzante contra la cara de la luna, saltaba nervioso de un pie a otro.

Poco a poco, los sacerdotes empezaron a entonar cánticos en tonos bajos y resonantes, sus voces subían y bajaban en ritmos hipnóticos que retumbaban en las rocas, el agua y los propios huesos de Miuko, hasta que el propio aire pareció vibrar.

El viento murió.

El sonido de las olas, que golpeaban los acantilados, se redujo a un sordo susurro.

Una ondulación perturbó la superficie del estanque reflectante, aunque no había brisa que la produjera. Miuko sintió que le salpicaba la mejilla, mojaba sus labios.

—¿Qué fue eso? —gritó Geiki.

—¡Shh! —dijo ella—. ¡Estoy tratando de concentrarme!

Los sacerdotes continuaron cantando, sus voces vibraban a través de cada grano de arena de la orilla, cada gota de agua del estanque, cada fibra del cuerpo demoniaco de Miuko, zumbaban con la magia…

Y entonces, entre una respiración y la siguiente, ella se había ido.

22

ALMAS PERDIDAS

Atravesar la puerta de la luna fue como ser succionada por un desagüe, con un jadeo y un gorgoteo, enviada flotando a lo largo de un arroyo como una hoja caída o una pluma desechada de la cola de un ave. Miuko voló por el aire, más rápido que Geiki, más rápido incluso que el trineo de los *baiganasu*, se deslizó entre las nubes cubiertas de rocío y rozó la redonda barbilla de la luna; la tierra fluía debajo de ella, ondulante y cambiante, como si las posiciones de sus ciudades y aldeas, sus colinas y valles fueran tan carentes de forma como el agua.

Una parte de ella comprendió que su cuerpo seguía en el espejo de agua…

De hecho, aún podía ver su cuerpo, y el estanque, y a los sacerdotes, los miraba como desde una gran y vertiginosa altura, pero Miuko ya no estaba allí.

Estaba en Ana, buscando el alma de Omaizi Ruhai.

Al pensar en él, el mundo giró debajo de ella y se posó en algún país en penumbras, por el que caminaba la figura alta y ancha del *doro*, con su bello rostro tenso por el miedo.

Miuko jadeó.

O más bien, su cuerpo jadeó.

De vuelta en el Diente de Dios, su cuerpo se tambaleaba en el estanque reflectante, caía por debajo de la superficie y luchaba en su camino de regreso hacia arriba, chisporroteando.

¿Se estaba ahogando?

Arañó el agua, que le salpicaba los ojos y la boca. A través de su visión borrosa, vislumbró figuras en la orilla: un chico con el cabello al viento; un grupo de sacerdotes, regordetes como gallinas en sus nidos.

—¡Miuko! ¿Estás bien? —el chico alcanzó a una de las sacerdotisas, joven, tierna, y le sacudió el hombro—. ¿Qué le pasa, Meli? ¡Eh, Miuko!

En lugar de palabras, un gruñido surgió de la garganta de Miuko, haciendo que el chico diera un salto hacia atrás, gritando:

—¡Ah! ¡Tú no eres Miuko!

Y no lo era.

Sin su alma humana, la parte demoniaca de su cuerpo había sido liberada, reinaba sobre su cuerpo y ahora la sed de sangre inundaba sus venas, más fría y salvaje que cualquier otra cosa que hubiera experimentado hasta entonces. Se agitó hacia el borde del estanque, hambrienta de contacto, de vida.

Pero Miuko no podía volver a su cuerpo todavía. El mundo entero contaba con ella.

Apartó su atención de la puerta de la luna y regresó al alma de Omaizi Ruhai. No llevaba mucho tiempo perdido, se dio cuenta, había sido emboscado por Tujiyazai una noche en las prefecturas del sur, menos de dos semanas antes de que el *doro yagra* la lanzara del puente en ruinas.

Desde que fuera expulsado de su cuerpo, Omaizi Ruhai había estado en su propia aventura. Tropezando por el mundo de los espíritus, había luchado contra demonios y negociado con espíritus embaucadores, había escapado de ogros y se había hecho amigo de un solitario *tskemyorona*[35] con cuerpo de ciempiés sombrío y dos luciérnagas brillantes por ojos. Para sorpresa de Miuko, lo había hecho todo con una amable adaptabilidad que nunca habría esperado de un miembro de la nobleza, y mucho menos del hijo del *yotokai*. A veces, el *doro* incluso parecía disfrutar galopando por Ana con una bandada de duendes u otros espíritus bajos, a los que parecía disfrutar ayudando tanto como él disfrutaba de su ayuda.

A medida que pasaban las semanas, su entorno cambiaba: las ciudades se disolvían en llanuras; las llanuras se hinchaban en montañas; las montañas se fundían en pastos salpicados de ovejas. Los ríos pasaban rugiendo como dragones. De algún lugar lejano llegaba el sonido del océano.

Pero Omaizi Ruhai siempre permaneció fijo en su destino. A través de sus pruebas y de las ocasionales travesuras, se movía con una resolución firme, sus ojos oscuros fijos en las formas de las colinas en la distancia, brillando con las linternas.

Udaiwa.

En ese momento, aunque Omaizi Ruhai era un hombre de las Grandes Casas y ella una sirvienta convertida en demonio, Miuko sintió una extraña familiaridad con el *doro*, pues no hacía tanto tiempo que ella tampoco había deseado otra cosa que llegar a su hogar.

A su pueblo.

A la posada.

---

[35] ***Tske-myoro-na*** significa, literalmente, "espíritu no-solo". En el idioma de Awara, *tskemyoro* es la sensación espeluznante que se tiene en presencia de ciertos fenómenos extraños o, en español, los "pelos de punta". Un *tskemyorona*, por tanto, es un espíritu pelos de punta.

Con su padre.

Un grito agudo la devolvió al estanque reflectante, donde su cuerpo había llegado a las aguas poco profundas. Ahogándose y escupiendo, chapoteó en el agua, lastrada por sus ropas empapadas.

Los sacerdotes no habían dejado de cantar. Permanecían inmóviles en la orilla, plácidos como ganado. Su cuerpo estaba ya casi sobre ellos, tan cerca que casi podía sentir su energía vaciándose en las yemas de sus voraces dedos. De repente, algo golpeó el agua a su lado. Un farol. Se apagó, humeante. Uno más la golpeó en el hombro. Ella siseó.

—Lo siento —gritó el chico. Pasó corriendo junto a los sacerdotes y tomó un tercer farol—. ¡No te enfades!

Ella se agachó cuando él lo lanzó, pero siguió avanzando. Tal vez el chico podría ser demasiado rápido para ella, en un principio, pero el sacerdote alto y el mayor a su lado —generoso como un durazno demasiado maduro— serían presa fácil.

Con un gruñido, se arrancó los guantes de las manos.

El espíritu de Miuko entró en pánico, volando hacia su cuerpo como si fueran a volver a ser uno en cuanto se tocaran, pero pasó a través de sí misma como si fuera un fantasma. Girando de nuevo hacia arriba, intentó gemir, pero no tenía labios ni garganta para hacerlo.

Meli ya le había dicho cómo volver a su cuerpo, y no era como una polilla que se golpea contra una llama. Tenía que obtener la información que buscaba en el mundo de los espíritus.

Tenía que encontrar al *doro*.

Así que fijó de nuevo su atención en Omaizi Ruhai y, desde su perspectiva en el aire, lo vio tambalearse a través de una serie de campos en barbecho, pasar por un horno, una granja abandonada, un granero quemado.

Nihaoi.

Él estaba en algún lugar cerca de Nihaoi.

Pero Nihaoi era peligroso para un hijo de los Omaizi, y mientras Miuko observaba, los fantasmas Ogawa —el antiguo enemigo de su familia— surgieron a su alrededor, arrastrándose desde la tierra con gritos de venganza en sus lenguas putrefactas. Lo sobrepasaron rápidamente, lo condujeron a punta de espada a través de una puerta derruida hasta un jardín en ruinas, donde un pino negro se bifurcaba hacia el cielo como un relámpago invertido.

Allá, en el norte, su cuerpo había alcanzado el borde del estanque reflectante. Había tomado al sacerdote por el cuello y lo arrastraba hacia ella, buscando su garganta con sus curvados dedos azules.

Pero Miuko conocía ese pino. Conocía esa puerta. Conocía ese jardín. El siempre cambiante paisaje del mundo espiritual se apagó.

Estaba de vuelta en su cuerpo. Empujó a Hikedo lejos de ella y cayó de nuevo en las aguas poco profundas.

—¡Lo siento! —jadeó—. ¿Lo lastimé?

Aturdide, negó con la cabeza. Los otros sacerdotes le ayudaron a ponerse en pie.

—Estuvo cerca, ¿no?

—¿Miuko? —preguntó Meli; el miedo onduló en su voz musical—. ¿Eres tú? ¿Regresaste?

Geiki no esperó respuesta. Se lanzó al estanque y golpeó a Miuko con tanta fuerza que la hizo caer de espaldas al agua.

—¡Ay!

—¡Lo siento! —le acarició el hombro, como el pájaro que era, y continuó, esta vez más tranquilo—: Por un segundo pensé que te habías ido para siempre.

Suspirando, Miuko se inclinó hacia él.

—No, sólo el tiempo suficiente para atacar a la persona más importante de la isla.

El *atskayakina* se echó a reír.

—¿Qué quieres decir? No me has atacado.

—Ojalá pudiera decir lo mismo de ti —señaló su chamuscada túnica, donde el farol la había golpeado.

Los ojos de Geiki se abrieron en un gesto de culpabilidad.

—Meli lo hizo.

Miuko le aventó agua.

—Mentiroso.

—¡No puedes saberlo! —protestó él, ayudándola a salir del agua—. Tú estabas en Ana, tratando de encontrar el alma de algún chico elegante…

—Lo cual hice.

—Así que no puedes saber quién lanzó qué faroles a quién.

—¡Funcionó, entonces! ¿Encontraste el alma del *doro*? —Meli apiló toallas y ropa fresca en sus brazos—. ¿Sabes adónde vas ahora?

—Sí —Miuko se levantó y se escurrió el agua del cabello.

Había pasado siete años contemplando aquellos campos abandonados, pero sólo había entrado por aquella puerta en ruinas hace nueve noches, corriendo más allá del pino hendido, hasta el puente derruido, donde había emprendido el camino que ahora pisaba.

El alma de Omaizi Ruhai estaba siendo velada en la antigua mansión del alcalde de Nihaoi.

—Nos vamos a casa —dijo.

23

EL ARRASAMIENTO DE AWARA

Cuando Miuko y Geiki se preparaban para partir, Meli les puso un pañuelo bermellón alrededor del cuello.

—Hay cuatro más en tu mochila, para los mortales o espíritus que las necesiten —dijo, tirando de la tela para colocarla sobre los hombros de Miuko—. Buena suerte.

Ya en su forma de pájaro gigante, el *atskayakina* graznó.

—La necesitaremos.

Miuko se inclinó ante ella.

—Gracias por todo lo que has hecho por nosotros.

La joven sacerdotisa la abrazó rápidamente, su mejilla cálida contra el cabello de Miuko.

—Gracias por lo que vas a hacer.

Miuko se echó las provisiones al hombro y subió al manto de Geiki. Con un ostentoso movimiento de sus grandes alas azules, él hizo una reverencia a los sacerdotes, que se inclinaron solemnemente a su vez, y saltó al cielo.

Sobrevolaron el océano, rozando las negras olas. El viento besó las mejillas de Miuko y se enredó en su cabello. Ella soltó a Geiki, dejó caer los brazos a los lados e inhaló el aire salado.

Sabía a libertad.

Como el peligro y la posibilidad.

Cerró los ojos y, en aquella oscuridad rugiente, volvió a pensar en su madre, a horcajadas en su caballo robado, galopando por los campos en barbecho hacia un futuro desconocido.

—¿Qué haces? —graznó Geiki, sacándola de sus cavilaciones—. ¡Si te caes, no voy a atraparte!

Sonriendo, Miuko lo abrazó de nuevo.

Una oleada de calor les golpeó al navegar sobre tierra firme, y Geiki viró rápidamente hacia el oeste para evitar ser zarandeado por el viento abrasador. Debajo de ellos, el paisaje estaba devastado: campos y bosques ardiendo, humo sobre las montañas, ciudades convertidas en cenizas, arrastradas por el fuego.

Tujiyazai se lo había advertido, ¿no?

Si yo no puedo tenerte a ti, entonces nadie puede tener nada.

Quería destruir el mundo, y la destrucción había sido rápida. Cuando los primeros rayos del sol los alcanzaron desde el este, vieron refugiados corriendo por los caminos y cadáveres, agitados por los buitres, tendidos en praderas empapadas de sangre. En algunos lugares, sin embargo, la tierra parecía intacta, casi desierta: nada más que carros abandonados y cestas volcadas, cuyo contenido se había desparramado por las zanjas tras el paso de los monos que habían hurgado en ellas.

—Está siguiendo los Grandes Caminos —dijo Miuko, señalando una franja del camino que se desplegaba debajo de ellos.

—¿Por qué? —preguntó Geiki—. ¿Crees que esté imaginando que es así como podrá hacer el mayor daño?

—Tal vez —miró a su derecha, donde, no muy lejos, una ciudad cercana parecía haber salido completamente ilesa—. O tal vez tiene algo más en mente.

—Bueno, parece que se dirige al sur. Eso reduce las posibilidades a... casi cualquier lugar en Awara.

—Udaiwa. Tiene que ser Udaiwa.

—¿Por qué?

—Es el corazón de la civilización de los Omaizi. Si quiere vengarse de su familia, es un lugar tan bueno como cualquier otro para empezar —hizo una pausa, recordando lo que Afaina le había contado sobre los mundos alternativos que había visto—. En otra línea de tiempo, él atacó allí primero.

El *atskayakina* batió sus alas para acelerar su marcha.

—No debe estar muy lejos de Nihaoi, entonces. Será mejor que nos demos prisa.

Pronto sobrepasaron la destrucción. Se detuvieron brevemente para que Miuko pudiera revisar las heridas de Geiki, pero no se atrevieron a demorarse mucho. Cada vez que se detenían a descansar, la violencia amenazaba con alcanzarlos de nuevo: humo en el horizonte, el calor abrasador de los poderes de Tujiyazai en la nuca de Miuko.

Una y otra vez huyeron, perseguidos por los sonidos de la devastación a lo lejos.

—¿Cómo consigue moverse tan rápido? —se preguntó Miuko, mirando detrás de ellos; las llamas rugían a través de un huerto—. No debería poder viajar tan rápido en el cuerpo del *doro*, ni siquiera a caballo.

Obtuvieron su respuesta en su segunda noche en el aire, cuando Geiki, con algo de sueño e ignorando la tensión de sus heridas, luchaba por mantenerse alerta. Con las alas vacilantes, se abalanzó sobre las copas de un bosque, donde por momentos se precipitaban unos metros más, lo que cada vez hacía que Miuko sintiera un hueco en el estómago.

—Vamos a detenernos por un rato —le dijo, acariciándole el hombro—. Necesitas descansar.

—No puedo —refunfuñó.

—Tienes que hacerlo.

—Si Tujiyazai se dirige a Udaiwa, pasará por el Kotskisiumaru. Ése es mi hogar. Tengo que advertirle a mi bandada.

—Nunca llegaremos con ellos si no mantienes tu fuerza.

Como si protestara, Geiki se elevó más durante unos segundos, pero luego suspiró y, con movimientos cansados de sus alas, empezó a derivar hacia las copas de los árboles en busca de un lugar donde aterrizar.

Miuko le pasó los dedos enguantados por las plumas.

—No te preocupes. Llegaremos a tiempo.

Sin embargo, al descender, se produjo una explosión a sus espaldas. Miuko lanzó un grito y miró atrás cuando la cabeza bigotuda de un espíritu de río irrumpió entre las copas de los árboles. Rugiendo, se enroscó hacia arriba y sus escamas brillaron con un azul plateado a la luz de la luna. Una pequeña figura se aferraba a su cuello.

Incluso a esta distancia, Miuko no podía confundir la forma en que su rostro ardía en la oscuridad.

—¡Tujiyazai está montando a ese espíritu de río! —gritó.

—Eso no es un espíritu —respondió Geiki con tono sombrío—. Eso es un *yasa*.

Ella sacudió la cabeza. Así era como el príncipe demonio se movía a tanta velocidad. Transformaba espíritus en monstruos y los montaba hacia el sur, a la capital.

Bramando por lo que podría haber sido dolor, el *yasa* de río volvió a caer entre los árboles, el resto de su cuerpo se enroscó y surcó el bosque en retorcidas espirales.

Geiki siguió adelante batiendo las alas, pero no habían ido muy lejos cuando se oyeron gritos desde abajo.

—¡Allí, en el cielo!

—¡El monstruo!

—¡Derríbalo!

Geiki se echó hacia un lado cuando una andanada de flechas irrumpió entre las copas de los árboles, pero fue demasiado lento. Una flecha alcanzó a Miuko en el hombro. Gritando, se desplomó de la espalda del *atskayakina*. El aire silbó a su lado cuando golpeó el dosel. Se estrelló con las ramas de los árboles, su cara se llenó de hojas.

—¡Miuko!

Se escuchó un silbido en el aire cuando Geiki se lanzó tras ella.

Entonces, sus alas la rodearon, tan suaves que por un momento amortiguaron todo el sonido del mundo.

Y juntos, golpearon el suelo.

24

MUCHAS REUNIONES, NO TODAS ALEGRES

Miuko gruñó y se revolvió bajo las alas de Geiki. A su alrededor, el bosque estaba repleto de sombras, que se cernían oscuras y profundas bajo los nudosos árboles. La luz de la luna se filtraba a través de las copas e iluminaba la forma caída del *atskayakina*: patas enroscadas, plumas arrugadas, ojos cerrados.

—¿Geiki? —lo llamó Miuko.

Él no se movió.

Cerca de allí, algo se estrelló contra la maleza: ramas que crujían, ramas que se rompían. En el aire, había un agrio olor a sudor y miedo.

—Geiki —Miuko se incorporó y lo sacudió, pero él seguía sin despertar—. *Geiki.*

Se puso de pie, agarró su nada despreciable bulto y empezó a arrastrarlo, poco a poco, tras el cobijo de un tronco medio podrido; pero antes de que pudiera esconderlo del todo, un grupo de gente irrumpió entre los árboles. Hombres. Siete de ellos, con edades que iban desde más jóvenes que Miuko hasta décadas mayores. Eran campesinos, a juzgar por su vestimenta, y cada uno de ellos portaba un arco de caza y flechas, que ahora apuntaban hacia ella, gritando.

—¡No te muevas!

—¡Oímos que el mal venía del norte, y aquí estás!

Colocándose entre ellos y Geiki, Miuko gruñó.

—¡No soy yo! ¡Y no soy el mal!

—¡Pero viniste del norte!

Uno de ellos, un hombre de túnica verde y ojos muy juntos, soltó su flecha. Miuko la esquivó y oyó cómo golpeaba un árbol detrás de ella.

Su labio se curvó. Por un momento, deseó poder culpar de su miedo y su ira a los poderes de Tujiyazai, pero el príncipe demonio estaba demasiado lejos para afectarlos y, además, las personas que él hechizaba no hablaban.

No, éstos eran sólo hombres.

Hombres enojados, aterrorizados e ignorantes.

Se congregaron alrededor de ella, dispararon sus flechas, desenvainaron hoces cortas utilizadas normalmente para cosechar.

Intentó luchar contra ellos, pero ni siquiera con sus habilidades demoniacas era una gran luchadora. Una flecha rozó su brazo. Otra le alcanzó el muslo. Rugiendo, agarró a uno de los chicos por el cuello y lo arrojó contra un árbol, donde aterrizó gimiendo.

Alguien le cortó la espalda. Otra flecha se incrustó en su costado.

Gritó, agarró al hombre más cercano y lo arrojó al suelo con tanta fuerza que quedó tendido entre las hojas muertas, aturdido y resollando.

Pero seguía en inferioridad numérica y ahora sangraba a borbotones: el hombro, el brazo, el muslo, las costillas. La sangre le goteaba por la espalda, caliente y húmeda.

Los hombres volvieron a acercarse.

Pero antes de que pudieran alcanzarla, un lazo de cuerda voló desde las sombras y atrapó uno de sus arcos. Los demás gritaron de miedo cuando un trueno resonó en el bosque.

No, truenos no.

Pezuñas.

Desde los árboles, otra cuerda cayó sobre los hombros del hombre viejo y lo jaló hasta ponerlo de rodillas. Un borrón gris salió al galope de la oscuridad y se detuvo junto a Miuko.

—¡Roroisho! —gritó ella.

La yegua rucia resopló a modo de saludo. En su lomo, Kanayi, la chica que Miuko había tomado como esclava, la miraba con una expresión sombría en sus ojos grises.

—Oh. Eres tú.

Miuko se arrancó las flechas de las costillas y el muslo. Las heridas eran dolorosas, pero en realidad deberían haberle dolido todavía más. Parecía que su cuerpo demoniaco se recuperaba con rapidez; aunque, al ritmo al que acumulaba heridas, no con la suficiente.

—Kanayi —dijo—, ¿qué estás haciendo aquí? ¿Dónde…?

—¡Ah! —gritó uno de los hombres, señalando con su cuchilla de cosecha—. ¿Qué está haciendo esa chica en ese caballo?

—¡Yéndome! —gritó Kanayi, instando a Roroisho a seguir adelante—. ¡Estás por tu cuenta, demonio!

Pero la yegua se negó a ceder. Gruñendo, Kanayi la aciceteó, pero la yegua no hizo más que echar las orejas hacia atrás.

—¿Qué pasa? —gritó Miuko, mirando por encima de su hombro—. ¡Vete!

—¡Lo estoy intentando!

Estaban demasiado distraídas, eran demasiado inexpertas en la batalla, y mientras ellas reñían, los hombres atacaban.

Una flecha rozó el cuero cabelludo de Miuko. Otra voló hacia Kanayi, con una afilada punta metálica que brillaba en la penumbra.

Pero antes de que pudiera alcanzarla, Miuko se levantó de un salto, la agarró por el asta y la rompió entre sus fuertes dedos demoniacos.

Kanayi jadeó y su expresión pétrea se transformó en sorpresa. Luego, volvió a endurecerse.

—¡Esto nos deja a mano!

—¡Bien! —Miuko tiró las mitades al suelo—. ¡Entonces vete de aquí, para que no tenga que protegerte a ti también!

Pero la muchacha no se marchó. Lanzó el último trozo de cuerda que le quedaba, atrapó al hombre de la túnica verde por el brazo y lo obligó a soltar la hoz. Uno de los chicos cargó contra ella, pero Miuko lo interceptó; él alcanzó a cortar su mejilla con su espada, pero ella lo lanzó lejos.

El hombre de la túnica verde se puso en pie y miró a su alrededor. Sus hombres estaban dispersos, aturdidos, sangrando... no eran rivales, al parecer, para aquel demonio y una chica a caballo.

Así que ordenó la retirada. Gritándose unos a otros, los cazadores reunieron a sus heridos y huyeron hacia el bosque.

Con una mueca de dolor, Miuko volvió cojeando con Geiki, que evidentemente podía mantenerse dormido pese a cualquier cosa, incluida la amenaza de una muerte inminente.

Sin mediar palabra, Kanayi desmontó, recogió sus cuerdas en ordenados rollos y las colgó de la silla de montar de Roroisho.

—¿Puedes ayudarnos? —preguntó Miuko desde donde estaba agachada, sangrando en el suelo—. No lo pediría si fuera por mí, pero mi amigo está herido...

Suspirando, la muchacha miró a Roroisho como pidiendo permiso. El caballo resopló.

—Bien —con la mirada fija en la forma inconsciente de Geiki, Kanayi se mordió el interior de la mejilla, un músculo se crispó a lo largo de la dura línea de su mandíbula—. ¿Es éste el mismo *atskayakina* que me hiciste rescatar?

Miuko asintió.

—Parece que lo salvé para nada, supongo.

—¡No está muerto. Sólo está…

La chica la miró con frialdad.

—Lo lamento —dijo Miuko en voz baja. Sin saber qué más hacer, se inclinó—. Por lo que te hice.

Kanayi se burló.

—Sé que no ayuda —continuó Miuko—, pero te prometo que nunca volveré a hacer algo así…

—Basta —la chica la interrumpió—. Ya dije que te ayudaría. No dije que escucharía tus disculpas.

Miuko cerró la boca y asintió.

En silencio, revisaron la forma inconsciente de Geiki, pero más allá del chichón en la nuca, parecía milagrosamente ileso de la caída. Mientras Kanayi mojaba un paño para ponerle una compresa fría, Miuko acariciaba las plumas del *atskayakina*, ignorando sus propias heridas.

—Geiki, Geiki. Levántate, pájaro tonto —susurró, pero al no obtener resultados, le dio un golpe en el pico.

Eso no va a servir de nada, la regañó la vocecita.

—Ya sé, pero me hace sentir mejor —refunfuñó.

Kanayi la miró con el ceño fruncido.

—¿Con quién estás hablando?

—Con mi alma humana.

—Tienes una… —la chica sacudió la cabeza y le lanzó a Miuko la compresa—. Olvídalo.

Miuko apoyó el paño húmedo en la nuca de Geiki.

—Fue una suerte que vinieras cuando lo hiciste.

—Coincidencia. Atravesar este bosque es el camino más rápido a casa.

Un clamor en el bosque le impidió a Miuko responder. ¿Eran los hombres, que regresaban con refuerzos? ¿O Tujiyazai, que montaba el *yasa* de río? Haciendo una mueca de dolor por sus heridas, volvió a ponerse en pie, aunque en el estado en que se encontraba no sabía cómo se las arreglaría si tenía que volver a luchar.

Pero viniera lo que viniera, no olía a río ni a humanidad, sino a tierra salvaje y oscura, a brotes nuevos, savia y podredumbre, y se acercaba rápidamente.

Tensa, se agazapó frente a Geiki como un lobo frente a su guarida.

Sin embargo, lo que surgió de las sombras no era ni un hombre ni un demonio. Se dirigía hacia ella sobre seis patas, con un cuerpo bulboso que se balanceaba como el de una araña, y una chica —que parecía despeinada y alborozada a la vez, con sus andrajosos ropajes rosas— montada sobre su lomo.

Maldiciendo, Kanayi tomó su cuerda, pero Miuko le detuvo la mano.

—¡Nogadishao! ¡Senara!

Ya sin forma de grillo, el *daigana* se detuvo frente a ella.

—Qué casualidad encontrarte aquí, ¿eh? —sus ojos de seta se agitaron—. ¿Eres tú la que está causando estragos en mi bosque?

—¿Éste es *tu* bosque?

—¡Así es como se transformó al regresar! —Senara bajó por una de sus piernas como si llevara toda la vida haciéndolo—. En cuanto llegamos a los árboles, *¡pum!* Ya no era un grillo.

—¿Esto es un *atskayakina*? —Nogadishao le dio un codazo a Geiki con uno de sus dedos nudosos—. Criaturas ruidosas. Me comería sus picos para desayunar si pudiera.

Miuko lo apartó de un manotazo.

—Éste es Geiki. Ya te había hablado de él.

—Geiki, ¿eh?

—Sí.

—Tal vez sólo su cola, entonces.

Senara chasqueó la lengua ante el espíritu del bosque, que tuvo la delicadeza de parecer avergonzado, y luego procedió a lavar y vendar las heridas de Miuko mientras la interrogaba por todo lo que había ocurrido desde que se habían separado. La chica era casi tan enérgica y eficiente como Meli, y sólo hizo una pausa cuando Miuko presentó a Kanayi, quien, pareciendo un poco desconcertada por la cálida bienvenida que Nogadishao y Senara le habían dado a Miuko, se movía incómoda junto a Roroisho.

—¡Oh! ¡Tú eres *Kanayi*! —ignorando la evidente incomodidad de la chica, Senara la abrazó como si no fueran extrañas, sino viejas y queridas amigas.

Kanayi se puso rígida.

—¿Y tú eres…?

—¡Soy Senara, claro! —rio, como si ésta fuera toda la explicación necesaria. Luego, se dirigió a la yegua gris—: ¡Y tú debes ser Roroisho!

El caballo asintió y olisqueó con suavidad la palma extendida de la chica. Kanayi se alejó discretamente de su alcance, murmurando:

—Ése no es su nombre.

—El Dios de las Estrellas debía saber que todos nos encontraríamos aquí —dijo Senara, atando la última venda de

Miuko—. Nogadishao y yo hemos estado intentando volver aquí desde que Afaina nos dejó. Apenas llegamos esta tarde.

—Es bueno que estén aquí —dijo Miuko, probando sus extremidades, que, gracias a las atenciones de Senara y a su propia curación demoniaca, ya se sentían mejor—. Geiki y yo todavía tenemos que llegar a Nihaoi. Su bandada está en peligro, y yo necesito encontrar el alma del *doro* para expulsar a Tujiyazai de su cuerpo. Nogadishao es el único lo suficientemente grande para llevarnos a los dos hasta allí.

El *daigana* refunfuñó.

—¿Qué crees que soy, un caballo de carga?

—Eres un espíritu generoso —le recordó Senara.

—¿Lo soy, en serio?

Riendo, la chica le acarició la punta de la barba desaliñada. Él resopló, dejando escapar una ráfaga de aire que olía a tierra húmeda, y se acercó a Geiki.

—*¡Con cuidado!* —gritó Miuko cuando Nogadishao levantó la forma inerte del *atskayakina* sobre la parte más ancha de su espalda.

—¡Estoy teniendo cuidado, desgraciada *shaoha*! —la regañó el espíritu del bosque, atando a Geiki con unas cuantas lianas sueltas—. Sube aquí y vigílalo tú misma, si no confías en mí.

Pero ella no se montó. Metió la mano en la bolsa y sacó los pañuelos que le había dado Meli y los repartió entre los demás.

—Para protegerse de los poderes de Tujiyazai —dijo.

Kanayi no respondió, pero tomó un pañuelo.

—¡Son preciosos! —declaró Senara, atándose uno en el cuello antes de enrollar el otro en el de Nogadishao.

—Sólo nos queda uno —dijo Miuko, subiéndose al lomo del *daigana*.

—Para el *doro*, cuando lo encontremos. Tendrá que acercarse a Tujiyazai para volver a entrar en su cuerpo, y no podemos permitir que se convierta en *yasa*.

—¿Funcionará con un espíritu incorpóreo? —preguntó Senara—. Podría pasar a través de él.

Miuko tocó el pañuelo, sus manos curtidas por el viaje se engancharon en la fina tela.

—Meli dijo que funcionarían con espíritus.

—¡Entonces supongo que tendremos que intentarlo! —Senara trepó delante de ella, haciendo que Miuko se enredara en su mata de cabello, y se volvió hacia Kanayi, quien seguía quieta como una piedra al lado de Roroisho—. ¿Entonces? ¿Vienes con nosotros?

Por un momento, Kanayi no respondió. Luego, con una facilidad envidiable, se subió a la silla de montar. Sus ojos grises brillaron.

—No —dijo ella.

Chasqueando la lengua, giró a Roroisho hacia el sur, en dirección a Izajila, y juntas desaparecieron entre las sombras.

25

EXTRAÑA COMPAÑÍA

Decepcionada, pero no sorprendida por la marcha de Kanayi, Miuko y los demás continuaron hacia el sur, con la esperanza de adelantarse a Tujiyazai. El príncipe demonio había afirmado una vez que podía sentirla, como una fragancia de una habitación lejana, y Miuko también podía sentirlo ahora, furioso en su camino hacia el sur, con los bordes de su poder danzando sobre su espalda como llamas.

Poco antes del amanecer, Geiki despertó, quejándose de dolor de cabeza y tortícolis, aunque, milagrosamente, no parecía haber empeorado tras la caída.

—¡Los dioses deben estar de mi lado! —cacareó—. ¡Alabados sean los muchos dioses que están de mi lado!

—¿Qué te dije, eh? —Nogadishao, correteando por el suelo del bosque, le dijo a Senara en un murmullo—. Criaturas ruidosas.

La chica lo hizo callar.

—Estás en mala compañía si quieres tranquilidad, *daigana*-jai —el *atskayakina* asintió hacia Miuko, que se estaba quitando las vendas de varias de sus heridas, dado que, gracias a sus habilidades demoniacas, se habían curado desde la noche anterior—. ¿Has oído la voz de ésta?

—Claro que la he oído. Como el aullido de cien gatos, ¿eh?

—Como el chirrido de cien halcones —asintió Geiki.

—Como el…

En realidad, podrían haber continuado así durante siglos, pero, como Miuko les recordó agriamente, no tenían tiempo. Debían encontrar el alma de un *doro*, detener a un demonio malévolo y Geiki todavía tenía que evacuar a su bandada en el Kotskisiu-maru.

Suficientemente escarmentado, Geiki partió poco después y no regresó hasta la tarde, cuando bajó en picada desde el cielo ahumado, en forma de urraca, y se posó en el hombro de Miuko, con sólo un mínimo gruñido entre su cabello.

Ella le acarició la cabeza con un dedo enguantado.

—¿Los sacaste a tiempo?

Él asintió con la cabeza, graznó débilmente y saltó a su regazo, donde se acurrucó en el nido de sus brazos y enseguida se quedó dormido.

A medida que el humo se espesaba, Nogadishao abandonó el refugio de su bosque y descendió por el valle del río que finalmente los llevaría a Nihaoi. Qué espectáculo estarían dando, pensó Miuko. No sólo su extraña compañía incluía chicas —escandalosamente sin escolta—, sino que, además, ¿montaban un espíritu del bosque medio salvaje? ¿Y uno de ellos era en realidad una demonio de piel azul?

Pero no había nadie cerca para escupirles o exigirles que volvieran a sus cocinas. Las pocas granjas por las que pasaron estaban desiertas —puertas entreabiertas, baúles volcados en los patios— o cerradas a cal y canto, con hechizos pintados en las contraventanas y clavados sobre los umbrales.

Al este, Udaiwa seguía en pie, y eso era un alivio, porque significaba que Tujiyazai todavía no había llegado a la capital.

A medida que se acercaba la hora límite, el *atskayakina* se agitó y saltó de los brazos de Miuko al lomo de Nogadishao, donde adoptó su forma de chico.

Sorprendida, Senara se dio la vuelta.

—¡Oh! —al ver a Geiki con su túnica azul, se sonrojó—. ¡*Tú* eres Geiki!

—Ajá. Nos conocimos esta mañana, ¿recuerdas? —se pasó las manos por su cabello al viento, despeinándolo aún más. Luego, al darse cuenta de que ella lo miraba fijamente, añadió—: ¡Ack! ¿Qué te pasa? ¿Por qué tienes esa cara?

Ella se encendió en un tono más profundo de rosa y escondió la cara entre su cabello.

—Lo siento. No esperaba que fueras tan...

—¿Guapo?

Ella rio.

—¡Sí!

—Miuko debería haberte advertido. Soy un pájaro muy guapo.

Miuko puso los ojos en blanco.

—Parloteo, parloteo, parloteo —refunfuñó Nogadishao—. Me agradabas más cuando estabas inconsciente, ¿eh?

Sin embargo, incluso Geiki guardó silencio cuando se adentraron en los abandonados límites de Nihaoi. Una neblina cubría los campos en barbecho, densa y premonitoria. Detrás de ellos, un destello rojo danzaba con perversidad en el horizonte septentrional.

Tujiyazai no podía estar lejos ahora.

A medida que se acercaban a la frontera de la aldea, a Miuko empezó a dolerle la cabeza. Los hechizos de la puerta espiritual debían haberse renovado desde que se había marchado, pues ahora zumbaban con fuerza y palpitaban dolorosamente tras sus ojos.

—Detente —dijo con voz débil—. Necesitamos dar la vuelta.

—¿Y qué hay de tu padre? —preguntó Senara.

Miuko observó más allá de la puerta y vio con nostalgia hacia las casas destartaladas y las tiendas desvencijadas de Nihaoi. ¿Estaba allí Otori Rohiro, acurrucado en la posada o refugiado en el templo con los lúgubres sacerdotes?

¿Importaba? La última vez que lo había visto, la había echado de su vida como si ella no significara para él más que una sombrilla rota o un jarrón estropeado, irreparable. Ya lo había hecho dos veces. Aunque ella pudiera entrar en la aldea, no creía que fuera capaz de soportarlo una tercera vez.

—Tujiyazai atacará Udaiwa antes de que haga algo en Nihaoi —dijo, quitándose el último de los vendajes y flexionando sus miembros recién curados—. Mi padre estará a salvo tras la puerta de los espíritus si podemos conseguir el alma del *doro* antes que los poderes de Tujiyazai lleguen a la aldea. Sigamos adelante.

El crepúsculo cayó cuando cruzaban el puente en ruinas, pero la luna menguante brillaba lo suficiente para que pudieran ver los restos de naufragios en el río Ozotso: barriles, cestos, trozos de madera carbonizados…

Cuerpos.

Flotando boca abajo en el agua.

Lloriqueando, Senara enterró la cabeza en el hombro musgoso de Nogadishao.

Miuko buscó el hechizo de atadura que llevaba al cuello, pero cuando sus dedos se cerraron en torno al cilindro de bambú, una ráfaga de calor la inundó.

A lo lejos, un grito vaciló… y murió.

Senara se sobresaltó y agarró el brazo de Miuko.

—Oh, no —susurró—. Es que…

—¡Tujiyazai! —gritó alguien. Sobre la ladera, una esbelta figura galopaba hacia ellos en un caballo grisáceo, casi resplandeciente en la tenue luz.

—¿Kanayi? —llamó Miuko.

—¡Miuko!

—¡Roroisho! —gritó Geiki cuando la yegua se acercó a ellos, con los costados agitados—. Animal hermoso, ¡nunca pensé que te volvería a ver!

Miuko se quedó mirando a Kanayi, doblada sobre sí y respirando con dificultad en la silla de montar.

—¿Qué estás haciendo aquí?

—¡Ya viene Tujiyazai! —jadeó la chica—. Él...

La interrumpieron más gritos, seguidos de un estruendo —algo enorme y de madera se desplomaba— y calor, más calor del que Miuko había sentido nunca, como un incendio forestal.

—Me dirigía a Izajila cuando lo vi. Tujiyazai. Ni siquiera llegó a Udaiwa antes de desviarse del Gran Camino y dirigirse directo hacia Nihaoi.

—¿Así que viniste a avisarnos? —preguntó Miuko, sorprendida.

—Sabía que estabas aquí, intentando detenerlo —espetó Kanayi—. No le des tanta importancia.

—¿Qué tan cerca está? —preguntó Senara.

—Mucho. Sus poderes ya empiezan a afectar en las afueras del pueblo.

Miuko saltó al suelo.

Su padre estaba allí.

Tal vez él no quisiera verla —al menos no tal y como era—, pero ella no podía permitir que fuera víctima de los poderes de Tujiyazai.

—Miuko, espera —Geiki se deslizó detrás de ella y le tocó el codo con suavidad.

Ella lo miró con ojos de pánico.

—Tengo que hacerlo. Mi padre…

—Entonces, lo haremos juntos.

Ella sacudió la cabeza. Era su pueblo, su responsabilidad. Tenía que salvarlos, o al menos, tenía que intentarlo.

—Pero…

Nogadishao volvió su áspero rostro hacia ella, con los ojos entornados.

—Es una misión de suma importancia, ¿eh?

—Tú haz lo que tengas que hacer para detener esto —aceptó Kanayi, con la mandíbula rígida—. Nosotros pondremos a salvo a los aldeanos.

Tragando saliva, Miuko miró de uno a otro de su variopinto grupo: el espíritu del bosque, dos chicas asesinas, una yegua gris y Geiki, que le guiñó un ojo.

—Vamos —le dijo él en un susurro.

—Gracias —dijo Miuko, y, sin esperar respuesta, se dio media vuelta y corrió hacia la vieja mansión del alcalde… y el alma de Omaizi Ruhai.

26

SACRIFICIOS

Los fantasmas Ogawa habían salido. Mientras Miuko atravesaba los campos a toda velocidad, ellos se estaban levantando de la tierra —con las armaduras crujiendo y las vainas repiqueteando contra sus muslos— para revivir la misma fatídica marcha que habían emprendido cada noche desde su ataque sobre Udaiwa, hacía más de trescientos años.

Sólo que esta noche, con la ayuda de Tujiyazai, podrían ver caer el fuerte control de sus enemigos.

No si encontramos primero a Omaizi Ruhai, dijo la vocecita en su interior.

La puerta de la luna le había indicado que estaba retenido en algún lugar dentro de la antigua mansión del alcalde, así que se agachó para pasar por la puerta en ruinas y se adentró en el jardín cubierto de maleza. Se escabulló más allá del pino hendido y atravesó los dormitorios, las cocinas y los salones, donde antaño se habían reunido los dignatarios visitantes para hablar de política, filosofía y las dotes de sus hijas.

Los encontró todos vacíos, polvorientos y desiertos, hasta que por fin vio movimiento en un pequeño almacén a las afueras del complejo.

Se acercó con sigilo y echó un vistazo al marco de la puerta. En el interior, los suelos de madera se habían podrido; huecos de grava y maleza estaban al descubierto entre los tablones en descomposición. Una de las paredes exteriores se había derrumbado y dejaba entrar la luz de la luna en el oscuro interior, donde brillaba, pura y plateada, sobre el alma incorpórea de Omaizi Ruhai, desplomada en un rincón.

Su rostro joven y apuesto le resultó tan familiar —el mismo que había visto en Tujiyazai durante semanas—, pero había una amabilidad en sus rasgos espectrales, un humor en la forma de su boca, que Tujiyazai nunca habría logrado reunir aunque hubiera poseído el cuerpo del *doro* durante mil años. El espíritu del *doro* observaba con recelo a un soldado fantasma que iba y venía frente a él.

—Algo está pasando —murmuró el soldado, sus rasgos desintegrados parecían más bien una cruz, hasta donde Miuko podía ver—. Ya deberían haberme relevado de mi puesto. ¿Por qué tardan tanto? No soy un guardián. Soy un soldado. Debería estar marchando sobre mis enemigos, no cuidando a esta patética excusa de Omaizi.

Golpeó el suelo podrido con la culata de su alabarda, lo que provocó que un enjambre de moscas fantasma zumbara sobre su angustiada cabeza.

Miuko casi se echó a reír. El guardia del *doro* era el mismo fantasma que había conocido la noche en que Afaina la había depositado en el Antiguo Camino.

Entonces, la había confundido con un soldado. Si podía convencerlo de que hiciera lo mismo ahora, ella conseguiría escapar fácilmente con el alma perdida de Omaizi Ruhai.

Sólo esperaba que ahora se le diera mejor hacerse pasar por un hombre que en la biblioteca, cuando contaba con la ayuda de las ilusiones de Geiki.

Enderezó los hombros y entró en el almacén.

—¿Qué estás haciendo, soldado? ¡Muévete!

El guardia agitó su alabarda contra ella.

—¡Ya era hora! Tardaste mucho en… —la miró con suspicacia, o con toda la suspicacia posible sin párpados ni ojos—. No eras tú quien debía relevarme.

—Por supuesto que… —la voz de Miuko se entrecortó.

A través del muro derrumbado, pudo ver al ejército fantasma Ogawa avanzando hacia el este, a través de las áridas tierras de labranza. Vio, horrorizada, cómo uno de los fantasmas más cercanos a Nihaoi crecía repentinamente y de sus dedos brotaban garras. A su lado, otro de los soldados rugió, mostrando una garganta rodeada de espinas.

Yasasu.

Tujiyazai debía estar cada vez más cerca.

—¡Por supuesto que sí! —volvió a centrar su atención en el guardia. Buscó en su mochila el único pañuelo bermellón que le quedaba—. ¿No lo ves? Soy un soldado, estoy aquí para custodiar al prisionero Omaizi. ¡Adelante! El ejército no espera a nadie.

El guardia se cruzó de brazos.

—Tú no eres un hombre.

Contra la pared, el espíritu incorpóreo del *doro* se irguió. No parecía sorprendido por su aparición, ni siquiera especialmente temeroso, como podría haberlo estado cualquier otro humano, sino curioso… y expectante, como si no supiera muy bien qué pensar de ella.

—¿Eres una demonio? —preguntó él.

—No, esto no es un demonio —el soldado Ogawa sonrió, como sorprendido por su propia brillantez deductiva—. ¡Es una tetera! A la que le falta su…

Miuko suspiró. La treta había sido un riesgo, de cualquier forma.

—Mi *nombre* es Otori Miuko.

El soldado hizo una reverencia ante ella.

—Y yo soy Pareka, portaestandarte de los Ogawa.

—Bien, tienes razón, Pareka. Yo *soy* una tetera. Pero estoy aquí por el prisionero.

Miuko intentó pasar más allá de su hombro, pero él la bloqueó con sorprendente rapidez, y su alabarda cayó entre ella y el alma del *doro*.

Las moscas zumbaron furiosas.

Si hubiera sido mortal, podría haberla atravesado, pero ahora también era una de los *nasu* (o casi), y la empuñadura del arma se sentía peligrosamente sólida contra la palma de su mano.

Tenso, Omaizi Ruhai se puso en cuclillas, mirando de Miuko a Pareka como si no estuviera seguro de en quién confiar: en el soldado fantasma que lo había apresado o en una demonio de piel azul que había aparecido de la nada para reclamarle.

—Éste es el hijo de mi gran enemigo —dijo Pareka—. Se me ha encomendado custodiarlo, y no lo entregaré a una tetera.

Desde Nihaoi, Miuko sintió que los poderes de Tujiyazai resplandecían en espirales, se expandían por los campos y transformaban a más soldados Ogawa en versiones retorcidas y monstruosas de sí mismos.

Deprisa, susurró su voz-humana.

—Apártate de mi camino —gruñó Miuko.

Pero Pareka le apuntó con su arma y se puso en posición de combate frente al *doro*.

—¿Eres una tetera? —le preguntó—. ¿O eres mi enemiga?

Con un gruñido, ella apartó la alabarda. Corrió hacia el *doro,* arrojó el último pañuelo bermellón sobre su cabeza y elevó una plegaria a Amyunasa para que no atravesara su forma espectral.

—¡Eh! —el alma de Omaizi Ruhai parpadeó, confundida, mientras la tela se acomodaba limpiamente sobre sus hombros—. ¿Qué es esto?

¡Funcionó!, gritó la vocecita en su interior.

—Protección —ella lo tomó de la mano y tiró de él para que se pusiera en pie—. Vamos. Tenemos que...

Pero un golpe en el costado la arrojó al suelo.

Frente a ella, Pareka se estaba transformando.

De su casco, crecieron cuernos.

De su mandíbula hendida, brotaron colmillos.

Los poderes de Tujiyazai habían llegado a la mansión.

Pareka se tambaleó hacia atrás, sobresaltado.

—¿Tetera? —le temblaba la voz—. ¿Qué me está pasando?

La mirada de Miuko recorrió el almacén, buscando una salida.

—Tú eres un soldado —dijo ella, tratando de calmarlo.

Pero Pareka se hacía más grande y terrible a cada segundo —nuevos brazos, ojos, cabezas—, y les impedía escapar. Sólo tenían unos segundos antes de que perdiera la cabeza por completo y se convirtiera en un *yasa*, empeñado en la destrucción.

—¿Lo recuerdas? —le preguntó—. Eres un portaestandarte de los Oga...

Como si sintiera a su viejo enemigo cerca, Pareka rodeó el alma del *doro*, brusco y voraz.

Miuko dio un paso atrás. En su torpeza, tropezó con una pequeña piedra redonda, que rodó bajo su talón y estuvo a punto de hacerla caer al suelo de nuevo.

Una piedra.

Algo inofensivo, a lo que un espíritu podría ser atado.

¡No!, protestó su voz-humana. *Sólo tenemos un hechizo vinculante, y si lo usamos ahora, no lo tendremos para Tujiyazai. Tendremos que…*

—Eres un soldado —le susurró Miuko a Pareka al recoger la piedra—. ¿No lo recuerdas?

Por favor, recuérdalo.

Pareka se detuvo, cerniéndose sobre ella.

—Por favor —tomó el hechizo y lo desenrolló de su cilindro de bambú—. No quiero hacerte esto.

No quiero hacerme esto.

Pero ya no era un soldado. Era un *yasa*, descerebrado, monstruoso, vacío de todo salvo del deseo de destrucción. Bramando, levantó su alabarda para atacar.

Pero Miuko sujetó el hechizo de atadura sin inmutarse.

Tenía la intención de usarlo con Tujiyazai, pero nunca tendría la oportunidad si no devolvía el alma del *doro* a su cuerpo.

Y no podría hacer eso si Pareka la descuartizaba antes de que lo consiguiera.

Cuando la hoja cortó el aire, Miuko golpeó las costillas expuestas del *yasa* con el hechizo de atadura. Luego, ella levantó la piedra redondeada y atrajo su espíritu hacia ésta, como se atrae el humo hacia los pulmones. Desesperado, Pareka arañó las paredes y sus garras rastrillaron los maderos, haciendo que las astillas llovieran sobre el almacén.

Pero fue inútil. Su espíritu se fue adelgazando, se encogió y se hundió inexorablemente en la piedra.

—Lo siento —gritó Miuko, y no sabía si lo sentía por Pareka, por ella, o por ambos—. ¡Lo siento!

Las lágrimas mojaron sus mejillas cuando el espíritu retorcido del soldado se desvaneció, hasta que no quedaron ni las moscas espectrales.

Estaba hecho.

Había sido atado.

Enjugándose los ojos, se embolsó la piedra mientras el alma de Omaizi Ruhai se ponía en pie.

El hechizo había desaparecido. Incluso si lograba exorcizar a Tujiyazai del cuerpo del *doro*, ahora sólo tenía una forma de detenerlo.

Tendría que matarlo.

—¿Qué acaba de pasar? —preguntó el *doro*—. Hey, ¿por qué lloras? ¿Qué clase de espíritu eres?

Miuko negó con la cabeza, incapaz de hablar.

Acababa de renunciar a la posibilidad de volver a ser humana. Lo sabía y lo había hecho porque era lo que tenía que hacer. Y ahora, al final, si lo conseguía, se convertiría en la *shaoha* que Tujiyazai siempre había querido que fuera: poderosa, peligrosa y absoluta y devastadoramente solitaria.

27

SI EL MUNDO SOBREVIVE

En ese preciso momento, Miuko no quería otra cosa que acurrucarse en un rincón del almacén y lamentarse por lo que tendría que hacer a continuación. Después de todo, no era algo de todos los días tener que resignarse a perder su humanidad para salvar al mundo de un demonio voraz, y le habría venido bien un poco de tiempo para adaptarse. Sin embargo, si había algo que había aprendido al crecer en Nihaoi, era que las cosas tenían un final, lo quisieras o no, y rara vez era en la forma que esperabas. En tales circunstancias, lo mejor que se podía hacer era asumirlo y seguir adelante.

Y así lo hizo. Atrajo el alma del *doro* al abrigo de la pared derrumbada, le explicó la situación en la que se encontraban y, a favor de él, podemos decir que aceptó la versión sin discusiones ni protestas.

—Bien —dijo él, abanicando las manos como si tratara de ordenar sus pensamientos—, así que me estás diciendo que este demonio, Tujiyazai, que tomó mi cuerpo, es en realidad uno de los Ogawa, y ahora quiere destruir todo lo que mi familia ha construido.

—Sí.

—Y que tú no eres en realidad una demonio, sino una chica de este pequeño pueblo.

—Sí.

—Y que quieres que retome mi cuerpo porque, de hecho, *eres* una especie de demonio, y eres la única que puede detener a Tujiyazai antes de que que el mundo entero se derrumbe alrededor de nosotros, pero *primero* tenemos que pasar por *eso* —señaló a los campos más allá del almacén, ahora repletos de los *yasasu*, las retorcidas formas de los soldados Ogawa que chocaban y bramaban como si la malicia que los había sostenido todos estos siglos hubiera estallado tan repentina y violentamente como el agua de un géiser.

Miuko asintió.

—Eso es… más o menos.

Abruptamente, el alma de Omazi Ruhai puso su cabeza entre sus rodillas.

—Ooohhh…

Ella se acercó a su hombro.

—¿Mi señor?

Él la rechazó.

—No me llames "mi señor". Creo que ya lo hemos superado y estamos más allá de eso, ¿no crees?

Miuko logró esbozar una leve sonrisa.

—¿Sólo un poco?

—¡Ja! —él levantó la vista de nuevo, sus ojos oscuros centellearon—. Eres graciosa, demonio.

Ella se levantó y le tendió una mano enguantada.

—Llámame Miuko.

En circunstancias similares, un hombre menor habría rechazado las insinuaciones de una mujer y una demonio. De hecho, si le hubiera hecho semejante ofrecimiento sólo unas semanas antes, Omaizi Ruhai podría haber rechazado tanto su propuesta como su ayuda. Pero tal vez siempre había sido un poco más abierto de mente que los otros chicos de las Grandes Casas, y tal vez un mes vagando por Ana como un espíritu incorpóreo lo había vuelto aún más abierto, porque ahora sonrió y estrechó la mano de ella entre las suyas.

—De acuerdo, Miuko. Llámame Ruhai.

Ella sonrió y lo ayudó a ponerse en pie.

—¿Estás listo, Ruhai?

—Difícilmente —él sólto una risa.

Miuko se acomodó la túnica, suspirando.

—Eso suena apropiado —juntos, salieron corriendo de la mansión del alcalde hacia la multitud de *yasasu* Ogawa. Los monstruosos soldados arañaron y gruñeron, se abalanzaron sobre ellos intentando desgarrarlos. Uno atrapó el borde de la túnica de Miuko, que se hizo trizas en sus garras. Miuko tropezó y se precipitó hacia delante mientras los demás se inclinaban sobre ella.

Pero antes de que cayera al suelo, Omaizi Ruhai la agarró y volvió a ponerla en pie.

—¡Eres torpe para ser una demonio!

—¡Y tú eres grosero para ser un *doro*!

Él rio entre dientes, pero su diversión se vio interrumpida cuando uno de los *yasa* le dio un tajo en el brazo. Él gruñó, pero no dejó de correr.

Jadeando, lograron cruzar el puente derruido y subieron corriendo la colina hasta la frontera del pueblo.

El templo estaba en llamas. Su tejado se había derrumbado y el jardín en ruinas ardía. El fuego iluminaba la destrozada puerta de los espíritus, que yacía hecha astillas en el suelo. Miuko no podía ver a nadie entre el humo —no había rastro de sus amigos ni de los aldeanos—, pero a lo lejos, alguien gritó.

Una ola de calor recorrió la piel de Miuko, agitando sus ropas rasgadas.

—Tujiyazai está cerca —dijo ella—. Será mejor que te escondas ahora.

El espíritu del *doro* asintió.

—Mantenlo distraído, Miuko. Me acercaré todo lo que pueda antes de saltar de vuelta a mi cuerpo.

—No dejes que sepa que vienes.

—No —con una media sonrisa alentadora, Omaizi Ruhai se escabulló y desapareció con rapidez entre las sombras.

Miuko se quitó los guantes de las manos, cruzó la puerta rota y entró en Nihaoi.

La aldea estaba desierta. Las puertas estaban entreabiertas. La sangre manchaba la grava. Nada se movía en la oscuridad, salvo el humo de las llamas del templo.

Pasó junto a un cadáver, con la mirada en blanco, a un lado de la carretera.

El propietario de la casa de té.

Intentó no mirar de cerca, intentó no preguntarse qué había pasado. ¿Dónde estaban los demás aldeanos? ¿Habrían sido embestidos en sus verandas? ¿Ahogados en sus pozos? A la vuelta de cada esquina, temía encontrarse con Nogadishao y Senara descuartizados, ver a Kanayi muerta bajo el cadáver de Roroisho, a Geiki…

Se mordió el labio y obligó a su mente a desechar esos pensamientos.

Por fin, llegó a la posada, que seguía en pie, aunque la puerta había sido derribada y había señales de lucha entre los arbustos de camelias.

Padre.

Se le cortó la respiración.

Pero no tuvo tiempo de buscarlo, porque cuando se acercaba, Tujiyazai salió de la posada, con el rostro resplandeciente como una antorcha y los cuernos envueltos en llamas.

—Te he estado buscando, Ishao.

28

MEDIANTE UN TRUCO

Miuko levantó su barbilla al acercarse al príncipe demonio.

—Aquí estoy.

Aunque Tujiyazai iba vestido con las mismas galas que había llevado en el muelle, ya no lucía como el *doro*. Los dobladillos de su túnica estaban manchados de barro y el rico tejido, de hollín. A través de una rasgadura en la manga, se podía ver un rasguño sangriento que le recorría el antebrazo.

Alguien se había acercado lo suficiente como para golpearlo.

Este pensamiento le dio esperanza.

Pero él levantó una mano cuando ella llegó hasta las camelias, para pararla en seco.

Miuko maldijo para sus adentros, contando los pasos que los separaban. A esa distancia, no había garantía de que fuera capaz de distraerlo lo suficiente para que Ruhai pudiera acercarse sigilosamente por detrás, y desde luego, ella no estaría lo bastante cerca para atraparlo cuando por fin fuera expulsado del cuerpo del *doro*.

No, tenía que acercarse más.

Tujiyazai inclinó la cabeza hacia ella con curiosidad.

—Cuando te sentí cerca, pensé que seguramente habías venido corriendo a casa para proteger tu preciosa aldea de mi ira. Imagina mi sorpresa cuando la encontré completamente indefensa.

El coraje de Miuko vaciló. ¿Sin defensa? ¿Eso significaba que sus amigos habían fracasado? Su mirada se desvió hacia la posada: sus ventanas oscurecidas, el marco dañado de la puerta.

¿Su padre estaba dentro?

¿Estaba vivo?

No podía permitirse pensar en eso ahora.

Miuko reprimió todas sus expresiones y volvió a centrar su atención en Tujiyazai, quien seguía mirándola fijamente.

—Este pueblo no se preocupa por mí —respondió—. ¿Por qué debería importarme?

Los ojos de Tujiyazai se entrecerraron antes de que la carne de su rostro volviera a convertirse en ceniza.

—Y entonces, ¿por qué estás aquí?

—Por ti —tomó aire, dio otro paso adelante y, cuando él no la detuvo, otro más.

—¿Para matarme? —él miró las manos desnudas de Miuko.

En el silencio, ella creyó escuchar su movimiento inquieto en la grava.

—Para unirme a ti.

Ahora sólo estaba a ocho pasos.

Pero ¿dónde estaba Ruhai?

Tujiyazai rio y la detuvo de nuevo.

—Creo recordar que dijiste que nunca te unirías a mí.

—Eso fue cuando todavía tenía alguna esperanza —tomó el cordón que llevaba al cuello, tomó los cilindros de bambú que antes contenían los hechizos de la Casa de Noviembre y los aplastó entre sus puños.

—¿Vacío? —por un momento, él se quedó mirando los fragmentos, con el ceño fruncido por la sorpresa. Luego dio un paso hacia ella, irradiando calor—. No juegues conmigo, Ishao.

Ella tragó saliva con fuerza. En las sombras, vio a Ruhai rondando por una esquina de la posada.

Como si percibiera la dirección de su mirada, Tujiyazai empezó a girarse.

—¡No estoy jugando! —dijo Miuko y, rápidamente, se puso de rodillas. Para su sorpresa, sus pestañas se llenaron de lágrimas—. Por favor. No quiero estar sola.

Los pasos del príncipe demonio crujieron en la grava.

Cinco pasos.

Dos.

Ahora estaba lo suficientemente cerca para que ella lo alcanzara, pero Ruhai seguía sin acercarse.

¿Qué estaba esperando?

La voz de Tujiyazai flotó sobre ella, seca como el humo.

—Si en verdad quisieras rendirte a mí —murmuró, tocando el borde de su pañuelo con sus largos dedos—, no vendrías a mí llevando la protección de los sacerdotes.

Mansamente, ella inclinó la cabeza.

Pero su voz-humana entró en pánico. *¡No podemos dejar que nos lo quite! Es lo único que nos protege de sus poderes. Sin esto, vamos a…*

Pero Miuko tenía que mantener su atención *—tenía que conseguirlo—* por Ruhai, por Geiki, por su padre, por sus amigos y los aldeanos, y por eso no se inmutó cuando Tujiyazai le quitó el pañuelo bermellón de la cabeza.

Al instante, el calor estalló a su alrededor, abrasador, mortal, pero en su interior sólo lo sintió como un frío abrasador, que bajaba a toda velocidad por su garganta y se clavaba en su pecho, haciendo que se sintiera hueca por dentro.

¡No!

Otra oleada de calor la sacudió y la puso en pie.

Los dedos de Tujiyazai se cerraron alrededor de su brazo.

—Alguien debería habértelo dicho, Ishao. No puedes fanfarronear cuando tu oponente tiene todas las cartas —se inclinó hacia ella y le susurró suavemente en el cabello—. No sé qué creías que ibas a conseguir aquí, pero no importa. Soy más listo y más fuerte de lo que tú nunca serás.

—Tal vez —Miuko se volvió hacia él, sintiendo los dientes afilados en los labios—. Pero tú sólo te tienes a ti mismo, y yo tengo mucho más que eso.

Mientras ella hablaba, Ruhai salió corriendo de las sombras. Una brisa agitó sus ropas.

De las cuencas de los ojos de Tujiyazai saltaron chispas.

—¿Qué hiciste? —él giró, con una mano extendida como para detener cualquier ataque que estuviera por venir.

Pero el alma de Omaizi Ruhai era demasiado rápida. Se deslizó por debajo del brazo de Tujiyazai y se clavó en su pecho, recta y segura como una flecha.

El príncipe demonio se tambaleó hacia atrás, jadeante. Sus finas manos recorrieron su torso, como si buscaran una herida, pero no encontraron ninguna.

—¿Qué hiciste? —gruñó de nuevo, rodeando a Miuko y trazando arcos brillantes con sus cuernos llameantes en el aire ahumado—. *¿MIUKO?*

Al oír su propio nombre, sonrió.

—Sal de ahí, Tujiyazai. Vamos a jugar.

29

UNA MUJER DE AWARA

—¡No! —rugió Tujiyazai, tropezando hacia ella con unas extremidades que ya no parecían estar bajo su control. Sus dientes rechinaban, en dos conjuntos separados. Sus rasgos demoniacos se deslizaban y estremecían bajo los humanos.

Se estaba deshaciendo. De la clavícula del *doro* surgió un hombro.

—¿Está funcionando? —gritó Ruhai desde su interior.

El brazo de Tujiyazai emergió del cuerpo del *doro,* su piel tan vibrantemente roja como azul era la de Miuko. Ella se quedó mirándolo: la mano con garras, la carne marcada con nombres. Era joven, debía tener casi la edad de Miuko cuando vio cómo los Omaizi masacraban a su familia.

Cuando había muerto la primera vez.

Ahora, ella iba a matarlo de nuevo.

Aunque eso le costara el alma.

Ella tomó la muñeca de él con la mano desnuda. En un instante, sintió su fuerza vital fluyendo hacia ella, hirviendo en sus venas.

La cabeza de Tujiyazai surgió del cuello del *doro,* con el rostro envuelto en llamas.

—Si me matas —gruñó—, no habrá vuelta atrás.

—Lo sé.

—Serás un demonio. Serás como yo.

Aun así, ella no lo soltó.

—Lo sé.

Su carne carmesí palideció.

—¿Te destruirás a ti misma para destruirme a mí? —preguntó—. ¡No seas tonta, Miuko! Esto no es lo que quieres.

—Lo sé —pero ella clavó sus dedos en él de todos modos, deseando drenarlo, deseando que su cuerpo se marchitara como un gusano al sol—. Pero hay que detenerte.

Tujiyazai se retorció en sus garras. Tras liberar su otro brazo del cuerpo del *doro,* agarró la mano libre de Miuko, como si pretendiera quitársela de encima.

Pero no lo hizo, o no pudo.

Él había sido más fuerte que ella, pero ya no lo era. Estaba demasiado dividido, demasiado solo: luchando contra el alma de Ruhai por el control del cuerpo del *doro,* y luchando contra Miuko, que le arrebataba más y más fuerza a cada segundo que pasaba, por su propio espíritu.

—Lo siento —susurró ella.

—Yo también —para sorpresa de Miuko, él sonrió, su astuta expresión goteaba seguridad en sí mismo—. Podrías haber sido magnífica.

—¿Qué? —ella se sacudió para liberarse de su agarre, pero éste sólo se hizo más fuerte.

Algo estaba cambiando. Miuko sintió que sus fuerzas flaqueaban, como una brisa fría contra el fuego. En los campos, los *yasasu* fantasma se encogían, sus colmillos y garras se retraían al volver a sus formas espectrales, marchando de nuevo hacia el este como si nunca hubieran sido interrumpidos.

En un instante, Miuko recordó los bosques sobre Koewa: el primer cazador, avanzando con su bieldo, Tujiyazai tomándolo por la barbilla, todo el rencor drenando de su cuerpo, dejándolo desconcertado al borde del barranco.

Tujiyazai estaba retirando sus poderes.

Pero ¿por qué?

—¡Miuko! —gritó alguien.

Se giró y vio a Geiki, en forma de chico, corriendo hacia ella, con el cabello quemado y la sangre manando de un corte en la frente. A su lado, apoyado en un bastón, cojeaba un hombre mayor: ancho de hombros, con ampollas en el cuello y la cara casi irreconocible.

Pero para Miuko, no importaba lo golpeado que estuviera, o cuánto tiempo había pasado desde la última vez que lo había visto. Lo habría reconocido en cualquier parte.

Su padre.

No llevaba uno de los pañuelos bermellón del sacerdote, pero, al igual que los fantasmas, parecía haberse desprendido del hechizo de malevolencia de Tujiyazai.

—¡Hija! —gritó él.

Un sollozo subió por la garganta de Miuko.

Él la veía.

La *reconocía*.

Pero ella ya no sería su hija, ya no, después de esto.

—¡Quédense atrás! —gritó Miuko.

Geiki patinó hasta detenerse, y paró a Otori Rohiro a su lado.

—¡Miuko, tu piel!

Miró hacia abajo. A través de las rendijas de su túnica, vio cómo el color cambiaba a lo largo de sus piernas. Una marea que retrocedía. Sombras azules que se retiraban por sus tobillos y pantorrillas, dejándola más pálida de lo que había estado en semanas.

Tujiyazai le agarró la mano con más fuerza.

La estaba despojando de su malevolencia —igual que había hecho con el cazador en el bosque— y como era una *shaoha,* una demonio malévola, también la estaba despojando de sus poderes.

Ella levantó la mirada y se encontró con la mirada solemne de Tujiyazai. Sus rasgos cadavéricos se atenuaron y desdibujaron a medida que su visión demoniaca la abandonaba. Aunque no podía verlo, casi podía sentir la maldición brotando de los costados de su rostro, filtrándose por sus oídos y garganta como tinta.

Estaba volviendo a ser humana.

—Nunca quise esto —murmuró él—. Pero no puedo dejar que me mates.

Por un momento, Miuko tuvo miedo. La maldición se estaba escapando tan rápido, y su fuerza demoniaca con ella. ¿Podría drenarlo antes de que él la drenara a ella?

Si ella fracasaba, él quedaría debilitado, pero con el tiempo recuperaría sus fuerzas y se haría cada vez más poderoso con su propia amargura hasta que un día, quizá después de generaciones, regresara para completar la destrucción de Awara.

Entonces se puso furiosa. Lo jaló hacia ella.

—¿Quieres decir que podrías haberte desecho de mi maldición *en cualquier momento*?

El poder ardió en su interior. Miuko no necesitaba una maldición para alimentar su malevolencia, porque era una mujer de Awara. Era algo que debía ser restringido, excluido, suprimido, subyugado, poseído. Tenía ira suficiente para cien vidas, para besar a mil chicas más y hacer mil *shaohasu* más.

¿Tujiyazai pensó que ella podría haber sido magnífica? Una magnífica arma, tal vez. Un instrumento. Un objeto.

Pero ella ya era magnífica, tal como era, y con un chillido lo arrancó del cuerpo del *doro*. Él se deslizó por el suelo, vencido, jadeando.

Estaba encaneciendo, sus miembros se marchitaban, su fuego se apagaba. Luchó y tiró, tratando de romper el control que ella ejercía sobre él.

Pero él tampoco había renunciado a su dominio sobre ella. La maldición fluía por sus brazos ahora, cada vez más deprisa, y salía de ella ahí donde él la sujetaba.

—No lo hagas —susurró Tujiyazai.

Ordenó.

Incluso ahora, mientras agonizaba a sus pies.

Lamentable, murmuró su voz-humana.

La maldición se deslizaba por su muñeca. Su malevolencia demoniaca casi la había abandonado, pero sabía que aún quedaba en ella la fuerza suficiente para esto.

—Adiós, Ogawa Saitaivaona —susurró—. Que por fin encuentres la paz.

Él no dijo nada. Sus cuernos se enroscaron sobre sí mismos; las llamas que rodeaban su rostro parpadeaban y se extinguían.

El espíritu de Tujiyazai, último hijo de los Ogawa, se desplomó junto al Antiguo Camino que conduce a Udaiwa, donde su clan y sus portaestandartes habían sido masacrados por sus enemigos tantos siglos atrás.

Su mano se separó de la de ella y se desvaneció en la nada antes de tocar el suelo.

30

MORTAL Y DIVINO

Miuko observó el lugar donde había desaparecido Tujiyazai. Allí, un penacho de maleza. Allí, un guijarro negro como una piedra de tinta. Allí, una cáscara de semilla agrietada, transportada y dejada caer por algún gorrión que había pasado por ese lugar.

Pero ningún demonio. No quedaba ni rastro de calor donde había caído.

¿Él se había ido?

¿Ella lo había matado?

Miuko se miró las manos. Una de ellas tenía un tono cremoso, casi desagradable en su ordinariez, pero la otra —la que Tujiyazai había sostenido mientras drenaba su maldición— seguía siendo de un sorprendente azul oceánico.

A su lado, Omaizi Ruhai se puso en pie tambaleándose, tocándose el torso y los muslos como para asegurarse de que por fin estaba en su propio cuerpo.

—¿Él se fue? —preguntó—. ¿Funcionó?

El frío pulsó a través de las yemas de los dedos de Miuko, voraz y malvado. Miuko retrocedió.

—No es seguro, Ruhai. Tienes que irte…

—¡Miuko! —al otro lado del Antiguo Camino, Geiki se dirigió hacia ella, seguido de cerca por su padre.

—¡Hija!

Ella retrocedió.

—¡DETÉNGANSE!

El *atskayakina* se detuvo y jaló tan bruscamente a Otori Rohiro que su bastón cayó al suelo.

Pero el padre de Miuko era tan testarudo como ella *—si paisha si chirei—*, y se zafó del agarre de Geiki, cojeando hacia ella sobre su pie roto.

Cuando él la alcanzó, un temblor recorrió sus dedos demoniacos, fríos como un viento glacial.

—¡NO! —retrocedió de nuevo, abrazando sus brazos contra su pecho, como si eso fuera a mantener su humanidad dentro de ella. Tambaleándose, esperó a que su hambre, el hambre de la *shaoha*, la invadiera, tan violenta e ineludible como una avalancha.

Pero nada pasó.

En algún lugar de su interior, una vocecita, más áspera y profunda que la suya, refunfuñaba: *Yo soy la que nos trajo hasta aquí. Yo soy la que nos mantuvo con vida. Soy la que mató a Tujiyazai. ¿Y esto es lo único que consigo? ¿Una mano? ¿Una miserable mano?*

—¿Qué? —Miuko se quedó mirando sus dedos azules, que le hicieron una seña grosera.

—¿Qué? —Geiki se asomó por entre sus brazos, donde había escondido la cara—. ¿Qué está pasando? ¿Ahora eres mala?

Ella sacudió la cabeza, desconcertada.

—Creo que… ¿estoy bien?

—¿Buena-bien o mala-bien?

¡Ni lo uno ni lo otro!, le espetó su voz-demoniaca.

—Ni lo uno ni lo otro —murmuró Miuko.

—¿Qué significa eso? —anonadado, el *doro* le lanzó una mirada al *atskayakina*, quien se limitó a encogerse de hombros.

—¿Y yo cómo voy a saberlo? Soy un pájaro.

—¿Eres un *qué*?

Ignorándolos, Miuko flexionó los dedos con asombro. De alguna manera, gracias a los esfuerzos de Tujiyazai por desarmarla, se había convertido en humana y en demonio, chica *y* *shaoha,* mortal *y* espíritu.

Otori Rohiro corrió hacia ella y cayó de rodillas a sus pies.

—Creí que eras un demonio. Creí que te habías ido. No sabía… No podía ver… Lo siento, Miuko. Por favor, perdóname.

Su mano azul buscó la nuca de él, sus dedos se curvaron en forma de garras.

Atónita, Miuko la apartó de un manotazo y la guardó entre los pliegues de su túnica. Su voz-demoniaca gruñó de disgusto.

Arrodillada, besó la coronilla de Rohiro.

—Eres mi único padre —dijo en voz baja.

Con un grito, él la abrazó y lloró libremente en su hombro. Geiki no quiso quedarse al margen y los abrazó también.

Ruhai se movía torpemente de un lado a otro, sin saber qué hacer ante tal falta de decoro.

Por desgracia para él, le esperaban faltas de decoro todavía más extrañas.

—¡Oh, *shaoha*! —gritó alguien con voz chirriante y cantarina.

Miuko levantó la vista, radiante. Allí, en el Antiguo Camino, estaban el resto de sus amigos: Kanayi, con media cara vendada, y Roroisho (por completo ilesa y espléndida); Senara, cojeando junto a ellas, pero sonriendo efusivamente; y Nogadishao, que llevaba a cuestas a varios aldeanos en diversos estados de conciencia y conmoción.

El *doro* enarcó las cejas.

—Tienes unos amigos peculiares, Miuko.

En el pasado, podría haberse sentido avergonzada por tal declaración, pero ahora sólo sonrió.

—Gracias.

Las comisuras de los labios del *doro* se crisparon.

—Espero que me consideres uno de ellos.

—Así que amigos, ¿eh? —Geiki le dio una palmada en el hombro al *doro*—. Dígame, *doro*-jai, ¿hasta qué punto *está* agradecido por sus nuevos amigos? ¿Tan agradecido como para ofrecer algún tipo de recompensa a sus valientes salvadores, tal vez?

—*Geiki* —Miuko puso los ojos en blanco.

—¿Qué? No estoy diciendo que merezcamos riquezas incomparables, pero tampoco estoy negándolo, si sabes a lo que me refiero.

Con suavidad, Otori Rohiro lo apartó del *doro*.

—Todo el mundo sabe lo que quieres decir, *atskayakina*-jai.

Miuko sonrió cuando su mano azul se liberó. Tal vez no fuera del todo humana. Tal vez no fuera del todo una demonio. Pero fuera lo que fuera, después de todo lo que había ocurrido, una cosa sabía con certeza: por primera vez en su vida, por fin era ella misma, completa y descaradamente.

31

EL MUNDO NO CONVENCIONAL DE NIHAOI

Tras la derrota de Tujiyazai, Omaizi Ruhai partió de inmediato hacia la capital, donde se le necesitaría para ayudar al gobierno de su padre a hacer frente a la devastación del norte. Durante los meses siguientes, sin embargo, regresó a Nihaoi tan a menudo como sus obligaciones se lo permitieron. Pronto, se convirtió en un visitante habitual de la aldea en ruinas —ayudaba a los lúgubres sacerdotes a reconstruir el templo incendiado, cuidaba de los jardines de la casa de té, supervisaba a los trabajadores que había traído (a petición de Miuko) para reparar el Antiguo Camino—, y aquellos días en que el trabajo se alargaba, algo que sucedía a menudo, alquilaba una habitación en la posada, donde se le podía encontrar compartiendo las comidas con Miuko y Rohiro, Geiki, Senara y Kanayi, con Nogadishao espiando desde la veranda.

Tal vez, en otros tiempos o a otros ojos, una reunión tan variopinta podría haber sido indecorosa, pero el *doro*, para regocijo de todos, siempre había tenido una vena transgresora y, tras su extraño viaje por el mundo de los espíritus, descubrió que cada vez tenía menos paciencia para las rígidas convenciones de la sociedad de los Omaizi. Por las tardes, cuando se oían los débiles sonidos del repiqueteo de los platos y las charlas de sobremesa procedentes de las casas de la aldea, a menudo él se unía a Kanayi en los establos, ya que, de hecho, los caballos eran una de sus pasiones, como evidenciaba la belleza de su gran corcel negro, que había sido encontrado pastando en los valles alpinos cercanos al castillo de los Ogawa y le fue devuelto rápidamente.

A petición de Ruhai, el caballo fue dejado en Nihaoi, bajo el cuidado de Kanayi, que se sentía, aunque no lo dijera, tan complacida como honrada por la responsabilidad.

Roroisho, que se había acostumbrado a las copiosas cantidades de adoración que le prodigaban los aldeanos (y Geiki en particular), al principio se sintió un poco molesta por compartir cualquier tipo de atención con el fino caballo del *doro*, pero era una criatura adaptable; además, tanto Kanayi como Geiki la adoraban lo suficiente como para convertirla en el caballo más amado en muchos kilómetros a la redonda.

Las cosas estaban cambiando en Nihaoi. Además de Omaizi Ruhai, Nogadishao también se había convertido en una visión habitual en la aldea, correteando arriba y abajo por los caminos, arrojando semillas que de la noche a la mañana se convertían en pequeños árboles. En la parte trasera de la posada, donde dormía junto a los baños, los aldeanos le dejaban a menudo ofrendas de melones y monedas, y tras un mes de sus atenciones, empezó a tener un aspecto bastante menos salvaje. Su barba se transformó. Sus ojos se convirtieron en verdaderos ojos. Menos criaturas del bosque correteaban por sus extremidades, aunque siempre había dos o tres anidando en algún lugar sobre él.

Por su parte, Geiki revoloteaba entre su bandada, que había regresado al Kotskisiu-maru, y en la posada, donde ayudaba a levantar nuevas vigas y a cubrir los tejados con paja, aunque la mayoría de las veces se le podía ver registrando las ruinas abandonadas con Miuko, desenterrando los esqueletos de los soldados Ogawa para que los lúgubres sacerdotes pudieran darles por fin una sepultura adecuada y dejar descansar sus almas.

El *atskayakina* encontró numerosos tesoros de esta manera, aunque casi siempre los dejaba caer en cuanto desenterraba el siguiente.

Sin embargo, más revelador que la presencia de espíritus o nobles fue el cambio en los propios aldeanos. No se opusieron cuando Kanayi cabalgó en Roroisho. No trataron de impedir que Miuko caminara sin escolta. Una vez recuperado de sus heridas, Laido incluso se disculpó con Miuko por haberla perseguido desde el templo la mañana después de ser maldecida, a lo que la mano enguantada de la demonio respondió rápidamente con una bofetada.

Esa cosa tenía mente propia. A los pocos días del ataque de Tujiyazai, Miuko descubrió que era capaz de encontrar la manera de despojarse fácilmente de guantes, manoplas, vendajes y cabestrillos normales, por lo que tuvo que encargar un guante con hebilla que sólo podía quitarse con la ayuda de su otra mano.

Gracias a este guante, el lúgubre sacerdote no sufrió más que un pequeño susto y un repentino enrojecimiento de la mejilla.

—¡Mis disculpas, Laido-jai! —dijo Miuko, metiendo la mano demoniaca en su bolsillo.

Debería disculparse él por su aliento, murmuró la vocecita en su interior.

Aunque Miuko sabía que era una falta de educación —e inaudible para cualquiera que no fuera ella—, no pudo evitar una carcajada que ni siquiera se molestó en sofocar.

El sacerdote sonrió débilmente, frotándose la mejilla.

El cambio tampoco se limitó a Nihaoi. Las estaciones cambiaron, y el verano se deslizó tranquilamente hacia el otoño. Los días se contrajeron. Las hojas de los árboles cambiaron. Desde el norte llegaron noticias de que la vida había vuelto a la Casa de Noviembre. Se habían visto ardillas correteando entre los árboles quemados y se oía el canto de los pájaros en el aire. Un viajero incluso trajo noticias de que un joven *kyakyozuya* había llegado para restaurar el orden de los sacerdotes de Nakatalao.

Ese cambio llegaría lentamente, pero otros serían rápidos. Poco después del equinoccio de otoño, Omaizi Ruhai llegó a Nihaoi con una invitación para que Kanayi aprendiera con el jefe de cuadra del *yotokai*, que llevaba mucho tiempo buscando a alguien —hombre, mujer o *hei*— lo bastante competente para cumplir sus exigentes estándares. Se trataba de una contratación poco convencional, sin duda, pero, como pronto se hizo evidente, el *doro* estaba interesado en colaborar en un nuevo mundo poco convencional.

El último día de Kanayi en la aldea, Miuko la despidió en la puerta de los espíritus.

—¿Estarás bien en Udaiwa? —le preguntó, acariciando la suave nariz de Roroisho.

Kanayi se encogió de hombros.

—Tan bien como en cualquier sitio, supongo.

—Bueno, si alguna vez necesitas algo…

—Sé que es mejor no llamarte —pero sonrió para quitar el aguijón de sus palabras.

Miuko rio.

—¡Lo digo en serio!

—¿Ah, sí? ¿Cómo crees que me iría en este trabajo, si la primera persona que me acose pierde un brazo por una *shaoha*?

—¡Sin problema!

Sonriendo, Kanayi miró hacia el este, donde el cálido sol de otoño se alzaba sobre las colinas de Udaiwa.

—Bueno... supongo que lo tendré en cuenta —entonces, como era su costumbre, se dio media vuelta y, sin más despedidas, ella y Roroisho cabalgaron hacia sus nuevas vidas en la capital.

No mucho tiempo después, Nogadishao regresó a su bosque, acompañado por Miuko, quien, con la ayuda de su fuerza demoniaca algo disminuida, le construyó un santuario al borde del Camino de los Mil Pasos. Con poco más que un altar y una urna para el incienso, no era tan grande ni estaba tan bien construido como el de Beikai, pero eso no pareció importarles a los peregrinos del Ochiirokai. Incluso antes de que el santuario estuviera terminado, empezaron a aparecer ofrendas: tortas de arroz, pedazos de liquen, copas de champiñón. Pronto se les unieron varias figuras talladas en tosca madera, todas de un anciano de larga barba, con las manos juntas en una postura de máxima serenidad.

El espíritu del bosque tomó una y la agitó como si fuera un muñeco.

—¿Qué es esto? —preguntó—. ¿Se supone que soy yo?

Miuko se la quitó y la volvió a acomodar suavemente con las otras.

—Podría ser más parecido, si le pusieran más brazos.

—Bah.

—¿Cuál es el problema? Creí que querías tener seguidores.

Él se arrastró por la tierra, negándose a mirarla.

—Los seguidores no son lo mismo que los amigos, ¿eh?

Conmovida, Miuko puso una mano en su hombro musgoso.

—¿Me consideras una amiga?

—¡Te considero una molestia! —declaró él, sacudiéndosela de encima. Luego, su voz se suavizó—: Pero supongo que me he acostumbrado a ti.

Ella le hizo una reverencia.

—Si prometo visitarte, ¿eso te hará feliz?

—¡Sí!

—Entonces, te lo prometo.

Él aplaudió, lo que hizo que un ratón saliera del pliegue de su codo y se escurriera hasta su barba.

—¡Excelente!

Las ofrendas en el nuevo santuario de Nogadishao no eran la única prueba de que las historias de las aventuras de Miuko se estaban extendiendo por toda Awara. A medida que avanzaba la reparación del Antiguo Camino, los viajeros empezaron a llegar a Nihaoi, donde acechaban a Miuko por la aldea para rogarle que les contara su extraño viaje a través de Ada y Ana.

Como no le gustaba llamar la atención, Miuko solía desaparecer. Vagaba, entonces, por los campos abandonados o pasaba por el Kotskisiu-maru para visitar a Geiki y su bandada. Aunque la mayoría de las veces iba sola y sin escolta, pues ya no temía ni a los hombres ni a los espíritus, no creía que nadie se diera cuenta, pues en Nihaoi ya era habitual ver a chicas solas.

Llegaban solas —algunas ancianas, otras más jóvenes que Miuko, algunas vestidas de chico, otras a caballo— y ocasionalmente en parejas, amigas o hermanas, expulsadas de sus hogares o tratando de escapar de ellos. En sus primeros días, se alojaban en la posada, donde Otori Rohiro las acogía tan cordialmente como a su propia hija, pero pronto encontraban hogares más permanentes encima de las tiendas o en granjas restauradas, donde comenzaron a labrar la tierra.

Tampoco fueron las únicas en llegar. Les *heisu* también llegaron a Nihaoi, y chicas como Meli, pues muy rápido se corrió la voz de que la Casa de Diciembre ya no era su única opción.

Curiosamente, los cambios demográficos de la aldea coincidieron con la repentina aparición de un nuevo santuario. Apareció un día junto al puente derruido que, gracias a los esfuerzos de los obreros de Ruhai, había dejado de estarlo. El santuario tenía un aspecto sencillo —incluso más sencillo que el de Nogadishao—, y por lo que sabía Miuko, no se había visto a nadie rezando allí, pero en su interior podía encontrarse ocasionalmente una ofrenda de una flor marchita o una nudosa raíz púrpura con forma de mano humana.

Senara desempeñó un papel decisivo en el reasentamiento de los recién llegados a Nihaoi. Se había quedado en la posada para ayudar a Miuko y Rohiro, y pronto descubrieron que tenía más talento como sirvienta del que Miuko poseía en su dedo meñique. Limpiaba impecablemente. Cocinaba de maravilla. Aprendía contabilidad con rapidez y pronto se encargó de los libros contables, y hacía contactos de negocios con la misma facilidad con la que hacía amigos y utilizaba ambas para encontrarles a sus huéspedes lugares para vivir, trabajar y reunirse en paz.

Dada su afabilidad, pronto se encontró en el centro de una considerable atención romántica e incluso se interesó por uno o dos pretendientes, aunque, como le confesó a Miuko mientras tomaba una humeante taza de té de jazmín, no pensaba mucho en esos asuntos, en realidad.

—¡Supongo que me estoy divirtiendo demasiado por mi cuenta! —declaró con alegría.

—¿Qué? —preguntó Miuko, dejando su taza de té, que milagrosamente no estaba astillada—. ¿Eso significa que ya no te interesan todos esos hijos gordos que querías?

—¡Oh, tal vez algún día! —Senara le guiñó un ojo—. Pero quizá todavía no.

Unos meses atrás, Miuko habría envidiado la facilidad con la que Senara encajaba en la clase sirviente, pero, a decir verdad, ya no le importaba encajar. A medida que se completaban las reparaciones y los aldeanos, los viejos y los nuevos, empezaban a establecerse en sus nuevas formas de vida, ella pasaba cada vez menos tiempo en Nihaoi y más tiempo sola, o con Geiki, sobrevolando los campos y bosques del valle del río Ozotso.

Otori Rohiro se dio cuenta, por supuesto; sin embargo, conociendo a su hija, no se opuso. En lugar de eso, le preparaba calladamente la comida —con algo extra para el *atskayakina*— y dejaba los faroles encendidos cuando ella salía tarde.

Una fría tarde de noviembre, Miuko y Geiki estaban en la puerta de los espíritus, viendo caer el sol por el oeste. Muchas cosas habían cambiado desde que había sido maldecida. El Antiguo Camino había sido restaurado. Se había limpiado la maleza de las zanjas. Las luces de las granjas más cercanas brillaban con calidez.

Los velos de *naiana* todavía flotaban sobre los campos y, aunque Miuko ya no poseía su vista demoniaca, sabía que los soldados fantasma que quedaban —los que aún no habían sido desenterrados— realizaban su marcha nocturna hacia Udaiwa.

Buscó en su bolsillo la piedra que contenía el alma de Pareka.

—¿Alguna vez vamos a sacarlo de ahí? —preguntó Geiki—. El *kyakyozuya* dijo que él podía hacerlo.

—Lo sé —Miuko suspiró. Llevaba más de un mes queriendo hacer el viaje a la Casa de Noviembre, pero con la reconstrucción de la aldea y el asentamiento de los recién llegados, siempre había habido una razón para quedarse.

Incluso ahora, estaban Senara, su padre, la posada.

Pero también había razones para irse: un aleteo en su corazón, una inquietud que siempre había estado dentro de ella —y dentro de su madre también, como ahora admitía sin sentir vergüenza—, un anhelo de nuevos horizontes, encuentros extraños y audaces aventuras, de las que la mayoría de la gente sólo oiría hablar en los cuentos.

—¿Qué te pasa? —preguntó Geiki de repente—. ¿Por qué estás tan callada? Es espeluznante.

—¿*Espeluznante?*

—¿Si viene de ti? ¡Sí!

Ella rio.

—¿Estás listo para otra aventura, Geiki?

—Oh, sí —él le pasó un brazo por los hombros, acercándola tanto que ella pudo oler el aroma del viento en él—. Tengo un buen presentimiento sobre ti, ya sabes.

Una semana después, la primera noche de diciembre, se despidieron de Senara y Rohiro frente a la posada. Él abrazó a Miuko y la besó en la coronilla.

—Tu madre tampoco pudo llamar hogar a este lugar —dijo él—. Te pareces a ella más de lo que jamás hubiera imaginado.

Ella sonrió.

—No en el mal sentido, espero.

—Nunca —él le devolvió la sonrisa—. Tendrás un lugar aquí siempre que desees visitarnos.

—¡Y asegúrate de visitarnos a menudo! —añadió Senara detrás de él.

Miuko hizo una reverencia ante ambos.

—Lo haré.

Geiki, parado en el patio en su forma de pájaro gigante, batió sus alas con impaciencia.

—Sí, bueno... La vas a extrañar. Ella te va a extrañar. Y bla, bla, bla —graznó—. Los *atskayakinasu* podrían contar un cuento entero en el tiempo que tú tardas en despedirte.

—¿Y? —lo regañó Senara—. Somos humanos.

—Casi siempre —sonriendo, Miuko se subió al manto de Geiki y despegaron en el aire fresco del crepúsculo.

Sobrevolaron la salvaje campiña azul, como un par de héroes de algún cuento antiguo o una constelación dibujada en las estrellas, y ni una sola vez miró atrás. No necesitaba hacerlo: tenía el apoyo de sus seres queridos detrás de ella, y el grande y hermoso mundo por delante.

Agradecimientos

Llevo cinco novelas y todavía me asombra el hecho de ser escritora, de estar haciendo esto que tanto me gusta, y estoy muy agradecida con las personas increíbles y excepcionales que me han dado la oportunidad de hacerlo.

A mi agente, Barbara Poelle: qué emoción, placer y honor ha sido trabajar contigo. Te agradezco tu buen humor, tu mano firme, tu agudeza. Gracias por recordarme siempre que puedo hacerlo y por decirme cuándo (¡no!) entrar en pánico. Muchas gracias también al increíble equipo de IGLA: soy muy afortunada de formar parte de su grupo de autoras.

Gracias a Catherine Onder por decir *sí*. Gracias por creer que incluso mis ideas más experimentales y extravagantes de alguna manera van a confluir… ¡y gracias por hacerme saber cuando no es así! Trabajar contigo ha sido un placer y un sueño. Estoy muy orgullosa del trabajo que hemos hecho juntas.

A Emilia Rhodes, gracias por tomar las riendas y guiar este libro en su camino al mundo. Desde nuestra primera conversación, me quedé impresionada por tu entusiasmo y tu consideración, y estoy encantada de estar en tan buenas manos a medida que avanzamos.

Detrás de cada libro hay un equipo de personas maravillosas y dedicadas, y estoy agradecida de trabajar con uno de los mejores. Mi más profundo agradecimiento al equipo editorial de Clarion Books y HarperCollins: Gabby Abbate, Mary Magrisso, Anna Leuchtenberger, Stephanie Umeda, Emma Grant y Emily Snyder. Mi enorme gratitud a los equipos de publicidad, marketing, escuela y biblioteca, y ventas por hacer llegar mis libros a tantos lectores; gracias, en particular, a John Sellers, Tara Shanahan, Lisa DiSarro, Audrey Diestelkamp, Taylor McBroom, Amanda Acevedo, Patty Rosati, Colleen Murphy y Rachel Sanders. No puedo creer lo afortunada que soy de tenerlos en mi equipo: gracias, gracias.

Estoy enamorada de la portada y el interior de este libro. Gracias a Celeste Knudsen, Kotaro Chiba y Natalie C. Sousa por poner esta historia en un paquete tan perfecto.

Gracias a Tommy Harron, al equipo de audio de HarperCollins y a todos los narradores por su trabajo en la versión en inglés de *Mil pasos al interior de la noche* y *No somos libres*. Han hecho muchísimo por estos libros. Muchas gracias por dar vida a estas historias.

Gracias y mi admiración a Sean Berard, Shivani Doraiswami y al resto del equipo de Grandview LA. Sean, te agradezco tu entusiasmo, tanto como tu paciencia. Te estoy infinitamente agradecida por acompañarme en cada uno de mis proyectos, por guiarme en cada paso del proceso y por sentarte siempre conmigo para recordarme que mi sitio está en la sala.

Un sincero agradecimiento a Ariel Macken por ayudarme a crear el lenguaje de Awara. Las palabras que creamos juntos le dieron forma a este mundo desde el principio, y estoy muy agradecida.

Tengo una enorme deuda de gratitud con mis lectores. Un profundo agradecimiento a Ben "Books" Schwartz y Rachel Wirth, cuyos comentarios me desafiaron a cuestionar, profundizar y cristalizar las ideas sobre jerarquía, transgresión y poder que se han convertido en la columna vertebral de este proyecto: gracias, amigos míos, por toda su orientación y apoyo. A Parker Peevyhouse, cuya amistad, aliento y agudo sentido de la sorpresa me han animado desde la primera línea hasta el más retorcido de los giros: gracias por ser mi lector ideal. Christian McKay Heidicker, tus consejos sobre cómo escribir "terror benigno" me ayudaron a encontrar la voz de este proyecto y dieron vida al mundo espiritual de Awara; muchas gracias por animarme siempre a profundizar en lo específico, lo extraño y lo maravilloso. A Kaitlyn Sage Patterson, Misa Sugiura, Karolina Fedyk, Mikaela Moody, Emily Skrutskie, Gabe Cole Novoa, Tara Sim e Isabelle Felix, gracias por su tiempo, sus consejos y su generosidad. Su perspicacia y experiencia han sido un regalo, y les estoy inmensamente agradecida por su retroalimentación.

Un agradecimiento especial a la Highlights Foundation, donde escribí las primeras palabras del primer borrador de este libro; a Tiffany Jackson, por ayudarme a descifrar el enigma del "demonio de la moneda"; a Alex Villasante, por la recomendación del libro, y a Matt Kitagawa, por la *playlist*. Gracias a todos.

Como siempre, mi amor y gratitud a mi familia por su aliento y apoyo. A mamá, papá y la tía Kats, por darme tantas oportunidades de imaginar, crear y crecer. A Cole, por amarme. A mamá, Chris, Jordy, Cole, tío Gordy, Matt y Terry, gracias por compartir nuestro primer viaje a Japón, el viaje que inspiró este libro. No sé cómo unas vacaciones familiares de ocho personas, tres semanas y cinco ciudades pueden salir tan increíblemente bien, pero *así* fue. Gracias por crear tantos recuerdos conmigo: los atesoraré por siempre.

Por último, me gustaría dar un abrazo enorme a mis amigas de la preparatoria. No puedo creer lo afortunada que soy de haberlas encontrado o, mejor dicho, de haber sido encontrada por ustedes. No siempre fue fácil ser diferente, torpe y *nerd*, pero ustedes me enseñaron a abrazarlo. Su aceptación y apoyo dieron forma a gran parte de lo que era y en lo que me he convertido, y les estaré eternamente agradecida por haber pasado esos cuatro años con tantas chicas amables, inteligentes, extravagantes, creativas, generosas, valientes y extraordinarias (¡y con David!). Me inspiraron entonces y me inspiran ahora. Las amo y estoy muy agradecida con todas ustedes.

Esta obra se imprimió y encuadernó
en el mes de marzo de 2023, en los talleres
de Impregráfica Digital, S.A. de C.V.
Av. Coyoacán 100-D, Col. Del Valle Norte,
C.P. 03103, Benito Juárez, Ciudad de México.

千ヶ滝中
千光稲荷